# LEOPOLDO MARECHAL

## OBRAS COMPLETAS

# LEOPOLDO MARECHAL

## V. LOS CUENTOS Y OTROS ESCRITOS

*Compilación y prólogo de Pedro Luis Barcia*

*Edición coordinada por*
*María de los Ángeles Marechal*

# OBRAS COMPLETAS

PERFIL LIBROS

© 1923-1970, Leopoldo Marechal
© 1998, María de los Ángeles Marechal
y María Magdalena Marechal
© De esta edición:
1998, LIBROS PERFIL S. A.
Chacabuco 271
(1069) Buenos Aires

Diseño: Claudia Vanni
Ilustración de sobrecubierta:
Xul Solar, Paisajes (detalle)
(gentileza de la Fundación Pan Klub)
ISBN: 950-639-241-2 (Tomo V)
ISBN: 950-639-164-5 (Obra Completa)
Hecho el depósito que marca la ley 11.723
Primera edición: Diciembre de 1998
Composición: Taller del Sur
Paseo Colón 221, 8º 11. Buenos Aires
Impreso en noviembre de 1998
Verlap S.A. Producciones Gráficas
Comandante Spurr 653. Avellaneda
Provincia de Buenos Aires
Impreso en Argentina - Printed in Argentina

[PRÓLOGO]

# LA OBRA DISPERSA: UNIDAD EN LA DIVERSIDAD

Este tomo se constituye en su totalidad —con la sola excepción del relato *El Niño Dios*— con material que el autor no recogió en ninguno de sus volúmenes. Los escritos que he recogido a lo largo de los años en mis investigaciones sobre la obra de Marechal, los organizo aquí en dos partes: los cuentos y los escritos dispersos; ocupan un lapso que va desde 1923 al año de la muerte del poeta, 1970.

## LOS CUENTOS

Una media docena de textos marechalianos, todos de índole narrativa y de breve extensión, pueden situarse bajo el rótulo de *relatos*, denominación hospitalariamente laxa. He dispuesto las piezas en orden cronológico.

Inicia la serie un cuento infantil, "El rey Vinagre", que descubrí cuando elaboraba el índice de la ilustrada revista *Plus Ultra*, hermana editorial aristocrática de la popular *Caras y Caretas*. Si en esta Marechal dio a conocer un buen conjunto de sus poemas iniciales (véase tomo I, pp. 449 y ss. de estas *Obras Completas*), en las satinadas páginas de la otra sólo publicó este cuento con ilustraciones de M. Olivas.[1] El relato se mueve en un campo de imágenes vecino al de *Días como flechas* (1926): "de balcón a balcón se tendían

---

1 Un capítulo interesante por estudiar es el de los ilustradores de textos marechalianos: los dibujos de Arístides Rechain, J. Larco, Iska Kral Besares y Requena Escalada, para los años de *Caras y Caretas;* más tarde, las obras de Juan Ballester Peña, Héctor Basaldúa, Juan Battle Planas y Roberto Páez, las aguafuertes de Veroni y las xilografías de Juan Antonio Sportorno y, por fin, los dibujos del propio Marechal. Algo he ordenado en este terreno.

conversaciones más frescas que guirnaldas" o "su sombra le seguía fiel como un perro" (véase tomo I, pp. 83 y ss. de estas *OC*). El cuento retoma un viejo motivo de la narrativa tradicional: el niño pobre y desvalido cuyos méritos pesan más que el oro en la balanza de la justicia divina. Tal vez este texto formara parte del proyectado y no concretado libro de cuentos *Rey Varangot*, del que habla en una temprana nota autobiográfica.[2] En la década siguiente, Marechal publica un relato de la vida de Jesús, desde su nacimiento en Belén hasta la radicación de la Sagrada Familia en Nazareth: *El Niño Dios*.[3] La narración también destinada a lectorado infantil, expone en lengua sencilla —que tiene por inalcanzable modelo la prosa evangélica— los pasos de la infancia de Cristo, asociando las versiones de los tres sinópticos, Marcos, Lucas y Mateo.

Mediarán casi tres décadas entre ese librito y el próximo relato: "Narración con espía obligado" (1966), cuya acción se sitúa en un cafetín suburbano porteño. Sus personajes están emparentados con varios de *Adán Buenosayres* (véase tomo III de estas *OC*). Maneja, una vez más, su intencionada categorización de lo humano con mayúsculas tipificadoras: los Jubilados, los Metalúrgicos, los Hombres Oblicuos. El relato tiene un final efectista y se afilia al género policial. Aparece, como protagonista, el inspector Gregorio Sanfilippo, que transmigrará a otra narración del autor, "Autobiografía de Sátiro".

"El hipogrifo" (1968) asocia en su imagen dos figuras de opuestos que se ensamblan en unidad: el caballo y el águila, el mundo terrestre y el mundo celeste, en la cosmovisión de Marechal. En su dualidad compositiva el animal fabuloso cifra el mundo marechaliano en el que el hombre se debate agónico entre dos dimensiones, como en las batallas terrestres y celestes que se cumplen en *Adán Buenosayres* y en *Megafón* (véase tomo IV de estas *OC*). Se sabe, su primer modelo está en el mito del carro de Platón, cuyo auriga debe armonizar los esfuerzos contrapuestos del caballo negro y del blanco. La narración, que podría explicarse desde el ángulo de una fantasmagoría psicológica del muchacho visor del

---

2 V. Vignale, J. P. y César Tiempo, *Exposición de la actual poesía argentina*, Buenos Aires, Minerva, 1927, p. 85.

3 *El Niño Dios*, Buenos Aires, Sudamericana, 1939, con ilustraciones de Ballester Peña. Fue reeditado en Buenos Aires, Emecé, 1995, con ilustraciones de Silvia Martin.

hipogrifo, se resuelve, al final, en un terreno fantástico. Las pisadas de cascos solípedos, impresas en el barro del jardín, desbaratan, con su sola evidencia, una explicación por alucinación. Esas huellas cumplen la misma función que la flor sobre la almohada de Coleridge cuando él retorna de su viaje onírico al paraíso; o la otra flor, en el piso de *La máquina del tiempo* de H. G. Wells, que se instalan como puntos de articulación de dos mundos en los relatos fantásticos.

"El beatle final" es un relato de ciencia ficción, situado en el siglo XXIII en Megápolis, ciudad cuyo perímetro, el Gran Octógono, evoca el de nuestra Capital Federal, el mismo en el que Eduardo Mallea creía ver el perfil de la cabeza de un niño. Megápolis estima que algo falta a su proyecto. "A Megápolis le falta un Homero" un aeda que le dé voz y expresión. Los ingenieros —los mismos que aparecen en *El Poema de Robot* (véase tomo I, pp. 405 y ss. de estas *OC*)— se aplican a fabricar un poeta electrónico a partir de la figura de Ringo Starr. La estatua gigante de este Orfeo artificial será desbaratada por una explosión nuclear. El relato quiere ser una fábula anticipatoria, a la vez que una defensa de la Palabra creadora, en una civilización tecnocrática.

La penúltima pieza de este conjunto es el "Apólogo a Ezequiel sobre leones y ratones". Esta obrita se asocia, por género y modalidad, con los dos apólogos chinos que el autor recogió en su *Cuaderno de navegación* (véase tomo III de estas *OC*). Sobre el modelo de la literatura narrativa didascálica elabora estas piezas, cuyo denominador es discutir la validez de lugares comunes. En este caso se trata de: "Más vale ser cabeza de ratón que cola de león".

El último relato de esta compilación, "Autobiografía de Sátiro",[4] fue publicado póstumamente. Reaparece en él el inspector Sanfilippo. El texto propone la transmigración de un mito griego a la Avellaneda de nuestros días, como el de Vulcano en *El banquete de Severo Arcángelo* (véase tomo IV de estas *OC*). En esto Marechal es consecuente con otras obras suyas que se empeñan en lo que llamo "el aquerenciamiento criollo del mito griego". Lo cumple insistentemente en sus novelas, en *Antígona Vélez* (véase tomo II de

---

4 De este cuento, la hija del poeta, Malena Marechal, hizo una versión teatral junto a Carlos Garric y Esteban Pelaez, asumiendo a su vez la dirección del espectáculo que estrenó en 1995, en la sala ETC del Centro Cultural General San Martín.

estas *OC*) y en su poesía, con *El Centauro* y *Sonetos a Sophia*, y en sus ensayos como "Autopsia de Creso" o *Descenso y ascenso del alma por la belleza*.

El relato va apuntando indicios y vestigios de la presencia de lo griego. El protagonista se llama Luis Theodorakis, "regalo de Dios", lee a Platón, de quien le aburren los diálogos, pero los cursa para entresacar de ellos las fábulas míticas que figuran imágenes de la realidad, por ejemplo, la de Poros y Penia, engendradores de Eros. Luis lee e imita a Anacreonte, estudia música en el conservatorio de Arcángelo Corelli, su instrumento dilecto es la siringa, la flauta creada por Pan con las cañas en que se transmutó la ninfa por él perseguida. Hasta el apellido de Sanfilippo aporta su cuota de grecismo.

El muchacho, inconsciente de su naturaleza y del desasosiego que ella provoca en hombres y mujeres, va vislumbrando gradualmente su condición de origen en su diálogo con el inspector y con el psiquiatra Amaro Bellafonte, también de nombre intencionado. Luis es la reencarnación contemporánea de un sátiro griego, ser mitológico del cortejo de Dionisos, que ha ido, a través de sucesivas mutaciones, suprimiendo su mitad caprina y adquiriendo una completa figura humana, en la que resta un solo elemento que lo hace reconocible. Asocia en sí dos poderes imantadores para con la realidad que lo rodea: por su aura erótica, la incidencia en los humanos, y, por la música de su siringa, la influencia sobre lo vegetal y lo animal.

Adviértase como dos de los relatos aquí reunidos asocian la presencia y proyección de antiguas figuras míticas paganas a contextos, criollos: el hipogrifo y el sátiro, y ambas presencias generan un desajuste en la percepción que los hombres tienen de la habitual realidad.

La narrativa marechaliana se movió en tres dimensiones de extensión: la novela caudalosa, como las tres publicadas, y quizá la inacabada *El empresario del caos;* el registro de los apólogos breves y, por fin, en los relatos de mediana factura que se recogen aquí. En el relato breve o medio, el autor no logra piezas ponderables, a diferencia de lo que sí alcanza en lo novelístico. Estos relatos, como toda su narrativa, están atravesados por un oreo de humor comprensivo de buena ley y por unos toques de tendencioso grotesco, que se mueve entre extremos riesgosos. Este haz de narraciones que aquí se ofrece constituye una especie de muestreo de diversas posibilidades: un cuento infantil, un relato hagiográfico, uno policial, otro de ciencia ficción, un apólogo didáctico y un par de intentos de anclar, aquí y ahora en nuestro país y tiempo, la milenaria materia mítica de Occidente. No es mala oferta.

LOS ESCRITOS DISPERSOS

En la segunda parte de este volumen he recogido un caudal muy estimable de trabajos dispersos en publicaciones periódicas argentinas, a lo largo de cuarenta y cinco años de vida productiva de Marechal. A este conjunto lo he ordenado en cuatro secciones. La primera recoge los textos de conferencias dictadas por el autor; la segunda reúne los prólogos que escribiera para obras ajenas; la tercera es una suerte de "silva de varia lección", en la que se llevan la mayor parte los ensayos de diversa categoría e intención; la cuarta la ocupan las reseñas bibliográficas que Marechal destinara a escasos libros.

La conferencia inicial de la sección la pronunció con motivo del Cuarto Centenario de la ciudad capital, y la intituló "Fundación espiritual de Buenos Aires": Marechal lee los signos propios de las dos fundaciones —Mendoza y Garay— y advierte que ellos proclaman la supremacía de lo espiritual por sobre lo material, como, incluso, si ello aludiera a una misión a la ciudad naciente. Su nombre —Puerto de la Santísima Trinidad y ciudad de Nuestra Señora del Buen Aire— su escudo, con la paloma que simboliza el Espíritu Santo (y que, según Tesler, en *Adán Buenosayres*, los porteños han sustituido por la gallina: animal doméstico, de vuelo rasante y corto, que alborota con cacareos por cada huevo que pone), los gestos del protocolo, en fin, todo habla del sentido espiritual y religioso de esas fundaciones.

Lugones, su tocayo, como decía Marechal, escribió en *Prometeo* cuando el Centenario Grande de la Patria: "Urge espiritualizar el país". Cuarto de siglo después, el otro Leopoldo escribe: "Urge reespiritualizar la ciudad", retomando el testimonio de posta del cordobés. Esa "Buenos Aires, ciudad de mis amores, / de la que he recibido más espinas que flores", comenta líricamente empecinado en ese amor de porteño universal que supo expresar. La preocupación de Marechal, de que la otrora Atenas del Plata haya devenido Cartago o Babilonia, se ha acusado más aun en nuestros días en una despiritualizada "Señora del Río", como la menta en un poema.

Una de las conferencias claves para adentrarse en la evolución estética de Marechal es la olvidada "Recuerdo y meditación de Berceo", que rescaté de *Ortodoxia*, la revista de los Cursos de Cultura Católica. Por entonces, simbólicamente, el espíritu de Marechal se debatió entre el carnal *Roman de la Rose* y el ascético roman paladino de los *Milagros de Nuestra Señora*, el camino que va de la rosa a la Rosa, de la terrestre a la celeste, una vez más. La lectura de Berceo configuró para nuestro autor una suerte de *metanoia* —si no es abusivo el vocablo— que lo llevó a desentenderse de los chisporroteos vanguardistas y enfilarse en un arte de ordenada clasicidad perenne.

Un texto de notable vigencia para nuestra hora es la conferencia "Proyecciones culturales del momento Argentino".[5] La honda reflexión marechaliana parte de la idea de que hacia 1945 el país se hallaba enajenado y debía recobrar la identidad. La revolución puesta en marcha por Juan Domingo Perón propone esa empresa. La dicha revolución, dice el ensayista, tiene dos caracteres: propone una doctrina del hombre tendiente a lograr una adecuación del estado a los intereses humanos y, segundo, concibe al hombre como persona integral, cuerpo y espíritu trascendente. La propuesta es de una tercera posición, entre el capitalismo salvaje y el marxismo despersonalizador. Distingue los órdenes de la "creación" y de la "asimilación" en nuestro pueblo respecto de los bienes culturales. Nuestra herencia mediterránea es doble, por origen y por inmigración, y esa herencia es dinámica. Es función inesquivable del Estado ocuparse de la promoción, animación y resguardo de las vocaciones creativas en el plano de la cultura y de facilitar la relación entre la élite creadora y el pueblo asimilador. Hay dos caminos para ello: la educación artística —a la que dedica más adelante un par de ensayos— y la integración de los jóvenes en "la gran tradición grecolatina e hispánica". Hay que sortear un peligro, apunta Marechal: "en los movimientos revolucionarios

---

5  No incluyo aquí el trabajo "Adecuación del Estado a los intereses del hombre", publicado en el periódico *El Líder*, Buenos Aires, 18 de diciembre de 1948, pues es una versión abreviada de la conferencia de 1947, con escasas variantes.

que, como el nuestro, sacuden todas las fibras de su país, es frecuente y hasta inevitable que algunos estratos inferiores de la cultura salgan a la superficie y se abroguen derechos que, en esa materia, sólo confieren la capacidad y el talento creador". Lo señalado con lucidez en estas líneas afloró, tardíamente, pero con vigor, en el proceso del movimiento revolucionario peronista, y perjudicó o, al menos, demoró, la tarea de la promoción que el poeta estimulaba. El Estado, opina, debe apoyarse en los mejores —culturalmente hablando— y facilitar la asimilación de los altos valores culturales por parte de las mayorías populares. No fue un mero teórico en este planteo, pues una puesta en escena como la de *Antígona Vélez* fue un notable avance en esa modalidad operativa. Con hondo sentido de la difícil promoción del pueblo y para evitar populismos fáciles, que dan más de lo mismo, sin real interés por el ascenso cultural del hombre de pueblo, Marechal diseña una sabia gradación sin subestimaciones de la materia cultural. E insiste en la necesidad de la apertura de lo universal desde lo propio, sin encerrarse en localismos estrechos que se ciegan al diálogo con el mundo. El mero título de su novela, *Adán Buenosayres*, es un manifiesto de esta *liason*. En un párrafo final, atiende a un aspecto peculiar de nuestro patrimonio: el folklore, y propone una triple acción: el estudio de dicha materia, por parte de los investigadores; la difusión de ella, por los docentes y la asimilación creativa de ella, por los artistas. Pocas veces se hallará tanta densidad conceptual de propuestas en tan exigua materia verbal. Y de tanta actualidad.

La siguiente conferencia retoma el final de la anterior y se abre a la articulación de lo universal y lo autóctono en el arte. Esta tensión la advierte Marechal desde Luis de Tejeda, nuestro primer poeta, a la lírica contemporánea, pasando por Lavardén, la poesía de la Independencia, Echeverría —"que le puso chiripá al romanticismo francés"—, la gauchesca, con Hernández a la cabeza, *Una excursión a los indios ranqueles*, *Don Segundo Sombra*, *Fervor de Buenos Aires*, todo el aporte lugoniano desde *Las Montañas del Oro* a los *Romances del Río Seco*, el energumenismo poético de Oliverio Girondo y, claro, su propia novela *Adán Buenosayres*. Toda una genealogía literaria.[6]

6 No incorporo la conferencia "Lo nacional y lo universal en la literatura", dictada en septiembre de 1953, en Catamarca, como parte del progra-

16

"Un pueblo no logra la plenitud de su expresión si no consigue trascender a otros", dice. Y, a propósito, recuerda una experiencia personal vivida en una visita a España, cuando advierte la difusión de su poema "A un domador de caballos", como poema de trascendencia humana universal, al tiempo que se apreciaba que "sólo podía ser escrito por un argentino", lo que constituyó el mayor elogio recibido. Y concluye con esta apreciación: "El día en que pueda reconocerse a un poeta argentino en el elogio abstracto de una rosa, nuestro arte habrá logrado universalizar lo autóctono hasta el grado máximo de sus posibilidades".

La conferencia sobre "Simbolismos en el *Martín Fierro*" ha alcanzado amplia difusión, y aun comentario, como para que necesite contextuación.

La sección "Prólogos" se inicia con el que dedica al amigo escultor José Fioravanti —autor de una hermosa cabeza de Marechal en bronce—, donde el poeta ratifica su natural interés en las artes espaciales. En otros trabajos suyos se ocupará del arquitecto Alejandro Bustillo y de la pintura de Elena Cid, y asocia en todos los casos, hermanadamente, la poesía y las artes plásticas. En la composición misma de sus novelas lo subraya, como puede verse en "Novela y método" (en este tomo). Fioravanti le da pie para replantear la cuestión axial en el pensamiento marechaliano de la relación entre lo nacional y lo universal.

Un prólogo importante para adentrarse en la obra misma de Marechal es el que dedica al *Cántico espiritual* de san Juan de la Cruz. La lectura de la obra mística del carmelita le aportará las experiencia espirituales y el lenguaje para expresar las agonías del alma, que Marechal proyectará en su poesía y en sus novelas, como es el caso del retorno nocturno de Adán por la calle Mont Egmont (Libro V, cap. III). De igual manera, basado en la interpretación hermenéutica de san Agustín y de santo Tomás de Aquino, incluyó el ejercicio lectivo de varios niveles en la obra de san Juan, método que puede revertirse sobre la del autor argentino mismo. Algunas de sus reflexiones sobre la creación verbal religiosa alcanzan al prólogo de *Visión de los hijos del mal* de Miguel A. Bustos.

ma de difusión del Segundo Plan Quinquenal, porque es, en lo esencial, la misma de 1949, acotada.

En la tercera sección, inicialmente, reúno toda la prosa marechaliana publicada en la revista *Martín Fierro* (1924-1927), destacándose en ella el par de artículos polémicos contra Lugones.[7] Entre los años 1935 y 1941, Marechal escribe una docena de ensayos de notable penetración. Sólo destacaré un par de ellos. *"Don Segundo Sombra* y el ejercicio ilegal de la crítica" es una lúcida y categórica respuesta a la lectura sociologizante de Ramón Doll. "El sentido de la noche en el *Nocturno europeo,* de Eduardo Mallea" señala la hermandad espiritual con Mallea y la afinidad de los personajes de cada uno, como el Adrián y el Adán, aun nonato, de igual laya anímica. El ensayo que dedicó a James Joyce, a propósito de su muerte en 1941, es un anticipo de sus propios propósitos novelísticos por diferenciación con los que sustentan el *Ulises.* Marechal no leía inglés, pero sí francés. Leyó la novela de Joyce en la versión de Valéry Larbaud. He visto su ejemplar subrayado con lápiz azul por el novelista argentino.

La olvidada "Carta al Dr. Atilio Dell'Oro Maini" contiene afirmaciones muy válidas: "Somos herederos de la herencia intelectual de Europa, herederos legítimos y directos (...)Aristóteles y santo Tomás son tan míos como de Jacques Maritain". Y cierra su epístola con estas afirmaciones: "Lo que debemos hacer es tomar posesión de nuestra heredad legítima y cultivarla con nuestros cuerpos y nuestras almas de americanos. James Joyce, un europeo, hizo de su *Ulises* una paráfrasis modernísima de la *Odisea* de Homero. Un escritor americano, puesto en igual empresa, no debe recurrir a Joyce, sino a Homero en persona. Tal hizo O'Neill, el admirable dramaturgo norteamericano. En esa obra estamos algunos de nosotros".

Un ensayo inédito, posiblemente, es el que podría titularse "Teoría del arte y del artífice", compuesto, a la manera de la última versión del *Descenso y ascenso del alma por la belleza*, como un discurso didáctico dirigido a una interlocutora tácita. De hecho, el mismo autor se encarga de subrayar la afinidad de este tratado y el *Descenso*. La idea básica del discurso es la de Dante de que "El arte es nieto de Dios", en tanto es hijo del hombre y este crea a imagen y semejanza del Creador. Esta pieza se emparenta con la

---

7 V. Barcia, Pedro Luis, *Lugones y el ultraísmo,* La Plata, Facultad de Humanidades y Ciencias de la Educación de la UNLP, 1966.

*Poética* del *Heptamerón*, y con el ensayo "Del poeta, el monstruo y el caos", incluso en *Cuaderno de navegación*.[8] La lectura continuada de estos escritos dispersos consolidan lo que es perceptible respecto de la obra marechaliana: la unidad de visión en ella, que responde a una concepción orgánica del mundo, matizada y coherente, que su cristianismo esencial animaba con vigoroso dinamismo creativo. Unidad en la diversidad y nacionalidad en la universalidad. Este es su lema.

*Pedro Luis Barcia**

---

8. Quedan tres o cuatro textos reacios al rodeo bibliográfico, debido a lo inhallable de algunas colecciones hemerográficas o a su condición de incompletas en los repositorios. Graciela Coulson había diseñado un volumen colector de trabajos dispersos de Marechal con el título de *Prosa varia*. Su muerte lo dejó inconcluso.

* Pedro Luis Barcia es Doctor en Letras por la Universidad de La Plata, donde es Profesor Titular de Literatura Argentina. Es Investigador Principal del CONICET. Ha publicado —en el país, España, Francia, Nicaragua, República Dominicana, etcétera— más de treinta libros sobre literatura argentina e hispanoamericana. Es Coordinador de la Edición Crítica de las Obras Completas de Darío, de la Fundación Internacional Rubén Darío, con sede en Managua.

# I
[CUENTOS]

# EL REY VINAGRE*

A los cuarenta años justos el rey Vinagre se cansó de su nombre: hacía mucho tiempo que lo llevaba, como se lleva un traje pesado y ridículo.

En el Día Santo, cuando se saca a ventilar las momias de los abuelos ilustres, el rey oía, camino del templo, aquel nombre mordaz abierto en todos los labios como una flor maligna:

—¡El rey Vinagre pasa! ¡El rey Vinagre sonríe! ¡Viva el rey Vinagre!

Entonces golpeaba con su cetro la cabeza del real cochero y el carruaje partía súbitamente despertando al gran sacerdote, que dormitaba como de costumbre.

Durante el buen tiempo, cuando el sol tiene frases entusiastas para el bosque y la montaña, salía el rey al frente de su cortejo: llevaba en el gorro una pluma de codorniz y su caballo hería la tierra sinfonizando los caminos agrestes. El rey Vinagre no era un gran cazador; bien lo sabían sus halconeros, ojeadores y cortesanos. Allá en la selva, gloriosa de ancianidad, los días de caza real eran feriados para las liebres: los faisanes creaban asilos de protección a la vejez; y si es verdad que un jabalí cayó muerto bajo el plomo augusto, fue, según decían las malas lenguas, porque el animal se suicidó colocándose en el sentido opuesto de la escopeta.

El buen rey conocía la atmósfera hostil que le rodeaba; él mismo había leído en los muros de la ciudad aquella canción escrita con yeso:

> "El rey Vinagre va de caza:
> ¡Reíd, pájaros! ¡Danzad, liebres!"

* En *Plus Ultra*, Buenos Aires, enero de 1926.

atribuida a un magistrado cesante y que los niños aprendían en las escuelas antes del abc. Aquel apodo llegó a pesarle en los oídos como si llevara los grandes aros de su nodriza. Por eso, a los cuarenta años, enfermó de disgusto. El rey Vinagre tenía un príncipe cautivo, una caja de música, un papagayo y un poeta. Cuando se fastidiaba, sus cortesanos le traían el príncipe extranjero, asábanle los pies en un hornillo de cobre y el buen cautivo prorrumpía en cien insultos musicales que hacían desternillar de risa; la caja de música ejercía una virtud diferente: sus canciones y valses arrancaban dulces lágrimas al rey melancólico. En cuanto al papagayo, sólo sabía decir las crónicas antiguas, y el poeta declamaba los apólogos morales: se les reservó siempre para casos de insomnio.

Mas, a los cuarenta años justos, el rey Vinagre se encerró en su cámara; so pena de cuarenta y tres azotes, nadie podía interrumpir aquel silencio.

El soberano jamás había pensado en cosa alguna; un aforismo grabado en su "Manual del perfecto monarca", decía prudentemente: "Un rey no debe pensar: le basta con hacer como que piensa". Además, para algo costeaba el imperio un tribunal de sabios.

Pero en una ocasión trascendental como esa decidió proceder por sí mismo; y colocándose en la actitud clásica del pensador, aprendida en los monumentos públicos, trató de localizar el íntimo problema.

¿A qué obedecía todo ese descontento de la muchedumbre? ¿Qué mal había hecho él a ese pueblo descomedido que así le ridiculizaba en desmedro de todas las consideraciones, etc., etc.?

Durante su reinado la cosa pública marchaba regularmente; nunca hubo menos de cien ejecuciones anuales; y aunque a veces el número resultara corto, ¿no se emplearon siempre las mejores horcas del reino?

El aumento semanal de las contribuciones tampoco había sufrido cambio alguno y se anunciaba, según la tradición, con alegres músicas y afiches multicolores que hubieran regocijado el corazón de una piedra…

—¡No; es injusto! —gritó al fin, dando un puñetazo en la cama.

El papagayo, creyéndose objeto de una orden, inició su discurso:

—Durante el imperio de Adoquín II, llamado el Gran Adoquín...

Lanzóle el rey una mirada ígnea, y la elocuente ave se inmovilizó en su percha. Luego, como el instante de obrar era llegado, resolvió convocar a la asamblea de sabios dentro de las ocho horas y una hora más.

La sala del consejo vivió un minuto histórico: nunca se reunieron allí tantas barbas ilustres. Las había de todo color, tamaño y forma, y al considerar tales espesuras, nadie hubiera dudado que el mismo pájaro de la sabiduría se ocultaba en ellas.

Estaban entre otros, el buen Merlino; Fanfán, el prudente, y Serapio, el casto.

Se inició la lectura del acta anterior y catorce horas más tarde dábase por concluida y aprobada.

Al día siguiente el gran sacerdote abrió la sesión en medio de un silencio decoroso. Antes de pasar al grave asunto que les reunía, Fanfán, el prudente, haciendo honor a su calificativo, propuso brindar por las nueve musas, a fin de que les iluminase y socorriese en trance tal.

Aprobada con entusiasmo la iniciativa, trajéronse copas y vinos; bebieron separadamente por cada una de las nueve, temerosos de un agravio; a continuación se creyó digno, y hasta conveniente, dedicar un brindis al gran sacerdote que presidía. Luego, abierta el ala de la imaginación, consideraron poco justo no recordar al rey en una circunstancia tan solemne. Más tarde, en pleno ardor cívico, se bebió separadamente por cada uno de los trescientos patriarcas antecesores.

El tercer día llegó sonriente de promesas. El gran sacerdote narró el caso con sencillez: habló de un monarca agobiado por el ridículo; midió la injusticia de un pueblo sin gratitud; exhumó, en fin, palabras grandiosas.

Tras un largo silencio, el buen Merlino se puso de pie y manoteando al aire como si cazara una mosca invisible:

—¡Siempre he afirmado —dijo— que las cosas deben empezar por el comienzo! Una revisión de la historia desde sus albores arrojará cierta luz.

Serapio, el casto, alabó la iniciativa de su colega; pero sostuvo que bastaría con estudiar "el descontento público" desde la edad de piedra.

—¿Y por qué no encarar el tema desde un punto de vista fi-

lológico? —gritaba Fanfán trenzando y destrenzando su perilla—.
¡La raíz del vocablo "descontento" nos hace sospechar escalofriantes revelaciones!

No contaré los incidentes de la polémica. Diré, sí, que se for-
maron tres grupos contrarios: el debate, iniciado en el tono más
científico, declinó hacia la vida íntima de cada uno, para terminar
en hórrido pugilato. ¡Ninguna barba quedó entera!

El rey Vinagre, puesto al tanto de la lucha, juntó los sobrevivientes y los envió como regalo al emperador vecino, su rival.

Los días pasaban. El rey, náufrago en hondas meditaciones,
enflaquecía ostensiblemente.

En vano el príncipe cautivo le arrojó sus insultos musicales:
en vano ejercía el poeta su virtud soporífica; extraviado el sueño y
ausente el apetito, el monarca recorría salones y antesalas con su
problema al hombro.

Tenía un jardín íntimo, que después se llamó "de la meditación", en cuya puerta se leía el siguiente letrero:

*"Prohibido entrar a los pájaros."*

Allí era la paz vegetal y el silencio nunca roto.

Una tarde, mientras recorría la senda entusiasmada de sol, el
rey Vinagre se detuvo súbitamente; encendióse su rostro como un
farol chinesco; y dándose un puñetazo en la ilustre calva, exclamó:

—¡Tengo una idea!

Los pájaros contraventores que le observaban desde una en-
cina, cayeron fulminados; helóse la fuente como si hubiera llegado el invierno y una gran rosa blanca se deshojó de incredulidad.

El milagro, divulgado como una llama, pasó del jardín al palacio, del palacio a la ciudad, de la ciudad a las campiñas:

—¡El rey Vinagre tiene una idea! —gruñía el viento locuaz tirando a los sauces por el cabello.

—¡El rey Vinagre tiene una idea! —contó el río a los bam-
búes que pescaban en su margen...

Y aquella noche el observatorio registró un movimiento sís-
mico; un gran cometa pasó como un alfanje sobre las estrellas des-
pavoridas: los brujos diplomados, afirmaban que "los tiempos eran
vecinos...".

A la mañana siguiente un pregonero salió de la real caballe-
riza, jinete en un potro blanco; llevaba plumas de girasol en la cabeza y sus vestidos, armas y joyas eran un entusiasmo de colores bajo la luz. Ocho músicos a caballo le seguían; los alegres pífanos, las

trompas de caza y los clarines unísonos herían el silencio matinal y enjoyaban el aire de canciones.

Llegados a la plaza y frente a una muchedumbre atónita el pregonero desenrolló un pergamino y leyó:

"Es invitación y deseo del Rey, nuestro señor, que todos los niños de la ciudad, a pie, o en mula, o en coche, asistan a la fiesta que tendrá lugar en los jardines regios, la noche de Vísperas."

Rompió a tocar la fanfarra, y en medio de atronadora gritería, siguió el cortejo musical; llegados a la feria, donde los chicuelos hacen zumbar sus hondas y gesticulan vendedores elocuentes, habló el pregonero:

"Es invitación y deseo del Rey, nuestro señor, que todos los niños de la ciudad, a pie, o en mula, o en coche, asistan a la fiesta que tendrá lugar en los jardines regios, la noche de Vísperas."

Y en la playa, donde los pescadores ceban sus anzuelos con hígado de salmón; y en los barrios fabriles, empavesados de camisas puestas a secar; y en la aldea de leñadores, tan nudosos como sus árboles, gritó el pregonero:

"Es invitación y deseo del Rey, nuestro señor, que todos los niños de la ciudad, a pie, o en mula, o en coche, asistan a la fiesta que tendrá lugar en los jardines regios, la noche de Vísperas."

Más tarde, bajo la flor abierta de las lámparas, hablaron los abuelos.

Desde el día, hasta la noche memorable, no quedó en la ciudad aguja ociosa ni tijera dormida; los sastres, puestos a la turca sobre sus mesas de trabajo, medían y cortaban paños ondulantes; canturreaban los zapateros remendones al compás de sus martillos, y un aire de fiesta salía por las ventanas y tragaluces.

La noche de Vísperas llegó al fin. Desde el toque de ángelus la ciudad pareció enloquecer de alegría. Abigarrados cortejos animaban las calles; los borricos, empavesados de chicuelos, trotaban rítmicamente, haciendo tintinear los cascabeles de sus gualdrapas; los padres iban detrás, muy tiesos bajo sus tropas domingueras, y conducían en brazos a los más pequeñitos; después llegaban los ancianos apoyados en nudosos garrotes; se detenían para sacudir la cachimba en el taco de las botas y reanudaban luego la marcha, con aire digno; los perros olían el talón de los abuelos o saltaban frente a los asnos importantes.

De balcón a balcón se tendían conversaciones más frescas que guirnaldas…

Esa noche, no dejó de llamar la atención un pastorcito mal trajeado pero de buen talante, que avanzaba, indeciso, por entre la muchedumbre. Cuidaba un rebaño del rey en los campos vecinos, y el carácter de sus prendas anunciaba la profesión agreste que en otros tiempos fue amada de los dioses. En sus oídos resonaban aún las palabras del pregonero: "que todos los niños, a pie, o en mula, o en coche, asistan a la fiesta…"; él era niño, y aquella noche Vísperas. Había caminado toda la tarde: cruzó las rojas tierras de labranza, después el fango tibio de la ciénaga; por último el bosque más poblado de historias que de lobos. Llegaba enlodado y feliz como un silvano que fuera niño todavía.

Las multitudes convergían en la plaza real, frente al jardín; el pastor, encaramado en la verja, pudo considerar esa ola de hombres que con los niños en alto semejaba un matorral florido. Oyó luego la sinfonía de mil bocas unánimes cuando, franqueadas las puertas, vieron al rey adelantándose con paso majestuoso.

¡Ah, el buen rey Vinagre! Quiso dar así una nota democrática, a pesar de que tal vocablo no se había inventado aún. Lucía un traje color de azafrán y un bonete azul con dos alas de cigüeña: avanzaba solemnemente; y aunque se enredó en el sable y cayó al suelo, a nadie le pareció mal, y hasta hubo quien alabó ese gesto tan simple como humano.

Enseguida comenzó el desfile de niños: el rey ponía su mano sobre la cabecita de los mayores, examinaba sus vestidos, tuvo palabras de miel: acariciaba las mejillas de los pequeños, inquiriendo de sus madre el número de dientes, la regularidad intestinal, etc., etc. Humedecíanse los ojos como las violetas en la tarde; y adentro sonaban ya músicas deliciosas y gritos de asombro…

El pastor sintió de pronto que todo su coraje flaqueaba: era un miedo terrible del bullicio, de la muchedumbre, del bonete azul con dos alas de cigüeña. Y los niños desfilaban como ramilletes. Quedaban pocos. Entró el último…

Entonces, como el heroísmo no es más que un exceso de miedo, nuestro pastor abandonó la verja y adelantóse temblando.

El rey Vinagre consideróle largamente; le paseó la mirada desde la nuca hasta los pies: allí estaban los zapatos, retorcidos por la lluvia, rotos en el pedregal, sucios de fango, calamitosos; a la luz de grandes lámparas y sobre los tapices, hacíase más elocuente su fealdad.

—¡No! —dijo el rey moviendo la cabeza.

El pastor quedó petrificado: sus ojos nombraban las rojas tierras de labranza, el fango tibio de la ciénaga, el bosque más poblado de historias que de lobos...

—¡No! —repitió el monarca, y alejóse arrastrando su vestido color de azafrán.

Cerraron las puertas; la noche era una flor taciturna. En el jardín real comenzaban los festejos; cuarenta músicos disfrazados de gnomos hacían gemir dulces cuerdas: los niños avanzaban atónitos entre una doble fila de árboles: en todas las ramas florecían linternas chinas y colgaban frutos de azúcar maravillosamente imitados; la fuente central tenía doce bocas de oro destinadas a lanzar el agua, pero esa noche cada una de ellas vertía un licor diferente.

De súbito, entraron en el jardín nueve arcabuceros vestidos de caza; apuntaron a los árboles con sus arcabuces, y, disparando, una granizada de confites llovió sobre los pequeños; al punto, cayeron de las ramas numerosos faisanes asados, y ágiles camareros los recogían en el aire con sus bandejas de metal. Entretanto el pastor se internaba por calles desconocidas: cerradas las puertas de la ciudad, necesario era distraer el tiempo hasta el día siguiente. Nunca las estrellas le parecieron tan lejanas. Sus pasos iban despertando ecos dormidos en los rincones y su sombra le seguía, fiel como un perro en aquella soledad. Recorrió el barrio fabril, donde las máquinas trepidan sin descanso: después el muelle de pescadores, con sus veleros dormidos. Por último, como las noches de otoño son frías en aquella latitud, se refugió en el pórtico de la catedral, junto a los santos que le miraban con sus ojos de piedra. Y en el jardín del rey ardía la fiesta, más alegre que una fogata; un mago extranjero hacía prodigios ante la grey temerosa: primero convirtió un elefante en gorro de dormir; luego hizo bailar a dos encinas, las más viejas del parque; por fin hipnotizó al caballerizo y le obligó a confesar que poseía el alma del burro Selim, famoso en la historia. El rey Vinagre, con la nariz un tanto bermeja, declamó, a continuación, un monólogo aprendido en su infancia; como no lo recordara bien, se equivocó al final, y hubo de retirarse confuso, ante el aplauso de la multitud, secándose el sudor con un pañuelo rojo.

A esa misma hora el pastorcito se dormía en las gradas del templo. Tuvo un sueño curioso; avanzaba por un camino estéril, bajo un cielo de añil; y, ¡oh asombro!, sus zapatos herían la tierra y a su paso brotaban matas floridas y hierbas lucientes; y todo cuanto su pie tocaba dignificado era.

Después, sin saber cómo, hallóse frente a Dios: era un señor altísimo, de ojos más dulces que una fruta, y le miraba, custodiado por doce arcángeles que tenían doce trompetas, doce lanzas y doce gavilanes en el puño. Un anciano a su vera hojeaba un libro y cantó su nombre; luego le llevaron frente a una balanza, y en un platillo colocaron sus viejos zapatones y en otro lucían las glorias y poderíos del mundo. Y el pastor vio que su calzado, retorcido por la lluvia, roto en el pedregal, sucio de tierras y de limos, pesaba como si fuera de oro; y el platillo bajó, bajó y sonaron las trompetas y volaron los doce gavilanes como doce dardos resplandecientes. Después todo se borró.

Al día siguiente toda la ciudad concurrió al acto pío que debía celebrarse en acción de gracias. El rey Vinagre se adelantaba en su carroza por entre una multitud conmovida: el elogio era un aroma en todos los labios y húmedos estaban los ojos como las violetas nocturnas.

—¡El Rey pasa, el Rey sonríe, viva el Rey! —exclamó la turba, semejante a mil alabardas bajo el sol.

El aire estaba lleno de campanas enloquecidas: no hubo que lamentar desgracias personales.

Llegados a la catedral, vieron un pastor inmóvil, muerto de frío bajo su zamarra. El rey frunció las cejas, reprobó severamente tal conducta y ordenó que se fijaran carteles prohibiendo, en lo sucesivo, que los niños murieran en la catedral. Después entró en el tempo, seguido de sus cortesanos.

Una hebra de incienso subía hasta la nariz de los ídolos. El Gran Sacerdote pronunció un sentido discurso sobre la caridad, y tanto se conmovió el rey Vinagre, que sus ojos se llenaron de lágrimas y hasta se preguntó si no había sido demasiado generoso.

Y el buen monarca tuvo razón en preguntárselo, porque, días más tarde, un grupo de descontentos empezó a censurar su flaqueza de espíritu. Y desde entonces, en lugar de llamarle Rey Vinagre, le llamaron Rey Azúcar.

# EL NIÑO DIOS

El nacimiento de un niño es siempre grato al corazón de los hombres, pues en cada niño que llega parece renovarse la alegría del mundo. Pero cuando el recién nacido es Dios en persona, que baja del cielo y toma la forma del hombre para salvarlo, entonces el acontecimiento se vuelve universal. También es universal el júbilo que provoca, y así como todos adoran al Niño Dios en su cuna, desde los buenos Reyes Magos hasta los humildes pastores, así también el mundo entero se alegra todos los años al recordar el nacimiento de Jesucristo.

Cuando por seguir el mal consejo de la serpiente Adán y Eva fueron echados del paraíso, Dios anunció a Eva que, así como la serpiente había vencido a la mujer, engañándola con su consejo mentiroso, así la mujer aplastaría más tarde la cabeza de la serpiente, animal que representa el espíritu del mal.

Una mujer de Galilea, la Virgen María, cumplió aquel anuncio del Señor, al dar a luz un Niño Divino que con su vida, pasión y muerte reparó la gravísima falta de Adán y Eva, y destruyó la obra del animal astuto.

Estando María en su casa de Nazaret, que es una ciudad de Galilea, se le apareció de pronto el ángel Gabriel, enviado por Dios. El ángel resplandecía de pies a cabeza, como una joya: mostraba una gran bondad en el brillo sereno de sus ojos y en la sonrisa de sus labios; las plumas de sus alas tenían todos los colores del arco iris, y, como acababan de cruzar el espacio, aquellas plumas temblaban un poco todavía.

No bien hubo llegado, el ángel Gabriel puso una rodilla en tierra y, con el mayor respeto, le dirigió a María el siguiente saludo:

—Dios te salve, llena eres de gracia, el Señor es contigo: Bendita eres tú entre todas las mujeres.

Mucho se asombró María viendo al ángel, pues no esperaba

una visita tan extraordinaria como aquella, y se asombró más todavía oyendo aquel misterioso saludo. Pero el ángel Gabriel se apresuró a calmarla diciéndole:

—No tengas miedo, María, porque Dios te ha mirado con buenos ojos. Yo te anuncio que tendrás un niño, y a este niño le pondrás el nombre de Jesús. Ese niño tuyo será grande y hará grandes cosas, y será llamado Hijo del Altísimo

Otras noticias maravillosas le dio el ángel sobre aquel niño que habría de nacer. También le anunció que una parienta de María, llamada Isabel tendría un niño, por voluntad de Dios.

Entonces la Virgen María, después de haber oído todo aquello, bajó la cabeza en señal de obediencia y respondió al ángel, con toda humildad:

—Yo soy la esclava del Señor. Que se haga en mí la voluntad de Dios.

Oído lo cual el ángel Gabriel remontó el vuelo, agitando silenciosamente sus alas, cruzó el espacio y regresó al cielo de donde había venido.

María estaba desposada con un descendiente del rey David, llamado José. Era un hombre justo en todas sus acciones y famoso por su virtud. Sucedió que José, deseoso de evitarle a María cualquier daño, decidió apartarse de ella secretamente. Pero un día, mientras José pensaba en estas cosas, se quedó dormido. El ángel del Señor se le apareció entonces, en sueño, y le dijo las siguientes palabras:

—José, descendiente del rey David, no tengas miedo de aceptar a María, tu mujer. Porque lo que ha nacido en ella, de Espíritu Santo ha nacido. Y tendrá un niño que ha de llamarse Jesús, porque salvará a su pueblo de todo pecado.

Todas estas razones oyó José de la boca del ángel, y despertando luego recibió a María, su mujer, según el ángel del Señor se lo había mandado.

Sucedió en aquel tiempo que, una mañana, al levantarse, María se dirigió apresuradamente a la montaña, deseosa de visitar a su parienta Isabel, que vivía en una ciudad de Judá. Como se recordará, el ángel anunciador había dicho ya de Isabel que también tendría un niño: el niño de Isabel nacería un poco antes que Jesús, y sería Juan, el Bautista, llamado así porque bautizaría más tarde a Jesús.

La Virgen entró en casa de Zacarías, que así se llamaba el marido de Isabel, y dirigiéndose a su parienta la saludó con mucha humildad. Y en cuanto Isabel oyó aquel saludo se sintió llena del Espíritu Santo y exclamó en voz alta, dirigiéndose a María:

—¡Bendita tú entre las mujeres y bendito el niño que ha de nacer! ¿Cómo es esto? ¿Ha de ser la madre de mi Señor la que venga y me salude?

Y agregó Isabel, abrazando a María:

—¡Bienaventurada tú, que creíste la palabra de Dios, porque será cumplido lo que te fue anunciado de parte del Señor!

Al oír aquellas palabras, María dijo:

—Mi alma pondera la grandeza del Señor: y mi espíritu se alegra en Dios mi Salvador. Porque ha mirado con buenos ojos la humildad de su esclava, y porque, desde ahora, me dirán bienaventurada todas las generaciones futuras.

Después de un tiempo Isabel tuvo a su niño: los parientes y vecinos fueron a saludarla, y, reconociendo la misericordia con que Dios la había señalado, todos los visitantes se alegraron con Isabel y festejaron el acontecimiento con grandes muestras de júbilo.

Ocho días después, en la ceremonia religiosa que se acostumbraba entonces, quisieron ponerle al niño el nombre de su padre, llamado Zacarías. Pero Isabel dijo que no sería ese su nombre, sino Juan. Algunos le respondieron que había que dar al niño el nombre de alguno de la familia, según era costumbre y le hicieron recordar que nadie se llamaba Juan en la familia. Sin saber qué hacer se dirigieron a Zacarías, que era sordomudo, y le preguntaron por señas cómo quería que se llamase su hijo. Zacarías pidió entonces una tabla y escribió en ella: Juan es su nombre. Y todos los presentes se maravillaron al ver que el sordomudo había entendido y respondía como si hubiera escuchado la conversación.

Una orden del emperador César Augusto salió en aquellos días, para que todo el mundo fuera empadronado: esto quiere decir que todos los habitantes debían ir, cada uno a su ciudad, para que los pusieran en la lista, con sus nombres, edades, nacionalidad y otros datos.

José y su esposa María estaban obligados a empadronarse como todo el mundo, y, saliendo una mañana de Nazaret, donde vivían, se dirigieron a Belén, llamada la ciudad de David. Y encontrándose ambos en dicha ciudad llegó el momento en que debía nacer el niño Jesús.

Buscaron alojamiento en la ciudad y no encontraron sitio donde pasar la noche, pues mucha era la gente que había llegado de afuera para empadronarse. Entre tanto, caía la noche: la Virgen estaba muy cansada, no sólo por el largo camino que habían recorrido ese día, sino también por aquel ir y venir inútil de casa en casa. Entonces José, llena su alma de tristeza viendo que no disponía de lo necesario, empezó a buscar aquí y allá un sitio cualquiera. Dio al fin con un pesebre, de esos que se usan para guardar los animales durante la noche.

José hizo entrar a María, y como el suelo del pesebre estaba frío y pelado, reunió algunos manojos de paja, los extendió cuidadosamente y preparó un lecho rústico, ¡y en aquel establo humilde, bajo la mirada pura del asno y del buey, nació entonces el Hijo de Dios! ¡Y un montón de paja fue la cuna del que, por todos los siglos, sería llamado Rey de los Reyes!

María, después de haber envuelto al niño en pañales, lo había acostado en su cunita de hierbas y lo miraba con esos ojos que sólo tienen las madres. El niño era hermoso como un sol y se agitaba entre sus pañales, lleno de vida: después entornó los párpados y no tardó en dormirse muy dulcemente. El asno y el buey contemplaban la escena, como si entendiesen lo que allí ocurría: de cuando en cuando se inclinaban hacia el niño y le calentaban los pies con el aliento de sus narices humeantes. José ponía sus ojos en el niño, después en la Virgen que lo arrullaba, luego en la noche inmensa que se veía desde una ventana del pesebre. Los ángeles de Dios andaban por allí, con un dedo en los labios para reclamar silencio.

En aquella comarca y a la misma hora se hallaban reunidos unos pastores que durante la noche acostumbraban a cuidar sus rebaños: la noche era magnífica y llena de tantas estrellas que parecía que no cabía una más en el cielo. Los pastores cambiaban entre sí una que otra palabra y se detenían a veces para escuchar un tintineo de campanitas que sonaba de pronto en la oscuridad; otras veces levantaban los ojos al cielo y llenos de admiración permanecían, extáticos, mirando los astros:

—¡Cuántas estrellas! —decía uno.

—¡Están juntas como si formaran un gran rebaño! —contestaba otro. Conversaban así, entre dormidos y despiertos, cuando un ángel resplandeciente cruzó el espacio y se detuvo junto a ellos, plegando las alas. Los pastores, al verlo, empezaron a temblar, llenos de temor; hasta que el ángel se paró junto a ellos, y les habló así:

—No tengan miedo, pastores, porque vengo a anunciarles una gran alegría. En la ciudad de Belén acaba de nacer el Salvador, que es Nuestro Señor Jesucristo. Hallarán al niño envuelto en pañales y echado en un pesebre.

Enseguida una multitud de ángeles, que bajaban del cielo como una bandada de pájaros, se juntaron al ángel que acababa de hablar Y todos en coro alababan a Dios y decían:

—Gloria a Dios en las alturas, y en la tierra paz a los hombres de buena voluntad.

Después todos los ángeles regresaron al cielo, visto lo cual, y sin salir todavía de su asombro, los pastores empezaron a decirse:

—Vamos a Belén inmediatamente para ver lo que ha sucedido.

Acercándose con mucha prisa al lugar señalado por el ángel entraron en el pesebre y vieron a María y a José, que vigilaban el sueño del niño: otras personas habían llegado ya; y todos, puestos de rodillas, adoraban al Niño Dios, que dormía envuelto en una claridad misteriosa. Al verlo entendieron los pastores todo lo que les había dicho el ángel sobre aquel niño. Y a su vez doblaron las rodillas en aquel humilde pesebre que, por ser la cuna del Salvador, ya tenía la majestad de un templo.

Justamente en aquellos días tres Reyes Magos habían venido del Oriente a Jerusalén. La multitud los rodeaba en la calle, y no había uno que no se asombrase al ver la riqueza, los vestidos magníficos y las resplandecientes alhajas de aquellos reyes. Entonces los Magos preguntaron, acariciándose las barbas:

—¿Dónde está el rey de los Judíos, que acaba de nacer? Porque vimos su estrella en el Oriente y venimos a adorarle.

Cuando el rey Herodes, que allí tenía su palacio, tuvo noticia de lo que andaban preguntando los Reyes, se asustó grandemente, y toda la ciudad se asustó como él; porque Herodes era el rey de los Judíos, y los Magos decían que acababa de nacer otro rey de los Judíos. Herodes reunió a los principales sacerdotes de Jerusalén y les preguntó:

—¿Dónde nacerá el Cristo, según los profetas?

—En Belén —contestaron ellos sin vacilar.

El rey Herodes llamó entonces a los Magos, averiguó cuándo se les había aparecido la estrella en el país de donde venían, que era el Oriente; y mandándolos a Belén les dijo:

—Vayan y averigüen bien lo del niño. Y cuando lo hayan encontrado me lo hacen saber in mediata mente, para que yo también pueda ir a adorarlo.

Los Magos se despidieron y tomaron el camino de Belén. La
misma estrella que habían visto en el Oriente los iba guiando ahora: la estrella caminaba en el cielo y los Magos caminaban en la tierra. Y fueron así hasta que la estrella se detuvo a la entrada del pesebre. Entonces aquellos hombres llenos de sabiduría entraron en
la rústica morada, encontraron al niño con María su madre, y do-
blando las rodillas lo adoraron. Todos los que estaban allí ¡lo salían
de su asombro al ver a esos tres Reyes que habían venido de tan lejos y que con tanta humildad se arrodillaban a los pies del niño:

—Este niño es el verdadero Salvador —pensaban— pues hasta los reyes abandonan sus países para adorarlo.

Después los Magos abrieron los cofres que traían en sus ca-
mellos y empezaron a sacar sus riquezas: había joyas de oro y de
plata, piedras preciosas que relucían como carbones encendidos,
ricas telas y todos los perfumes del Oriente. Y eligiendo entre lo
mejor le hicieron al niño un regalo de oro, incienso y mirra. Le
ofrecieron el oro como a Rey, el incienso como a Dios y la mirra
como a hombre.

Así adoraron y regalaron al niño aquellos príncipes orienta-
les. Luego, como un ángel les avisara que no volvieran a Herodes,
los tres Magos regresaron a su tierra por otro camino.

Después que transcurrieron los ocho días, a contar de su nacimiento, el niño recibió el nombre de Jesús, como había dicho el
ángel a María cuando se le apareció en su casa de Nazaret. Y éste
de Jesús es el nombre que abre los ojos del ciego y las orejas del
sordo. Es el nombre que desata la lengua del mudo y el andar del
paralítico. Es el nombre que apaga la sed, mata el hambre y resu-
cita a los muertos. Y es tan grande el poder de este nombre que,
como dice el Apóstol, al oír el nombre de Jesús se arrodillan todas
las criaturas del cielo, la tierra y el infierno.

Cumplidos ya los días de la purificación de María llevaron al
niño a Jerusalén, para presentarlo al Señor en su templo. Y según
la ley llevaban tina yunta de palomas para ofrecerlas a Dios. Había
en Jerusalem un hombre justo, llamado Simeón, que había esperado largamente la venida de Cristo. Ya el Espíritu Santo le había
prometido que ¡lo se moriría sin haber visto antes al Salvador. Sucedió entonces que cuando José y María estaban con el niño Jesús

en el templo, entró Simeón, guiado por el Espíritu Santo, y al ver al niño lo tomó en sus brazos y bendijo a Dios, porque acababa de reconocer en aquel niño al Salvador del mundo. Entonces dijo Simeón, alzando los brazos al cielo:

—Ahora, Señor, puedo morir tranquilo. Porque, como me lo habías anunciado, mis ojos han visto al Salvador

Pero el rey Herodes estaba lleno de furor al ver que los Magos se habían ido sin avisarle nada. Aquel niño que habla nacido en Belén, y al cual los Magos habían dado el título de rey de los Judíos, lo tenía muy preocupado y no lo dejaba dormir. Herodes temía que aquel niño le quitara su corona de rey: ¡lo se imaginaba que Jesús rechazaría mis tarde aquella corona y que diría, frente a su juez Pilatos: "Soy rey, pero m¡ reino no está en la tierra, sino en el cielo."

Lleno de irritación y temor, Herodes ordenó matar a todos los niños que había en Belén, de dos años abajo, con la esperanza de que Jesús fuera muerto entre aquellos niños. La orden se cumplió, y durante algunos días Belén presenció escenas horribles: los niños eran arrancados de los brazos de sus madres, y muertos allí mismo por los crueles soldados del rey Herodes; en Belén no se oían más que gritos de dolor, quejas y llantos.

Pero adelantándose al peligro, un ángel se le apareció a José, mientras dormía, y le dijo:

—Levántate, José, toma al niño Jesús y a su madre, y huye a Egipto, y estate allí hasta que yo te diga. Porque Herodes está buscando al niño para matarlo.

Obedeció José la palabra del ángel, y en medio de la noche hizo los preparativos del viaje: la Virgen María con el niño en sus brazos montó en un burrito que José había ensillado apresuradamente, y la Santa Familia huyó de Belén, aprovechando la sombra de la noche y el sueño de los centinelas.

El viaje fue largo y peligroso: a veces cruzaban desiertos sin agua, y sufrían los tormentos de la sed, el calor y la arena; otras veces tenían que atravesar bosques llenos de animales feroces o de bandidos que asaltaban a los viajeros para robarles. Llegaron al fin a la tierra de Egipto, donde permanecieron hasta el día de la muerte del rey Herodes.

Estos fueron los primeros días y las primeras aventuras del Niño Dios. Muerto Herodes, el mismo ángel que había ordenado la huida se presentó delante de José, en Egipto, y le dijo así:

—Levántate, José, toma al niño y a su madre, y vuelve a la tierra de Israel; porque han muerto ya los que querían matar al niño.

Obedeció José y se instaló con su familia en tierra de Galilea. Allí transcurrió la infancia de Jesús: una infancia escondida y sin episodios, de la que no tenemos casi noticias. Sólo sabemos que el niño se fortificaba, crecía y era notable por su mucho saber. Las leyendas pintan al niño, en una casa rústica de Galilea, ayudando a José, su padre, que trabajaba de carpintero. Se sabe, sin embargo, que la Santa Familia se trasladaba todos los años a Jerusalén, en el día de la Pascua; y se cuenta que en una de esas ocasiones el niño Jesús, que tenía doce años, sorprendió a los sacerdotes del templo con sus palabras llenas de sabiduría.

Y con el andar de los años este niño maravilloso se hizo hombre. Entonces empezó a enseñar su ciencia, que era una ciencia de amor: enseñó que todos los hombres somos hermanos, porque tenemos un mismo padre celestial, que es Dios; y decía que, siendo hermanos, debemos amarnos los unos a los otros. También decía que los hombres justos gozarán, en el cielo, una vida eterna y feliz; y enseñaba que hemos de ganar la felicidad de aquella vida eterna, y que la ganaremos si somos buenos, pacientes y virtuosos. Predicaba todas estas cosas en los campos, en las ciudades, a orillas del mar y en las montañas: la palabra de Jesús era dulce, y los humildes la escuchaban y la entendían fácilmente, porque Jesús les explicaba todas las cosas, hasta las más difíciles, por medio de comparaciones sencillas.

Jesús enseñó a los hombres las leyes de la caridad: les enseñó con la palabra y el ejemplo. Las enseñanzas de este Maestro Divino vivirán eternamente, porque son las enseñanzas de Dios mismo, que tomó la forma del hombre, para enseñar el verdadero camino que ha de seguirse en esta vida, para ganar la otra.

# NARRACIÓN CON ESPÍA OBLIGADO*

En un suburbio de Avellaneda lindante con Barracas al Sur aún existía no hace mucho un cafetín llamado "La Payanca", nombre que por su evidente anacronismo no era ya inteligible para un vecindario en constante dispersión y renovación. Era muy cierto que algún antiguo sobreviviente de la zona podía recordar ante "La Payanca" cierta edad de malevos frutales y de guapos con leyenda mitad real y mitad inventada; pero también lo era que su actual propietario, un siriolibanés al que llamaban el turco Jorge, no había recibido aquel "paquete folklórico" junto con las mesas trastabillantes y el mostrador en ruinas que figuraban en el inventario del establecimiento. A la luz diurna, el cafetín vivía de una clientela migratoria integrada por camioneros y otros bebedores errantes. Pero en sus horas nocturnas, cuando la barriada era sólo un montón de cuerpos fabriles que habían caído bajo la ley del sueño, "La Payanca" revestía su carácter definitorio, el de un aquelarre mínimo y sólo decorado por cien generaciones de moscas, en el cual se reunían tres o cuatro grupos de almas brujas ante la mirada calculadora del turco Jorge. Fue, justamente, a uno de tales grupos en *sabbat* que se manifestó cierta noche Gregorio Sanfilippo.

Constituían el grupo en cuestión tres muchachones parasitarios de los que aún subsisten merced a ciertas hermanas indulgentes, a ciertos cuñados mártires o a ciertas "madrecitas" de literatura tanguera que suelen invocarse así: "Arrímese al fogón, / viejita, / y a mi lado / encienda un cimarrón" /, etcétera, etcétera. Jefe indiscutible de la "barra" era el mono Gutiérrez, un bachiller truncado en flor que asumía naturalmente la intelectualidad del conjunto erigido en "peña"; lo secundaban un tal Petróvich, "va-

* Aparecido en *Crónicas con espías*, Buenos Aires, Jorge Álvarez, 1966. Selección, prólogo y notas de Juan Jacobo Bajarlía, pp. 69-96.

goneta" integral y primogénito de un trabajador del cuchillo en la Swift, y el músico Arizmendi, entregado a la "nueva ola" con guitarra eléctrica y todo. Verdad es que Arizmendi había intentado ejercitar su instrumento en el cafetín; pero el turco Jorge, tras un ruidoso ensayo, se lo había prohibido al advertir que las vibraciones de la guitarra eléctrica ponían en peligro la ya insegura estabilidad de sus botellas en el estante. Por aquel entonces, integraban, además, el elenco estable de "La Payanca" los Dos Jubilados, metidos en una serie de trucos al parecer inacabable, los Tres Metalúrgicos de *overall* acodados en su mesa y los Tres Hombres Oblicuos que alrededor de la suya tenían el aire de una vacancia irredimible.

Aquella noche, la que da comienzo a este relato, el nuevaolero Arizmendi estaba comunicando a sus compinches absortos el resultado final de cierta elaboración guitarrística: era un "ritmo" diabólico, por el cual tanto los "aulladores" como los bailarines entrarían en éxtasis merced a una desarticulación total de sus sistemas respiratorios y circulatorios.

—¿Cómo se llamará ese ritmo? —le preguntó Gutiérrez en abstracción.

—Se llamará "El Infarto".

Pero el mono Gutiérrez no se convenció. El hecho de que se mantuviera él en el polo sur de cualquier tradicionalismo no invalidaba su teoría de que sólo el tango, pese a su visible derrota, era el ritmo natural de Buenos Aires.

—El tango ha muerto —rezongó Arizmendi—. ¡Paz en su tumba!

—El tango es una posibilidad infinita —sentenció el mono.

Y explicó de qué manera el tango, en sus tres avatares, había investido la forma sensual de candombes y habaneras, para rendirse luego, bajo el influjo itálico, al sentimentalismo lloroso de la canzoneta napolitana. Más tarde, y a medida que la ciudad ganaba en abstracción, el tango fue librándose de su peladura sentimental y de sus gomas fluidas, hasta llegar al bandoneón geométrico de Astor. Claro está que Gutiérrez, en este punto, no dejaba de censurar las "letras" vagamente líricas de Piazzola: una música geométrica reclamaba un texto geométrico. Y el mono, en su porteñismo insobornable, pensaba sugerir al gran Astor que musicalizase así el teorema de Pitágoras:

"En todo triángulo rectángulo,
papusa,
el cuadrado de la hipotenusa..."

Insensible a las razones de sus dos contertulios, el "vagoneta" Petróvich se confirmaba en su tesis de que "nueva ola" y tango sólo eran medios útiles para entrar en la órbita no siempre fácil de las mujeres. Y se disponía él a manifestarse como un tercero en discordia, cuando un hombre desconocido se acercó lentamente a la mesa, como si vacilara entre su timidez y su resolución.

—¿Me dejan sentar con ustedes? —preguntó a los integrantes de la barra.

El mono Gutiérrez lo estudió un instante sin curiosidad.

—¿Con qué fin? —inquirió luego.

—Estoy solo —contestó el hombre.

Aquella razón le habría bastado a Scalabrini Ortiz; y les bastó a los tres contertulios.

—¿Cómo se llama usted? —le preguntó Arizmendi.

—Sanfilippo.

—Tome asiento —lo invitó Gutiérrez con absoluta naturalidad.

Mientras el desconocido lo hacía, tres pares de ojos analizaban su estructura exterior en muy visible descalabro. Sanfilippo era un hombre de edad indescifrable, ya que —según observó el mono— habría estado igualmente parejo en la mesa de los Hombres Oblicuos, en la de los dos Jubilados o en la de los Metalúrgicos. "¿Y por qué no en un Jardín de Infantes?", rió Gutiérrez en su alma. Como un papel en blanco, el rostro de Sanfilippo nada sugería, con excepción de sus ojos verdepantano, absolutamente muertos, en los cuales a veces alentaba cierta fosforescencia de internos materiales podridos. En cuanto a sus ropas, tenían el aire vago y general de las que han vestido muchos cuerpos, dejando aparte su corbata insólita, su corbata de tintes alucinatorios, que no tardó en fascinar a sus tres observadores.

—¿De dónde viene? —le preguntó el músico.

—De Mataderos —respondió él.

—¿Por qué dejó su barrio?

—Mi tío Giulio me sacó a patadas.

—¿Tenía motivos? —insistió Arizmendi.

—No me dejaba practicar mi oficio.

—¿Qué oficio? —inquirió Petróvich.

—Remontar barriletes —declaró Sanfilippo entre cobarde y fanático.

El mono Gutiérrez consultó a sus dos amigos con la mirada. Y recibió una respuesta unánime: Sanfilippo era un "punto" sublime que les llovía del cielo para matizar sus existencias en ese cafetín de mala muerte.

—Oiga, Sanfilippo —le advirtió el mono—: si ha de ingresar en esta "peña" será bajo dos condiciones.

—Escucho —dijo él, tenso de ansiedad.

—Primero —insistió el mono— tendrá que decirnos el color exacto de su corbata.

—No lo sé —tartamudeó Sanfilippo—. La trajo mi tío Giulio de Norteamérica.

—Ese color no existe —opinó Arizmendi.

—Ese color no pertenece a este mundo —corroboró Petróvich—. ¡Estamos en un callejón sin salida!

Temblaba Sanfilippo en su temor de ser "bochado". Pero Gutiérrez tuvo de pronto una iluminación:

—Sí —dijo—, esa corbata peliaguda tiene color de "psicoanálisis".

Petróvich y Arizmendi, en su delicia, estrecharon la diestra fofa de un Gutiérrez modesto.

—¿Qué cosa es el psicoanálisis? —osó decir Sanfilippo en un brote del orgullo que la posesión de tal corbata le sugería.

—Es algo referente al "bocho" de la humanidad —le aclaró Petróvich.

El mono Gutiérrez no era hombre de dormirse sobre ningún laurel:

—Vea, Sanfilippo —lo amonestó, apuntándole con su índice conminatorio—: el oficio de remontar barriletes "no corre" por aquí. ¡Señor, no estamos en la Edad Media! Nosotros tenemos profesiones liberales de gran categoría.

—¿Qué son ustedes? —inquirió Sanfilippo.

—Faquires —le respondió Arizmendi.

—¿Tiene que ver con la peluquería de señoras?

—Tiene que ver con el ayuno —aclaró Petróvich no sin alguna tristeza.

Pero Gutiérrez volvió a la carga:

—Escuche, Sanfilippo —lo aconsejó—, lo que hará usted es

buscarse un oficio entre útil, "abacanado" y misterioso. Búsquelo y vuelva.

—Yo... —se disculpó él en su naufragio.

—¡Vaya y cumpla! —le ordenó un Gutiérrez majestuoso.

Abandonando la mesa ilustre, Sanfilippo caminó hasta la salida del cafetín y se perdió en las tinieblas exteriores.

A la noche siguiente "La Payanca" ofrecía su aire de costumbre: los dos Jubilados cantaban sus envidos y trucos monótonos; las cabezas de los tres Metalúrgicos en *overall* se unían y se distanciaban alternativamente como en un conciliábulo; pese a su inmovilidad y su silencio, los tres Hombres Oblicuos traducían ahora un conato de animación. En cuanto al trío de la "peña", se concentraba en un mutismo expectante: los ojos de Gutiérrez, de Petróvich y de Arizmendi corrían desde sus relojes hasta la puerta del cafetín, aguardando el retorno de Sanfilippo y de su corbata única. Pero el héroe no se manifestó esa noche; y el mono Gutiérrez, en su congoja, se preguntó si no había malogrado el juego al exigir de aquel hombre un oficio imposible. Hasta la madrugada, los corazones de la tertulia fueron secándose y arrugándose como tres hojas muertas.

Pero en la segunda noche, cuando los tres desesperaban, vieron entrar a Sanfilippo con su atonía de muñeco mecánico, sus ojos pantanosos y su corbata indecible que parecía traerlo a él, y no él a ella, como una maldición o una gloria.

—¿Y? —le preguntó Gutiérrez exaltado.

—¿Qué cosa? —repuso él.

—¡El oficio! —gritó el mono.

—¡Diga el oficio! —urgió Arizmendi como sobre ascuas.

Abstracto, con el fantasma de una sonrisa en la boca, Sanfilippo mostró a la luz un mazo de tarjetas profesionales que traía, y dejó una en cada mano de sus anfitriones. La tarjeta, en impresión barata, decía:

GREGORIO SANFILIPPO

Espía

Trabajos a domicilio

Los tres contertulios de la "barra" se quedaron con la boca abierta. Luego pasaron del asombro a la intelección y de la intelección a un golpe de hilaridad tremenda que los hizo retorcer en sus asientos.

—¡Bravo, Sanfilippo! —estalló Arizmendi.

—¡Sanfilippo, mándese una ginebra! —lo invitó Petróvich entusiasmado.

—Gracias —rehusó el héroe—: no bebo cuando estoy de servicio.

Al oír aquel lugar común de película detectivesca, los tres volvieron a reír torrencialmente: no había duda que Sanfilippo era un "punto" de valor incalculable. Y el primero en recobrar la calma fue Gutiérrez:

—¡Ya tengo mi oficio! —protestó él dulcemente.

—¡Hay que practicarlo! —insistió el mono.

Y añadió, tendiendo su índice a los otros parroquianos:

—Ahí tiene una clientela posible.

Temblando como una rama en su timidez y desconcierto, Sanfilippo se acercó a la mesa de los Jubilados y se mantuvo de pie junto a los dos contrincantes de baraja.

—¡Truco! —gritó el Jubilado en Gris.

—¡Quiero y vale cuatro! —le replicó el Jubilado en Negro.

El Jubilado en Gris abandonó las cartas: era un vejete de rostro dulce, liso y sonrosado como una torta de confitería. En visible contraste con su rival, el Jubilado en Negro exhibía una cara de filo de machete, cortante y ácida como un triángulo isósceles invertido y en escabeche. Al advertir a su lado la figura inmóvil de Sanfilippo:

—¿Quién diablos es usted? —le preguntó agriamente.

Sanfilippo le dio una de sus tarjetas profesionales e hizo lo propio con el Jubilado en Gris. Uno y otro, al leer los títulos de la tarjeta, volvieron sus miradas inquisitivas a los integrantes de la "peña"; desde la cual el mono Gutiérrez, atornillándose un dedo en la sien, les comunicó a distancia que Sanfilippo tenía "los cables pelados".

—Amigo —advirtió entonces al "espía" el Jubilado en Gris—, por ahora no hay en la casa ningún trabajo de espionaje.

Sin dar muestras de haber oído y como fascinado ante la mesa de juego en la que no se amontonaban ni fichas ni porotos:

—¿Qué se juegan ustedes? —inquirió Sanfilippo con una falta de curiosidad que pareció lindante con la idiotez.

Una chispa de humorismo brilló en los ojos de los dos vejetes.

—Nos estamos jugando el alma de un tal Juan Scorpio —anunció el Jubilado en Gris.

—¿Cuánto vale? —insistió Sanfilippo.

—Su cotización ha subido tres puntos en la Bolsa —le confió el Jubilado en Negro—. ¡Y subirá todavía!

—¿Quién es Juan Scorpio? —volvió a inquirir Sanfilippo en su candor angélico.

El Jubilado en Gris le respondió con infinita benevolencia:

—Usted es un técnico del espionaje, ¿digo bien? Entonces, ¡averígüelo, muchacho!

Y barajó las cartas en anuncio de otra partida. Sanfilippo se comió dos papas fritas de las que acompañaban el fernet de los Jubilados. Luego, como un papel sucio en alas de un viento cuya ley desconocía, se acercó a los tres Metalúrgicos y les distribuyó sus tarjetas. Los de *overall*, aleccionados ya, como los Hombres Oblicuos, por un mensaje de Gutiérrez en que se les comunicaba la esquizofrenia del "espía" recibieron a Sanfilippo con talantes diferentes.

—La R. S. no admitirá chiflados —rezongó el Metalúrgico Esquelético—. Los chiflados consumen sin producir.

—Hasta que llegue la R. S. no está mal divertirse —le replicó el Metalúrgico Gordo, quien, por serlo, tenía una fácil inclinación a la juerga.

Sanfilippo los escuchaba como quien oye llover, puesta su inocente mirada en un diseño industrial que yacía junto a las copas de los Metalúrgicos y que insinuaba quizá las distintas piezas de un artefacto.

—¿Qué representa esa calcomanía? —ronroneó al fin, indicando el diseño.

—No es una calcomanía —le respondió el Metalúrgico Gordo.

—¿Qué cosa es?

—¡Me revientan los chiflados! —volvió a gruñir el Metalúrgico Esquelético.

Pero el Gordo se divertía sin vueltas:

—Este dibujo —le explicó a Sanfilippo— muestra un cohete de tres etapas.

—Yo sé algo de vuelos —le declaró Sanfilippo.

—¿Aviones? —le preguntó el Gordo.

—No, señor: barriletes. ¿Usted piensa ir a la luna?

Intervino aquí el Metalúrgico Calvo, silencioso hasta entonces:

—Vamos a poner en órbita un satélite argentino, como los rusos y los yanquis.

—Mi tío Giulio volvió de Norteamérica —se pavoneó Sanfilippo—. Allá fabrican el cinematógrafo.

—Nuestro satélite artificial es una obra de patriotismo —insistió el Calvo, lleno, al parecer, de fervor—. ¿Usted es patriota?

—Soy patriota: en el colegio, un 9 de julio, me dejaron llevar la bandera —recordó Sanfilippo.

—¿Quiere ponerse con nosotros en órbita? —lo invitó el Calvo.

Desgraciadamente Sanfilippo se hundía otra vez en la ciénaga intelectual que le otorgaba un límite de atención muy estrecho. Abandonando a los cosmonautas, arrastró sus pies hasta la mesa de los Hombres Oblicuos.

—¿Hay trabajo? —les preguntó desmayadamente.

—No hay trabajo —le contestó el Oblicuo Primero.

Cacareante, sin expresión alguna, como si recitara una lección de memoria, Sanfilippo insistió:

—Escuchen: si hay entre ustedes algún cornudo irredento, si tienen alguna hija revirada o algún hijo malandrín, si desconfían de un socio infiel o de un empleado "chorro", yo los espiaré como la gente y a precios que dan risa.

—¿Qué dice? —lo enfrentó el Oblicuo Primero.

Y siguió estudiando un esquema infantil hecho a lápiz en una hoja de cuaderno.

—¿Son los deberes del colegio? —inquirió Sanfilippo, dejando caer sobre la hoja una mirada sin luz.

—Es un plano —le contestó a regañadientes el Oblicuo Tercero—. Somos constructores de obras.

—Mi tío Giulio trabajó en los rascacielos de Norteamérica —ronroneó Sanfilippo—. Volvió sin un centavo de dólar. Mi tía Filomena le tiró el palo de los tallarines. Ahora vende naranjas en un carrito.

Desolado hasta la muerte, Sanfilippo recogió las tarjetas que también había entregado a los constructores; hizo lo propio en la mesa de los cosmonautas y en el tapete de los Jubilados. Enseguida regresó a la "peña" donde sus amigos y promotores lo aguardaban con ansiedad.

—No hay "laburo" —les dijo—. Yo "me abro".

—¡Usted no ha trabajado bien! —lo censuró Arizmendi.

—¡No tiene cancha! —se lamentó Petróvich.

Con el ceño adusto, el mono Gutiérrez fulminó al "espía" en derrota:

—¡Sanfilippo, al rincón!

—¡Yo no fui! —protestó él en una suerte de lloriqueo escolar.

—¡Al rincón he dicho! —insistió el mono.

—¡Yo no hice nada! —volvió a lloriquear Sanfilippo, dirigiéndose a un rincón del cafetín e inmovilizándose allá de rostro a la pared.


Los eventos que acabo de referir sucedieron en la noche de un viernes. En las del sábado y domingo, mansamente festivas, los cuatro grupos estables de "La Payanca" se diluyeron en una marea de borrachos parroquiales y estibadores ociosos. Durante aquellas dos veladas, la "peña" intelectual aguardó en vano a Sanfilippo, y sus integrantes cayeron al fin en una rabieta de niños que acaban de perder un juguete valioso. El lunes por la noche todo volvió a su ritmo; ausentes las comparsas, el escenario recobró la intimidad de sus protagonistas y el turco Jorge su relieve casero de patrón y mozo a la vez. No obstante, algo parecía cambiado en aquel tabladillo: Gutiérrez, Petróvich y Arizmendi, como presas de una mordedora inquietud, no daban otra señal de vida que la de sus ojos encadenados a la puerta del cafetín. A su vez los Metalúrgicos parecían iniciar una etapa crítica en su empresa de cosmonavegación; y los dos vejetes jugadores de truco manifestaban ya una tensión beligerante que se traslucía por igual en el Jubilado Gris (un cara de torta) y en el Jubilado Negro (un rostro de avinagrada geometría).

Por su parte, los tres Hombres Oblicuos no eran ajenos al pulso novedoso del cafetín. Juntas ya sus cabezas, el Oblicuo Primero esbozaba un resumen de la situación.

—Todo encaja muy bien —expuso a sus compinches—: tenemos el plano del caserón, y el Viejo tacaño vive solo.

—José —lo interpeló el Oblicuo Segundo—, ¿cómo entramos en la casa?

—La casa —respondió él— tiene una sola puerta, con su llave, su candado, sus pasadores y un timbre de alarma que fabricó el mismo Viejo por no gastar un cobre.

—Forzar la puerta sería un macanazo —reflexionó el Oblicuo Tercero.

—¿Quién habla de forzar la puerta? —dijo el Primero en su visible jefatura.

Extendió la hoja de cuaderno y su índice amarillo de nicotina recorrió el esquema elemental.

—Aquí —enseñó— hay un potrerito que linda con la casa del Viejo. Esta es la pared medianera que vamos a saltar esa noche.

—¡José —protestó el Oblicuo Segundo—, el Viejo defendió esa pared con vidrios de botellas!

—Para eso están las frazadas —lo tranquilizó el Oblicuo Primero—. Hay que saltar esa pared.

—¿Y el perro?

—Le vamos a tirar su "almóndiga" con raticida. El Viejo avaro lo tiene muerto de hambre.

Voces fervientes que llegaron de la "peña" truncaron el coloquio. Los tres Hombres Oblicuos, dirigiendo sus miradas a la puerta del cafetín, se tranquilizaron al ver que Sanfilippo hacía una entrada triunfal entre los aplausos de Gutiérrez, la risa de Petróvich y algunos lagrimones de Arizmendi que, pese a su condición de nuevaolero, era sin duda un sentimental.

Ajado como nunca, más revuelto de pelambreras y evanescente de ojos, con una barba de tres días y una niñez de "cero kilómetro", Sanfilippo mostraba empero una novedad increíble, cierta rosa mosqueta de jardín vecinal que al lucir en la solapa de su chaquetón mugriento daba la sensación penosa de una orquídea lanzada por error a un tacho de basuras. Insensible a los reclamos de su "barra", Sanfilippo corrió a la mesa de los Jubilados:

—Ya investigué a Juan Scorpio —les anunció—: los vecinos dicen que Juan Scorpio no tiene alma.

—¿Y qué? —repuso el Jubilado Gris.

—Que si ustedes están jugando el alma de Juan Scorpio y si Juan Scorpio no tiene alma, ustedes están jugando "al pedo" —concluyó Sanfilippo.

Les tendió su tarjeta y añadió contundente:

—Son treinta y cinco pesos y chirolas.

—¿Conoce usted a Juan Scorpio? —lo interrogó al Jubilado Negro con una punta de inquietud.

Sanfilippo esbozó una sonrisa o mueca neutral:

—Voy a casarme con su hija Lilí —anunció abstractamente.

Y se dirigió a la "peña" donde lo aguardaban tres corazones jubilosos. Gutiérrez lo aferró en un abrazo de pulpo, lo sentó a la mesa y le hizo tragar una copa de moscato sin darle resuello.

—¡Sanfilippo! —lo aduló Petróvich con voz elogiosa.

—¡Hombre! —le dijo Arizmendi—. Creíamos que había regresado a Mataderos.

Bajo aquel diluvio de cordialidad Sanfilippo se limitó a oler intensamente la rosa que adornaba el ojal de su chaquetón.

—¿Qué flor es esa? —le preguntó Gutiérrez en un despunte de su desconfianza.

—Es del jardín casero de Lilí —respondió Sanfilippo—. Ella tiene unas manos de ángel para las flores y la torta pascualina.

Los tres integrantes de la "peña" sintieron un escalofrío en la columna vertebral.

—¡Sanfilippo se nos ha enamorado! —gimió Arizmendi.

—¡Se nos ha enamorado hasta la verija! —rezongó Petrovich.

El mono Gutiérrez clavó en Sanfilippo una mirada taladrante:

—¿Quién es Lilí? —lo interrogó como un fiscal.

—Es la hija del señor Scorpio —se extasió él—. Un vecino "caracterizado".

Sí, los titulares de la "barra" experimentaron una sensación de alivio: Juan Scorpio no contaba con ninguna hija; y además no era un vecino "caracterizado", sino un viejo carcamán chupasangre y usurero, que vivía solo en un caserón y al que los chicos apedreaban no bien se atrevía él a sacar la nariz por alguna claraboya. Pero el alivio de la "barra" cedió lugar a una nueva inquietud: al parecer, la esquizofrenia de Sanfilippo evolucionaba ya rumbo a una "mitomanía" de diagnóstico reservado.

—¿Cómo es Lilí? —preguntó Arizmendi—. ¿Qué curvas luce y qué protuberancias?

—Para mí —alabó Sanfilippo castamente—, Lilí sólo es una cara y un vestido floreado.

—¡Está de remate! —susurró Petróvich en la oreja de Arizmendi.

Pero el mono Gutiérrez tomaba ya una mano del "espía", seca y dura como un cascote.

—Oiga, Sanfilippo —lo aleccionó—. Tenga cuidado. La mujer primero nos construye y nos destruye al final: es algo así como un "derecho de autor". ¿Entiende?

Sin entender ni escuchar, Sanfilippo bostezó tres veces y entrecerró los ojos.

—Lilí tiene un pajarito —barbotó—: un pajarito de cola negra y pecho anaranjado.

Y comenzó a roncar beatíficamente.

El martes por la noche los tres Metalúrgicos de *overall* se constituyeron en "La Payanca" más temprano que de costumbre. Sólo estaban allí los dos Jubilados, que a fuerza de habituales ya se hacían invisibles, y el turco Jorge que no tardó en llevarles a los Metalúrgicos la botella de semillón y los vasos de rutina. Ni el propio turco, en su indiferencia profesional, dejó de advertir que los hombres estaban inusitadamente conmovidos.

—¡Las papas queman en los textiles! —susurró el Metalúrgico Gordo.

—¡Y en las fundiciones! —añadió el Metalúrgico Calvo.

—¡Los frigoríficos organizan la huelga!

—¡Y el sindicato del petróleo!

Una sonrisa entre irónica y amarga se insinuó en el semblante del Metalúrgico Esquelético:

—¡Salarios! —gruñó en su desdén—. ¡Mejoras sociales en la vivienda y la previsión! ¿Qué nos importa? Nosotros queremos la R. S. total.

—¿Cuándo estallará la huelga? —preguntó el Metalúrgico Calvo.

—El viernes al amanecer —dijo el Metalúrgico Gordo.

—¿Tenemos el material completo?

—Nos faltarían algunos detonadores.

—Me los entregarán mañana —volvió a intervenir el Metalúrgico Esquelético.

Y extrajo de su bolsillo un roñoso plano de Buenos Aires en el cual fue señalando algunos puntos con la uña larga de su meñique.

—Oigan —dijo a sus camaradas—: el jueves a medianoche colocaremos los tubos de gelinita en los puentes del Riachuelo.

—¿Y las bombas de plástico? —inquirió el Metalúrgico Gordo.

—Irán en las cámaras de distribución eléctrica y en las conexiones del gasoducto.

Una euforia destructiva iluminó las caras de los Metalúrgicos unánimes, quienes se mandaron a bodega una generosa carga de semillón. Pero no tardaron en ceñirse y apagarse de nuevo cuando los tres Hombres Oblicuos hicieron su entrada en el cafetín, ocuparon su mesa y exigieron del turco un frasco de cubana sin abrir. Y como los Metalúrgicos, ya en seco, reclamaron a su vez otra botella, el turco Jorge, maravillado, se preguntó si no estarían volviendo las grandes y muertas noches de "La Payanca".

—Lo importante ahora —masculló el Oblicuo Segundo— es averiguar si el viejo guarda todo el "paco" en su caserón.

—Allí está —le aseguró el Oblicuo Primero—. El muy bestia nunca se fió de los Bancos.

—¿Dónde "amarroca" los billetes?

—En una caja de fierro más antigua que mi abuela. ¡Se puede abrir con una horquilla de mujer!

—Las mujeres ya no usan horquillas —le advirtió el Oblicuo Segundo.

—¡Es un decir, idiota!

Sin embargo, el Oblicuo Tercero parecía dudoso:

—¿Y si al abrir la caja el Viejo se despierta?

—Entonces lo ahogamos con un almohadón en la cara —decidió el Oblicuo Primero—. Es limpio y no hace barullo.

En aquel instante los Jubilados parecieron conmoverse hasta la raíz: arrojaron sus cartas y con voces resecas pidieron otro fernet doble, fastuosidad inusitada que el turco Jorge tuvo a milagro. Entonces, entre los asombros del turco y la excitación casi palpable de los tres agrupamientos que deliberaban, Sanfilippo entró en escena y arrastró con él hasta el escenario algo así como una frescura primaveral. Se detuvo frente a la mesa desierta de la "barra" y musitó:

—Los muchachos no han venido todavía.

Luego se quedó de pie, y su mirada incierta recorrió los tres grupos como una mariposa imbécil. Su aire parecía más derrotado que nunca, pese a la rosa mosqueta que aún conservaba en el ojal y cuyo semblante ya marchito sugería la tristeza de un festival pasado. Tras aquel ojeo sin norte, Sanfilippo se dirigió a la mesa de los Metalúrgicos.

—No podré acompañarlos a la luna —les dijo—. Estaré de casorio.

Y les entregó una participación de boda, toscamente impresa, en la cual se leía: "Gregorio Sanfilippo comunica a usted su enlace con la señorita Lilí Scorpio. La ceremonia nupcial ha de llevarse a cabo en la parroquia de Santa Bárbara, el sábado 7 de abril a las 21 horas".

El Metalúrgico Calvo, deponiendo su ansiedad subversiva, miró a Sanfilippo con una ternura que sus camaradas habrían estimado como un prejuicio burgués.

—Compañero —lo alentó—, será en otro viaje. Por ahora reciba nuestras felicitaciones.

Pero Sanfilippo, en otra de sus incongruencias pueriles acababa de tomar el plano de Buenos Aires, y tras olfatearlo vagamente lo doblaba ya en el intento de construir un barquito de papel.

—¡Deje usted eso! —le gritó el Metalúrgico Gordo en su alarma.

—¡Hombre, no sea criatura! —le amonestó el Metalúrgico Calvo.

Dócilmente, Sanfilippo devolvió el plano al Metalúrgico Esquelético.

—Señor —le dijo—, ¿cómo está la R. S.? Ha de ser una buena señora, muy de su casa. Mi tío Giulio no sabe apreciar a una mujer decente, así dice mi tía Filomena.

Y se dirigió al sector de los Hombres Oblicuos que lo miraron avanzar con las jetas fruncidas.

—Buenas noches —les dijo—. Voy a encargarles un departamentito a construir en los fondos de una casa.

—¿De qué casa? —le preguntó refunfuñando el Oblicuo Segundo.

—En la casa del señor Juan Scorpio —le contestó Sanfilippo como en un ensueño.

Los tres hombres palidecieron de angustia.

—¿Conoce usted a Juan Scorpio? —lo interrogó el Oblictio Segundo.

—Es mi futuro suegro: me casaré con su hija. Y ustedes ya lo saben: "el casado casa quiere".

Fue visible la indignación del Oblicuo Segundo:

—¡José —le insinuó al Primero—, encájale un castañazo! ¡Es un cataplasma!

—¡Sólo un departamentito! —les rogó el novio de Lilí—. Dos piezas, cocina y baño.

Y al advertir que los integrantes de la "peña" entraban en el cafetín, Sanfilippo voló a ellos en tren de novedades. Gutiérrez, Petróvich y Arizmendi, que ya ocupaban su mesa, leyeron la participación de bodas que les tendía Sanfilippo y lo abrazaron estrechamente.

—¡Sanfilippo tiene un aire "prenupcial" que voltea! —exclamó Petróvich en su alborozo.

Por su parte Gutiérrez estaba como alucinado ante la visión de una "cachada" infinita.

—Yo seré padrino de ese casamiento —anunció con solemnidad.

—Yo me haré cargo de la orquesta —juró el músico Arizmendi.

—Y yo del banquete nupcial —dijo un Petróvich magnánimo.

Sanfilippo los escuchaba desde brumosas lejanías.

—Eso sí —advirtió Gutiérrez ya en su carácter de padrino y consejero—, a mi entender, Sanfilippo no debe acercarse a su mujer la primera noche de boda.

—¿Por qué no? —inquirió él blandamente.

—Por "discreción" —repuso el mono.

—Y a mi entender, tampoco ha de acercarse a Lilí en la segunda noche —dijo Arizmendi.

—¿Por qué? —insistió Sanfilippo.

—Nada más que por "dignidad".

—Ni en la tercera noche —intervino Petróvich.

—¿Tampoco?

—¡Sería una imperdonable falta de "modestia"!

—¡Ni en la cuarta noche!

—¡Ni en la quinta!

Profundamente halagado, Sanfilippo escuchaba esas lecciones de cordura que prometían integrar su boda con Lilí en un platonismo eterno.


Llegó la noche del miércoles y el turco Jorge vio que sus parroquianos, lejos de volver a la sobriedad, parecían locos de sed, como si los devorase una fogata interna.

—¡Flor! —gritaba el Jubilado en Negro.

—¡Contraflor! —le respondía el Jubilado en Gris.

No menos excitados, los Metalúrgicos apuraban su botella de semillón.

—Serán diez explosiones a la vez —dijo el Metalúrgico Esquelético—. La "onda expansiva" de la T.N.T. hará bambolear la Casa de Gobierno.

—¡Y los muy idiotas creerán que fueron los "peronachos"!

Por su parte los Hombres Oblicuos, en alas de su ginebra, discutían los últimos detalles del trabajo.

—Es pan comido —aseguró el Oblicuo Primero—: ya saben que la policía estará muy acuartelada esa noche. Por lo de la huelga.

—Si es así, podríamos llevar el camión —propuso el Oblicuo Segundo.

—¿Para qué?

—Para cargarnos los muebles del Viejo.

Entretanto Sanfilippo volaba de un grupo al otro, zumbante como un mangangá, en su intento de vender los números de una rifa que había lanzado Petróvich con el objeto de adquirir el juego de dormitorio de los contrayentes.

—¿Qué se rifa? —rezongó el turco Jorge.

—La guitarra eléctrica de Arizmendi —lo tranquilizó Petróvich.


Y así llegó la noche del jueves en que "La Payanca" ingresó en la historia. El corazón mistongo del establecimiento parecía latir a un ritmo de taquicardia y la tensión de sus hombres era la de un cordaje a punto de estallar urgido por exigentes clavijas. En su alarma, el turco Jorge admitió que aquel infiernillo, tan apacible antes, escapaba ya a su contralor. Y los integrantes de la "peña", en su justificado asombro, ya captaban en el aire aquel "olor a bronca" que jamás escapó a las narices de un buen porteño. ¡Y Sanfilippo que no llegaba! ¿Dónde se habrían metido él y su cacareado romance?

La tensión del cafetín llegó a su extremo cuando, súbitamente, los dos Jubilados, tirándose las cartas a la cabeza, empezaron a insultarse con furia senil.

—¡Viejos de miércoles! —los apostrofó el Oblicuo Segundo—. ¡A ver si se callan la boca!

—¿Y por qué han de callarse? —intervino aquí el Metalúrgico Gordo—. ¡Son dos camaradas en la pasividad!

—¿Y a usted qué le importa?

—¡Me importa demasiado!

Los tres Hombres Oblicuos y los tres Metalúrgicos se pusieron de pie, como arrastrados al combate; y sus dedos nerviosos aferraban ya las botellas a guisa de armas. El turco Jorge se puso a caballo de un barril, y no en tren de batalla ciertamente. Y entonces, cuando todo anunciaba la ira de Belona, seis agentes uniformados y de civil irrumpieron en "La Payanca".

—Es un "procedimiento" —advirtió al turco Jorge un cabo sin violencia.

Dos agentes esposaron a los Metalúrgicos y otros dos a los Hombres Oblicuos, todos los cuales admitieron serenamente aquella burla de la fatalidad. Entonces los dos policías restantes, indicando a los héroes de la "peña", se dirigieron a un oficial que no había intervenido y estaba de pie junto al mostrador: el funcionario vestía un piloto gris, con el cuello levantado hasta las orejas, y el alón de un chambergo le cubría la cara.

—¿Qué hacemos con estos muchachos? —le preguntó uno de los agentes.

El oficial avanzó hasta los muchachones aterrados y se tiró el chambergo atrás. Y en ese punto Gutiérrez, Petróvich y Arizmendi gritaron su asombro:

—¡¡Sanfilippo!!

—Inspector Gregorio Sanfilippo —corrigió él, chispeante de maticia y de cordialidad.

Luego se arrancó la corbata ilustre y la puso en la mano temblorosa de Gutiérrez:

—Color de psicoanálisis —murmuró en un gargareo de risa.

Por fin se dirigió a los agentes:

—Déjenlos ir —ordenó—: somos de la misma "barra".

Un minuto más tarde sólo quedaba en el cafetín el turco Jorge, quien, aún montado en su barril, parecía la estatua ecuestre de la bancarrota. Observando lo cual Sanfilippo abandonó "La Payanca" y la inmensa noche del arrabal se lo comió de un bocado. En lo que atañe a los dos vejetes del truco, nadie averiguó jamás cuándo, cómo y por qué secreto escotillón se habían hecho perdices. Tal vez los dos Jubilados estén ahora en otro cafetín de la ciudad, jugándose todavía el alma berroqueña, el alma innoble de Juan Scorpio.

# EL HIPOGRIFO*

Maestro de primaria, ¿recuerdas al niño Walther? Yo soy aquel maestro, y narraré la historia del hipogrifo, una bestia mitad águila, según el vuelo celeste, y mitad caballo, según las fugas terrestres. Una vertical aquilina y una horizontal de caballo: si eres hombre, tal es la síntesis de tu movimiento. En cuanto al niño Walther, su desaparición continúa en la noche de lo indecible. Pero, ¡cuidado, almas buenas! No todos los desaparecidos están ausentes.

El niño Walther, sentado en su pupitre delantero: así lo miraré todavía. Si el teorema de Pitágoras lo tiene atado en el salón, todo él parece fugarse ahora por el ventanal con la mitad exacta de su enigma. El niño Walther está dentro, según el caballo, y está fuera, según el águila: será difícil entender su historia sin la noción de Walther en esa ubicuidad. Su padre me ha llamado: es el brigadier Núñez de las fuerzas aéreas, un hombre volador sobre artefactos de metal a hélices o a turbinas. Me habla del niño Walther, y sus ojos grises parecen abismados en plafones de cielo que no conozco: sí, el brigadier Núñez también es un ausente, como el niño Walther cuando está y no está en el teorema de Pitágoras.

—Un muchacho lúcido —me ha dicho el brigadier—, y usted lo sabe, profesor. Tiene sólo dos fallas que me inquietan; un gusto arisco por la soledad, que lo ha llevado a eludir toda compañía; y una inclinación a evadirse por la tangente de cualquier hecho real o imaginario. Naturalmente, hay algunas razones que justificarían esas dos fallas.

—¿Cuándo perdió a su madre? —inquiero yo.

—Muy tempranamente —se anubla el brigadier.

—Ahí está la cosa. Brigadier, cuando nace una criatura, entre

* En *Atlántida*, Buenos Aires, octubre de 1968, año IL, n° 1219, pp. 34-35.

la madre y el hijo hay un cordón umbilical, el que se corta, y otro que no se corta ni debe cortarse, un cordón umbilical psíquico de funciones muy delicadas.

—Por desgracia —se lamenta el brigadier—, las obligaciones de mi cargo me tienen lejos de la casa y de Walther. En uno de mis regresos, observé que las atonías del muchacho se transformaban en una hostilidad no beligerante sino más bien "irónica". Por aquellos días el contralmirante Bussy nos acompañó en un almuerzo familiar. Sentados a la mesa, el contralmirante y yo discutíamos asuntos referentes a nuestras armas, cuando Walther, saliendo de su abstracción habitual, interrogó al marino intempestivamente. "Señor, ¿no derrocha usted su paga en aguardiente, con los masteleros borrachos de Shangai?" El contralmirante y yo nos miramos en nuestro común asombro. Pero el marino lo tomó a broma, y dirigiéndose a Walther le advirtió: "Muchacho, desde la tracción a vapor no abundan los masteleros en el agua dulce ni en la salada. En cuanto al aguardiente, si yo fuera bebedor preferiría un whisky escocés madurado en su pipa de roble". Walther lo estudió, al parecer defraudado: "Capitán —insistió—, ¿no ha hecho usted ningún desembarco en la isla Tortuga de los filibusteros?". "Te juro que no —le dijo Bussy—: creo, muchacho, que todavía estás en la cubierta de tu Salgari." "A propósito de Salgari —le anuncié yo riendo—, este muchacho ha escrito una historia titulada *El bucanero rojo:* la descubrí en un cajón de su pupitre y tiene algún mérito literario." Al oírme, Walther se puso de todos los colores y temí que fuese a llorar: se puso de pie, dejó la servilleta junto a su plato y abandonó el comedor en busca de su escondite preferido.

Advierto un sobresalto en las últimas palabras del brigadier.

—¿Cuál es el escondite de Walther? —lo interrogo.

El aviador me conduce a una ventana del estudio en que nos encontramos, y desde allí me indica el fondo mismo de la casa. Es un espectro de jardín cuyas líneas originales están desdibujadas por un largo descuido y una invasión triunfante de malezas. En el centro distingo una piscina y el verdemusgo de su costra en la tez de un agua que no se ha renovado quizá desde muertos y felices días.

—¿El refugio de Walther? —interrogo de nuevo.

—Sí, en general, y no en particular —afirma y niega el brigadier—. No es el jardín en sí: observe con atención aquella pared que sirve de fondo a la piscina. ¿Qué ve usted en ella?

—Nada —le respondo—: es una pared vulgar, cubierta de hiedras o algo semejante.

—¿Cree usted que un niño de once años, como Walther, encuentre diversión en observar una pared abstracta y cubierta de hojas uniformes?

—No, señor. ¿Lo viene haciendo él?

—A ciertas horas.

—¿Cuáles?

—Las del mediodía. Parece que sus "observaciones" requieren mucha luz.

—¿Puedo ver al muchacho? —le digo entonces.

—¡Háblele, profesor! —me autoriza el brigadier en su alarma—. Sí, a esta hora lo encontrará en el jardín y observando la pared que tanto lo atrae. Me digo a veces que unos azotes en las nalgas acabarían con sus rarezas.

Desciendo a la planta baja y salgo al jardín o a su entelequia: no me será difícil interpelar a Walther si acato y sigo las reglas tácitas que ha impuesto él a sus relaciones con el mundo. Conozco esas normas y sé tender el medio puente que Walther necesita para construir la otra mitad o la suya, pontífice recatado. El almuerzo con el contralmirante, que acaba de referirme el brigadier, me parece antiguo en la historia de Walther; desde luego *El bucanero rojo* puede ser un relato del escolar, pero sólo un dibujo de sus primeras evasiones. Lo que ignora el brigadier es que yo he descubierto los últimos poemas de Walther, escritos con tintas de colores diferentes, en una misma estrofa, según la "esencia" de cada vocablo. "¿Las palabras tienen colores distintos?", lo interrogo yo; y Walther enrojece de vergüenza. "Sí, hay una alquimia de las palabras —lo tranquilizo—: existió un poeta que lo sabía y que se llamaba Rimbaud." Desde que se lo dije, Walther construye su medio puente si le construyo la otra mitad. ¿Dónde se ha metido ahora ese pontífice, y ese Bucanero Rojo, y ese calígrafo de palabras coloreadas? No está en el jardín ahora, ni frente a la pared con su mortaja de hiedras. ¿Por qué "su mortaja"? Según lo veo, todo el jardín es un sepulcro de antiguos y amorosos días. Y de pronto Walther está junto a mí, como si acabara de responder a un llamado sin voz. No me saluda, tal vez en intuición de que su presencia es un acto continuo en mí: sólo eleva sus ojos grises a un ventanal de la casa donde un visillo recién levantado puede ocultar un dolor en acecho.

—¿Habló con él? —me interroga sin inquietud—. Lo que mi padre le haya contado es la verdad y no es la verdad.

—¿Cómo puede ser eso? —le digo yo.

—Lo real y lo irreal son dos caras opuestas y equivalentes.

—Tu padre sólo me habló de una pared vestida enteramente de hiedras —le confío.

Y estudio sus ojos grises, en los cuales me parece advertir ahora una luz de recelo. No dura mucho: al fin y al cabo yo soy quien le nombró una vez la "alquimia de las palabras". Reservado y tranquilo, Walther me conduce hasta la piscina y luego me instala frente a la pared cubierta de hojas que sirve de fondo al jardín. Y es una pared abstracta y sin relieves: una triste y vulgar pared con su traje de hiedras adventicias.

—Observe la pared, entre y sobre las hojas —me dice Walther al oído, como si temiese ahuyentar a un "alguien" o un "algo" con su voz.

Concentro mis ojos en la pared: agrando y achico mis retinas y sólo veo un múltiplo cansador de hojas uniformes. ¡Qué pared tan imbécil!

—Nada —le digo a Walther, que me observa conteniendo su respiración—. No alcanzo a ver nada fuera de lo común.

—Ensaye otra vez, pero sin forzar la vista —me ruega él.

Así lo hago y nuevamente doy con la cara neutra de la pared. Entonces, como si debatiese una duda consigo mismo, Walther me dice o se dice:

—No hay bastante luz ni afuera ni adentro.

—¿Qué has visto en la pared a mediodía? —lo interrogo con tacto.

No me responde, y en su mutismo "siento" la peligrosa tensión de una cuerda.

En la misma tensión lo veo al día siguiente: sentado en su pupitre de la escuela, Walther es una isla ensimismada en aquel archipiélago de veintiséis cabezas infantiles. Reconozco en mi alma que la tarde anterior, frente a la pared y su mortaja vegetal, no he sabido tender a Walther el medio puente que requería su confidencia; y he transitado sin dormir toda la noche, en busca de un método útil que me abra las puertas de su revelación. Al terminar el turno, lo acompaño a través de la Plaza Irlanda y sus alamedas otoñales: nuestra conversación es intrascendente, una palabra trae la otra, y hay resquicios posibles en aquella soltura de vocablos.

—Mi padre quiere que yo sea un aviador como él —anuncia Walther al fin.

—Es lógico —le digo— que un padre volador quiera un hijo volante. Y no es malo ese oficio de volar.

Una luz recelosa en los ojos de Walther: ¡atención!

—Naturalmente —añado—, el brigadier, tu padre, sólo vuela en máquinas de aluminio a reactores. Tal vez ignora que hay otros vuelos y otras máquinas de volar.

En los ojos de Walther la luz recelosa da lugar a un relámpago del ansia. Y vuelvo a decirme: "¡Atención!, ¡Atención!".

—¿Qué le pedirías a un vuelo? —interrogo soslayadamente—. Yo le pediría "la facilidad" y "la felicidad".

—¡Facilidad y felicidad! —estalla Walther en este punto—. ¡Eso anuncian las alas del animal que duerme todavía en la pared y entre las hiedras!

Y se muerde los labios en un gesto final de resistencia interior.

—¿Has visto un animal en la pared? —le digo blandamente, como tendiendo un camino de alfombras a la revelación de su secreto.

—Lo descubrí un mediodía —confiesa él—: se hizo visible un mediodía. Yo miraba las hiedras que mi madre había plantado en su hora junto a la pared. ¡Es un animal del mediodía!

—¿Qué forma tiene?

Walther se concentra, y dice al fin en una suerte de monólogo alucinado:

—El animal tiene la cabeza, el pecho y los alones de un águila. Todo lo demás en su figura se parece a un caballo que duerme tendido sobre las hojas y con sus cuatro patas en flexión.

—¿Has dicho que duerme?

—Duerme "todavía": eso dije. Y despertará de un momento a otro.

—¿Cómo lo sabes?

—Ayer cuando vigilaba su sueño el animal descorrió los párpados y vi sus ojos, nada más que un instante. Son de pupilas verdes, con estrías doradas, que llenan casi totalmente la cavidad ocular.

—¿Dirías que son "ojos crueles"?

—Eso no —protestó Walther—. Son ojos de ave de rapiña, con la dulzura, el frío, la mirada y el color de la inteligencia.

—¿La inteligencia tiene un color y un sabor?

Walther no me responde: ¡oh, alquimias olvidadas! Está deshecho y feliz tras el parto de sus revelaciones. En adelante, y hasta el rapto último, quedará tendido entre nosotros un puente sin roturas.

Aquella misma noche trato de conocer y definir la naturaleza del animal que se ha manifestado a Walther en una pared. Recordando su descripción y acudiendo a la zoología mitológica, no tardo en decirme que sin duda se trata de un hipogrifo. Busco en mi diccionario: "Hipogrifo, animal fabuloso, mitad caballo y mitad grifo, que suele aparecer en los romances de caballería". Recuerdo entonces una escena de *Orlando Furioso* donde Rugiero logra montar el hipogrifo que le ha enviado Atlante. Sí, el hipogrifo es un vehículo de caballeros embarcados en una empresa de caballería. ¡Bien! Pero, ¿a qué aventura es invitado el alumno Walther con la manifestación de un hipogrifo en la pared abstracta de su jardín? ¿Qué sentido tendrá una bestia fabulosa en Buenos Aires, ciudad que todavía no ha entrado en la leyenda, y en un mundo que parece haber cortado en sí todas las raíces de la sublimidad?

Han seguido tres días en los cuales mi alumno del pupitre delantero no da muestras de novedad alguna. Pero al cuarto Walther me incita y me urge con su mirada gris: hay en sus ojos una invitación perentoria; un cuidado insomne y también cierta dolorida perplejidad. Concluido el turno, nos volvemos a encontrar en los álamos tembladores de la Plaza Irlanda. Tal como él ya lo sabía, el animal ha despertado entre las hiedras de la pared.

—No sólo abrió los ojos —me dice—: además removió sus patas entre las hojas, y vi sus cascos de potro, duros y brillantes como las uñas de un buitre. También desplegó una de sus alas y la volvió a recoger sobre su grupa y su costillar.

—¿Eso fue todo? —le pregunto.

—No, señor —me responde—. Yo entendí que sus movimientos adormilados querían inspirarme confianza. Luego me habló.

—¿Te habló el animal?

—Sí, me habló, aunque no abriera él su pico de águila. Todo el animal se hizo "una voz" que me hablaba desde su pecho emplumado, sus alas quietas y sus remos de caballo en reposo. Era como una guitarra inmóvil y sin guitarrero, de la cual, sin embargo, brotase una música.

—¿Qué te dijo "la voz"?

—Me hablaba de galopes y vuelos.

Naturalmente —reflexiono en mi alma—: galopes abajo, según el oficio de su mitad caballuna, y vuelos arriba, según el oficio de su mitad alada. ¡Un animal extrañamente lógico en su natura monstruosa!

—¿Era una voz "neutral" o sugería un propósito deliberado? —le pregunto.

—No entiendo —vacila él.

—Te pregunto si en la voz del animal había sólo una "descripción" de viajes o algo más.

—Mucho más. Toda su música era una incitación al viaje o una proposición de viajes. Y no era una descripción del viaje, ¡sino el viaje mismo con sus temperaturas, colores, aromas y sabores!

¡Alquimia de la palabra! *En el principio es el Verbo*. El animal ha despertado y habla en su escondite de hiedras. En el tiempo que sigue, la historia de Walther y del monstruo mimético disimulado en la pared me avasalla y desvela. Si me siento a veces como "prisionero de un anacronismo", reflexiono enseguida que para los entes creadores e instalados fuera de la condición temporal el anacronismo es del todo imposible. Deduzco entonces que la reaparición de tales criaturas no responde a un caso de supervivencia mitológica sino de "necesaria oportunidad". ¿Y cuál es aquí la oportunidad del hipogrifo ante un pueril bucanero de galeones hundidos e islas olvidadas? "Animal fabuloso, mitad caballo y mitad grifo que suele aparecer en los romances de caballería." ¡Eureka! La moción de las patas, o caballería terrestre; la moción de las alas, o caballería celeste. ¡Walther está entrando en una sabrosa peligrosidad!

Aquella mañana el alumno Walther ocupa su pupitre: desde hace cuarenta y ocho horas aguardo los hechos que, a mi juicio, tendrán que darse necesariamente junto a la pared. Y sus ojos me adelantan la señal que ha de reunirnos afuera entre los álamos. Conozco allá la nueva; el animal se ha desprendido ahora de la pared, como un dibujo que abandonando su naturaleza de "figura" cobrase de pronto las tres dimensiones de un "volumen".

—Se arrancó a sí mismo de la pared —me dice Walther— y se instaló junto a mí como lo hace un caballo en relación con su jinete.

—¿Firme sobre sus cuatro patas? —inquiero yo.

—¡Tremendamente sólido! —me responde.

Y en sus ojos leo todavía la sorpresa que ha recibido no hace muchas horas ante la contradicción de un animal que ya no es una figura plana sino un terrible mecanismo de viaje y ante la agresiva combinación de formas que ha resuelto la mitad de un caballo al unirse con la mitad de un águila.

—¿Qué hizo el animal no bien se ubicó a tu lado sobre sus patas y con todo su volumen? —le pregunto.

—Yo miraba su cabeza —responde Walther— erguida sobre un cuello de plumas erizadas.

—¿Erizadas como en un "escalofrío"?

—Eso es. Y miraba sus ojos verdes, relampagueantes y sin humedad como la inteligencia.

—¿Por qué mirabas al animal en la cabeza y en los ojos?

—Porque de allí venía "la orden".

—¿Una orden?

—O una tentación, la de montar en el animal que me lo rogaba o exigía.

—¿Y lo montaste?

—Sí.

No hay pánico alguno en Walther cuando me narra su primer vuelo, jinete del hipogrifo.

—¿Has volado con él sobre la ciudad?

—Como sobre un mapa en relieve de Buenos Aires. Y sólo hicimos tres picadas: una sobre la Catedral, otra sobre la Pirámide de Mayo, la tercera y final hasta el vértice del Obelisco.

Y no hay pánico alguno: tal vez una excitación en sus palabras, y en sus ojos una hez de imágenes que se dislocaron, vistas desde ciertas alturas. Aunque previsible, aquella novedad me ha transformado: es evidente que se trata de un rapto inicial e iniciador; y aquí no es el jinete quien está sacándole los miedos a su cabalgadura, sino la cabalgadura quien está sacándole los miedos a su jinete. Bien sé yo que los próximos días le traerán a Walther otras roturas de horizontes; y me dispongo a seguirlo de cerca y observar las crecientes de su aventura. Durante una semana lo veo llegar todos los días a su pupitre, abrir su cartera y ordenar los útiles con su alíneo de siempre. Busco sus ojos, ¡pero ahora me los está negando como si respondiera él a una consigna! El pontífice ya no construye la mitad unitiva del puente: ¿qué habrá ocurrido y estará ocurriendo en el fantasma de jardín y en la pared engañosa de hiedras? Estoy indeciso en mi alarmada responsabilidad: ¿tendría que buscar al brigadier Núñez y alertarlo sobre los acontecimientos? ¿Y qué le diría? ¿Que un animal fabuloso, mimetizado entre las hojas de una pared, está seduciendo a Walther con promesas de altura? El brigadier no lo creerá: él sólo vuela en máquinas de aluminio con dos o cuatro turbinas.

Así llegan el lunes, el martes y el miércoles de la otra semana: el alumno Walther no se ha presentado esos días, y su asiento vacío ya es una gran ausencia. Tres noches hace que no duermo: ¡alguien tiene que llamar desde la casa! El jueves por la tarde, y a su requerimiento, estoy frente al brigadier, que me anuncia la desaparición del escolar: sucedió el domingo, casi a mediodía, y las investigaciones acerca de su paradero han resultado inútiles. El brigadier está consternado, yo como sobre ascuas. Y entonces bajamos al jardín o a su espectro, al otoño creciente de sus flores y hojas, a la piscina en su marco de lodo blanduzco, a la pared imbécil donde no había nada.

—Todo está igual —comenta el brigadier.

Él no ha observado que junto a la pared y grabadas en el lodo de la piscina se ven unas huellas como de animal solípedo, unas improntas recientes de cascos de caballo.

# EL BEATLE FINAL*

## 1

Y sucedió y sucede y sucederá. ¡Muy buenas noches, mundo en la balanza! En Metrópolis la finalista, el Gran Octógono desarrollaba sus actividades como una "central" humanoelectrónica del Imperio. El Gran Octógono era un polígono irregular, ya que sus lados no tenían igual importancia ni longitud en el dinamismo de aquel mundo. Sin duda el lado AB realizaba la función más vital, puesto que dirigía todos los resortes ofensivos y defensivos del Imperio, la investigación de las materias y las antimaterias, la construcción de nuevas armas físicas y psíquicas destinadas a los enemigos actuales o potenciales de la comunidad, ya fuesen internos o externos, ya se insinuaran en el plano terrestre o fueran sospechados en cualquier galaxia más o menos vecina. Sucedió, sucede y sucederá. ¡Tierra en la balanza, yo te saludo!

## 2

¡Fue posible y es posible y será posible! Yo te bendigo, santa Posibilidad! Aconteció un día en que los habitantes de Metrópolis exteriorizaron los primeros síntomas de una enfermedad secreta, una suerte de "abatimiento pestoso" que nadie había conocido hasta entonces. El lado EF del Gran Octógono, que custodiaba la salud pública, se lanzó al estudio integral de aquel morbo, no dudando que se debía o a un virus filtrable no descubierto aún o a las radiaciones de algún isótopo desconocido en la Tabla Periódica.

* En la revista *Femirama,* Buenos Aires, octubre de 1968, pp. 171-178.

Sin embargo, y tras una exhaustiva investigación de sus laboratorios, el lado EF concluyó por afirmar que la plaga no era del orden psicosomático. Ahora bien, la enfermedad crecía en Metrópolis, y sus marchitos ciudadanos desertaban de las usinas de metalurgia y electrónica, languidecían junto a los reactores atómicos y se desmayaban en las bases de lanzamiento de la cohetería interplanetaria. Y como la prensa, que nunca duerme, iniciase una campaña feroz contra la desidia oficial, el lado EF decidió transferir el expediente al lado GH del Octógono, según una estrategia de la burocracia que al parecer ha de subsistir hasta el Día del Juicio por la noche. Sucedió y sucede, porque todo efecto ya está implícito en su "causa". Y si no ríes en la causa llorarás en los efectos.

3

Justo es decir que el lado GH del Gran Octógono, cuya función era la de la enseñanza pública, tenía en Metrópolis una existencia que algunos tildaban de "invisible", ya que había resuelto sus problemas en dichosa totalidad, a saber: a) un lavaje automático de los cerebros para lograr el vacío absoluto, y b) amueblamiento del vacío así logrado con las ciencias útiles a la comunidad y mediante robots atiborrados de fichas multicolores. A decir verdad, el lado GH limitaba sus acciones a la limpieza del instrumental, y a la renovación periódica de los filtros, válvulas y electrodos que se consumían en el uso. Por lo cual sus funcionarios tenían el usufructo de un ocio que los demás, no sin envidia, calificaban de "peligrosamente paradisíaco". No es mucho, pues, que la llegada del expediente Beta (con tal nombre se caratuló la enfermedad incógnita) destruyese las armonías de aquel edén administrativo: era un "presente griego" en el cual el lado GH presintió una cesantía en masa de sus técnicos y operarios. Que así se tejió, se teje y se tejerá.

4

¡Mandolinante mandolina! ¡Salve, planeta fugitivo! Sucedió que cuando los técnicos del GH se deban por difuntos en la computadora de sueldos, habló uno llamado Ramírez en el cual sus colegas; venían temiendo un brote anacrónico del Humanismo felizmente superado en Metrópolis desde la Era del Orlón. Y Ramírez habló así:

—A mi juicio, y según la Paleoantropología de mi especialidad, el morbo que padecen los habitantes del Imperio tiene su origen en una "falta de expresión" ya crónica.

—No es posible —objetó el Secretario General—. Hemos fabricado en Metrópolis una beatitud sintética y un éxtasis colectivo a los que no les falta ni un solo átomo.

—Les faltan los "átomos expresivos" —insistió Ramírez—. Desde la época glacial en que apareció el hombre, todas las comunidades humanas tuvieron expresión: Grecia en su Homero, Roma en su Virgilio, Israel en su David, los otros pueblos en sus poetas y sus músicos, tal como si los "átomos expresivos" de aquellas felices comunidades se hubiesen concentrado en un "individuo musical" o en un "individuo poético". Los últimos de la serie dichosa fueron aquellos *beatles* o aulladores que hace apenas tres siglos alcanzaron las medallas de sus reyes, los dólares de sus fanáticos y la histeria de sus admiradoras. A Metrópolis le falta un Homero, ¿entienden?

—¡Ramírez está loco! —se indignó aquí un oficial de segunda—. ¿Qué diría el Gran Octógono si oyera ese dictamen de nuestro perito?

—Me c… en el Gran Octógono —le anunció Ramírez clásicamente.

Si aquel anuncio de Ramírez asombró a los funcionarios en razón de su anacronismo, no los impresionó como amenaza en razón de su imposibilidad absoluta, ya que los metropolitenses no realizaban ese acto fisiológico desde la Era de la Píldora Vitaminosa que no deja residuos. Con todo, su recuerdo trajo a los del GH una ráfaga de aromas folklóricos que duró exactamente un segundo con tres milésimas.

—Lo que ha expuesto Ramírez acerca de los "átomos expresivos" —adujo entonces el Director General— entra de lleno en la "posibilidad científica". Es necesario que lo conozca el Gran Consejo del Octógono.

Y el expediente Beta, con la opinión de Ramírez, fue girado al Gran Consejo en el cual el morbo común de los metropolitenses hacía estragos. ¡Esfera giratoria, te saludo, fiel a la cortesía! Es posible y ha de suceder.

5

Claro está que frente a un caso tan peligroso de "regresión", el Gran Consejo decidió enviar al perito Ramírez a una cámara de desintegración atómica, para que al éter volviera lo que había engendrado el éter. Pero la Junta de Psiquiatría, sin desestimar las razones del Gran Consejo, intervino en favor de Ramírez alegando: 1º) que nadie, como los psiquiatras, desconocía los misterios de psiquis; 2º) que si la Ciencia es una "posibilidad infinita", o la Ciencia es una diosa o es una meretriz lujosamente decorada; y 3º) que antes de atomizar a Ramírez, era mejor escucharlo y exprimir hasta la última gota de su tesis increíble. Naturalmente, la Junta de Psiquiatría, por tener más verba, ganó esa batalla. Y el técnico Ramírez, una noche, se vio ante los "capos" del Gran Octógono, seres de un poder enorme y de una envidiable longevidad obtenida merced a sus corazones ajenos de transplante reciente, a sus páncreas de nailon y a sus riñones de fibra sintética. Justo es decir que Ramírez, al principio, se intimidó ante aquellos ancianos niños o niños decrépitos que integraban el Octágono y que ponían en él ahora sus ojitos miopes como si estudiasen a un monstruo antediluviano. Pero derrotó su timidez al considerar, 1º) que los grandes jerarcas del Octógono, merced a sus cerebros atrofiados, no valían un pito sin las computadoras electrónicas y 2º) que la enfermedad Beta los apretaba ya en duros estratos de idiotez. Entonces advirtió que una suerte de risa pretérita jugueteaba en su sangre de antropólogo rebelde.

—Señores del Octógono —les dijo Ramírez—, no vean en mí a un agitador sino a un "retrógrado". La tesis que me ha valido la expulsión de la Universidad sostenía que "la bestia hombre nace para el conocimiento y la expresión". En lo que atañe al "conocimiento" sabido es que Metrópolis está en la vanguardia del mundo, pues ha descubierto que no es el hombre quien construye la Industria sino la Industria quien construye al hombre. Desgraciadamente, la "expresión" no ha seguido aquí una vía paralela de ascenso; y en ese orden los marcianos nos aventajan en diez siglos, ya que cada uno tiene un megáfono en lugar de boca y responde a los estímulos de una *broadcasting* interior. La enfermedad Beta que nos consume se debe a una ya insostenible atrofia de nuestra expresividad. Y en busca de su remedio es que yo, "el retrógrado", hice una excavación en la Historia del Hombre hasta llegar al paleolítico de la música. Naturalmente, regresé con una solución en forma de trompeta.

—¿Qué remedio pondría usted a ese morbo de la "no expresión" que aflige a nuestros conciudadanos? —le preguntó el Gran Maestre del Octógono.

—A mi entender —propuso Ramírez— deberíamos construir un Orfeo que reuniera en sí todas las voces nonatas de Metrópolis.

—¿Un robot expresivo?

—Eso es.

Tras una votación relámpago (la Democracia se mantenía en el Imperio como un lujo no caro y deliciosamente inútil) se resolvió confiar al técnico Ramírez la construcción de un poeta electrónico en escala gigante, obra de salvación nacional que pondría en juego todos los recursos del Estado en la metalurgia, la cibernética y la foniatría.

## 6

¡Teje, tejedor de humos! ¡Construye, albañil de neblinas! Lo primero que hizo Ramírez en tren de inspiración fue solicitar una botella de coñac francés entre las que se guardaban como un tesoro arqueológico en el Museo Retrospectivo de las Borracheras. Desde hacía un siglo, los habitantes de la ciudad sólo se mamaban con el cóctel de neutrones retardados que sucedió al ácido lisérgico y a las esencias destiladas de los hongos mexicanos. A favor de su botella, Ramírez concibió un *beatle* o aullador mecánico lo suficientemente poderoso como para llegar a los tímpanos resecos de los metropolitenses. El *beatle* sería un gigante de metal: tendría la forma del hombre, para que los ciudadanos lo reconocieran en sus pantallas de televisión y se conociesen a sí mismos en él; y se llamaría Ringo, en homenaje al *beatle* de carne y hueso que se inmortalizó en su edad y cuya osamenta ilustre descansaba en la abadía de Westminster. Pero, ¿qué voces y músicas habitarían el tórax electrónico de Ringo? Si el *beatle* mecánico debía expresar al Imperio, era urgente recoger y grabar todos los no proferidos acentos de sus habitantes, las euforias comunes, los temores y angustias colectivos. El viento se teje si el tejedor es hábil.

7

Tras una investigación minuciosa de psicoanalistas y musicólogos, la voz de Ringo fue compuesta, grabada y metida en el pecho metálico del *beatle,* para cuya residencia se construyó un templete monumental que reunía en sí las más óptimas condiciones de acústica. El repertorio del *beatle* se concentraba en una pieza única, rapsodia o *potpourri,* que reunía los temas siguientes de la civilización metropolitana: los éxtasis de la inseminación artificial y de los onanismos electrónicos; el goce de la píldoras vitaminosas que no dejan residuos; la tolerancia o rechazo de piezas anatómicas en injerto; la exaltación que producen los mecanismos bien aceitados y el ulular de la cibernética, el gusto de las aceleraciones y faltas de gravitación en los viajes espaciales; la expectativa y angustia de un ataque nuclear inminente desde las bases enemigas del norte; la seguridad insegura de una invasión posible desde el planeta Venus o algún punto del cosmos ya detectado por los radares; y sobre todo, la convicción oficial de que Metrópolis estaba realizando el paraíso científico largamente profetizado en la Tierra desde que se inventó el tubo de Geissler. ¡Y sucederá, lo juro por las barbas en flor del gran Heráclito!

8

Llegó al fin la noche de las noches en que Ringo, el *beatle* artificial, sería presentado a los enfermos habitantes de Metrópolis. En su templete de vidriocemento y ante las cámaras de televisión, Ringo exhibía una majestad imponente con su estructura de caja sonora, su rostro gesticulante y la enorme guitarra eléctrica sobre la cual ponía él sus dos manoplas en frenesí. Y cuando Ramírez, en *overall* de gala, hizo funcionar los controles, Ringo dejó escapar toda la sinfonía que se concentraba en su tórax, y que los transmisores del Imperio lanzaron al éter. ¡Hurra, mundo zumbante! Las estaciones médicas a control remoto, los hospitales y clínicas, los televidentes enloquecidos no tardaron en gritar la buena nueva o el milagro del *beatle.* ¡Sí, los enfermos del mal Beta curaban instantáneamente! Agonizantes listos ya para ceder al Estado sus riñones transferibles abandonaban los quirófanos con un frenético paso de baile. ¡Hurra, cascabel ebrio! ¡Metrópolis había recobrado la salud! Aunque la vieja ponzoña del individualismo ya no existía en la ciudad, el técnico Ramírez, por una sola vez y sin que sentara precedente, fue mencionado en la sesión del Gran Octógono; y se le concedió por añadidura otra botella del coñac histórico que se guardaba en el Museo con fines científicos. Y dice la leyenda que Ramírez, esa misma noche, se agarró una tranca sublime que lo lanzó a los bulevares, desnudo como había nacido, y que allí se dio a una exhibición de frescas y perimidas obscenidades. Naturalmente Ramírez fue alojado en un manicomio de lujo donde acabó sus días apaciblemente.

## 9

Se abrió desde aquella noche la Era de Ringo el *beatle* salvador. Y Metrópolis adquirió en adelante una fuerza expansiva que llegó a inquietar a sus enemigos terrestres y a sus observadores cósmicos. Todas las noches, desde su templete, Ringo aullaba, gesticulaba y punteaba su guitarrón: cada nuevo triunfo de la técnica o de la investigación científica era grabado y añadido al repertorio del *beatle*. Y los habitantes del Imperio, frente a sus receptores, exultaban ante aquel poeta mecánico que rugía y gesticulaba por ellos. Metrópolis entendió así que ya era hora de universalizar su orgulloso dominio. El orgullo es funesto cuando adquiere la forma de un batracio que se infla con sus propias ventosidades, y más aún si la Bomba X estaría y estuvo y estará.

## 10

Porque la Bomba X ya estaba en las células grises de un físico lleno de piadosas ternuras. ¡Y Ringo debió saberlo y aullarlo en su guitarra electrónica! ¿Qué debió saber el Orfeo de alambre? Que una Bomba X deja con gran facilidad el cráneo de un físico para entrar en un ciclotronante ciclotrón. ¿Qué debió aullar el *beatle*? Que no hay mucho intervalo entre las tiernas lágrimas de un físico y una explosión atómica. ¿Y qué culpa tendrían el físico y el *beatle*? Llorará en los efectos quien no rió en la causa. Por eso, cuando la Bomba X estalló y su hongo gigantesco pudo abrirse como una flor de uranio sobre Metrópolis; cuando la ola expansiva dio en tierra con el templete de Ringo, entonces el *Beatle* Final se vio libre de su cautiverio. Movido por un remanente de su condensadores, echó a caminar entre los derrumbes, gesticulando aún de risas mecánicas, aullando su canción de usina, hiriendo el cordaje imbécil de su vihuela. Ringo avanzaba por entre muros que se tambalearon aún como ebrios, columnas y chimeneas rotas, materiales en pulverización, calcomanías de hombres y mujeres laminados en el suelo. Ringo gesticulaba, reía y aullaba en un silencio sin pájaros y en un calor de horno. ¡Y fue posible y es posible y será posible, mundo feroz en la balanza!

## 11

Por último, sobre sus piernas de autómata en libertad, Ringo entró en un Museo de la Paleomúsica, y sus pies duros trituraron instrumentos antiguos, violas y contrabajos, trompetas y fagotes, órganos de tubos retorcidos, estatuas de compositores ilustres recién caídas de sus pedestales. El *Beatle* Final aún cantaba y tañía; pero sus condensadores ya se le agotaban, su voz languidecía en un tartamudeo de fonógrafo sin cuerda y sus pies vacilaban entre los escombros. Cayó al fin, primero de rodillas y después largo a largo: en su derrumbe, la testa de Ringo fue a dar contra una cabeza de Beethoven recién degollada. El Ángel de la Muerte, que recorría la ciudad, vio las dos caras juntas: la de Beethoven, con su rictus humano que aún retenía la piedra, y la de Ringo, con las aristas y rigideces que le dio la metalurgia. Y en el contraste de los dos rostros entendió el ángel la razón exacta del cataclismo.

## 12

Sucederá porque sucede y sucede porque sucedió. ¡Yo te saludo, tierra en la balanza, fiel a la cortesía! Que tengas buenas noches.

# APÓLOGO A EZEQUIEL
## SOBRE LEONES Y RATONES*

El 26 de junio último, exactamente des semanas después de cumplir sus primeros y únicos setenta años, Leopoldo Marechal dobló la servilleta y se retiró del banquete de la vida y la literatura, para él una sola unidad. Éste es el último trabajo escrito por el gran novelista de *Adán Buenosayres*, el intenso poeta de *Heptamerón* que entregó a DAVAR precisamente en su onomástico 11 de junio. El gran humanista, "honra de nuestra generación" y "fenómeno cósmico", como lo ha llamado Francisco Luis Bernárdez, aparece aquí en toda su sutileza, su teológica visión del alma humana, su estética y su humor.

Querido Ezequiel, al iniciar este apólogo me aflige la desgracia de no recordar quién fue el general o el déspota (y ambas preciosidades vienen juntas a ratos) que dijo cierta vez en un arranque de su ambición o de su modestia: "¡Prefiero ser cabeza de ratón a ser cola de león!". El hecho en sí no habría tenido ninguna trascendencia si la historia, que nunca duerme, no hubiera estado junto al general con el oído atento y la pluma lista. Porque la Historia es un rumiante circunspecto que se alimenta sólo de frases célebres. Ezequiel, no caigas jamás en la tentación de lanzar una frase histórica: si lo haces, correrás el riesgo de que te apedreen o te levanten un monumento, dos alternativas igualmente incómodas para la salud, sobre todo la segunda si tienes en cuenta la intemperie cruel en que viven las estatuas. Lo cierto fue que nuestro general, tras emitir la frase, lanzó su ejército de ratones contra un honrado pueblo de ratones, porque deseaba ser cabeza de ratón antes que cola de león.

* En *Davar*, Buenos Aires, nº 124, invierno de 1970, pp. 23-25.

¿Y el león qué dijo frente a esa insolencia de la fábula? No ignoras, Ezequiel, que el león es una dignísima bestia solar, que a menudo raya en lo sublime y que siempre gozó de una prensa muy favorable. Al oír al general, el león impasible continuó echado en su desierto, con la flor de su noble testuz remontada en el aire y el noble escobillón de su cola removiendo las arenas.

Pero el joven Anacarsis, que recorría el país con fines educativos, también oyó el *flatus vocis* del general y decidió investigar su oculto sentido. Para ello se dirigió al moralista Pafnucio, que especulaba en su ermita sobre la cordura y la locura de los hombres.

—Maestro —le preguntó—, ¿qué dirías de un general que prefiere ser cabeza de ratón antes que cola de león?

—A mi entender —le contestó Pafnucio—, el anhelo del general responde o a una gran humildad o a un orgullo insensato: humildad, porque se rebaja él santamente a la naturaleza de un ser tan modesto como el ratón; y orgullo, porque prefiere ser la cabeza y no la cola de algo.

—¿Y hacia qué lado se inclina la balanza de tu juicio?

—No lo sé —vaciló Pafnucio—: tendría que meditarlo, escribirlo y publicarlo antes en dos tomos encuadernados. La ciencia es lenta pero segura.

Sin ocultar su decepción, Anacarsis abandonó al moralista y reanudó sus andares hasta encontrar al predicador Baalschem, un justo que florecía en la Kabbala y cuya santidad era como una rosa encendida en los huertos jasídicos.

—Rabí —le preguntó Anacarsis—, ¿has oído hablar de una frase muy publicitada últimamente?

—¿No es una historia de leones y ratones? —inquirió Baalschem.

—Sí, rabí. ¿Cómo interpretarías ese flujo literario de un general en actividad?

A la fresca sombra del árbol sephirótico, Baalschem reflexionó un instante y dijo:

—Si bien se mira, una criatura sublime, como el león, lleva la sublimidad en todas y cada una de sus partes, del testuz a la cola; y una criatura miserable, como el ratón, instala su miseria en todos y cada uno de sus átomos constitutivos. Y no es que yo desprecie al ratón, ya que toda criatura lleva en sí con dignidad la gracia o la desgracia que corresponde a su esencia. Lo que no entiendo es cómo un ser humano en ejercitación de su libre albedrío, sea o no general y por vanas diferenciaciones de cabeza o de cola, prefiera integrar el volumen de un ente miserable y no el volumen de un ente sublime, sin advertir que, visto desde lo Absoluto, ser cabeza o ser cola es una simple cuestión de topografía.

El joven Anacarsis escuchó, digirió y asimiló aquel discurso, fiel a las leyes de la pedagogía. Luego le dio las gracias a Baalschem y retomó los caminos de la tierra enseñante. Ezequiel, ¿y qué haremos nosotros? ¿Incurriremos en la maldad antigua de buscarle a la historia una moraleja? Te propongo algo mejor: que tú como destinatario, yo como remitente y Elbiamor como portadora de fábulas, dediquemos este apólogo a la memoria venerable de Martín Buber, que sobre todo esto sabía "un kilo", tal como solemos decir en esta graciosa margen del Plata.

# AUTOBIOGRAFÍA DE SÁTIRO*

Sátiro ha de ser mi nombre de idilios y aventuras, ya que con él fui descubierto en Avellaneda y es el que responde mejor a mi anacrónica entidad. Escribo estas páginas en el discreto pabellón que la comuna de Buenos Aires ha edificado para mí en su Jardín Zoológico: no es fácil que una metrópoli cuente hoy día con un sátiro vivo en su elenco de bestias enjauladas; y esa orgullosa consideración es la que sin duda me ha valido las inmunidades y privilegios de que gozo actualmente. Sería yo un monstruo abominable si antes de seguir no hiciera constar mi gratitud al comisario inspector Gregorio Sanfilippo, un detective genial, y al doctor Amaro Bellafonte, un psicoanalista no menos agudo que una lezna, sin los cuales el enigma viviente que soy no habría jamás abandonado la tiniebla de los archivos judiciales. Y una nota final: al escribir esta biografía, no lo hago con vanidosos fines de gloria, sino a solicitud de la Junta Nacional de Beneficencia que la publicará en edición de lujo y a total beneficio de la niñez desvalida. Sólo impuse a la Junta una condición inalienable: la edición no traerá ilustraciones pornográficas ni turbias notas que puedan alterar el sueño jugoso de los adolescentes y de las vírgenes, porque soy un animal ético en lo físico y en lo metafísico.

La historia que me lanzó a la luz pública se inició cuando en Avellaneda la fabril, donde yo vivía con mis parientes, comenzó a desatarse la ola de sátiros que tanta fama dieron a esa localidad en su hora. Según el testimonio de las víctimas, todas mujeres y en edad favorable, se trataba de machos tan urgentes como siniestros que, a favor de la noche y de la soledad, elegían a sus presas, les inyectaban al oído proposiciones inconfesables y las agredían con

* En *La Opinión*, Buenos Aires, 18 de julio de 1971.

navajas o cortaplumas en caso de resistencia. La descripción de los monstruos variaba según el terror o la imaginación poética de las víctimas: eran aquí lampiños y allá barbudos; unas los pintaban con dos cuernos de chivos y otras con la frente sin ornamentos; no faltó la que les atribuyese una renguera sospechosa ni la que les asignara un movimiento elástico de animal felino. A todo ello, la ciudad se conmovía y encrespaba; no había mujer de algún mérito que saliese a las calles no bien cerraba la noche. Las lenguas venenosas del barrio sostuvieron entonces que sólo las viudas con gran antigüedad en el ejercicio y las solteronas en ya larga espera se atrevían a desafiar los callejones nocturnos tras la ilusión de un encuentro apasionante; y no sin temblor he nombrado a las viudas, pues una de ellas, como se verá luego, fue la causa eficiente de mi desastre. Novios, hermanos, padres y maridos vivían con el ojo alerta; los jubilados montaban guardia en los techos y zaguanes con sus escopetas de dos cañones, y hasta un concilio vecinal propuso esconder trampas de nutrias en los cruces de las esquinas más tenebrosas. Entre tanto las fuerzas policiales de Avellaneda se desvelaban en una cacería inútil: acechanzas y allanamientos resultaron infructuosos, ya que se trabajaba con datos de mitología y con individuos de muy resbalosa identidad. Llegaron incluso a esta duda: ¿se las veían con una *troupe* de sátiros o con uno solo que se multiplicaba en cierta mañosa ubicuidad?

Naturalmente, como aborigen de Avellaneda yo conocía todos los detalles del suceso ya comentado, enriquecido y sublimado por el periodismo nacional y extranjero. Y mi estupor no tuvo límites cuando un sargento y dos agentes de la comisaría se presentaron en mi casa y me detuvieron sin grandes explicaciones: una denuncia cuyo autor se mantenía en secreto me señalaba como al real y único sátiro de la historia.

En el pórtico de la seccional, y todavía entre mis cautivadores, los fotógrafos de la prensa me fusilaron con sus cámaras: una multitud gritona se había reunido ya en las veredas con inequívocos propósitos de linchamiento; el interior de la comisaría era un pandemonio de uniformados que daban o recibían órdenes cortantes. Empujado a un recinto de breves proporciones, oficiales especialistas en interrogatorios me hicieron sentar a la fuerza en un taburete, proyectaron sobre mis ojos la luz punzante de un reflector, y me acribillaron de pronto a gritos acusadores a la derecha y a la izquierda y al frente y detrás:

—¡Con que sos el sátiro!, ¿eh?

—¿Hablarás o no?

—¡Te haremos cantar a golpes!

—¡Y la navaja! ¿ Dónde has escondido esa navaja?

En mi aturdimiento saqué valor para negar tres veces aquellas imputaciones cuyo absurdo veía yo aclararse hasta el grito en mi alma inocente. Grité "¡no!" y dije "¡no!" y lloré "¡no!". Fueron tres negaciones de punta: sólo tres. Recuerdo que, bajo la luz del foco, yo exhibía mi cara en su terrible desnudez a un oficial abstracto que, de súbito, golpeó abstractamente aquel rostro sin armadura, mi boca llena de clamor y mis ojos derretidos en lágrimas calientes. En torno de mí continuaron los apremios, los insultos y los castigos: yo no los escuché ni sentí en adelante, porque mi ser, en un esfuerzo heroico de su voluntad, estaba logrando replegarse ahora sobre sí mismo y se anonadaba ya en un caos interno frente al cual todo lo exterior se resolvía en formas, colores y ruidos tan ajenos como fantasmales. Nunca pude calcular la duración exacta de aquella tortura: sólo recuerdo que al asumir de nuevo la conciencia de mí mismo, y a través de mis párpados o de sus hinchazones que me dolían, vi por primera vez la figura intrigante y escueta del comisario inspector Gregorio Sanfilippo.

Ignoro aún si había intervenido él en mis tormentos o se había limitado a la inercia de un espectador. Entre mis inquisidores lineales y seguros como la misma brutalidad, Sanfilippo mostraba la tensión de un equilibrista que anda en la cuerda floja entre una duda razonable y una certidumbre discutible: sus ojos amarillos de gato en acecho relucían en atisbos de luz o desmayaban en estudiosas perplejidades. Todo él parecía un teorema insoluble arropado en un abrigo de color verde musgo. Con el ademán detuvo a los oficiales que me hostigaban, apagó el foco único del recinto y me llevó a un calabozo de limpia sencillez en cuyo estrecho catre me acostó él mismo, sin decir palabra, y me cubrió desde los pies hasta el mentón con una cobija. Descendí a un sueño profundo y sin imágenes como en defensa propia.

Me despertó una mano que recorría mi frente sin violencia; y al incorporarme vi otra vez a Sanfilippo que me instaba con el gesto a que abandonase mi yacija. Me indicó el lavabo del calabozo y me dijo:

—Tendrás que refrescarte y peinarte. Hay afuera dos muchachas que han visto al Sátiro.

—¿Mis víctimas? —grité yo como sobre ascuas.

—No he dicho "tus víctimas" —replicó él, astuto en sus especuladoras distinciones.

Disimulé con agua y peine las huellas que me había dejado el primer interrogatorio. Tras de lo cual Sanfilippo, a través de un corredor en sombras y de un patio nocturno, me llevó a una oficina tremendamente iluminada en la cual se mantenían de pie dos mujeres jóvenes (¡ay, demasiado, casi adolescentes!), una morena con tonos de follaje otoñal y una rubia de pestañas doradas como el trigo maduro. El encuentro fue alucinante: yo, un Sátiro presunto y lleno de reticencias; dos muchachas o dos vírgenes cómo talladas en madera por el terror; y el comisario Gregorio Sanfilippo, al parecer ausente, bien que acechando según entendí con todas las antenas de su intelecto en álgebra. También prevista fue la duración del silencio que reinó entre nosotros antes de que Sanfilippo hablara.

—Rosa —dijo por fin a la morena—, quiero que nos muestres esas lastimaduras de tu hombro izquierdo.

Ella obedeció, y apartando sus breteles exhibió en el hombro pedido algo así como una rastrillada sanguinolenta (¡su piel de hojas en otoño!).

—Zarpazos bestiales —diagnosticó Sanfilippo estudiándome de reojo—. El Sátiro es un animal de garras.

Luego dirigiéndose a la rubia:

—Noemí —le solicitó—, nos gustaría ver su antebrazo derecho.

Se recogió ella una manga de la blusa y nos mostró una herida longitudinal de codo a muñeca (¡su vello de oro, la pelusita del membrillo!).

—Es un corte muy neto —declaró Sanfilippo—, como lo haría un cortaplumas o un bisturí de cirujano.

Enfrentó de pronto a las muchachas, y señalándome con su índice les preguntó brutalmente:

—¿Reconocen ustedes a este individuo? Se llama Theodorakis.

Ellas me clavaron dos pares de ojos neutros.

—¡Fíjense bien! —insistió Sanfilippo—. ¿Es el Sátiro de Avellaneda?

Las mujeres retrocedieron un paso al oír aquel nombre temido, y en sus miradas tensas advertí un flujo de recientes pavores. Eran dos víctimas y dos testigos de una maldad incógnita: recuerdo que temblé frente a esos ojos todavía neutrales donde se incubaba o mi libertad o mi condenación. Sin embargo ellas dudaban y no se decidían en el caos de sus memorias.

—¿Lo reconocen? —volvió a inquirir Sanfilippo.

—Estaba muy oscuro —balbuceó la morena como en pesadilla.

—Fue una noche cerrada —se lamentó la rubia—. ¡Oscuridad arriba y abajo!

En una transición de melodrama Sanfilippo regresó a su ecuanimidad aritmética; y dirigiéndose a mí como si yo fuese un ayudante de investigación, me dijo:

—El "tema de la noche" será fundamental en la teoría de Sátiro.

Luego, sin emoción alguna, despidió a las muchachas como si fuesen dos números de su teorema y me condujo nuevamente a mi calabozo.

—Inspector —le dije allá—, ¿me cree todavía el Sátiro de Avellaneda?

—¡Creer! —gruñó Sanfilippo—. ¡Sería demasiado cómodo! Yo junto pesas y las tiro en los dos platos de tu balanza.

Esperó a que me acostase; y antes de abandonar el calabozo me preguntó como al descuido:

—Muchacho, ¿Theodorakis no es un nombre griego?

Al siguiente día, el segundo de mi cárcel, fui conducido por un agente a la oficina del comisario inspector. Era de mañana, encontramos la oficina desierta y el agente me dejó solo en el gran recinto donde muebles, útiles, y adornos guardaban entre sí un orden serio como el de la geometría. Se adivinaba en él la presencia invisible de Sanfilippo, su pulso juicioso de máquina razonante y el temblor de las incógnitas que allí se le escondían y mostraban alternativamente como animales perseguidos en un bosque— Viéndome yo en soledad, me acerqué a las ventanas de la oficina y contemplé un fragmento de jardín bajo el sol, con sus achiras rojas, un amarillo retamar, el verde claro del cedrón o el oscuro de las magnolias. Entonces mi alma se desbordó y comencé a lagrimear tiernamente. Sanfilippo entró en aquel instante: si traía las huellas del insomnio en sus párpados, mostraba en toda su figura el alivio de un combate recién ganado. Viendo mis lágrimas que sonrían aún:

—Tranquilo, muchacho —me consoló—: no volverán a castigarte.

—No lloro por mi castigo —le repliqué.

—La libertad se pierde y se recobra —me alentó enseguida.

—No lloro por mi libertad.

—Muchacho, ¿por qué lloras?

—Lloro —le aclaré— por esa hermosura de cedrones y magnolias que tienen afuera.

Calló Sanfilippo: vi un relámpago de luz en sus ojos. Y tuve la sensación muy neta de que reía en su alma. Luego me indicó los diarios matutinos que se abrían en su escritorio.

—Muchacho —me anunció—, estás a punto de ser una celebridad. "¡El Sátiro de Avellaneda fue detenido ayer!", enormes titulares a ocho columnas.

Entre humorístico y fastidiado, me adelantó un resumen de las crónicas. Yo era el héroe de la jornada una monstruosa criatura de dieciocho años (en realidad tenía veintiséis) cuyo semblante angélico (y mi fotografía se mostraba desde todos los ángulos posibles) escondía los más bajos instintos de la fiera. Se consignaban reportajes hechos a ciudadanos anónimos: unos, en defensa de la Humanidad (con mayúscula), exigían mi simple y llano fusilamiento; y otros (en especial mujeres) formulaban llamados a la indulgencia vista mi corta edad y mi falta de antecedentes; una vieja en furor se ofrecía para quemarme lentamente con una caja de fósforos, y una joven en misericordia se me insinuaba ya como una madrina de prisión.

—Theodorakis —me advirtió Sanfilippo—, los lugares comunes de la prensa terminarían por matarnos de vejez cada noche, si no los refrescase luego el rocío de cada mañana siguiente.

"Rocío", ¡qué palabra tan bella! Sentado ahora frente al inspector me sentía como redimido por su benignidad, y el hecho de que me hubiese llamado por mi nombre, Theodorakis, junto a las ventanas abiertas, me devolvía una seguridad casi pariente de la euforia. Lo que yo ignoraba y él no me dijo entonces era que salía recién de un cónclave policial en el que acababan de ser discutidos los métodos investigatorios a seguir en mi caso. Algunos técnicos habían insistido en arrancarme la verdad por la vía contundente, golpes con una llanta de bicicleta que no dejaría rastros en mi piel; alimentación a base de anchoas en salmuera y negación del agua en la sed consecuente; sueño discontinuo, logrado con despertares bruscos e interrogatorios machacones. A regañadientes de sus colegas, el inspector Sanfilippo había logrado imponer su metodología famosa ya detestada por los clásicos de la tortura. Diré que a favor de tal ignorancia y de mi alivio circunstancial, abordé al inspector con una pregunta que venía obsesionándome desde mi arresto: ¿quién era mi denunciante anónimo y a la vez autor de mi desgracia?

—No es anónimo —respondió Sanfilippo—. En su denuncia, él nos ha solicitado que su identidad sea mantenida en secreto.

—¿"Él" o "ella"? —inquirí temblando.

—Una de "tus" víctimas.

—¿Y por qué se refugia en la sombra?

—Su elevada posición social exige un trato diferente.

Poco había durado mi euforia matinal: el fragmento de jardín estaba afuera, más allá de los barrotes, ¡y otra vez tan lejos el sol que hacía brotar aromas de los cedrones entusiastas! ¿El inspector era también "el enemigo"? Aunque jugaba con un lápiz en una hoja de su libreta, sentí que sus ojos internos distinguían y analizaban cada una de mis acciones y reacciones. "¡Atención!", me dije. Y resolví entrar en una prudencia bien amurallada.

—Hemos registrado tu domicilio —me anunció—, y sobre todo tu cuarto particular. Has reunido allí una excelente colección de literatura erótica.

—Los clásicos —admití—. Siempre me gustó leer.

Como al descuido, él sacó a la luz un volumen que ocultaba entre los expedientes de su escritorio:

—¿Y esta edición del *Cantar de los Cantares*? —me preguntó.

—Es un texto religioso —le dije—. Fui educado en la Iglesia Ortodoxa de mi familia.

—No lo dudo —aceptó él—. Pero, ¿y estas ilustraciones?

Ante mis ojos en alerta hizo desfilar algunas planchas en las cuales tanto la Sulamita como su ferviente Amador se mostraban en cierta desnudez muy cruda, profanatoria y de un mal gusto indecible. Me sentí enrojecer hasta las orejas: ¿cómo explicarle al abstracto Sanfilippo el azar de una compra en una librería de viejo?

—Supongo —ironicé yo en mi reserva— que también descubrieron mis *Diálogos* de Platón.

—¿Los has leído? —ronroneó él como un gato casero.

—Me aburren los *Diálogos* en sí —le confesé—. Pero me gustan sus leyendas intercaladas.

—Por ejemplo, ¿cuáles?

Volví a callar prudentemente: un detective, por aritmético

que fuera, nunca entendería que andar por los *Diálogos* era como enredarse a medianoche en un terreno fragoso, y que andar por las leyendas era como sobrevolar a mediodía un campo de flores esmaltadas. Pero Sanfilippo, abriendo una de sus gavetas, extrajo una siringa o flauta de Pan y me la mostró como quien enseña un juguete a un niño receloso.

—¿No es tuya? —me dijo.

—¿Dónde la encontraron? —balbucí yo.

—En tu mesa de luz. Es un instrumento musical bastante anacrónico.

—Yo mismo lo construí.

—¿Por qué y para qué? —insistió Sanfilippo.

Y otra vez mi alma se agarró a su consigna de silencio, ¿cómo entendería él, un guarismo en forma de hombre, la razón indecible por la cual un niño junta siete cañas desiguales y se improvisa un instrumento de música? Intrigado ante mi cara hermética, Sanfilippo guardó la siringa:

—Lo que no hemos encontrado —admitió— es la navaja de tu historia. ¿Dónde la escondiste?

Y ante mi obstinado silencio, gritó:

—¿Dónde has escondido tu navaja?

—¡Nunca tuve navaja! —exclamé al fin—. ¡Odio los metales!

—¿Por qué?

Sentí que me hallaba en el borde mismo de la derrota:

—Mi padre —gemí— fue un metalúrgico de Avellaneda. ¡Nunca pude soportar el olor del acero que traía en sus manos y en su ropa!

—¿Tiene olor el acero?

—Un olor nauseabundo.

Abatí mi cabeza en el escritorio de Sanfilippo: al hacerlo derribé un mástil en miniatura con la bandera nacional. Y sollocé largamente, con el rostro escondido entre mis brazos. Entonces el inspector, ajeno a mis lágrimas, escribió en su libreta: "En la teoría de Sátiro hay que añadir el 'tema de los metales' al 'tema de la noche'".

Cuando llegó el día tercero de mi cautiverio y fui llevado nuevamente al "taller" del inspector, di con un personaje que yo no conocía y que resultó ser el doctor Amaro Bellafonte, médico forense, cuyas excelencias me alabó Sanfilippo en un tono increíble de farsa. Más tarde supe que ocurría lo mismo en todos los encuentros informales de los dos colegas. El hermetismo y la expresión de otra galaxia en que yo había resuelto abroquelarme contra el enemigo exterior favorecieron mi análisis del nuevo agonista que se insinuaba en mi tragedia. De un rubio casi albino, mirada pueril y una humanidad llena de frescuras íntimas que se le desbordaban por el idioma y los gestos, el doctor Bellafonte no parecía un forense de los que recogen y estudian las piezas anatómicas que va dejando el crimen tras de sí: en rigor de verdad, se asemejaba curiosamente a un médico pediatra de los que se ajustan un bebé al oído como si fuese un reloj, o de los que se acercan un niño difícil montados en triciclos despistadores y haciendo resonar una corneta de juguete. "¡Va muerto —sonreí en mi ánimo— si cree que me atrapará con tan burdas estratagemas!" Lo que intentaría él sin duda era someterme a rutinarios estudios antropométricos: buscar en mi occipucio la protuberancia del asesinato y en mi rostro el mentón huidizo de las funestas degradaciones. ¡Era evidente! Pero, ¿qué significaba ese nuevo artefacto, entre sofá y camilla, que Sanfilippo acababa de instalar en su taller o laboratorio? ¿Se proponía el doctor Amaro Bellafonte acostarme desnudo en aquel mueble para buscar en mi anatomía un rudimento de cola, sólo tres dedos en mis pies, o en mi sexo el rastro de algún curioso hermafroditismo? Pronto advertiría yo que Bellafonte no musicalizaba con tan elementales corcheas.

Entre sarcasmos y risas, comenzó él por hostilizar a Sanfilippo en su teoría de las investigaciones, dejándome a mí como fuera de la cuestión:

—Tus métodos —le dijo— fallan por su base misma si crees que la lógica interna de tu "investigado" es exactamente igual a tu lógica de "investigador".

—No entiendo un corno —le advirtió Sanfilippo.

—Quería decir que los actos de un individuo, criminales o no, responden a cierta lógica intransferible que los promueve y justifica interiormente al menos en su "valor intencional". ¿Cómo podría juzgarlos con exactitud una lógica exterior y ajena, vale decir ignorante de las "intenciones motrices" que se tradujeron en esos actos?

—La humanidad —objetó Sanfilippo— no es un sistema de individuos que actúan como si fuesen mundos incomunicables entre sí.

—No son incomunicables —admitió Bellafonte—, pero sí "diferentes". ¡Y ahí está la cuestión!

Al oírlo, un interés extraño se despertaba en mí contra mis vigilantes recelos: aquel forense de pelo albino tenía sus atrayentes bemoles.

—Y algo más inquietante —añadió él—. Los actos del individuo se conciben y realizan en una "temperatura interna" que no es la de su observador o la de su juez. Esa "diferencia climática" tan difícil de allanar, es la que somete a prueba la teoría de la confesión obligatoria", si alguien ha de confesar a un juez "en frío" lo que realizo él "en caliente".

Despatarrado en el sillón de su escritorio, Sanfilippo meditaba. Y yo sentia que ante las razones de aquel filósofo color de huevo, se aflojaba el mecanismo de resistencias que había montado yo con tanta sagacidad.

—Es —prosiguió Bellafonte— como hundir un vaso caliente en el agua fría: ese vaso de cristal se rompe a menudo. Y el alma también se rompe, si es de un cristal que se ha calentado en sus temperaturas íntimas. ¿Entiende?

—¿Y cuál sería el *modus operandi?* —rezongó aquí Sanfilippo.

—Consistiría —le respondió el galeno— en restituirle al juzgado la temperatura original de sus acciones y en conseguir que se ponga el juez en la misma temperatura del juzgado. *Nihil obstat.*

¡Yo lo sabía y no me resistí! Yo sabía que toda la elocuencia de Bellafonte me arrastraba inexorablemente al sofá camilla de mis recelos. ¡Y no me resistí, porque mi voluntad levantaba sus defensas en una especie de sutil encantamiento! Me vi de pronto acostado en el sofá camilla, respondiendo al doctor Amaro Bellafonte que me interrogaba en la cabecera sin exteriorizar mucho interés y distrayendo la vaga luz de sus ojos acuáticos: ¿Luis Theodorakis? Y no vi a Sanfilippo que, deslizándose a mis pies como un gato, ponía en marcha un grabador fonomagnético.

—Eso es, Luis Theodorakis, hijo de Athanasio Theodorakis, obrero metalúrgico, y de Laura, su mujer, que hacía flores de material plástico en sus horas libres. Yo detestaba las flores de mi madre, porque no atraían a las abejas del jardín sino a las pardas moscas del comedor. Las flores de plástico sólo podrían atraer abejas de plástico. Sí, teníamos un jardín en la casa, o más bien un yuyal en el fondo, con tres durazneros, un macizo de cañas y algunos tallos espinosos: era un reducto vegetal que se defendía y, agonizaba entre paredones de hollín y chimeneas humeantes día y noche. Fui un niño selvático: me gustaban la soledad y el a veces posible silencio de aquel jardín entre las cañas tembladoras. Nunca entendí a mi padre ni él me quiso jamás: era un hombre de compañías gritonas que todo lo llenaba de ruido. Me asustan las gentes que todo lo golpean y caminan a saltos con sus patas resonantes. Yo adoro el sigilo y ando en puntas de pie: sólo así puede uno llegarse a las cosas que se mueven y hablan en el silencio. Mi padre fue un hombre de martillos que martillean, ¿entiende?

—¿Y cómo es el asunto de los "metales"? —inquirió Bellafonte.

—Desde niño los aborrecí.

—¿Es verdad que tienen olor?

—Conozco bien el olor del estaño y el olor del bronce y el olor del plomo y el olor del hierro. ¡Son insufribles! La gente ya no capta esos olores: ha perdido el olfato en la metalurgia. Recuerdo que, a la hora de cenar, me sentaba junto a mi padre cuyas abluciones previas no conseguían disipar aquel terrible olor del acero que le dejaba la fundición. Entonces, frente a mi plato, yo sentía de pronto náuseas que algunas veces me lanzaron al vómito. Y no era el olor solamente, porque también odiaba en los metales el filo cortador, la brillantez helada y el triste peso de lo inerte. Ante mi incapacidad absoluta de tomar un cuchillo, mi madre cortaba para mí las grosuras de mi alimentación: nunca llegué a usar cubiertos metálicos, ¿entiende?, sino tenedores y cucharas de madera; y hasta hoy me afeito con una piedra pómez en las mejillas. ¡Gran Dios, ahora están buscando una navaja en mi dormitorio!

Tuve aquí un golpe de llanto incontenible:

—La otra noche —lloré— fui mostrado a una rubia con pelusitas de membrillo en su brazo y a una morena de piel bronceada como las hojas en otoño (no, su tez era la de las granadas maduras). ¿Cómo podría yo herir a medianoche con una navaja imposible aquel brazo de frutas y aquel hombro de hojas, yo, que acaricio a mediodía y sólo con la yema de mis dedos la piel caliente de los animales y las plantas?

Estudioso y cordial, Bellafonte me alentó con algunas palabras tranquilizadoras y hasta me hizo sonar la nariz con su pañuelo.

—No te alejes de aquellos días —me sugirió—: tu padre con su acero y tu madre con sus flores de plástico. Y en el fondo una especie de jardín con tres durazneros vivos y un cañaveral que se llenaban de sol a ciertas horas. Tenías nueve o diez años: ¿no despertaba ya tu sexo?

—A esa edad —recordé— no distingue uno lo que va despertando: se mueve todo en una frontera muy vaga y general. Yo iba entonces a una escuela primaria de la calle Vélez, y mi compañera del tercer grado se llamaba Esther Negrini: tenía siete años, un pelo de color azafrán y dos ojos entre azules y violetas que me acechaban.

—¿Te acechaban?

—Primero me acechaban y después me buscaron. Todo era (lo descubrí más tarde) como si Esther Negrini hubiera sido una pregunta de color azafrán y yo su respuesta exacta: ella lo sabía como por instinto y yo lo sabía como por vocación. Y en el primer semestre del año estuvimos juntos, aunque sin entender el secreto que nos ataba ni comunicarnos por el idioma lo que sentíamos e ignorábamos a la vez. Pero en el segundo semestre, y al filo de la primavera, sentí la necesidad casi angustiosa de responder a esa interrogación de ojos azules en que se resolvía para mí Esther Negrini. Entonces, y en una hoja de su propio cuaderno, le escribí lo siguiente:

> No huyas al verme cano
> ni esquives mis amores
> porque de la hermosura
> brillen en ti las flores;
> que hacen linda pareja,
> en la guirnalda, el lirio
> con la rosa bermeja.

—Fue una imprudencia escribir esas líneas en el cuaderno de la mocosa —me advirtió Bellafonte solidario como un colegial.

—Naturalmente —le dije—. Porque al fin cayeron en poder de la maestra, señorita Dolores, una vestal reseca de la Pedagogía que ignoró dos cosas: que los versos eran de Anacreonte y los había plagiado yo de una traducción barata; y que lo de "al verme cano" era tremendamente absurdo, en la pluma de un amante infantil. El escándalo fue mayúsculo: me definieron como un demonio precoz de la obscenidad; citaron a mi madre que oyó la historia como si Dios lloviera en su techo; y mi expulsión fue un acto de higiene, como el tradicional de la manzana podrida en el barril.

Sonreí ante aquel recuerdo: le sonreí a mi infancia y a Esther Negrini y a Bellafonte que registraba mi casi monólogo:

—Doctor —le dije—, si encuentra usted un átomo de sexo en ese idilio, le regalaré mi siringa de cañas.

Y me arrepentí al punto de haber nombrado el instrumento que Sanfilippo guardaba en un cajón de su escritorio. Pero ya era tarde:

—Me gusta —se deleitó Bellafonte—. Así llegamos al *affaire* de la siringa.

El recelo volvió a ganarme: sabía ya que mi flauta era uno de los *corpus delicti* que se manejarían en mi contra. Y protesté:

—¿Alguien oyó registros de siringa en las noches del Sátiro? ¿Alguna víctima confesó haber oído en la tiniebla un toque de flauta?

Nadie había escuchado ese instrumento en las horas del crimen. Y Bellafonte lo admitió con su estudiada benevolencia.

—¿Y qué importa eso? —me dijo—. Lo que importa en realidad es la "motivación" de una flauta: el cómo y el porqué fue construida. Volvamos a los tres durazneros y al cañaveral del fondo.

—Sí, yo me fabriqué una siringa —reconocí—. Los versos dedicados a Esther no eran míos, porque todavía me faltaba una voz propia que tradujera con fidelidad mis ritmos interiores. Y el hecho sucedió un domingo de verano a mediodía: tras el almuerzo dominical se acostaron mis padres en la siesta que acostumbraban; y salí al fondo y me tendí junto al cañaveral sobre los tréboles en flor y la gramilla salvaje. Le conté ya que me gustaba el silencio: el de aquella hora y en aquel sitio era profundo, sin heridas, casi aromático. Lo más notable fue que al silencio exterior correspondía otro silencio: el de mi ser total que buscaba romperse y que oía y se oía. De pronto mi alma se pone tensa como un cordaje antes de la música; y desborda por fin en una marea que al subirse a mis ojos los hace lagrimear. Entonces alargo mi mano a una caña, la rompo en siete fragmentos desiguales y los junto con un piolín que guardaba en el bolsillo de mi pantalón. Como llevado por un ángel, soplo en aquel elemental instrumento, le busco los registros, le hallo las escalas. ¡Y todo se llena de música, el cañaveral, los tres durazneros, la casa, el mundo! ¡Has vencido, alma de once años! Y de pronto el terror: frente a mí veo a mi padre rojo de furia y en calzoncillos. Entiendo que acabo de romper su siesta, y la flauta cae de mis manos. Recibo junto al cañaveral una paliza formidable.

—¿Terminaron ahí tus aventuras de músico? —sonrió Bellafonte.

—No, señor —le contesté—. Si mi padre vio en la siringa un
instrumento subversivo, mi madre olfateó en ella y en mí el despertar de una vocación que debía ser cultivada. En el barrio eran
muy notorios el niño que torturaba un violín, la chicuela que hacía gritar un piano y el gordo adolescente que soplaba un trombón
con vías a una posible carrera de *jazz:* entonces, ¿por qué no unir-
me a esa pléyade anónima de futuros genios? Sin otro raciocinio
mi madre me llevó al conservatorio local "Arcángelo Corelli" que
regenteaba el maestro Serafini, un italiano ebrio de semifusas y de
vino. Si hubo en mí alguna vocación musical, falleció de sequía en
el viejo edificio del conservatorio, en su olor indeleble de mugre y
tallarines al jugo, en la penumbra que fabricaban sus cortinas para que no se viera el deshonor de los muebles. En aquel purgato-
rio vegeté cuarenta días, haciendo escalas en el piano de Serafini,
un media cola de teclado artrítico. La monotonía de aquellas ejer-
citaciones me llevó una tarde a realizar un proyecto grandioso con
las botellas de chianti vacías que alineaba el maestro en su patio
con fines decorativos: a diferentes alturas puse agua en las botellas
y las colgué de un alambre; luego, con un percutor de madera, fui
logrando en los recipientes una música elemental aunque bien en-
tonada. No sabía yo entonces que los pitagóricos Hippasos y
Archytas eran los inventores lejanos de aquel instrumento. Y también lo ignoraba Serafini, pues, al sorprenderme junto a sus botellas y oír el concierto bárbaro que yo les arrancaba, me contempló
con un aborrecimiento que parecía de toda eternidad y me insul-
tó de lo alto a lo bajo con una ira pedagógica no habitual en el ve-
tusto maestro. Entonces le anuncié que su piano era "el sarcófago
de la música"; y Serafini tembló en todas sus corcheas ante aquel
vocablo, "sarcófago", que le pareció extremadamente ofensivo. Se
dirigió a mí con la intención visible de una cachetada, le hice una
gambeta de centroforward y salí a la calle para no regresar al conservatorio "Arcángelo Corelli" desde el cual no tardó en divulgar-
se mi fama de vago prematuro y delincuente juvenil. Aquel episodio marca el límite justo entre mi niñez y mi adolescencia.

El doctor Bellafonte hizo aquí un alto en su análisis. Vi a Sanfilippo que se inclinaba sobre mí ofreciéndome un vaso de café negro, y lo bebí con ansia tras incorporarme a medias en el sofá camilla. Entre tanto el forense y el inspector susurraban un diálogo

íntimo junto al ventanal de la oficina. Después Bellafonte recogió mi vaso, me hizo extender en la camilla y reanudó su interrogatorio con una neutralidad en la que ahora se insinuaba un no sé qué de ternura como si se dirigiese a un niño, a una mujer o a un monstruo inexplicable:

—Sí, tu adolescencia —me dijo—. ¿Cómo fue tu adolescencia? La siringa no se perdió, ya que la encontraron en un escondrijo de tu dormitorio. Pero la existencia de una navaja, cortaplumas o bisturí se hace dudosa: el "tema de los metales" es muy fuerte.

—No puedo recordar mi adolescencia —le contesté— sin recordar la muerte de mi padre y el ambiente ruidoso de la Escuela Normal. Mi padre —murió del corazón, a pesar de su nombre, Athanasio, que significa "inmortal"; y tan inesperadamente y sin grandeza como había vivido. Y aunque nunca me atrajo, lloré su muerte fortuita en algo así como un arranque de "piedad cósmica". En cuanto a mi madre, aquel fallecimiento la dejó en el vacío; y su alma también se convirtió en una rosa de material plástico, sin relente ni miel, a la que tampoco afluirían las abejas. Inscripto en la Escuela Normal, me singularicé por dos características no favorables: un retraimiento agresivo que me alejaba de mis compañeros y una tendencia unilateral a las asignaturas de mi gusto, con exclusión de las otras que el Plan de Estudios exigía reglamentariamente. Creo hasta hoy que una tendencia incurable a la soledad puede ser el síntoma de un morbo psíquico; y, sin embargo, también es a menudo una respuesta de angustia en ciertos entes que todavía no encontraron a ningún "semejante". ¡Me gustaría que lo entendiera! En mi caso particular, recuerdo que algún día remoto lloré a solas el drama para mí entrañable del "patito feo".

—¿Qué asignaturas te gustaban en la Escuela Normal? —me interrumpió aquí Bellafonte.

No lo había hecho hasta ese instante: ¿le aburría el "tema de la soledad"? Y si no le gustaba, ¿por qué había cerrado sus ojos bruscamente, tal como si desease ocultar el indiscreto rayo de intelección que yo vi en su mirada?

—Siempre me gustaron la Botánica y la Zoología —le respondí—: el mundo serio de los vegetales y el mundo inocente de los animales. Pero en el curso de mi adolescencia la Botánica fue atrayéndome a su órbita en modo exclusivo: tal vez nunca dejó de hablar en mi alma el jardín que llamé "del fondo", con su cañaveral y sus tres durazneros que se defendían heroicamente del hollín de las chimeneas. En el tercer año de mis estudios conocí al profesor Antúnez, un cuarentón de piel aceitunada y ojos negros cuya especialidad en Botánica le concedía ese aire melancólico y fanático que tienen algunos "místicos de la Natura". Desde su primera clase, una extraña solidaridad se fue consolidando entre nosotros: Antúnez era para mí el sabio que intimaba con los enigmas de la naturaleza en su reino más difícil; yo era para él un hosco adolescente cuyas intuiciones acerca del mundo vegetal lo deslumbraban hasta el pánico. Nuestra relación, a base de un tema común y excluyente, se hizo cada vez más estrecha: desbordó los límites del aula y ocupó toda la escuela en sus jardines y laboratorios. Y ni Antúnez ni yo advertimos que nuestra intimidad científica despertaba ya los más insidiosos comentarios. Algunos meses después, al llegar la primavera, decidimos extender nuestras investigaciones fuera del instituto, en el Jardín Botánico, en los bosques de Palermo, en las llanuras próximas a Buenos Aires. Lejos de los claustros húmedos, riente bajo el sol o la lluvia de primavera, gocé una felicidad que ya conocía, pero no como ahora junto a un ser que, si no configuraba para mí del todo la noción de un "semejante", al menos parecía entrar conmigo en la más alentadora de las aproximaciones. Y así fue hasta que se produjo en Antúnez una mutación que no dejé de observar con inquietud. Adelanté ya que dos aspectos diferentes alternaban en el carácter del botánico: el de su fanatismo poético, en el que sabía entrar largamente como en un cono de luz, y el de su melancolía, en la que se nublaba de repente como si hubiera entrado en un cono de sombra. Lo que fui observando en Antúnez era que a su cono de luz llegaba él con menos frecuencia y que volvía más a su cono de sombra donde se demoraba y escondía inexplicablemente. ¡La tiniebla de Antúnez y el mutismo de Antúnez! ¿Qué significaban ahora su tiniebla de umbría y su mutismo vegetal? Un atardecer, en el Jardín Botánico, yo le exponía mis observaciones acerca del psiquismo de las plantas en su relación con el "ánima vegetativa" de Raimundo Lulio. Y callé de pronto al advertir que Antúnez no me escuchaba y que tenía sus ojos puestos en mí como si revelase y escondiese a la vez toda su angustia en aquella mirada. Yo había visto antes esa luz de ansiedad en otros ojos, pero, ¿dónde y cuándo? Un atisbo de la verdad se me dio más tarde, cuando en cierto mediodía fuimos a la desembocadura de un arroyo en exploración de flores acuáticas.

Abrí un paréntesis de silencio y miré a Bellafonte como invitándolo a una pregunta que leí en sus labios y que no llegó a formularme. Busqué a Sanfilippo con la mirada, y lo vi arrellanado en su sillón con un aire de sabrosa desidía; pero entendí que continuaba en acecho, inmóvil y astuto como un felino.

—La desembocadura del arroyo era un lugar solitario y agreste —proseguí diciendo—, con su floresta de árboles entretejidos y su gritería de pájaros. Antúnez y yo, desde la orilla, veíamos los altos juncos y las espadañas con sus huevos de caracol apiñados en racimos de color de rosa; el país de los nenúfares y las lentejas de agua; un microcosmo de raíces, hojas y flores que mecía la corriente. ¡Y sobre todo el olor de las plantas, el barro y las maceraciones vegetales, un olor de reciente diluvio que nos emborrachaba ya como un vino! Al punto advertí en mi naturaleza el síntoma doble de la exaltación, el que se reiteraba en mí desde que había construido la siringa: una inspiración profunda y un lagrimeo de mis ojos. Y vi que Antúnez, a mi lado, huía de su tiniebla y entraba en su cono de luz. Entonces descubrí la isla de camalotes que flotaba no lejos: en mi pasión de botánico, yo quería sus hojas arriñonadas y los peciolos pneumáticos que las mantenían a flote. Me lancé al arroyo, no hice pie y me hundí en la corriente que me arrastraba. Oyó Antúnez mi grito de naufragio: me tendió una rama seca y fue atrayéndome a la orilla. En tierra firme nos reímos de mi aventura: yo tenía las ropas mojadas, y entonces, con el gesto simple de un colegial, fui desnudándome ante los ojos de Antúnez y colgando mis prendas al sol en las ramas de un sauce. Desnudo como estaba, sequé mi cuerpo al aire libre. Y de pronto vi a un Antúnez distinto que me contemplaba extrañamente: lo vi otra vez en su cono de sombra y con aquellos ojos que yo había visto antes no recordaba dónde ni cuándo. Y en ese instante lo recordé: ¡sí, eran los mismos ojos llenos de preguntas e instancias con que me había mirado en su hora Esther Negrini! Sentí un asombro infinito y un malestar que ignoraba su nombre. Vestí mis ropas húmedas todavía, y en silencio regresamos a Buenos Aires.

Oí a Sanfilippo que se revolvía en su sillón y al forense que se alejaba un instante y volvía de nuevo a mi cabecera.

—¿Nada más? —inquirió él como desde brumosas lejanías.

—Nada más —le dije yo—. Volví a la escuela sólo dos veces, para solicitar mi egreso y recoger mis útiles. Los estudios unilaterales que me interesaban no tendrían allá porvenir alguno. Y en el trance de ganar mi subsistencia, resolví dedicarme a la jardinería, profesión que cuadraba muy bien a mis inclinaciones. En lo sucesivo me consagré a los jardines vecinales, a las podas y los injertos.

—Y al cultivo de las muchachas —me insinuó Bellafonte de pronto—, a una jardinería de muchachas y a una poda nocturna de muchachas, ¿no es verdad?

Me desagradó el tono capcioso de sus insinuaciones, protesté:

—Sí, hubo muchachas. ¡Pero mujeres enteras, y no mujeres rotas a medianoche con navajas y uñas!

No advertí que Sanfilippo, escurriéndose de su butaca, se había deslizado hasta mis pies a manera de víbora:

—Theodorakis —me dijo—, tendrás que hablarnos ahora de tus mujeres.

—¡Ahora no! —me resistí—. ¡No lo entenderían si no conocen primero las cuatro estaciones de mi ser!

—Las "cuatro estaciones de Sátiro" —definió Sanfilippo abstractamente.

—¿Lo dudan? —insistí en mi alarma—. Oigan, desde niño advertí que mi ser entero imitaba las cuatro estaciones de la tierra en su ciclo anual. Yo despierto en primavera y desarrollo mis hojas; en el verano doy mis flores y en el otoño mis frutas. Cuando llega el invierno, abandono el mundo exterior y regreso como los árboles a una vida interna y latente. Sí, un calendario justo que responde además a mis tiempos de jardinería.

El forense, a mi cabecera, se oprimió los dos temporales con el pulgar y el índice, tal como si dudara de mi razón o de la suya. Pero el comisario, a mis pies, dibujaba una sonrisa que me pareció de triunfo:

—Se hace la luz —me dijo—. Todas las mujeres asaltadas y heridas lo fueron en setiembre, vale decir el mes en que Sátiro despierta e inicia sus actividades.

—¡Es una casualidad! —grité yo—. ¡Y esa casualidad no me afecta si los asaltos fueron cometidos en horas de la noche!

—¿Por qué no? —ronroneó Sanfilippo.

—¡El uso de la noche —volví a gritar— es en mí tan imposible como el uso de los metales! ¿No se dan cuenta?

—No todavía —me tranquilizó Bellafonte.

—Y es natural —recordé yo de pronto—. No les dije aún que mi ser también imita la rotación de la tierra en torno de su eje. Yo tengo mi día y mi noche: un día para la acción y una noche para el sueño.

—¿Cómo definirías la noche? —me preguntó Sanfilippo

—La noche para mí es "lo incomprensible".

—¿Por qué?

—No tiene volúmenes, formas ni colores —le respondí—. Yo jamás haría nada en las horas nocturnas: ¡durante la noche "no existo"! ¿Entienden ahora?

Volví a llorar en mi almohadilla, otra vez oprimido entre la lógica interna de mi entidad y el hostigamiento de aquellas dos inteligencias que hurgaban en mis enigmas. Dirigiéndose a Bellafonte. el inspector le dijo:

—Se lo anuncié ya: en la Teoría de Sátiro el "tema de la noche" resulta muy sugestivo. Es tan sugestivo como el "horror a los metales" y el "reclamo de la siringa".

Y hablándome a mí:

—Theodorakis —me alentó—, de cualquier modo, no has de negar que hubo mujeres en tu historia.

—Jamás lo negaría —contesté—. Pero fueron muchachas "diurnas", de las que se muestran al sol entre dos horas antes del mediodía y dos horas después.

—Y las buscabas en los jardines, patios y zaguanes de Avellaneda —insistió Sanfilippo.

—¡Nunca fui yo el que "buscaba"! —le negué rotundamente—. ¡No entraría en el juego de los juegos!

—¿Qué juego? —inquirió Bellafonte con un hilo de voz.

—¡El de Poros y Penia! En el relato de Platón la que "busca" es Penia y no Poros. ¿Entienden? Poros el rico está inmóvil y Penia la menesterosa está en movimiento. ¿Hacia quién se movería ella? Naturalmente hacia Poros. ¡Es el juego inmortal de la oferta y la demanda! ¿Y con qué "busca" Penia? ¡Con los ojos eternos de Esther Negrini!

Se produjo aquí un gran silencio en torno de la camilla sofá. Mi cansancio era el de un alumbramiento difícil tras el cual sentía yo relajarse los músculos tensores de mi cuerpo y mi alma. La perplejidad en que se mantenían el comisario y el forense me adelantaban un pregusto de victoria. Y sonreía ya mi alma triunfante, cuando Sanfilippo, me clavó aquella pregunta final con el aire oblicuo del jugador que arriesga en el tapete una baraja tramposa:

—Theodorakis, ¿has visto alguna vez a la señora de García Funes?

Aquel nombre cayó sobre mí como un martillazo.

—¿La viuda del contralmirante? —balbucí en mi terror.

—¿Qué tiene que ver la viuda con Penia la menesterosa? —ironizó el inspector como un demonio sarcástico.

De repente se alumbró en mi memoria un caos de imágenes olvidadas; y me las fue devolviendo, una tras la otra, en todo su increíble deshonor y su escalofriante vergüenza.

—Yo cuidaba su jardín —vacilé—. ¡No, ella no! ¿Por qué hablar de la viuda? ¡Si nadie lo creería! Una señora entrada en muchos años con excesivo maquillaje, ¡pero tan digna en sus batones hasta los pies! "Viejecita que vas al sarao": mi padre canturreaba ese fragmento de zarzuela. Se llamó Athanasio y no era inmortal.

—Al grano, Theodorakis —me ordenó Sanfilippo—. No te valdría nada una simulación de la locura.

—Sí, aquella tarde —recordé— yo había podado los ligustros de la viuda, ¡una señora entrada en años y con tantas imágenes benditas en su dormitorio! Estábamos en primavera: el calor de la tarde unido al de mi actividad exaltaba los tonos cobrizos de mi piel; y durante mi trabajo advertí que la viuda me acechaba desde sus celosías. "El ojo del amo", reí en mi fuero íntimo. Con el último golpe de mi tijera, la viuda salió al jardín, me invitó a una copa de vino blanco y me condujo al salón de la casa. ¿Por qué al salón y no a la cocina, lugar clásico de las gratificaciones patronales? Ya en el salón me hizo sentar casi a la fuerza en un diván rojo, frente a cierta mesita donde se alzaba un botellón y dos copas azules. ¿Por qué dos copas y no una? ¿O es que a la vieja le gustaba empinar el codo? Llenó las dos copas, me tendió una y se dejó caer a mi lado en el diván. Humedecí mis labios en el vino (detesto las bebidas alcohólicas): entonces la viuda hizo pasar la rama seca de su brazo en torno de mi cuello; y la observé con una inquietud que se transformó en alarma cuando advertí que de toda ella, por las resquebrajaduras de su maquillaje y las previstas negligencias de su batón, emanaban efluvios de volcán dormido y azufres de cráter apagado. ¿Estaría la vieja por entrar en erupción? En mi desconcierto, abandoné la copa y el diván: "Estás cansado", me susurró la viuda. Y a favor de mi espanto me arrastró al dormitorio con una energía que nadie hubiera presentido en su esqueleto fósil. Allá, frente a mi parálisis de asombro que tomó ella por timidez, la viuda se arrancó el batón a tirones y exhibió ante mí sus devastadas anatomías. Giré sobre mis talones y corrí al salón: furiosa como una euménide, la vieja me siguió, desnuda como estaba, y haciendo llover sobre mí airados insultos de camionero. En busca de la salida, tropecé con los muebles; y advertí que, tomando al vuelo la espada del contralmirante difunto exhibida sobre la chimenea, la viuda me perseguía de rincón en rincón y de pared a pared. Me alcanzó en el vestíbulo, donde me administró dos planazos de la mejor factura. Y me dejó escapar al fin escarnecido pero victorioso.

Alucinado todavía por aquellas imágenes, observé al forense y al comisario: dos rostros en tensión que cedieron lugar a dos sonrisas preliminares y luego a dos rotundas carcajadas. Entonces, como enceguecido por una tardía iluminación:

—¡Fue la viuda! —grité—. ¡Debí saberlo! ¡Fue la viuda quien me ha denunciado!

Los tres días que siguieron al análisis de Bellafonte me regalaron una paz no saboreada por mí desde hacía muchas horas. Por ciertas atenciones especiales que se me daban en mi calabozo fui presintiendo que las cosas iban tomando para mí un giro favorable: hasta se me permitió a mediodía recorrer el jardín comisarial y hundir mi rostro en sus fragantes cedrones. Una consideración igual me pareció advertir durante las cortas visitas de Sanfilippo, en cuyos gestos perduraba sin embargo el aire de tensión y vigilia que tal vez era eterno en él, aunque yo lo dudara en los continuos retoños de mi zozobra. ¡Y Bellafonte desaparecido, como si se lo hubiese tragado el psicoanálisis! Pero al cuarto día una gran conmoción fue visible y audible en el destacamento. Me preguntaba yo a qué motivo respondería, cuando un agente me lo reveló con la euforia de un perro de caza: ¡en la noche anterior había reaparecido el Sátiro de Avellaneda y abandonado en un callejón a otra muchacha herida! Naturalmente aquella reaparición del Sátiro demolía toda el andamiaje procesal que se había levantado en torno de mis presuntos crímenes: así me lo aseguró Sanfilippo en una visita relámpago a mi calabozo, tras de la cual voló a tender las redes que pescarían al verdadero Sátiro de la historia. La segunda noche trajo como fruto una nueva incursión de la bestia y otra inocente víctima. Pero a la tercera el Sátiro fue sorprendido *in fraganti,* cayó en la red y admitió como suya toda la serie de crímenes nocturnos.

La proclamación de mi inocencia tuvo cien ecos memorables. Y sin embargo, entre mi exculpación y mi libertad se interpusieron demoras cuya razón nadie me daba. Cierto era que ya no me recluían en el calabozo de mi desventura sino en una confortable habitación del edificio policial. También lo era que se me otorgaba dentro de la comisaría una libertad absoluta de movimientos, y que hasta llegué a contestar a una serie de reportajes cuyo material devoró un exaltado público de lectores. Temía ya esa prolongación de mi cautiverio y recelaba sus ocultas motivaciones, cuando una tarde se me condujo al taller o laboratorio de Sanfilippo. Allí estaban el comisario y el doctor Bellafonte, sueltos y alegres como en una tertulia de club. Advertí que había desaparecido el sofá camilla de mi tortura y que la atmósfera del escritorio era sedante como un ungüento. No bien estuvimos acomodados en las tres viejas y únicas butacas del taller, Sanfilippo me abordó en los términos de la más pura cordialidad:

—Theodorakis —me dijo—, te habrás preguntado en estos días, y con razón, el porqué de la demora que sufre tu libertad.

—Una demora inexplicable —reconocí—, a menos que todavía quede por llenar algún requisito de fórmula jurídica.

—Ninguno —me aseguró él—: Bellafonte y yo hemos demorado esa libertad en tu propio beneficio. Theodorakis, ¿has reflexionado en lo que te depara el regreso a la vida civil?

—No, señor —le confesé.

—Tendrás que volver a tu mundo habitual, pero no en las condiciones de anonimato que te favorecían anteriormente, sino envuelto en la ola escandalosa de tu aventura. No apruebo las declaraciones que hiciste a la prensa: en lo sucesivo te señalarán las gentes con el dedo. Serás admirado, temido y vigilado por hombres y mujeres. Desde luego, tendrás que renunciar a tu oficio de jardinería: ¿quién te dejará entrar en su casa dados tus antecedentes? Quizás algún empresario te arrastre a la televisión, a la radiofonía o al cinematógrafo; pero no durará mucho y lo guiará un interés bastardo al servicio de una curiosidad malsana. ¿Te das cuenta?

En realidad, yo no había pensado en mi futuro; y las admoniciones de Sanfilippo me conmovieron a fondo.

—Ya lo veo —repuse—. Tendré que salir del barrio y probablemente de la ciudad. El país es grande y buscaré un rincón donde no se me conozca.

Entendí que mi proyecto aliviaría los cuidados amistosos del inspector y del forense. No sucedió así: por lo contrario, al oírme, Sanfilippo y Bellafonte cambiaron entre sí una mirada en la que se traducía otra vez el alerta, como si no me hubiesen dicho aún lo más difícil.

—Theodorakis —me habló aquí Bellafonte—, a decir verdad, no sólo hemos calculado los peligros que la vida civil te acarreará si regresas: nos afligen también, y "sobre todo", los peligros que tu regreso ha de significar para la vida civil.

—¿Soy todavía un peligro? —inquirí en un brote de miedo—. ¿No se ha demostrado mi total inocencia?

—¡Calma, Theodorakis! —me apaciguó Bellafonte—. Nuestro problema se desenvuelve a mayor altura. Durante no pocas noches, y en constante vigilia, Sanfilippo y yo hemos rastreado tu verdadera identidad: hemos oído cien veces la grabación magnetofónica de tu análisis y concretado muchas analogías. En resumen, dimos con una solución final al Teorema de Sátiro.

—¿Qué solución? —pregunté como sobre ascuas.

—El monstruo de Avellaneda —me respondió Bellafonte—, quiero decir el de las bestialidades nocturnas, es un Sátiro artificial o un Sátiro "paródico". ¿Y cuál es el verdadero Sátiro, el que brota inesperadamente de la investigación como un retoño de la vieja Mitología? ¡El Sátiro auténtico es y se llama Luis Theodorakis! ¿Un anacronismo? A veces la ciencia los registra, y se asombra como ante un mentís dado al curso del tiempo. Lo esencial, Theodorakis, es que tu irrupción en la vida contemporánea resultó hermosa pero temible: así lo han demostrado el profesor Antúnez y la viuda fogosa del contralmirante.

Me sentí como una fiera de circo en su jaula:

—¿Qué debo hacer conmigo —protesté—, un harakiri litúrgico?

—Bellafonte y yo te buscamos ahora un alojamiento ideal —me anunció Sanfilippo mitad jocundo y mitad reverente.

Y así fue. Por obra de mis dos gestores, un Intendente maleable y un zoólogo Director que linda con la sublimidad, habito ahora un pabellón de líneas griegas edificado para mí en el Jardín Zoológico de Buenos Aires. Tengo aquí mi biblioteca especializada, mis instrumentos de observación astrológica y sobre todo mi siringa, la que Sanfilippo me devolvió en un gesto inolvidable. Naturalmente, lo anacrónico de mi entidad y el peligro de mi seducción hacen que no pueda exhibirme a hombres y mujeres del vulgo. No obstante, previa solicitud escrita y estudio de antecedentes, recibo en mi pabellón a intelectuales rigurosamente seleccionados y respondo a cuestiones de metafísica, de arte sacro y de barajas adivinatorias. Un aspirante que me abordó con engaños y me solicitó una fórmula para ganar en la ruleta fue despedido ignominiosamente de mi pabellón griego. Según el Director, los efectos de mi presencia en el Jardín Zoológico son todavía incalculables. Al anochecer, cuando los leones rugen su nostalgia de la selva, toco mi siringa y les devuelvo la paz; el mono Darwin, a mis influjos, ha resuelto ya una ecuación de primer grado con dos incógnitas; y una pareja de osos hormigueros acaba de reproducirse ahora en la cautividad, hecho que no se había dado en ningún parque zoológico del mundo.

Si entre los fabulistas inmorales no existió ninguno que se resistiese a eructar una moraleja, ¿por qué lo haría yo al final de mi relato? Señores, toda criatura en este mundo y en los otros es al fin y al cabo una letra muy legible del Gran Alfabeto. La virtud estaría en realizar una piadosa lectura de las letras, como lo hicieron esos dos lectores plausibles que se llaman Gregorio Sanfilippo y Amaro Bellafonte.

# II
[OTROS ESCRITOS]

[CONFERENCIAS]

# FUNDACIÓN ESPIRITUAL DE BUENOS AIRES*

El señor Intendente de Buenos Aires ha querido que la voz de los escritores se uniese a las muchas que celebran, en estos días, el cuarto centenario de la ciudad. Y es así que, desde este micrófono, ya en son de alabanza, ya en minuciosa labor de recuerdos, la gesta de Buenos Aires ha sido referida y cantada.

Por mi parte, no intentaré lo uno ni lo otro. No haré ahora el panegírico de la ciudad presente, como no sea en el signo de su vocación espiritual, signo de ayer, de hoy y de mañana, signo que no ha dejado nunca de brillar en la frente de Buenos Aires, signo que habla todavía y hablará siempre a los que saben el idioma de los signos, aunque la ciudad lo olvide o lo traicione. Tampoco volveré mis ojos al pasado; y si en algún momento de mi disertación apelo a los recursos de la historia, lo hago justamente para descubrir ese signo de Buenos Aires en la hora misma de su nacimiento.

Y es que pertenezco a una legión ya numerosa de hombres que, siendo al mismo tiempo actores y espectadores de la ciudad en marcha, vienen preguntándose con amorosa inquietud, adónde se dirige la ciudad, hacia qué rumbo tienden sus pies tan sólidamente calzados de metal y de piedra.

Vemos la ciudad enérgica, enteramente dada a los vientos de la acción; y la ciudad nos duele, porque sabemos que la acción pura es una energía ciega que se destruye a sí misma, cuando no re-

---

\* Conferencia integrante del ciclo de disertaciones histórico-literarias auspiciado por la Intendencia de la ciudad de Buenos Aires, en 1936, con motivo del cuarto centenario de su fundación por don Pedro de Mendoza. El ciclo fue propalado por la radiodifusora del Teatro Colón.

Publicada en *Homenaje a Buenos Aires en el cuarto aniversario de su fundación*, Conferencias, Buenos Aires, Municipalidad de la Ciudad de Buenos Aires, 1936, pp. 479-492.

cibe y acata las leyes de un principio anterior y superior a ella, capaz de darle un sentido y un fin. Vemos la frente de la ciudad, cada vez más alta; los pies de la ciudad, cada vez más hondos; el cuerpo de la ciudad, cada vez más grande; y la ciudad nos duele, porque no vemos aún la forma espiritual de su cuerpo, la forma de su vida, y porque sabemos que sin esa forma espiritual ningún cuerpo vivo tiene vida auténtica, sino un mecanismo helado que se resuelve, como todo mecanismo, en una triste parodia de la vida. Por otra parte, oímos que voces acusadoras se levantan de pronto contra la ciudad: "Babilonia", le gritan unos; "Cartago", le dicen otros; y la ciudad nos duele ahora en esas voces, y hacemos un ademán instintivo en su defensa, porque amamos a Buenos Aires, y con una suerte de amor bien extraña por cierto.

Dije que amamos a Buenos Aires con una extraña suerte de amor, y es preciso que aclare mi pensamiento. He conocido las grandes urbes de la tierra y vi que sus habitantes amaban la ciudad con un amor de hijos, con un filial acatamiento, porque la ciudad era para ellos una entidad concluida y sellada, en cuerpo y en espíritu, una entidad corporal y espiritual muy anterior a sus hijos, los cuales, frente a ella, parecían gritar un *noli tángere* imperativo. En nuestro amor de Buenos Aires predomina, en cambio, una rara inquietud paternal, como si todavía, y en cierto modo, fuéramos los constructores de la ciudad que crece a nuestro lado, como si la infancia de la ciudad se prolongase más allá de nuestra muerte; por eso es que nuestros ojos no se apartan de su estatura, y es por eso que la contemplamos como se contempla a un niño, vale decir, en enigma, en recelo y en esperanza. Este linaje de amor es el que justifica el tono de mis palabras, que de otro modo podrían parecer extrañas o pretenciosas. Las dirijo, sobre todo, a los que padecen la ciudad como un dolor íntimo.

Hablaré sobre una vocación espiritual de Buenos Aires. Y ante todo necesito explicar el sentido en que deberán entenderse aquí las palabras "vocación" y "espiritual", o mejor dicho, debo restituir esas palabras a su verdadera significación, para evitar confusiones y vaguedades. Etimológicamente, la palabra "vocación" significa "llamado". Ahora bien, un llamado supone tres cosas: alguien que llama, alguien a quien se llama y algo para que se llama. Luego, al referirme a una vocación de Buenos Aires, doy a entender que la ciudad es objeto de un llamado; pero si agrego que se trata de un llamado "espiritual", no sólo doy en la naturaleza de la vocación, sino en el nombre del que llama, porque tal adjetivo, pese a la vaga extensión que le ha dado el uso, sólo puede convenir, estrictamente, a los principios eternos, creadores y conservadores del universo, y a sus operaciones misteriosas. La ciudad es objeto de un llamado hecho a su espíritu, y es Dios el que la llama, particularmente por el Espíritu Santo, cuya figura simbólica está grabada en el escudo de Buenos Aires y acerca de cuya significación especial hablaré más adelante, cuando me refiera al objeto o fin del llamado espiritual a que vengo refiriéndome.

No ignoro lo difícil que resulta señalar a Buenos Aires (y en los días que corren) una vocación espiritual tan definida. Cuando confié mi proyecto a los amigos que suelen acompañarme, recibí numerosas objeciones, coloreadas de pesimismo y de asombro, y las recibí no sólo de los amigos espirituales que reconocen, como yo, la supremacía de lo espiritual y eterno sobre lo material y corruptible, sino también, y con mayor título, de los amigos que comparten la indiferencia de la mayoría.

Decían los primeros: "Ciertamente, Buenos Aires nació bajo un signo espiritual y durante mucho tiempo ha guardado fidelidad a su vocación; pero se ha entregado luego a las corrientes del siglo, y el siglo parece realizar su nueva concepción de la vida en el desconocimiento y negación de esos principios eternos que, según usted, solicitan el espíritu de la ciudad. Y es más —agregaban—; se diría que la deserción espiritual es más completa en Buenos Aires, tal vez porque su fondo tradicional no es tan antiguo y fuerte como el de otras ciudades, o quizás porque sufre todavía ese fracaso inicial de América, la cual, revelada por milagro a los ojos de la historia, olvidó muy luego la misión sobrenatural que se le había conferido, víctima de la tentación que acecha detrás de todo lo verdaderamente grande". Tales cosas decían mis amigos espirituales. Y concluían así: "Para que un llamado de esa índole llegase a la ciudad, sería necesario que la ciudad tuviese un alma que lo recibiera; mire usted a su alrededor y díganos dónde está el alma de Buenos Aires".

Confieso que tales palabras me hacían sufrir y que, en el fondo, no estaba yo seguro de que fueran enteramente justas; pero la incomprensión, ingenua casi, que mis otros amigos manifestaban por todo lo que fuese de naturaleza espiritual no hacía sino robustecer ese pesimismo. Sinceramente, no entendían que la ciudad necesitase un alma.

Es quizás el deseo de responder a unos y otros, en defensa

de Buenos Aires, lo que me hace recordar ahora la intercesión de Abraham, ante Dios mismo, en favor de los habitantes de Sodoma, sobre la cual se cernía ya la amenaza divina: —¿Por ventura destruirás al justo con el impío? —preguntó Abraham al Señor. —Si hubiese en la ciudad cincuenta justos ¿perecerán a una? ¿y no perdonarás a la ciudad, por amor de los cincuenta justos, si se hallaren en ella?

Y el Señor respondió:

—Si hallare en Sodoma cincuenta justos perdonaré a todo el lugar, por amor de ellos.

Y respondiendo Abraham, dijo:

—Si hubiera cinco justos menos que cincuenta, ¿destruirías toda la ciudad, por los cuarenta y cinco?

Y dijo Dios:

—No la destruiré si hallare allí cuarenta y cinco.

—¿Y si sólo fueren hallados cuarenta, qué harías?

—No la heriré, por amor de los cuarenta.

—¿Y si fueren treinta? —insistió Abraham.

—No la destruiré, si hallare allí treinta —respondió el Señor.

Abraham dijo entonces:

—Pues ya que he comenzado una vez, hablaré a mi Señor: ¿y qué si se hallaren allí sólo veinte?

—No la destruiré, por amor de los veinte.

—¿Y si se hallaren diez? —volvió a preguntar Abraham con extraña insistencia.

—No la destruiré, por amor de los diez.

El mérito de diez hombres justos hubiera salvado a Sodoma, la ciudad amenazada. Ciertamente, una formidable gravitación del cielo pesa sobre la obra del hombre, y podríamos afirmar que oponiéndose a esa gravitación y estableciendo, con su propia virtud, una suerte de amoroso equilibrio en la balanza divina, hay diez justos en toda ciudad que se mantiene de pie; diez columnas que sostienen el cuerpo de la ciudad, para que no se derrumbe. Y el alma de toda ciudad, en esta hora, está en esas diez cariátides invisibles que la sostienen, que animan secretamente su barro mortal y que, al imprimir sobre la frente de la urbe el signo de reconocimiento, la visten con ese mínimo de gracia que basta para detener aún el brazo de la justicia.

La vocación de una ciudad se manifiesta sobre todo (y ante todo) en el acto mismo de su fundación. Este acto supone la voluntad de un fundador, orientada por una inteligencia segura de lo que se quiere hacer; supone la voluntad de un artífice que construye la ciudad según sus planes de inventor, la fundamenta sobre principios determinados y la encamina hacia un fin claramente preestablecido.

El creador de la ciudad es dueño de su obra, como lo son todos los creadores, y es dueño de su obra en el principio y en el fin de la misma, por una clara paternidad que inviste de hecho y en la que continúa por derecho; de modo tal que la ciudad comete un acto de traición consigo misma en el instante en que olvida sus principios y reniega del fin a que fue destinada por su creador.

Hay una fundación espiritual (anterior y superior a la fundación material) en el origen de las ciudades que pueden hacer gala de un nacimiento legítimo. Y diré ahora qué debe entenderse aquí por nacimiento legítimo de una ciudad: debe entenderse, ante todo, que la ciudad se funda en el Primer Principio de todas las cosas creadas y que se une, por lo mismo, al orden universal; debe entenderse luego que a la ciudad naciente se le ha señalado un fin rigurosamente ceñido a su principio eterno, fin que deberá cumplir en el transcurso de la existencia que recién inicia, y que será el objeto propio de su vida, la misión que se le ordena realizar en el orden del tiempo.

En toda ciudad tradicionalmente constituida observamos esa enunciación inicial del principio y del fin, y esa congruencia del fin con su principio. A la fundación espiritual sucede la fundación material; y la primera se impone a la segunda, como la forma se impone a la materia. Luego viene la dedicación de la ciudad, acto no menos grave por el cual se ofrece la obra naciente al mismo principio eterno en que se funda. La ciudad es ofrecida para el cumplimiento de tal fin; y es aceptada y bendecida desde lo alto, sobre todo por la virtud del fin que debe realizar. Hay aquí una suerte de acto jurídico entre la tierra que ofrece y el cielo que acepta, un pacto invisible que se firma invisiblemente, una toma de posesión gracias a la cual el asentimiento divino parece recaer sobre la ciudad y confirmarla como buena en la enunciación de su finalidad terrestre. Más adelante me atreveré a decir lo que un asentimiento de tal naturaleza nos permite aguardar, y lo diré en el recto ejercicio de la esperanza.

No hubiera señalado los (por así llamarlos) requisitos de legitimidad que reúnen las ciudades rectamente constituidas si no los hallase todos en la fundación de Buenos Aires. Cuando narra la segunda fundación de Buenos Aires la historia corriente se complace en describir los gestos de los fundadores en el acto mismo, considerando tales gestos más como formalismos de la época que como expresiones simbólicas de un sentido profundo. Lo mismo hace con la redacción del acta, sin tener en cuenta que las actas de fundación manifiestan, con toda exactitud y con impresionante solemnidad, los principios espirituales sobre los que la ciudad fundada comienza a levantarse. Y es que la historia moderna, fiel a su siglo, sólo se mueve en el plano de lo natural y temporal, totalmente desvinculada de lo sobrenatural y eterno, que es la causa de las causas. Es así que la historia, por no transponer el círculo de las causas segundas, se hace de más en más ininteligible.

Para dar en la fundación espiritual de Buenos Aires es necesario detenerse, ante todo, en la figura espiritual de sus fundadores, pues tal es el artífice tal es la obra de sus manos. Luego es preciso considerar los términos del acta de su fundación, en la que, con notables precauciones, se fijan por escrito los basamentos de la ciudad. Por último es imprescindible leer otro testimonio, no menos escrito ni menos legible, y es el testimonio cifrado de la Heráldica.

Consideraré ahora la figura heroica de los dos fundadores de la ciudad y diré, ante todo, que las dos fundaciones de Buenos Aires, aunque sucesivas en el orden del tiempo, aparecen a los ojos del observador desapasionado, no como dos hechos distintos, sino como las dos partes necesarias de una sola obra, como las dos faces de una misma gesta, como dos movimientos que se armonizan y complementan en la unidad del fin.

Y a don Pedro de Mendoza, el "señor ilustre y magnífico" como le nombran los documentos de la época, correspondió, justamente, la primera parte de la fundación, la más difícil, la más ingrata y quizá la más oscura, pero en la oscuridad de los cimientos que, ocultos bajo tierra, sostienen, sin embargo, toda la gracia exterior de la obra. Mendoza fue el "Adelantado", es decir, el héroe de la vanguardia; y nadie podrá sustraerlo a la gloria ni al dolor de la vanguardia, en aquella primera hora de nuestra ciudad.

La misión que le tocaba cumplir era espinosa (como lo son

todas las iniciaciones) y muy aventurada en el azar y en la contingencia. Fundar una ciudad es distinguir en la tierra la posibilidad de un nuevo centro humano y establecer en ella un nuevo polo de atracción y de concentración. Y señalar en la tierra desnuda la ubicación exacta de dicho centro es obra de genialidad, porque requiere, no la audacia ciega de un movimiento libre, sino la audacia cavilosa del genio que se somete a ciertas leyes, números y medidas, en la previsión del futuro y en la providencia de su obra. A don Pedro de Mendoza tocó elegir el asiento de Buenos Aires, y desde ese momento el puñado de tierra que señalaba su mano quedó signado por el futuro, y el futuro lo confirmó como centro de hombres y polo de razas.

El vago esquema de la ciudad pudo borrarse por algún tiempo, como una huella inicial que se ha impreso en una materia demasiado rebelde; pero allí era, es y será Buenos Aires. Y si es cierto que un ángel preside el nacimiento, la vida y el ocaso de las ciudades terrestres, no dudo que el ángel de Buenos Aires permaneció allí, en el sitio de elección, entre las ruinas y el humo, cuando la ciudad naciente de don Pedro de Mendoza fue destruida. El ángel y la tierra quedaron esperando, y no fue vana su espera.

Otra misión también inicial y dura en extremo correspondió a don Pedro de Mendoza, y fue la de tomar posesión de la tierra que la urbe futura debería señorear. No bastaron para él las fórmulas rituales del caso, ni el tirar de cuchilladas al viento, ni el segar de hierbas con que Garay corroboró más tarde la potestad de Castilla y de León sobre la nueva provincia del Plata; aquel terruño misterioso no se entregaba sin combate, aquella materia virgen no se daría sin resistencia. Y Mendoza debió afrontar ese choque violento de dos mundos, ese primer contacto de armas desiguales que coloreó tan sombríamente su aventura y del que salió vencedor al fin, pero demasiado herido para conocer su triunfo.

En ningún documento escrito, que yo sepa, dejó Mendoza consignados los fundamentos espirituales de su obra; pero todos y cada uno de sus gestos, desde la iniciación de su viaje hasta su muerte, son documentos vivos que hablan del espíritu que animó al Adelantado en la realización de su empresa: el héroe cristiano traía consigo el mensaje de su mundo, y ese mensaje tenía la forma de la Cruz que al señalar con sus brazos los cuatro puntos cardinales del globo reclama la expansión y la universalidad que naturalmente representa; Mendoza traía el poder espiritual en aquellos abnegados religiosos, mensajeros como él, que compartieron la estrechez de sus navíos y la vastedad de su desventura; y traía en su corazón y en el de sus pilotos la imagen andaluza de Nuestra Señora de los Buenos Aires, patrona de los que navegan, cuya protección le fue tan manifiesta que la inestabilidad del océano resultó para Mendoza mucho más grata y segura que las tierras firmes y los remansos del nuevo mundo.

Lo cierto es que en la ciudad naciente (y amenazada desde sus primeros pasos), las casas del Señor se levantaron al mismo tiempo que las de los hombres; y no es menos cierto que junto al río indígena la forma del Señor se levantó antes que la forma de las armas, desde la primera aurora de Buenos Aires, como dando a entender la naturaleza de la misión que se traía. Y este sentido espiritual que don Pedro de Mendoza dio a su extraordinaria aventura debió ser muy hondo, para que con trazos tan firmes quedase grabado en el corazón de sus hombres, cuando el héroe los dejó al fin, ya prometido de la muerte, para volver a esa España en cuyas riberas no desembarcó jamás; y en efecto, la crónica de los días posteriores y el testimonio escrito de las gentes que permanecieron aún en la ciudad revelan hasta qué punto el espíritu del gran capitán quedó presente en Buenos Aires y alentó a los suyos en la obra y en el consejo.

Con rara unanimidad se le confiere a don Pedro de Mendoza el título de héroe, y es, en justicia, el que mejor conviene a su fibra de hombre y al linaje de su misión. Si es verdad que la palabra "héroe" se deriva de Eros, nombre antiguo del Amor, sólo el que realiza un sacrificio amoroso entre los hombres merece tan raro título; y obra de amor es darse todo, cuando la empresa lo exige todo y lo merece todo. El de Mendoza fue trabajo de amor, que todo lo exigía; y todo le sacrificó él, hasta llegar al despojo absoluto de su muerte: se hizo pobre hasta el hambre, en un continente fabulosamente rico; Adelantado en el suelo gigante de las Indias, no tuvo un puñado de tierra para su sepultura; señor altivo de la guerra, se humilló cien veces en un combate oscuro y amargo; después de su muerte la pequeñez humana le disputó hasta sus vestiduras. La empresa lo merecía todo y Mendoza lo dio todo: no en vano era "el señor magnífico".

Juan de Garay llega después como continuador y consumador de la obra tan dolorosamente comenzada. El conocimiento de los principios eternos, de la jerarquía de los valores divinos y humanos, de los gestos rituales cuyo sentido entendía, evidentemente, a fondo colocan a Garay, lo mismo que a Mendoza, entre los pocos héroes de América que no traicionaron la misión original iniciada por Cristóbal Colón. Ciertamente, la América escondida en la inmensidad de las aguas occidentales fue revelada a los hombres para que cumplieran en ella una misión espiritual; y Colón lo supo y lo quiso (no en vano era Cristóbal: el que trae a Cristo); lo supo y lo quiso, por lo cual mereció el amparo de la Providencia que con eficacia tan visible y con medios tan desusados favoreció la empresa del Gran Navegante. Se trataba de manifestar la extensión gigante de las Indias, no para convertirla en una nueva y grande provincia de la tierra, sino para levantarla de las aguas como una nueva y grande provincia del cielo. La tierra era redonda, ciertamente: su forma era perfecta, como trabajo de Dios. Y perfecta debía ser también la adoración de sus hombres, total y continuada, como la misma tierra que a toda hora ofrece al sol una mitad despierta de su cuerpo. Ya dije antes cómo se había malogrado ese destino, por la tentación que acecha detrás de toda empresa verdaderamente grande; pero hubo quienes lo recordaron y cumplieron, en la medida de sus fuerzas, y Garay fue uno de ellos, no sólo en tanto que varón cristiano (y todos lo eran entonces), sino como fundador de una obra que debía realizarse en el orden del tiempo. En esa obra, que selló al fin con su sangre, Garay no sólo trabajaba por el acrecentamiento de un reino y por la gloria de un César: esa toma de posesión en el nombre de Felipe Segundo, ese tirar de cuchilladas, ese cortar de hierbas en el acto mismo de la fundación expresan, sin duda, que todo ello lo hacía Garay en el nombre de una potestad terrestre; pero Garay conocía el primado de lo espiritual sobre lo temporal y el orden que ocupa lo humano en su relación con lo divino; y esa relación jerárquica la dejó escrita Garay, no sólo en el acta de la fundación de Buenos Aires, sino, y con mayor precisión, en el escudo de armas que luego dio a la ciudad.

Todos los elementos de la fundación aparecen dispuestos en el acta según el orden de una rigurosa jerarquía: el mismo hecho de que Garay, contra la costumbre, diese primero nombre a la Iglesia y luego a la ciudad es una prueba significativa de lo que vengo afirmando. El acta de fundación manifiesta primero la autoridad espiritual y enseguida el poder temporal en el nombre de los cuales obra el fundador. En cuanto a la primera, se la nombra con tal rigor teológico que demuestra la importancia verdaderamente principal que se le confería y su reconocimiento como principio de la ciudad, anterior y superior a cualquier otro principio o conveniencia. Es un exordio que conviene repetir y cuya majestuosa solemnidad se impone al espíritu que lo lee y despierta en él no sé qué resonancias. Dice así: "En el nombre de la Santísima Trinidad, Padre e Hijo y Espíritu Santo, tres personas y un solo Dios verdadero que vive y reina por siempre jamás, amén; y de la gloriosísima virgen Santa María su madre, y de todos los santos y santas de la corte del cielo…" Así dice el exordio; y aun las cosas divinas se enumeran en él según el orden jerárquico que les corresponde. Enseguida presenta Garay sus poderes y títulos como representante de la autoridad terrestre, la cual ocupa, según se ve, un segundo plano en el orden de la fundación.

El acto de dar nombre a la ciudad no tiene menos importancia, sobre todo para los que saben la relación estrecha que existe y debe existir entre las cosas y sus nombres; porque el nombre es la cosa misma, en la expresión de su esencia inmutable. Ante todo Garay da nombre a la Iglesia, como representante visible de los principios invisibles que han presidido la fundación; luego, es la ciudad quien recibe su nombre. A ese respecto el acta dice así: "Y he traído la Iglesia de la cual pongo su advocación de la Santísima Trinidad, la cual sea, y ha de ser Iglesia mayor y parroquial, contenida y señalada en la traza que tengo hecha de la ciudad; y dicha ciudad mandó que se intitule Ciudad de la Trinidad…"

Enseguida viene la distribución de funciones, el establecimiento de gobiernos, en una palabra, la fundación terrestre de la ciudad, en cuyos detalles no entraré ahora, ya que sólo trato de discernir en estas líneas los signos de una fundación espiritual. En vano se buscaría en la tierra de Buenos Aires una piedra fundamental que recordara la gesta de aquel día memorable. Pero la ciudad está fundada (y para siempre) sobre un pequeño catecismo de las verdades eternas.

Dice Víctor Emilio Michelet en su *Secreto de la Caballería* que el blasón de un pueblo, de una ciudad o de una familia expresa las direcciones indicadas a ese pueblo, ciudad o familia por su antecesor. De modo tal que, leyendo un blasón construido según las reglas, un espíritu suficientemente instruido puede advertir en él ciertas revelaciones acerca de las criaturas cuyo destino inicial simboliza el blasón.[1]

También Garay fijó las direcciones de Buenos Aires y el punto inicial de su destino en el escudo de armas que, a requerimiento del vecindario, dio a la ciudad en el acuerdo del 20 de octubre de 1580. Transcribo algunas líneas del acta correspondiente: "Y el dicho señor General —expresa el acta— dijo que señala por armas y blasón de esta ciudad un águila negra pintada al natural, con su corona en la cabeza, con cuatro hijos debajo demostrando que los cría, con una cruz colorada sangrienta que salga de la mano del águila y *suba más alta que la corona,* que semeje la cruz a la de Calatrava, y lo cual esté sobre campo blanco; y éstas dijo que señalaba y señaló por armas de esta ciudad, la razón de la cual y del blasón es el haber venido a este Puerto con el fin y propósito firme de ensalzar la Santa Fe Católica y servir a la Corona de Castilla y León…".

Fácil es advertir que el águila coronada simboliza la potestad terrestre, y que la Cruz representa la autoridad espiritual. Pero Garay no se circunscribe a eso y manda que la Cruz "suba más alta que la corona", con lo cual expresa simbólicamente la supremacía de lo espiritual sobre lo temporal. Además es necesario que la potestad terrestre reconozca y mantenga ese primado de lo espiritual; y es por eso que en el escudo de Garay el águila misma levanta la cruz por encima de su corona.

No es este el escudo que Buenos Aires usa hoy: al blasón de Garay ha sucedido el escudo de las naves, de la paloma y el ancla. Tampoco la ciudad lleva su nombre primitivo, y eso es grave, pues dije ya la relación que existe entre las cosas y sus nombres. Sin embargo, el actual escudo de Buenos Aires, aun recuerda simbólicamente el origen y el hombre de la ciudad, y lo hace con la paloma del Espíritu Santo, que aparece brillando en el cielo del escudo. Es, justamente, una alusión a la Santísima Trinidad, en la figura de su tercera persona; y cabe preguntarse aquí lo que se ha entendido expresar con el ave resplandeciente del Paráclito.

Si bien todos los atributos divinos convienen igualmente a las tres personas de la Trinidad, al Espíritu Santo se le asignan, particularmente, las obras de amor. ¿Qué se ha querido decir al colocar su figura simbólica en el blasón de Buenos Aires? Ha querido

1 Victor Émile Michelet, *Le Secret de la Chevalerie,* Editions Véga, París.

darse a entender, acaso, que la ciudad estaba consagrada, desde su origen, a los amorosos trabajos del espíritu; algo así como si se esperase de ella, en lo futuro, cierta realización efectiva de la Ciudad Terrestre, la cual es digna de tal nombre sólo cuando se asemeja, en el orden y la virtud, a la Ciudad Celeste, de la cual deberá ser imagen y simulacro.

Todo esto nos dice la profunda Heráldica. Y al finalizar con ella estas líneas sobre la fundación espiritual de Buenos Aires no puedo menos que enorgullecerme por mi ciudad, llamada desde su origen a un destino tan alto; y no puedo menos que entristecerme por mi ciudad, en la medida en que ha olvidado la nobleza de su nacimiento. Empero, no hubiera escrito yo estas líneas si no creyera en lo mucho que el futuro promete a la ciudad; como lo creen todos aquellos que no se marean frente al instante fugitivo, porque saben que Dios es, en definitiva, quien escribe las páginas de la historia.

# RECUERDO Y MEDITACIÓN DE BERCEO*

Estas palabras no han de constituir un estudio literario de Berceo, en el sentido que se da corrientemente a ese linaje de estudios. No será el mío un trabajo de erudición, sino algo diferente que podría llamarse "una experiencia de Berceo". Toda obra de arte puede ser juzgada según dos valores distintos: puede ser juzgada según su valor concreto, real, ponderable, que la ubica en tal género artístico y señala su fidelidad a un canon determinado, es decir, a un corriente sistema de ponderaciones; y puede ser juzgada según ese valor abstracto, virtual e imponderable que la obra guarda en sí, y cuya operación secreta es la de fecundar el entendimiento del que la gusta, embarcándolo en tal o cual estilo de meditación o de contemplación. Sólo el primero de los valores a que acabo de referirme puede ser materia del juicio literario, de la crítica pura. En cuanto al segundo valor, ha de quedar forzosamente no manifestado, a menos que el lector o el contemplador, tras haber realizado una experiencia íntima con la obra de arte, quiera o pueda exteriorizar los sentimientos y cavilaciones que dicha obra suscitó en él desde afuera y sin alterarse, a guisa de un verdadero motor inmóvil. En tal caso, no puede hablarse de una crítica, sino de una experiencia, y algo así quieren ser estas palabras que hoy dedico a Berceo y que, según se verá, tienen su mucho de contricción y su poco de la justicia que aun le debemos al cantor de Nuestra Señora.

Extraño es el destino de Berceo: un poeta medieval, un clérigo bien arraigado en su biblioteca y en sus latines, que lejos de emular a su Horacio o a su Virgilio se dedica a exhumar antiguas

* En *Ortodoxia*, Cursos de Cultura Católica, nº 5, Buenos Aires, noviembre de 1943, pp. 522-535.

leyendas cristianas y a verterlas, no sólo en un castellano simple (en el "roman paladino en cual suele el pueblo fablar a su vecino"), sino también mediante agrestes figuras tomadas del idioma popular y hasta de las faenas agrícolas de sus paisanos.

El recuerdo de un Dante Alighieri renunciando al latín, para confiar su asombroso monumento a la lengua toscana, se impondría en este lugar si el caso de Berceo no fuera tan distinto en proporciones y sobre todo en clima. El afán de Dante por afianzar su Comedia en un idioma vivo y lleno de futuro, anuncia ya las preocupaciones del Renacimiento; y el maestre Gonzalo, en su cristiana humildad, vive tan lejos de aquellas inquietudes como de las primorosas locuras que, según veremos después, hacen ya en París algunos clérigos y "maestros de arte", quizás en los mismos días en que nuestro poeta escribe sus "Milagros de Nuestra Señora".

Y no es que debamos considerar en el maestre Gonzalo a un artífice rústico que descuida su arte: Berceo tiene conciencia de la "nueva maestría" que se revela en sus cantos, tras el estilo rudo y la desordenada versificación de la épica; y en algunos pasajes hasta se vanagloria de ello, con aquel mínimum de jactancia que exteriorizará todo poeta normalmente constituido, mientras haya poetas en el mundo y gente que les haga caso. Pero su ambición no parece ir más allá; y en el deseo de hacerse entender por sus coterráneos se trasluce claramente la intención piadosa de aleccionarlos, por la virtud del arte, en el ejemplo de los santos, en la dulzura de la Virgen intercesora nuestra y en los misterios del altar donde se consagra y se sirve todos los días el pan de los fuertes. Lo cierto es que las cuadernavías del maestre Gonzalo tuvieron el destino que ambicionaban, sin que su autor se cuidase de la posteridad que sabrían tener o no, como si la sola recompensa que aguardara él fuese aquel "vaso de bon vino" tan galanamente solicitado en uno de sus versos.

El olvido más absoluto cae después sobre la obra de Berceo. Sabido es que los poetas del Siglo de Oro lo ignoraban; y acaso fue mejor que lo ignorasen, porque, junto al brillante colorido y a la refinada complejidad de aquella literatura, las estrofas de Berceo habrían alcanzado tal vez un desprecio más doloroso que el olvido. Y ese desprecio lo consiguen más tarde, en el siglo XIX, cuando, exhumadas y reveladas por la crítica, las estrofas del maestre Gonzalo vuelven a la luz pública, mas, ¡ay! sin reencontrar el clima espiritual en que fueron trabajadas, tal un resucitado que vuelve al mundo y se halla con otra tabla de valores, o con ninguna, lo cual es peor.

Y es justamente el siglo XIX español, el más negado a la poesía, el ni siquiera decadente sino irreconocible y como injertado a la fuerza en el viejo árbol de la lírica española, es ese siglo, pues, el que llega, no a desdeñar sino a desconocer el valor poético de Berceo, a considerarlo como un versificador y a ubicarlo en la Historia de la Literatura Española con el rótulo que suele fijarse en las piezas de arqueología. ¡Era natural! Las narraciones del maestre Gonzalo, sus vidas de santos y sus alabanzas de Nuestra Señora debían de sonar a hueco en un siglo que se moría por los piratas desde que Victor Hugo había cantado aquello de:

> *"Voici, voici les pirates*
> *d'Occhali qui traversent le detroit…"*

y desde que Espronceda replicase:

> *"Con diez cañones por banda,*
> *viento en popa a toda vela…"*

El que luego se llamó Carnaval Romántico habíase atrevido también en España, sin advertir lo falso que resultaban sus ademanes en un pueblo más dado a la Cuaresma que al Carnaval, o mejor dicho, en un pueblo donde el Carnaval y la Cuaresma viven en eterna discusión, como en la disputa famosa. Tan extranjero era ese romanticismo en España, que no tardó en claudicar, cierto es que para ceder el sitio a una poesía sentimentalmente ramplona o fríamente académica. Y no hablo sin conocimiento de causa, pues juro que, siendo yo un adolescente, me leí todo el grueso volumen que la colección Rivadeneyra dedicó a los Alberto Lista y a los Cienfuegos de ese siglo, con todas sus odas a la Invención de la Imprenta, lectura que bien pudo valerme la palma del martirio literario, pero que defraudó mi sed y me dejó un afán rabioso de poéticas rebeldías.

Ahora sé que mal podía entender a Berceo aquel raro siglo XIX. Ciertamente, la obra del maestre Gonzalo estaba indicándole el norte poético de la raza; pero aquel norte, si era una meta, no era el camino del retorno. Y ya veremos como la nueva poesía castellana, buscando luego su *fons vitae* o su necesaria raíz tradicional,

seguiría una ruta de aproximación que no ha terminado de recorrer aún; porque la meta de Berceo es todavía un ideal, y su conquista supone la transformación de un individuo, de un pueblo y
quizás de un mundo.

Y ahora entraré en el terreno de lo confidencial, narrando
mis experiencias iniciales con la obra de Berceo, y la injusticia que
cometí en una ponderación demasiado interesada para ser ecuáni-
me. Tal vez mi pecado sea idéntico al de muchos de ustedes, circunstancia que atenuaría mi vergüenza. Pero mi caso individual era
distinto: yo era entonces el poeta adolescente, vale decir, el niño
que guarda en su interior un tormentoso caos poético no manifestado todavía, pero que lleva, no su petulancia, sino su ingenuidad,
al extremo de creer sinceramente que su caos interior es ya una
realidad externa, sin advertir que su caos es una música sólo audible para él, una música inefable que sólo tendrá su manifestación
*ad extra* cuando, tras una dura batalla con esa materia limitante que
es el idioma, logre dar, no el poema, sino un poema, un homolo-
gado, un eco necesariamente disminuido de aquella música íntima. Esa confusión de valores hace que el poeta adolescente viva en
irritable descontento frente a la obra de los demás, hasta que su
propia batalla lo desengañe y le haga condescender a la benevolencia que se deben entre sí los que pelean un mismo combate.

Desgraciadamente, yo estaba lejos de aquel saludable desengaño, y el curso de Literatura Española que iniciaba recién en la
Escuela Normal me parecía un ampuloso y aburrido epitafio escrito sobre la tumba de cien estrofas muertas y desenterradas por los
eruditos con una impiedad que a mi entender tocaba los límites
del sacrilegio. Si algunos pasajes del *Mio Cid* habían logrado emo-
cionarme con su rudo patetismo, el Mester de Clerecía me resul-
taba en cambio un vivo tormento. Sobre todo las cuadernavías del
maestre Gonzalo, con sus cuatro alejandrinos monótonos, me daban la impresión de cuatro bueyes tirando de un arado rechinan-
te que removía en el suelo una mezcla de terrones estériles y de
guijarros resecos. Para colmo, nuestro profesor de literatura era
un dómine provinciano que tenía la pasión de los poetas primitivos españoles, que se los sabía de memoria y los recitaba en clase
con un fervor que me ha inspirado luego hacia él un cariño retrospectivo, pero también con una tonada cordobesa que al unirse al
machacado ritmo de los versos me daba la impresión de un torneo
sin incidentes mantenido por dos iguales monotonías. Entonces

las estrofas del maestre Gonzalo resonaban en mis oídos como un chirriar de plectros de cigarra en una siesta, y producían en mí tres efectos distintos según el caso: o un volverse de mis ojos hacia la ventana, clásica ruta de evasión ideal para los colegiales aburridos; o una modorra sin reflexiones ni imágenes; o un desvarío irreverente de mi fantasía, que se gozaba en imaginar al maestre Gonzalo en la biblioteca del monasterio de San Millán, contando laboriosamente con sus dedos rústicos las sílabas cabales de sus alejandrinos. El arcipreste de Hita vino después, y si me interesó entonces no fue porque viera en él al revolucionario que se alzaba contra el Mester de Clerecía, sino al hombre de los nuevos tiempos, al que compartía, ignorándolo tal vez, las inquietudes de sus colegas parisinos Guillaume de Lorris y Jean de Meun, autores del enigmático *Roman de la Rose*.

Como puede verse, mi experiencia inicial de Berceo nada tenía de alentadora. Después llegaron para mí los días de combate conmigo mismo, aunque aparentemente fuera contra los demás, en un movimiento de vanguardia poética que influyó en todas las ramas de nuestro arte y que consistió, no en el balbuceo de una "nueva sensibilidad" como se dijo entonces, sino en una poderosa voluntad de expresión que buscaba su camino a través de todas las fragosidades y su medida a través de todas las desmesuras. ¡Cuán lejos estaba entonces de mi memoria el maestre Gonzalo! ¡Cuántas ilusiones estéticas acariciadas un instante y rechazadas luego por obra de un ambicioso descontento que abría en mí sus ojos vigilantes, como pidiéndome cuenta de lo hecho y de lo por hacer!

Ciertamente, mucho había ganado yo en aquellas experiencias desmesuradas, al acercarme a la materia de la poesía casi hasta lastimar su pulpa viviente. Con todo, y a pesar de aquellas escalofriantes aproximaciones de la belleza que me servirían luego para una iniciación más alta, mi ser entero suspiraba por una medida de arte, por un orden en que desplegar el vuelo sin faltar a las leyes de la armonía; porque no ignoraba ya que la hermosura es el esplendor del orden o de la armonía, según la definición de San Agustín, cuyas *Confesiones* habían caído en mis manos, ahora sé que no sin algún propósito de la Divina Misericordia. Entre mis compañeros de vanguardia, cada uno de los cuales hacía gala de haberse inventado una estética propia, había uno que, basándose en la definición de Mallarmé "la poesía son las palabras", ejercía un arte de vocablos en libertad, reunidos, no sólo sin lógica, sino

contra todos los dictados de la lógica humana, y cuya incoheren-
cia —según me dijo un día— se asemejaba o debía de asemejarse
a ese modo de hablar infinito que sin duda tienen los ángeles. Lo
escuché sin asombro: ¡era bastante difícil asombrarse de algo en
aquella época! Y aunque nada le respondí, sonreía yo interiormente al considerar aquel nuevo pecado de angelismo, ¡un pecado de
angelismo literario! Lo que yo buscaba para mi arte era un idioma
humano y no angélico, una medida que fuera la del hombre, con
todo lo mucho que puede el hombre rebalsar su medida. Y lo que
trabajaba en mí no era un propósito de defección literaria, como
dijeron entonces algunos compañeros de lucha y siguen creyéndo-
lo todavía, sino una necesidad entrañable de restituirme a cierto
equilibrio de medidas que me vinculara, por filiación, a todos los
hombres que antes que yo habían juntado palabras armoniosas.
Para decirlo de una vez, no creía ya en generaciones espontáneas,
y buscaba la tradición de los míos, la línea viviente que yo había roto y que deseaba reanudar.

Por aquel entonces visité España. Un núcleo de jóvenes poetas españoles que gozan hoy de merecida notoriedad bregaban entonces en un movimiento de renovación que desde su primera jornada se había vinculado al nuestro, y que llegó a unirnos como
jamás lo estuvieron dos generaciones literarias, una española y
otra argentina. La buena nueva de Rubén Darío había realizado ya
la tarea enorme de rescatar a la poesía castellana del sueño retóri-
co en que cayera durante el siglo XIX; y, a su vez, amenazaba con
degenerar en otra retórica. Si el movimiento de la nueva generación parecía circunscribirse al afán iconoclasta y a la desmesura
propios de tales estallidos, se vio luego cómo, tras la fase caótica
del movimiento, la joven lírica española retomaba decididamente
uno de los caminos tradicionales. No fue, por cierto, el descarna-
do y religioso de Berceo, ni siquiera el clásicamente austero de
Garcilaso, sino más bien el de la escuela andaluza, tan favorable al
juego libre de los colores, imágenes y sentimientos.

En aquellos días volví a encontrarme con el maestre Gonzalo
de Berceo, y fue gracias a don Marcelino Menéndez y Pelayo, ese
ángel de las bibliotecas, el cual, habiendo sondeado y revelado las
ricas profundidades de la literatura española, no había dejado de
visitar el escondido jardín de Berceo ni de cortar en él algunas
de sus rosas más fragantes. Aquellos fragmentos antológicos me
produjeron una emoción doblemente viva por lo inesperada. Yo es-

taba entonces (y ahora me doy cuenta) lo bastante despojado, lo bastante ahíto de colorinches poéticos, de juegos verbales y de acrobacias metafóricas; y en los desnudos alejandrinos del maestre Gonzalo tocaba ya otro fondo, tal vez fuera mejor decir "otra temperatura". Era evidente que por algún oscuro sector de mi alma conseguía ya, bien que sin discurrirlo, sentir el clima espiritual de aquel artífice desdeñado. Ahora bien, yo era un hombre de hablar por figuras, lo soy aún y me parece que no dejaré de serlo; y la nueva lectura del maestre Gonzalo me sugirió entonces una nueva imagen con que sustituir aquella otra de mi adolescencia. Las cuadernavías de Berceo no eran ya cuatro bueyes cansinos arando una tierra estéril, sino cuatro ágiles caballos que tiraban del carro de la poesía; no un carro aéreo, a la manera de Platón, sino un vehículo terrestre cuyas ruedas no desdeñan tocar el polvo de este mundo, y cuyo auriga puede alzar los ojos al cielo, confiado en la rectitud de la vía y en la prudencia de sus corceles.

Para mejor inteligencia de lo que sigue diré ahora que mi segunda experiencia de Berceo había coincidido con mi primera de Menéndez y Pelayo. Los nueve tomos de su *Historia de las ideas estéticas en España* y un volumen con los *Milagros de Nuestra Señora* constituían el solo bagaje literario que llevé a París y que me obligó a una serie de meditaciones verdaderamente aleccionadoras. La *Historia de las ideas estéticas* me produjo una suerte de deslumbramiento: aquel largo drama del conocimiento poético que a través de las edades busca sus leyes, su alcance y su definición; que unas veces cae en la noche de los retóricos y vuelve otras al día de los grandes iluminados; que empieza en una rosa y que acaba en un Dios; toda esa pasión del intelecto, a través de siglos y generaciones, era ciertamente un resumen de la mía; y en las páginas de Menéndez y Pelayo di entonces con la raíz de mis inquietudes, hallé la causa de mis errores y presentí las eternas escapatorias del arte y sus infalibles retornos. Algo así como una buena nueva comenzaba en mí a balbucear sus verdades; y no dejaba de ser gracioso el caso de un poeta, que, como yo, venía de los "ismos", estaba en la época de los "ismos" y en la ciudad de los "ismos", y se desvelaba por las noches con un sabio español y con un poeta del siglo XIII.

El caso español dentro de la historia europea fue lo primero que saltó a mis ojos en virtud de aquellas lecturas. Un joven historiador argentino me decía no hace mucho que si algunos europeos habían intentado escribir la historia de Europa prescindiendo de España, sólo España estaba en condiciones de escribir una historia europea sin salirse de la suya propia, dictado que parecerá orgulloso, pero que tiene una razón inmensa. En efecto, nunca dejó de intervenir España en la historia europea, ya siguiese España la línea de la "acción" o la línea de la "reacción". Y es en sus "reacciones" justamente donde España revela ese fondo eterno suyo que me gustaría llamar su "vocación clásica", frente a todas las mociones de tipo romántico que le propone Europa, ya sea en el orden religioso, en el artístico o en el político. Los ejemplos que lo corroboran son demasiado numerosos y visibles, para que me tome ahora el trabajo de su enumeración. Me bastará, pues, con recordar que la mística española, por ejemplo, consigue llegar a su ápice justamente cuando los rosados talones del paganismo vuelven a mostrarse en la Europa del Renacimiento.

Pero más curiosa es la comprobación que hice yo entonces, al averiguar en qué se ocupaba la clerecía parisiense, mientras el maestre Gonzalo, recluido en su monasterio de San Millán, alineaba los alejandrinos de sus cuadernavías, en paz y en haz de la Santa Iglesia. París, en tiempos de Berceo, era un campo de batalla donde se reñían ya decisivos combates. Por un lado estaban los ateos como Simón de Tournai que había blasfemado al considerar a Moisés, Jesús y Mahoma como a tres impostores; los astrólogos y magos, como Roger Bacon; los anticlericales, como Guillaume de Saint Amour; los que aspiraban a una religión nueva, como fray Gerard, monje franciscano, que compiló el Evangelio Eterno del Espíritu Santo. En el otro campo militaban fray Tomás de Aquino, que a la sazón acababa de terminar la *Suma teológica*, después de haber escrito la *Suma contra gentiles* en que denunciaba las peligrosas tendencias del siglo; San Buenaventura, general de los franciscanos, que rompía lanzas contra las novedades de la época; y el obispo Etienne Tempier, que denunció y condenó dichas novedades en 219 proposiciones, con una ferocidad a la que no escapó ni siquiera el tomismo. Alberto Magno había difundido ya las primicias de la ciencia árabe, y esas nociones, cayendo en tierra fértil, habían dado lugar a cien extrañas rebeliones del espíritu, que se había puesto a discutir el dogma de la libertad y por lo tanto el valor o no valor de las responsabilidades humanas, y que, por consecuencia, favorecía el relajamiento de la tensión espiritual en que se había vivido a través de toda la Edad Media.

No es mi propósito detallar esa lucha en que se perfilaba el semblante de otro mundo, sino referirme a la poesía, o mejor dicho al poema que desde París habría podido cotejarse en aquellos días con la obra del maestre Gonzalo. Me refiero al *Roman de la Rose,* iniciado por Guillaume de Lorris y concluido por Jean de Meun, y cuyos 21.780 versos también constituyen una Suma, como la que fray Tomás de Aquino escribía en los mismos años y en la misma ciudad, pero una suma de todas las raras heterodoxias que comenzaban a florecer entonces. En efecto, los comentaristas del *Roman de la Rose* no han logrado todavía ponerse de acuerdo sobre su verdadera significación: hay quien lo considera un tratado del amor carnal, en el que se defienden los derechos de la Natura con una escandalosa libertad de lenguaje; hay quienes adivinan en el *Roman* algo así como una neoescolástica libre de ataduras; y no faltan los que, sin dejarse engañar por el sentido literal de la obra, consideran a sus personajes e incidentes como a otros tantos símbolos de un tratado de alquimia. Lo cierto es que la llamada "cortesía amorosa" inicia en el *Roman* una larga jornada que terminará en las Cortes de Amor, en los Juegos Florales y en el desenfado de las costumbres, pese a los esfuerzos de Dante Alighieri y de sus amigos, los Fideli d'Amore, por conservar su sentido místico a ese lenguaje del amor humano con que, desde el Cantar de los Cantares, se había significado siempre el comienzo, las vías y el ápice del amor divino.

Es así como, mientras Jean de Meun tejía en París el novedoso simbolismo de su *Roman de la Rose,* Berceo en la plena Edad Media de su convento español, dibujaba el perfil de sus santos o ardía en la pura devoción de Nuestra Señora; y es así cómo, al flamante despliegue de vestiduras poéticas, de colores nuevos y de asombrosas audacias, el maestre Gonzalo oponía, sin saberlo, el rigor medieval de sus estrofas, como si al mortificar la carne de sus versos intentara clásicamente abrirles todas las posibilidades del espíritu.

Cotejos y meditaciones parecidas ocupaban mi ocio de poeta vacante. En torno mío las discusiones parisinas sobre arte, las batallas entre pasatistas y vanguardistas, las locas experiencias de taller y las estéticas más audaces que puedan concebirse, se imponían violentamente, trazaban en el aire su signo acrobático y se venían al suelo, a veces con gloria. Y yo, en medio de aquella tragicomedia que no carecía de gracia ni de ferocidad, ya no era el actor ilusionado que había sido antes, sino un espectador que acaba de adivinar el desenlace del drama, un desenlace al cabo del cual se vería que todos los actores tienen razón y que no muere nadie. Presentí entonces que ni siquiera existía un drama del arte, sino algo así como una rotación astronómica semejante a la de la tierra, en virtud de la cual también el arte vive sus cuatro estaciones y tiene un tiempo de florecer, y un tiempo de fructificar, y un tiempo de agostarse, y un tiempo de dormir, y un tiempo de despertar. Y me parecía que los términos opuestos de aquella rotación eran un Clasicismo y un Romanticismo que se alternan armoniosa y necesariamente en el escenario del mundo, como lo hacen en el dominio del aire un área anticiclónica y otra ciclónica, para restablecer el equilibrio saludable de las cosas, un equilibrio que se rompe y se reconstruye sin cesar, me parece hoy que no sólo en la vida del arte sino en la de los hombres y los pueblos.

He ahí cómo veía yo el juego de una y otra fuerza, y cómo lo veo todavía. El clasicismo, es, ciertamente, la norma vital, madre del orden, porque se basa en principios o medidas eternos que no deben ser vulnerados, y que no se vulnera sin introducir en la armonía clásica el germen de la disolución. Entre los muchos aspectos de lo clásico me ha llamado siempre la atención el que se refiere al espíritu y la letra. Lo clásico suele definirse como cierta medida o número; y es, justamente, la medida, o número en que el espíritu y la letra concurren, y sobre todo la jerarquía que deben guardarse entre sí, lo que a mi juicio constituye, si no la norma general de lo clásico, al menos una de sus principales condiciones. Si recordamos ahora que el espíritu vivifica y la letra mata, sabremos cuál es la jerarquía en que ambos valores deberán mantenerse. Pues bien, el factor que origina la decadencia de lo clásico es siempre una ruptura del equilibrio que deben guardar entre sí el espíritu y la letra. Lo clásico entra en su crepúsculo inevitable cuando el aspecto formal, la apariencia exterior, la letra en una palabra, se sobrepone al espíritu vivificante hasta matarlo y acabar ella misma en una helada retórica. Y es así como todo clasicismo suele terminar, si es artístico en un academismo, si es religioso en un moralismo y si es político en una burocracia.

Al abandonar su equilibrio clásico el arte inicia, pues, un movimiento de rotación que lo lleva fatalmente a su cono de sombra y a una noche de sueño más o menos larga. Entonces llega la reacción en figura de un movimiento romántico; y es justo decir ahora que el romanticismo no reacciona jamás contra el clasicismo, sino contra el academismo, y que la justicia de su guerra se basa en tal hecho precisamente. Tanto es así, que todo movimiento romántico se caracteriza por una feroz beligerancia contra la letra muerta y los cánones vacíos, y por un afán, llevado hasta la locura, de reencontrar el espíritu ausente, la materia viva, la sensibilidad del arte. Puede ocurrir entonces que los románticos, enardecidos por la batalla, nos hablen de una "nueva sensibilidad", sin advertir que lo que están haciendo realmente es recobrar la esencia perdida, la que es eterna e inmutable a pesar de sus anocheceres y sus auroras. Pero el romanticismo es un estado de guerra, vale decir, un estado transitorio en que se lucha para restablecer cierto equilibrio trastornado, cierta medida rota. El romanticismo y el academismo se parecen en que uno y otro son dos formas de la desmesura, bien que con signo contrario. Y es así como, apenas triunfa un movimiento romántico, ya empieza a suspirar por un retorno a la medida, cuya realización significará ineluctablemente un retorno a lo clásico.

He ahí las estaciones del arte, los tres actos de la comedia que ya entreveía yo en el fondo de tanta lucha. Desde luego, aquella sucesiva transmutación de valores podía ocurrir tanto en el seno de una civilización cuanto en la intimidad secreta de un individuo; y el taller de un solo artista puede ser el escenario de todas esas evoluciones. La rehabilitación de Berceo, la de Juan Sebastián Bach, la del Greco, la de los artífices primitivos, que con asombrosa unanimidad se veían entonces en las publicaciones de vanguardia, anunciaban un visible retorno al sentido clásico; y al mencionar esa vuelta no me refiero, ciertamente, a las manifestaciones de cierto "neoclasicismo" superficial que acabaría en imitación o "pastiche" de tal o cual forma clásica, sino a un arte más profundo en el cual no sería hoy difícil emparentar a un Velázquez con un Picasso y a un Bach con un Stravinsky.

Si he introducido estas meditaciones en mi recuerdo, es porque el maestre Gonzalo, desde sus *Milagros de Nuestra Señora,* me asistía siempre, interlocutor infalible, piedra de toque de mis conjeturas verdaderas o falsas. Había dado yo con el camino literario de Berceo, y tal vez con la clave de su segunda primavera; pero me faltaba dar con su sendero espiritual, y bien sospechaba yo que aquel segundo hallazgo habría de realizarse más allá de toda literatura.

Es, justamente, en la "Introducción" de los *Milagros de Nuestra Señora* donde se halla, no sólo uno de los pasajes más hermosos del maestre Gonzalo, sino también un esquema del itinerario espiritual que ha seguido el maestre y que deberán seguir todos los que deseen llegar a su "prado deleitoso", en cuya descripción ha derrochado el poeta la frescura, el suave y honesto color, el casto pero nunca frío aroma de las palabras medievales. La segunda cuadernavía de su famosa "Introducción" dice así:

> *Yo, maestro Gonzalo de Berceo nommado,*
> *iendo en romería caecí en un prado*
> *verde e bien sencido, de flores bien poblado,*
> *logar cobdiciaduero para omne cansado.*

La romería en que va el poeta es el camino de este mundo, la jornada efímera que convierte nuestra existencia terrenal en un viaje y a nosotros en viajeros, o mejor dicho en "romeros", como lo enuncia el maestre Gonzalo en la cuadernavía diecisiete:

> *Todos cuantos vevimos que en piedes andamos,*
> *si quiere en preson o en lecho iagamos,*
> *todos somos romeos que camino andamos.*

Y si el poeta dice que somos romeros es en atención a la meta del viaje, o sea la prometida bienaventuranza, que no se da en la tierra, simple camino de romería, sino en la residencia durable que buscamos arriba o "suso", como lo expresa Berceo más adelante:

> *Quanto aquí vivimos, en ageno moramos;*
> *la ficansa durable suso la esperamos,*
> *la nuestra romería entonz la acabamos*
> *quando a paraíso las almas envíamos.*

Duro es el viaje, ciertamente, y lleno de acechanzas. Pero el viajero tiene un prado en que descansar de sus fatigas. No es el cielo aún, sino algo que podríamos llamar una feliz aproximación; y es el prado de aquella admirable Señora entre cuyos nombres elogiosos figura el de *janua coeli*, puerta del cielo.

*En esta romería avemos un buen prado,*
*en qui trova repaire tot romeo cansado,*
*la Virgen Gloriosa, madre del buen criado,*
*del cual otro ninguno egual non fué trobado.*

¡Cuánta diferencia entre el prado que Berceo nos describe y aquel otro jardín en que se introduce, para su mal, el héroe casquivano del *Roman de la Rose*! El jardín de Jean de Meun es una suma de todos los espejismos engañadores en que se distrae el alma viajera, y el prado de Berceo es un lugar de refrigerio que seca los sudores del viaje y nos hace gustar un adelanto o primicia del eterno sabor prometido; en el jardín de Jean de Meun está la fuente peligrosa donde se ahogó aquel Narciso de la leyenda, y en el prado de Berceo manan las cuatro fuentes de los Evangelistas.

Con todo, no es fácil de hallar el prado que el maestre nos pinta en sus *Milagros de Nuestra Señora*. Como lo declara el mismo poeta, "es un logar cobdiciaduero para omne cansado", y sólo al hombre cansado se manifiesta. Porque la fragancia de aquel lugar no se rinde sino al que, aleccionado en la fatiga, va enagenándose de los aromas terrestres y busca ya el buen olor de arriba.

# PROYECCIONES CULTURALES
# DEL MOMENTO ARGENTINO*

## 1. UNA REVOLUCIÓN

El movimiento del 4 de junio de 1943 pone en circulación una serie de principios generales referentes a la "recuperación nacional", tema que venía germinando profundamente, como se vio después, en la conciencia de la ciudadanía, tema que algunos argentinos habían expresado ya, bien que sólo como una dramática "enunciación de deseo", pero que, desde el 4 de junio, abandona el campo teórico en que se desarrollaba y cobra de súbito el rigor de una consigna: el país ha sido enajenado, y la raíz de su penuria está en su misma enajenación; es necesario recobrar el país, a todo trance, aquí y ahora. Y la verdad es fácil. Pero hay ciegos, que no la ven, y tuertos que la miran oblicuamente.

Los principios generales que lanza el movimiento revolucionario se "particularizan", o mejor dicho, "deben particularizarse" al abandonar el mundo teórico en que nacieron para encarnarse en una materia real que, si los recibe amorosamente, no lo hace sin imponer sus condiciones. La política es un arte, y, como el artista, el político sólo alcanza realmente su obra cuando, tras la batalla que riñen entre sí el principio teórico y la materia real, el principio y la materia concluyen por aceptarse mutuamente sus condiciones y se reconcilian en una paz armoniosa en que no hay ni vencedores ni vencidos.

Este proceso de lucha y de adaptación se dio necesariamente y se da todavía en el movimiento revolucionario que vive el país; fue dado ver entonces: 1º) a los que, manteniéndose inmóviles en el parnaso teórico de las ideas, daban como "desvirtuados" los

* Publicado en *Argentina en Marcha*, Buenos Aires, Comisión Nacional de Cooperación Intelectual, 1947, t. I, pp. 121-136.

principios de la revolución, sin advertir que los principios revolucionarios, cuando no se particularizan y fecundan una materia real, suelen congelarse en esas "buenas intenciones" de que, según el refrán, está empedrado el infierno; 2º) a los que, siendo enemigos de la revolución, veían en la lucha de sus principios con la materia real del país, no un misterioso trabajo de adaptación creadora, sino los alegres indicios de algo que "fracasaba".

Pero entre los hombres de Junio había uno que, caliente de alma y frío de manos, así debe ser todo artífice verdadero, trabajaba la materia real del país con un conocimiento exacto de la misma; ¡y, ay del artífice que no conoce su materia! Si nuestro líder acertó en su obra, el 17 de octubre de 1945 lo anunció definitivamente. Y se vio entonces que el país entero vivía una revolución auténtica y no un mero simulacro.

El país ha vivido, vive y vivirá todavía por largo tiempo esta revolución profunda. Es preciso recordarlo incesantemente, sea cual fuere la materia sobre la cual se planifique con vías al mañana del país. Algunos compatriotas no han advertido aún que se trata de una revolución en todo el grave sentido de la palabra; otros lo han olvidado ya, o tienden a olvidarlo alegremente. Es que, por un benévolo designio de lo alto, las revoluciones argentinas fueron todas incruentas y pobres de aquel dramatismo que requieren las memorias olvidadizas. Nuestra revolución ha seguido también esa pauta misericordiosa; pero es necesario y saludable recordar que, sea criollo o no lo sea, Dios tiene dos manos con las que suele obrar alternativamente: la de su benevolencia y la de su rigor; y que la mano de su rigor actúa cuando no basta la de su benevolencia.

## 2. CARACTERES DE NUESTRA REVOLUCIÓN

Historiando brevemente nuestra revolución, preciso es que nos refiramos a sus caracteres generales, a los aspectos que determinan su indiscutible originalidad, y sobre todo a aquellos de sus conceptos que pueden señalar un rumbo en la órbita de la cultura.

Dos caracteres propios definen a nuestra revolución y le imprimen un sello de originalidad que la diferencia de las doctrinas revolucionarias que, desde hace medio siglo vienen solicitando el interés y aún la pasión de las multitudes.

1º) Nuestra revolución no se basa en una doctrina del Estado, tendiente a lograr una adecuación del Hombre a los intereses del Estado, sino en una doctrina del Hombre, tendiente a lograr una adecuación del Estado a los intereses del Hombre. Este punto de partida, verdaderamente "humano", da la tónica más original de nuestra revolución y la asienta sobre la más firme de las bases, es decir, sobre esa "realidad" eterna y también sobre ese eterno "misterio" que es el hombre. Nuestra revolución ni lastima esa realidad ni profana ese misterio, tras el siempre arriesgado afán de someter la una y el otro al patrón de una forma estatal cualquiera; por el contrario, ha concebido y realiza una forma estatal hecha a "la medida del hombre".

2º) Pero no basta concebir una forma estatal hecha a la medida del hombre, si no se conoce "la verdadera medida del hombre". El segundo carácter distintivo de nuestra revolución es el de que trabaja ella sobre un conocimiento integral del hombre, al reconocer en la unidad-hombre un *compositum* de cuerpo y alma, o, filosóficamente hablando, la concurrencia de un "individuo" y una "persona" entendiendo por "individuo" aquellos aspectos del hombre que se refieren a su naturaleza corporal, y por "persona" los que atañen a su naturaleza espiritual.

Es así como nuestra revolución, al perseguir la reivindicación integral del hombre argentino, quiere abarcar esos dos aspectos de su unidad humana: la obra de justicia social en que nuestro gobierno se halla empeñado no sólo tiende a restituirle al hombre la dignidad de su cuerpo, mediante nuevas y generosas condiciones de vida, sino también su decoro de criatura espiritual, mediante la participación del hombre argentino en la cultura y su acceso a las formas intelectuales que le faciliten la comprensión de la Verdad, la Belleza y el Bien. Más aún, con la implantación de la enseñanza religiosa en las escuelas, el nuevo Estado argentino reconoce la naturaleza trascendente del hombre y su destino sobrenatural, con lo que totaliza su noción de la unidad humana y propende a su entera realización.

En los dos caracteres más arriba descritos nuestra revolución fundamenta su originalidad, entre los regímenes que hoy se disputan el interés del mundo.

Pero, si bien se mira, su originalidad consiste en un retorno a los conceptos tradicionales acerca del hombre y su destino, y en un *rappel a l'ordre,* lanzado entre dos corrientes, el capitalismo y el marxismo, antagónicas entre sí, pero vinculadas entrañablemente por un común denominador materialista, ya que una y otra ven en el hombre sólo a un "individuo" económico, y no, también, a una "persona" intelectual.

## 3. LAS POSIBILIDADES CULTURALES DE NUESTRO PUEBLO

De lo dicho anteriormente se inferirá que nuestra revolución, al planificar sobre cultura, no lo ha hecho como quien entiende abaratar y divulgar una materia lujosa, ni como quien desea instituir un *dopo lavoro* más o menos agradable, sino como quien persigue la reivindicación del hombre argentino en la parte más noble de su naturaleza, vale decir, en su costado intelectual.

Y no se trata de hacerlo con tal o cual hombre, sino con todos, cada uno en la medida, grande o pequeña, de sus posibilidades intrínsecas, gradación que ya no depende ni del Estado ni del hombre mismo, por constituir una de esas diferenciaciones metafísicas en virtud de las cuales hay desigualdad y variación en los conjuntos humanos.

Ahora bien, lo que pueda y deba esperarse de una obra revolucionaria en materia cultural depende sobre todo, y fundamentalmente, de las posibilidades de nuestro pueblo en lo que atañe a la cultura, ya sea en el orden de la "creación", ya en el de la participación o "asimilación". Sería útil, pues, considerar brevemente dichas posibilidades y las condiciones en que se han desarrollado hasta el presente.

Razones de linaje físico e intelectual han determinado que nuestro pueblo manifestase desde su origen una decidida vocación por todas las formas de la cultura; y la historia de nuestras ciencias y nuestras artes lo está demostrando suficientemente. Los grandes flujos inmigratorios, que multiplicaron el caudal de nuestra población hacia fines del siglo pasado y comienzos del que transcurre, no sólo dejan intacta esa vocación, sino que la corroboran y magnifican gracias al aporte de sangres hermanas y de mentalidades afines. Puede comprobarse hoy que una gran mayoría de los argentinos contemporáneos que se han hecho notables en las ciencias, las artes y las letras provienen de esas corrientes finales de inmigración.

Por las mismas razones nuestra capacidad creadora es de tipo "mediterráneo"; vale decir que se singulariza por su tendencia a la claridad, por su amor a las disciplinas clásicas y por esa instintiva noción del equilibrio que, si la lleva periódicamente a una necesaria renovación de métodos y formas, la mantiene siempre dentro de los principios inmutables que rigen las distintas maneras de creación humana, ya sea en el campo de las artes como en el de las ciencias. Además, la convivencia de nuestro pueblo con minorías de otras razas y otras mentalidades le ha dado, frente a los hechos culturales de otro signo, una capacidad de comprensión y de crítica útil que no se halla en los pueblos demasiado circunscritos a sus tradiciones nacionales. Y esa comprensión de lo universal es indispensable a los pueblos que, como el nuestro, están llamados a trascender con los frutos de su trabajo material y espiritual, es decir, con todos los valores con que una nación puede y debe trascender a las otras legítimamente.

Ahora bien, ¿en qué condiciones se ha venido cumpliendo esa vocación de nuestra gente por la cultura? Es necesario reconocer y lamentar, por una parte, que los creadores y los investigadores argentinos han venido cumpliendo una obra de laboratorio cerrado, una actividad de catacumba, sin el estímulo exterior, sin el reconocimiento de los "otros" que halla el creador o el investigador cuando se ve rodeado por un "contorno vivo" de cultura. Existencia heroica fue y es aún la de esos hombres; porque trabajar en un círculo de indiferentes y sin otro fuego que el que se alimenta con la propia sustancia, me ha parecido siempre una forma de heroísmo, y no la más pequeña.

Por otra parte, alejado nuestro pueblo de las manifestaciones culturales, ya sea por obra de una educación mediocre; es decir, "a medias"; ya por la incuria de regímenes gubernamentales que no crearon "para él" los organismos de difusión hechos a su medida; enajenado así de un mundo cultural que yo llamaría "iniciático", mal ha podido constituir nuestro pueblo ese contorno vivo de sensibilidades y apetencias dentro del cual el investigador y el creador deberían moverse como en una atmósfera vivificante. La historia de nuestra cultura es la historia de dos desamparos: el desamparo de sus "creadores" y el desamparo de sus "asimiladores".

## 4. EL PUEBLO COMO CREADOR Y COMO ASIMILADOR
   DE FORMAS CULTURALES

En la órbita de la cultura, el pueblo debe actuar como "creador" y como "asimilador". Trataré ahora de circunscribir ambas funciones y de relacionarlas entre sí.

A decir verdad, el pueblo no se manifiesta como "creador" sino mediante las vocaciones individuales que se patentizan en su seno: un gran artista, un investigador genial, un político de alta visión son otras tantas formas que nacen del pueblo, misteriosamente; y no en tal clase o en tal otra, sino en todos los estratos de esa sociedad humana que llamamos "un pueblo". Se me dirá que esas vocaciones individuales, aunque nacidas en el pueblo, constituyen una minoría excepcional que debe su naturaleza privilegiada más a "la parte de Dios" que a la de los hombres, ya que toda vocación genial se ha considerado siempre como un don metafísico.

Aceptando esa verdad como indubitable, pero atento a las enseñanzas de la historia, responderé que, sin embargo, todo creador manifiesta, no sólo sus propias virtualidades, sino también las virtualidades creadoras de su pueblo, del cual el sabio y el artista son la expresión concreta, paradigmática, ejemplar. Recuérdense las distintas civilizaciones que se han sucedido en la historia, y se verá cómo los hombres geniales de cada una expresaron el sentir y el pensar de su raza frente a los problemas de este mundo, ya sea en el orden físico, ya en el moral, ya en el filosófico, ya en el político.

El pueblo se manifiesta, pues, como creador de cultura en las vocaciones artísticas, literarias y científicas que se dan en su seno y que constituyen verdaderos índices de la posibilidad creadora del mismo pueblo a que pertenecen.

Dentro del conjunto social los creadores forman, empero, una minoría, una *élite*, que puede ser fecunda si con su actividad trasciende a los otros, o puede malograrse en el estéril aislamiento de una "torre de marfil". La mayoría de los hombres que integran un pueblo entran en el panorama de su cultura sólo como "asimiladores", cada uno en la medida de su receptividad. Entre la minoría creadora y la mayoría asimiladora debe existir, pues, un contacto efectivo y permanente, una relación que llamaríamos amorosa, gracias a la cual el creador sale de su mundo para trascender a los otros y lograr un "objetivo humano", y gracias a la cual el asimilador participa de iluminaciones que no está en su naturaleza producir. Por otra parte, si admitimos que todo creador no sólo manifiesta sus posibilidades individuales, sino también las virtualidades creadoras de su raza, un reconocimiento mutuo y una identificación deben producirse entre el creador que expresa a su pueblo y el pueblo que se siente así expresado. Más aún, yo diría que no se logra una verdadera cultura sin esa identificación, sin ese reconocimiento mutuo, sin ese intercambio de formas y apetencias culturales que deben realizar entre sí los creadores y los asimiladores.

## 5. LAS VOCACIONES

Si el pueblo interviene como creador sólo en las vocaciones científicas, literarias o artísticas que se dan libremente en su seno, claro está que la suerte de dichas vocaciones debe interesar profundamente al Estado, el cual, si no tiene el poder de crearlas (ya que son ellas verdaderos regalos metafísicos), tiene el deber ineludible de descubrirlas, estimularlas y asistirlas, para que no se malogren total o parcialmente.

Se ha dicho y se dice a menudo que una vocación auténtica no se malogra nunca, ya que dichas vocaciones traen con ellas mismas una terrible voluntad de realización que las hace abrirse paso a través de todas las hostilidades que pueda oponerles el medio en que han nacido. Es una verdad sospechosa, basada siempre en los casos positivos que conocemos; porque nada se sabe de las vocaciones malogradas, en razón del silencio que las envuelve. Por otra parte, aun en el caso de las vocaciones que logran abrirse un camino, queda el problema de las realizaciones parciales, de las que dan frutos incompletos merced a una equivocada valoración de sus posibilidades o a la carencia de medios que las orienten y les hagan alcanzar su plenitud. En nuestro país el caso de estas vocaciones logradas a medias es harto frecuente.

Al Estado corresponde, mediante sus institutos de enseñanza, descubrir esas vocaciones nacientes, que han de constituir la *élite* ya definida en sus caracteres propios y en su misión social. Y una vez descubiertas, le corresponde orientarlas y proveerlas de todos los medios necesarios a su desarrollo integral; de suerte que, sin poner límites a sus virtualidades creadoras; lo cual sería una mutilación; el Estado las dote, por la enseñanza, de las disciplinas fundamentales que todo arte o ciencia exige al artista y al investigador antes de rendirle sus frutos.

En nuestro país, sobre todo, es necesario prestigiar las viejas disciplinas, en razón de cierta modalidad nuestra que nos hace confiar demasiado en la improvisación y en los dones "de arriba". Me referiré, como ejemplo, a lo que venimos observando en la enseñanza artística. Ciertas manifestaciones del arte contemporáneo, basadas en la "espontaneidad" y en la "sensibilidad" logran hoy en nuestro estudiantado artístico un fervor que le hace admitir a regañadientes las disciplinas escolares y desdeñar como inútil aquel instrumental de técnicas y conocimientos en que se cifra todo arte y que constituye "la porción del hombre", la cual, junto con la inspiración creadora; que yo llamaría "la parte del ángel"; integran al artista verdadero en un haz de posibilidades de creación y en una virtud operativa gracias a la cual lo posible artístico se concreta en una obra de arte.

Desdeñar la porción del hombre y confiarlo todo a la porción del ángel es caer en un pecado de "angelismo" que sólo ha dado monstruos en este mundo. Parte de nuestra juventud, malogrando vocaciones auténticas, o da en el monstruo, fatalmente, o se esteriliza en un mimetismo de expresiones foráneas que nada tienen que ver con nuestra modalidad creadora, por justificadas y admisibles que sean dentro del horizonte cultural en que se originaron. Un plan inteligente de docencia artística debe cifrarse, pues, en los tres puntos que siguen: 1º) Selección implacable de las vocaciones auténticas; 2º) Enseñanza de todas las disciplinas inherentes al arte, y una enseñanza rigurosa, sin contemplaciones; 3º) Enseñanza y vivencia de las tradiciones artísticas y culturales de nuestro pueblo, y sus relaciones de linaje con la gran tradición grecolatina e hispana. Lograda en el alumno esta sólida captación de principios y técnicas, podrá concedérsele la necesaria e inalienable libertad de creación artística; porque, dotado de tales elementos formadores, el joven artista no será nunca un destructor de las tradiciones que le son propias, sino un continuador y revitalizador de las mismas, aún en sus impulsos revolucionarios.

Por otra parte, la orientación, por el Estado, de las vocaciones creadoras, ya sea en el campo de las artes, ya en el de las ciencias, no sólo tiene el propósito de facilitar la realización de posibilidades individuales en el terreno de la cultura, sino también, y en grado eminente, el de constituir los equipos eficientes que han de cumplir la obra de difusión cultural en la masa del pueblo, equipos de hombres de ciencia, de artistas plásticos, de arquitectos, de músicos, de actores, de coreógrafos, de escritores, destinados a llevar a las masas, directamente, todas las formas de la cultura.

Tales equipos deben estar formados por "los mejores" dentro de cada especialidad. Y aquí es necesario advertir y sortear un peligro: en los movimientos revolucionarios que, como el nuestro, sacuden todas las fibras de un país, es frecuente y hasta inevitable que algunos estratos inferiores de la cultura salgan a la superficie y se abroguen derechos que, en esa materia, sólo confieren la capacidad y el talento creador. Si el nuevo Estado trabaja con esos elementos, los mejores, al quedar desplazados de la vía estatal, realizan por la vía privada hechos de cultura muy superiores en calidad a los que cumple el Estado. Como consecuencia, el Estado se desprestigia. Y el Estado no debe desprestigiarse con ninguna de sus obras.

## 6. LA DIFUSIÓN CULTURAL

Al intervenir en la cultura como asimilador de sus formas genéricas, el pueblo no debe hacerlo como un espectador más o menos interesado, sino como un verdadero "asimilador", es decir, como alguien que transforma lo que recibe en materia viviente de sí mismo. El grado de asimilación a lograrse en cada unidad humana está fuera de todo cálculo, ya que responde a la ineluctable desigualdad que vemos entre los hombres.

Al Estado le basta, pues, con arbitrar todos los medios de difusión que se necesiten, y ponerlos en contacto íntimo con el pueblo, sin preocuparse del mayor o menor grado de captación individual que se logre con ellos. Cierto es que la escuela primaria; la única por la cual desfila todo el caudal humano de la nación; puede y debe conseguir, mediante un nuevo concepto de su misión educadora, cierto despertar del gusto, una mayor afinación de la sensibilidad, y, sobre todo, la creación temprana de hábitos culturales que lleguen a convertirse en una apetencia constante y, por lo tanto, en una "necesidad". Pero el resto de la labor asimiladora depende, como dije ya, de la naturaleza individual de cada uno. Y entiéndase que hablo de las mayorías, del pueblo multitudinario a quien se dirige la obra de difusión cultural.

Creados los medios de difusión (libros, teatros, revistas orales y escritas, conciertos, conferencias, universidades populares, institutos de extensión cultural, exposiciones, etcétera), todavía subsiste el problema de la "gradación" en que deben difundirse las especies culturales destinadas al pueblo. Y es necesario aquí no "subestimar" la capacidad asimiladora de nuestro pueblo, tan calumniada por los mediocres interesados, que a veces miden esa gradación con la vara de su propia mediocridad. Los que, desde hace tiempo, venimos tanteando la sensibilidad popular en materia de cultura hemos visto a menudo el fracaso de ciertas empresas culturales que, so pretexto de adaptarse a un "nivel popular" que se pretendía conocer, ofrecieron al gran público divulgaciones de medio pelo; por el contrario, también hemos visto triunfar ante ese gran público no pocas obras que se creía por encima de la capacidad general de comprensión.

Lo prudente sería, pues, desconfiar de toda manifestación artística o científica de las llamadas "hechas ex profeso para las clases populares", y estudiar a fondo, con experimentaciones serías, el verdadero grado de la captación popular.


7. TRASCENDER POR LA CULTURA. EL FOLKLORE

En los párrafos anteriores me he referido a la cultura en su relación con el fuero interno del país, a la necesidad de crear un contorno vivo de cultura mediante la participación armoniosa de todos los estamentos sociales y a la manera de lograrlo. Pero un pueblo creador de cultura debe "trascender" su propio horizonte y comunicar a los otros el fruto de su trabajo; y no por desdeñables; o ridículas; razones de imperialismo cultural, sino por las generosas que inspiran a los pueblos, cuando tienen algo que dar, fraternalmente, a sus hermanos.

La Nación Argentina, que hoy trasciende a los otros pueblos con su riqueza material, con sus postulados de equidad humana y su serena visión de los problemas contemporáneos, también debe trascender con la obra de sus investigadores y sus artífices, trasciende ya, bajo el solo impulso de su vocación creadora. Al Estado le bastará con entender y estimular ese impulso trascendente; y para entenderlo debe recordar que un pueblo sólo trasciende a los otros con aquellos valores suyos que son universales o susceptibles de ser "universalizados". Todo localismo en sí, todo regionalismo limitado a sus fútiles detalles de color, no trasciende, no logra trascender a la "comprensión" de los otros, aunque llegue a picar su "curiosidad".

Obra del arte y de la ciencia es tomar esos valores locales y sobreelevarlos al plano universal, es decir, al plano de las trascendencias. Las tradiciones populares noruegas, por ejemplo, no trascienden en ellas mismas, como no sea en el estudio especializado de algún erudito; pero trascienden si Enrique lbsen las universaliza en su "Peer Gynt" y las exalta con su arte hasta el plano trascendente de lo universal.

Y dedicaré ahora un párrafo al Folklore, cuya enseñanza y difusión establece con especial cuidado el Plan de Gobierno 1946-51. "Ciencia de amor" llama Juan Alfonso Carrizo a esta disciplina relativamente moderna, porque la sabiduría gnómica y el arte popular de todas las naciones tienen un fondo común gracias al cual les es dado a los pueblos reconocerse y amarse en la gracia de una misma raíz. Obra de gobierno es, pues, recobrar esos valores más olvidados que perdidos, y devolverles, en toda la medida de lo posible, la vigencia popular que un día tuvieron y que pueden recobrar aún. "Es misión de gobierno devolver al pueblo, *revitalizadas,* las tradiciones del país", dice Rafael Jijena Sánchez. Yo diría que la tarea debe realizarse en tres aspectos que pueden ser simultáneos: 1º) Rescatar del olvido las tradiciones nacionales y estudiarlas. Obra del investigador. 2º) Devolverlas al pueblo revitalizadas, darles una nueva vigencia. Obra del educador y del difusor. 3º) Exaltarlas, por el arte, hasta el plano universal de lo trascendente. Obra del creador.

# LA POESÍA LÍRICA: LO AUTÓCTONO
# Y LO FORÁNEO EN SU CONTENIDO ESENCIAL*

"La poesía lírica: lo autóctono y lo foráneo en su contenido esencial", he aquí el tema que me ha correspondido en esta serie de conferencias organizada por la Subsecretaría de Cultura de la Nación.

Cuando me fue propuesto el tema, solicitó de inmediato mi interés aquella segunda parte que dice: "lo autóctono y lo foráneo en su contenido esencial". Y, al instante, un montón de recuerdos juveniles vino hacia mí: recuerdos de polémicas gritonas, en el Royal Keller; o de conversaciones amigables, en los nocturnos regresos de las peñas literarias; o de soliloquios íntimos, en los cuales aun se debatían las razones propias y las ajenas; recuerdos vinculados a este motivo de combate: "Lo autóctono y lo foráneo en la creación artística".

—¡Viejo tema! —suspiré yo entonces, rendido enteramente a la gracia de aquellas evocaciones.

Y no sé aún si mi suspiro iba dedicado a la vejez del tema o a mi propia vejez, en la cual (dicho sea entre nosotros) todavía no creo.

En esos trabajos de la melancolía estaba metido aún, cuando recordé que, no hace un mes acaso, había sostenido yo con Carlos Vega un combate dialéctico no menos encarnizado que los que me tocó librar en mi juventud. ¿Y sobre qué asunto? Sobre "lo autóctono y lo foráneo en la creación musical".

* Conferencia pronunciada el 23 de junio de 1949, octava de una serie organizada por la Subsecretaría de Cultura de la Nación. En *Primer ciclo cultural de conferencias organizadas por la Subsecretaría de Cultura de la Nación*, Buenos Aires, Talleres Gráficos del Ministerio de Educación, 1950, vol. I, serie III, nº 4, pp. 181-192.

—Tema flamante —pensé al momento, alargando hacia mi estilográfica una mano que ya se crispaba en tren de polémica.

Luego, al repasar in mente la historia de nuestra literatura, y la serie de nuestros escritores, desde Luis de Tejeda hasta los que hoy mismo se afanan en el uso y abuso de la lira, descubrí, no sin asombro, que mi tema, "lo autóctono y lo foráneo", había sido la preocupación de todos ellos y trazaba una línea sin roturas desde la era colonial hasta nuestros días.

—Tema eterno —me dije al fin.

Y agregué:

—¿Cómo no lo sería en un pueblo que, como el nuestro, ha combatido, combate y combatirá eternamente por ubicarse en el mundo, sin renunciar, por un lado, a su personalidad insobornable, ni, por el otro, a su segura vocación de universalidad?

Lo autóctono y lo foráneo en la poesía. ¡Qué serie de problemas adelanta la sola enunciación del asunto!

En primer lugar, imagínense ustedes al poeta, rodeado de formas naturales, que son las de su país; conviviendo con hombres que son sus paisanos en esta provincia de la tierra que constituye lo que llamamos "una patria"; solicitado de amores y odios, júbilos y llantos, que arrancan de un vivir común, en una misma tierra, bajo un mismo cielo, y necesariamente cobran el sello de tradiciones y modalidades que no deben, ni pueden, ni quieran ser olvidadas o violadas; imagínense ustedes al poeta frente a ese mundo de formas y sentires que hacen una patria, e imagínenlo acuciado por el ansia de encarecer el esplendor de las formas o la intensidad de los sentimientos, ansia irresistible, comezón de música, en que se resuelve toda vocación poética digna de tal nombre.

¡Qué falta de sinceridad revelaría el poeta, qué torpe simulacro del ansia, qué disfraz de su conciencia poética, si, lejos de afirmar su canto en el mundo que lo rodea, tomara elementos foráneos, materias de una realidad que no es la suya! Cómo lo autóctono le reprocharía ese delito de omisión, en virtud del cual el poeta lo excluye de un canto al que tiene derecho; porque (como todo el mundo sabe), las cosas fueron hechas para ser cantadas en su hermosura y en la hermosura de su Creador.

Por otra parte, el poeta se dirige a sus oyentes más próximos, a los que frecuentan con él un mismo suelo y con él comparten las mismas condiciones de vida. ¿Y cómo podría dirigirse a ellos, mediante formas exóticas que nada les dicen, o elementos foráneos que no suscitan en ellos esa corriente simpática que deben inter-cambiarse el creador de arte y el contemplador de la obra creada, corriente mutua, sin la cual la obra de arte se parece mucho a un puente roto?

Ya ven ustedes cómo lo autóctono reclama sus derechos a intervenir en la obra de arte; y ya veremos en qué medida se le debe tal intervención. Porque no es menos verdadero que el arte ha tendido siempre a universalizar sus frutos. Hay en el arte una tensión invencible hacia lo universal, un impulso que lo induce a trascender fronteras, por altura, a ubicarse en el plano superior donde todas las voces del mundo se reconocen, se identifican y se unen en lo que llamaríamos "un gran acorde universal". Y yo diría que un pueblo no logra la plenitud de su expresión, si no consigue trascender a los otros e integrar con ellos el gran acorde a que acabo de referirme.

Claro está que, para ello, son necesarios una gran afinación de oído y un interés limpio de avaricias, que nos permitan captar en las voces foráneas aquellos elementos que, justamente en razón de su universalidad, pueden sernos comunes e interesarnos por ende. Y, a la recíproca, es necesario que nuestro arte, construido sobre la base de elementos autóctonos, logre, "sublimar" dichos elementos hasta ubicarlos en el plano universal de las trascendencias. De otro modo, el nuestro sería un "arte local": malograría su legítimo anhelo de vigencias universales, en una triste automutilación de sus alas.

Resumiendo estas ideas, yo diría que el arte se logra íntegramente cuando, al mismo tiempo, y sin incurrir por ello en contradicción alguna, se ahonda en lo autóctono y trasciende a lo universal. Por ejemplo: no hay duda que el sentimiento de la muerte, cantado por un poeta griego, un poeta inglés, un poeta hindú y un poeta argentino, se diversifica en matices ineluctables, matices que provienen de lo autóctono, de paisajes, caras, liturgias y ánimos diferentes. Pero tal sentimiento se identifica en los cuatro poetas, mediante aquellos efectos que la presencia o la meditación de la muerte suscita en todos los hombres, vale decir, mediante aquello que la muerte tiene de universal.

Hace poco tiempo, durante una corta residencia en España, comprobé que el más conocido y gustado de mis poemas es el que yo dediqué "A un domador de caballos". Inspirado en la figura del domador pampeano, y construido con elementos puramente autóctonos, ese poema trasciende, sin embargo, a lo universal, mediante la identificación de ese tipo humano con todos aquellos otros que, en distintas latitudes y pertenecientes a distintas razas, exaltan el gesto penitencial del trabajo y reafirman, a la vez, el imperio que Dios concedió al hombre sobre toda criatura inferior, y sobre la cual el hombre debe imprimir constantemente su sello. Un poema de extensión universal. Sin embargo, el poeta español Gerardo Diego ha dicho que ese poema "sólo podía ser escrito por un argentino". Y, a mi entender, es el mayor elogio que he recibido en mi vida.

Con todo, es posible alcanzar un grado más alto aún, en la proyección de lo autóctono sobre lo universal. Y es cuando el alma de un pueblo se manifiesta en las obras de su arte sin recurrir a elementos folklóricos o a temas nacionales. Por ejemplo: no he visto pintura más española que una naturaleza muerta de Zurbarán, en la cual aparecían tres granadas maduras dentro de una cesta de mimbre; ni he leído nada tan francés como una tragedia de Racine sobre algún episodio griego, ni nada tan germano como el canto de Koerner "A la espada" o la canción de Ppeffel a "La pipa"; ni he oído nada tan ruso como una obertura de Tchaicovsky sobre un drama de Shakespeare. El día en que pueda reconocerse a un poeta argentino en el elogio abstracto de una rosa, nuestro arte habrá logrado universalizar lo autóctono hasta el grado máximo de sus posibilidades.

Considerar y distinguir estos hechos de natura estética es realizar una labor muy útil en los días revolucionarios que vivimos. Consolidada nuestra soberanía política y lograda nuestra soberanía económica, el problema de la soberanía cultural está debatiéndose ahora en la conciencia de nuestros intelectuales.

Muy cierto es (y nadie puede negar el hecho) que la tiranía de lo foráneo logró muchas veces inducir a nuestro arte en el más grotesco de los mimetismos. Recuerdo, no sin tristeza, que llegamos a tener un Anatole France argentino, un Barrés argentino, un Dostoievsky argentino, y he olvidado cuantos otros productos nacionales con etiqueta extranjera.

Recuerdo una edad en que muchos pintores argentinos no se atrevían a tomar la paleta, si no estaban informados previamente sobre cómo era la pintura en París y en ese instante preciso. Recuerdo la época en que algunos músicos argentinos no escribían en sus pentagramas ni una sola corchea, si previamente no habían leído la última partitura de Stravinsky. Poetas y novelistas que no tomaban la pluma, si no estaban al tanto de las últimas novedades francesas, inglesas o yanquis.

Y no digo que la escuela pictórica de París fuese mala (estoy a mil leguas de afirmarlo), ni niego que Stravinsky sea uno de los más grandes músicos de nuestra hora.

Tampoco digo que a los artistas y escritores nacionales les faltaba talento creador: por el contrario, tenían mucho, y lo demostraron acabadamente, no bien entendieron que lo foráneo los inducía en una ciega mimesis.

Lo que pasaba realmente (y hay que admitirlo con toda honradez) era que sobre tales artistas argentinos pesaba un complejo de inferioridad con respecto a lo foráneo: sus ojos naufragaban en el deslumbramiento de lo exterior, mientras las grandes voces de la tierra y las grandes voces íntimas que, sin duda, se alzaban en ellos mismos, les iban gritando la dichosa posibilidad del propio deslumbramiento.

En una palabra, esos artistas viajaban en fiacres galos o en troicas rusas, mientras el alma nacional, fresca y niña, galopaba sola en redoblantes caballos patrios.

Como reacción contra esa servidumbre de lo foráneo, empezaron a levantar sus voces los coloreados localismos del país. Y el folklore nacional (que había tenido ya sus héroes reivindicatorios, pero que aún dormía en los gabinetes de estudio y en las ediciones costosas, o aguardaba, despierto, en algunos rincones provinciales), asomó entonces a la superficie, como la flor que nace del fondo y se abre sobre la tez del agua.

Recuerdo que yo mismo, en esa época, renunciando a Beethoven, a Debussy y a Brahms, llegué a no tolerar otra música que no fuese la de las chacareras, zambas y gatos que, en versiones fonográficas, oía yo en la soledad de mi estudio; ni lograba otra lectura que la de los cancioneros de Carrizo, o la de los polvorientos legajos folklóricos del Instituto de Literatura Argentina de la Facultad de Filosofía y Letras.

Aquello fue una gran cura de autenticidad que muchos realizamos entonces, que muchos realizan ahora, que muchos realizarán mañana. Pero el arte, fiel a sus leyes inmutables, reclama otra vez, reclama hoy, reclamará eternamente su función ecuménica, ese destino de universalidad a que me referí no hace mucho. ¿Cómo lograr la conciliación de lo autóctono (que se daba en el folklore y en el localismo) con la exaltación a lo universal que reclama el arte?

Recuerdo que, por aquellos días, nos visitaba justamente Igor Stravinsky. Conversando con él, en una tertulia íntima, le preguntó alguien:

—¿Y el Folklore?

—¿Le Folklore? —respondió—. *C'est deja fait* (Ya está hecho). Quería decir que la función del arte es la de "hacer", y que el folklore entra en el dominio de lo "ya hecho". ¿Relacionaba Stravinsky lo uno y lo otro? No lo dijo esa tarde; pero la contestación está en su misma obra. Pocos artistas han utilizado tan insistentemente como él las melodías folklóricas de su pueblo y les han dado tanta universalidad, justamente por la virtud ecuménica de su arte.

En resumen: lo folklórico está ya hecho, y sólo tiene una vigencia local (cuando la tiene realmente y no se ha reducido a llenar los ficheros de un instituto especializado). El arte es "un quehacer" perpetuo que busca las "vigencias universales".

Y les contaré, a propósito, una anécdota significativa. Cierta dama criolla le mostró una vez a Paul Valéry algunas fotografías del cardón argentino, ese gigante vegetal del norte. El poeta francés, tras mirar largamente las fotografías, dijo:

—*Ça doit être laide* (Eso debe de ser feo).

No hay duda que el hombre del viejo continente, acostumbrado a otras proporciones vegetales, encontraba feo, monstruoso, desagradable a nuestro cardón. Yo creo que Valéry no habría dicho tal cosa si hubiese conocido al cardón a través de una obra de arte argentina.

Lo folklórico resulta, pues, una cosa, en el orden local de las tradiciones; y resulta otra, en el orden universal del arte. Yo creo que todo se aclara y se armoniza, en lo que atañe al folklore, si lo reducimos a estas tres operaciones:

1º) Rescatar del olvido las tradiciones nacionales, y estudiarlas y certificarlas en su autenticidad (obra del investigador).

2º) Devolver al pueblo esas tradiciones, si es que perdieron su vigencia (obra del educador y del difusor).

3º) Exaltarlas, por el arte, al plano universal de lo trascendente (obra del *creador*).

De cualquier modo, la posición del artista frente a su pueblo queda sin aclarar aún, bien que la posición de su arte frente a lo universal aparezca ya bastante clara.

En los días de mi beligerancia poética (bastante lejanos,

¡ay!), el artista y el escritor se consideraban aún como Robinsones en su isla desierta, como solitarios en su muy cacareada torre de marfil. Quiero decir que las batallas estéticas se reducían, en última instancia, a una lucha de individualismos aislados, bastante feroz, por cierto (en lo que a mí respecta, llevo todavía en la piel del alma las cicatrices honrosas de aquellos encuentros).

El problema del artista frente a su medio comenzó a plantearse para mí justamente cuando Ricardo Güiraldes, camarada y amigo martinfierrista, publicó su ahora famoso *Don Segundo Sombra*.

Alguien (he olvidado quién y desde qué periódico) acusó a Güiraldes de haber pintado al gaucho desde "el punto de vista del patrón", y no desde "el punto de vista del peón". ¿Entienden ustedes? Era la sociología que balbuceaba ya sus pretensiones de influir en el arte y ofrecerle un destino ¡como si el arte pudiera tolerar otro destino que el de producir la hermosura, para gozo y consuelo de este afligido mundo!

Y Güiraldes había sido fiel a su vocación de artista: Don Segundo Sombra no es el patrón ni el peón, sino el hombre genérico, exaltado en la hermosura de la jornada penitencial que cumple, como todos nosotros, en este mundo, y en la hermosura de las cosas que lo acompañan en su penitencia terrestre.

Si el confundido censor de Güiraldes entendía que Don Segundo Sombra ganaba poco sueldo, no hay duda que debió protestar ante la Política o la Sociología, ya que a ellas les compete esa clase de problemas, y no ante el Arte, que tiene una misión distinta.

Pero, desgraciadamente, si a la literatura le ha disgustado siempre asumir los valores de la política o la sociología, a la política y a la sociología les ha gustado frecuentemente asumir los valores de la literatura. Y digo que por desgracia, ya que en política y en sociología no cuentan las hermosas palabras, sino las buenas acciones.

En defensa de Güiraldes (que ciertamente no la necesitaba), escribí entonces una respuesta, con el título de *"Don Segundo Sombra y el ejercicio ilegal de la crítica"*, de la cual transcribiré algunos fragmentos que pueden ser útiles, ahora y siempre, ya que la confusión entre lo político y lo artístico suele reiterarse, sobre todo en los tiempos fuertemente signados por lo político. Decía yo:

"*Don Segundo Sombra* está signado por la belleza, luego es una obra de arte, vale decir, es lo que su autor quiso que fuera; exigirle algo distinto, es violentar su esencia, como lo sería violentar la

del olmo al exigirle las peras de marras (¡y cuántos errores y utopías modernos no se fundan en la esperada madurez de las peras
imposibles!)."

Otro fragmento:

"El crítico literario-socializante no considera la obra en su
'objeto formal': la censura, no en su belleza, sino en el hecho de
que la realidad imitada por la obra no responde al tipo ideal que
el crítico ha forjado en su laboratorio de sociología. Eso ya no es
tomar el rábano por las hojas; es no tomar el rábano de ningún
modo. Con igual criterio, el crítico de marras hostilizaría a Virgilio, porque sus pastores dialogan sobre nimiedades poéticas, en lugar de hacerlo sobre la jornada de ocho horas."

Y terminaba yo con las siguientes conclusiones:

1º) Si he negado yo a la Política la servidumbre del Arte, no
es porque desdeñe a la Política, sino por una razón de jerarquía
intelectual. La Política tiene su esfera propia y su propia dignidad,
como que los maestros antiguos la ubicaron junto a sus hermanas
mayores la Metafísica, la Ética y la Poética; pero cada una de ellas
tiene su "objeto formal", y es absurdo querer sustituir el objeto formal de una por el de la otra.

2º) No me parece mal que un escritor aborde las cuestiones
sociológicas: sólo le pido que lo haga, no en un poema, sino en un
opúsculo de sociología. Dante Alighieri nos dio ya el ejemplo, y al
tratar la materia política no lo hizo en los tercetos de *La Divina Comedia* sino en su tratado latino *De Monarquía*.

Sin embargo, señores, el escritor y el artista no sólo se deben a lo autóctono en su vigencia local y en su exaltación universal. El creador de arte significa para su raza y su ambiente mucho
más aún, algo más profundo, más íntimo, algo que justifica la veneración que todos los pueblos han sentido y sienten por sus artífices.

Aproximándome, acaso, a la verdad, yo diría que "todo creador manifiesta en la obra, no sólo sus propias virtualidades, sino
también las virtualidades creadoras de su pueblo, del cual el sabio
y el artista son la expresión concreta, paradigmática, ejemplar. Recuérdense las distintas civilizaciones que se han sucedido en la historia, y se verá cómo los hombres geniales de cada una expresaron
el sentir y el pensar de su raza frente a los problemas de este mundo, ya sea en el orden físico, ya en el moral, ya en el filosófico, ya
en el político. El pueblo se manifiesta, pues, como creador de cul-

tura, mediante las vocaciones individuales que se dan en su seno y que constituyen verdaderos índices de la posibilidad creadora del mismo pueblo a que pertenecen.

Dentro del conjunto social, los creadores forman una minoría, una *élite*. La mayoría de los hombres que integran un pueblo entran en el panorama de su cultura sólo como "asimiladores", cada uno en la medida de su receptividad.

Entre la minoría creadora y la mayoría asimiladora debe existir, pues, un contacto efectivo y permanente, una relación que llamaríamos amorosa, gracias a la cual el creador sale de su mundo íntimo para trascender a los otros y lograr un "objetivo humano", y gracias·a la cual el asimilador participa de iluminaciones que no está en su naturaleza producir.

Por otra parte, si admitimos que todo creador no sólo manifiesta sus posibilidades individuales, sino también las posibilidades creadoras de su raza, un reconocimiento mutuo y una identificación deben producirse entre el creador, que expresa a su pueblo, y el pueblo, que se siente así expresado.

Más aún, yo diría que no se logra una verdadera cultura, sin esa identificación, sin ese reconocimiento mutuo, sin ese intercambio de formas y apetencias culturales que deben realizar entre sí los creadores y los asimiladores.

Ya ven ustedes cómo el artista y el escritor, sin acudir a la anécdota del folklore, pueden guardar a lo autóctono una fidelidad que casi raya en lo metafísico.

Afortunadamente, y como decía yo al iniciar mi disertación, la literatura argentina, desde sus comienzos, presenta el conflicto y la armonización de lo autóctono y lo foráneo en una línea que no se rompe jamás. Y daré la prueba en una síntesis cinematográfica:

Luis de Tejeda, nacido en Córdoba en 1604, es considerado como el primer poeta argentino, ya que nació y escribió en esa provincia de la patria. Lógicamente, nada lo distingue de lo español de la época, ni su cultura ni su gusto literario. No obstante, ese poeta colonial, ese tormentoso Luis de Tejeda, tomará como asunto de su lira, no lo foráneo, sino lo autóctono, como lo demuestra en su *Peregrino en Babilonia*. ¿Y saben ustedes a quién llama, simbólicamente, Babilonia? A la docta ciudad cordobesa en que nació. Verdaderamente, yo creo que exageraba. Por otra parte, su religioso fervor lo llevó a cantar, no a un santo foráneo (si es que los santos pueden serlo), sino a la bienaventurada Santa Rosa de Lima, patrona e intercesora de América.

Consideremos después a Manuel José de Labardén, el primer poeta porteño, nacido en Buenos Aires en 1754. Creerán ustedes que lo foráneo gravitaría seriamente sobre su arte. Y no es así: este primer autor dramático rioplatense ha de llevar a la escena, no un asunto europeo, sino la muy dolorosa y muy americana tragedia de Siripo y Lucía Miranda. Como poeta lírico, dirigirá sus versos al "Augusto Paraná, sagrado río"; y como poeta satírico, las emprenderá contra los versificadores limeños, o contra sus detestados colegas de Buenos Aires (un alacraneo literario de pura cepa colonial).

Vienen luego los poetas de la Revolución y la Independencia. No hay duda que han influido sobre ellos los poetas españoles de la misma época, los Alberto Lista, los José Manuel Quintana, los José Nicasio Gallego, los Álvarez Cienfuegos. Reciben dos influencias poéticamente mediocres: una fría retórica versificante que se ha dado en llamar "seudoclasicismo", y una desdichada inclinación a tratar en sus cantos asuntos político-civiles. El español Quintana, por ejemplo, se hizo famoso con sus poemas. "Al armamento de las provincias españoles contra los franceses", o con "A España después de la Revolución de Marzo".

Sin embargo, aunque semejantes en estilo, los poetas de nuestra Revolución e Independencia rinden tributo a lo autóctono en los temas de sus composiciones. Vicente López y Planes, el inmortal autor de nuestro Himno, escribe su romance heroico "El triunfo argentino", dedicado a las invasiones inglesas. Esteban de Luca nos da su canto "A la libertad de Lima" y su oda a "La batalla de Chacabuco". Juan Crisóstomo Lafinur escribe sus elegías "En la muerte del General Belgrano". Juan Cruz Varela, un auténtico humanista, traductor de Horacio y de Virgilio, escribe, sin embargo, su "Veinticinco de Mayo de 1831" o su "Triunfo de Ituzaingó", sin olvidar su poema "Al bello sexo de Buenos Aires", que lo consagra poeta galante.

Mas he aquí que se ha desatado el Romanticismo en Europa. Se ha desatado como un carnaval (ellos no se daban cuenta, pero así se le llamó después): es un carnaval en que se disfrazan las conciencias y se maquillan las pasiones; el amor y el odio andan en zancos, para aumentar su estatura; el heroísmo se anuncia con un exceso de cobres que aturde; no hay poeta que no se crea obligado a morir cien veces en una barricada (literariamente, claro está, y en versos alejandrinos).

También ese carnaval foráneo nos visita: lo trae de la mano Esteban Echeverría, desde París. Pero nuestro poeta, fiel a lo autóctono, le pondrá un chiripá criollo al romanticismo francés. Que lo digan, si no, "La Cautiva", "La Guitarra" y "Elvira o la Novia del Plata". Esteban tiene un solo instante de autenticidad absoluta, en estilo y en asunto: es cuando escribe "El matadero".

José Mármol, atento a la lección de Byron, escribe sus "Cantos del Peregrino", de auténtica inspiración americana, y su novela *Amalia*, ferozmente local. Olegario Víctor Andrade, que admiró a Victor Hugo hasta dedicarle un poema, consagra, sin embargo, lo mejor de su arte a exaltar la gloria del Libertador San Martín o a encarecer los destinos de América.

Y en ese ínterin ocurre un hecho asombroso, increíble, no esperado: el advenimiento de la poesía gauchesca, enajenada enteramente de lo foráneo, libre, sola y como alimentándose con su propia sustancia. Se diría que el alma nacional, mordiéndose largamente los labios, reprimiendo largamente su vocación de música, hubiera estallado al fin en un canto que se le salía de madre: el *Martín Fierro*.

Señores (y pondré un énfasis especial en lo que voy a decir). Hay pueblos que nacen para la grandeza del canto: esa vocación se anuncia tempranamente, mediante algún hecho libre, dado en el orden de la música. Yo les aseguro que, en ese orden, todo puede y debe esperarse del pueblo argentino. ¿Y saben ustedes por qué? Porque José Hernández escribió el *Martín Fierro*.

Y recuerden ustedes a ese desenfadado y tierno Estanislao del Campo: su poema "Fausto", ¿no es una interpretación criolla de lo universal, así como el *Martín Fierro* es una exaltación de lo autóctono a lo ecuménico?

Y piensen en Hilario Ascasubi, terminando su *Santos Vega* en París, con los ojos vueltos hacia el sur y apretado todo él como una isla de nostalgias.

El extraordinario siglo XIX trae, además, a la joven literatura argentina dos o tres grandes escritores en prosa que solicitan nuestra atención en esta breve síntesis. Me referiré, sobre todo, a Sarmiento y a Mitre, no en lo que atañe a lo específico de sus trabajos, sino a la actitud creadora que asumen frente a lo autóctono y lo foráneo.

Si hay escritores argentinos que hayan trabajado sin complejo de inferioridad alguno con respecto a lo foráneo, dos de ellos, y de los más significativos, son indudablemente Sarmiento y Mitre. Recuerden ustedes las gigantescas biografías que trazaron los dos: la de Facundo y la propia el uno, las de San Martín y Belgrano el otro. Yo no sé en virtud de qué fuerza telúrica o de qué confianza en la vocación histórica de nuestro país, estos dos escritores han dado a sus personajes "una estatura homérica", una dimensión universal, como si no fuesen hombres de una todavía modesta república sudamericana, sino prototipos humanos que influyeran en el rumbo de la historia universal. Y vuelvo a decir que, fiel a mi asunto, hago abstracción de los personajes biografiados: lo que ahora me interesa es el empaque, la envergadura creadora de quienes trazaron esas gigantescas biografías. Contemporáneos de artífices que, en el Viejo Mundo, ensayaban nuevas formas con que revolucionar sus viejas literaturas, parecería que Sarmiento y Mitre habían entendido ya la gran verdad: que todo aquello no reza con nosotros, porque nosotros tenemos que construir aún nuestras grandes epopeyas.

No podría salirme del siglo XIX sin dedicar un recuerdo admirativo a Lucio V. Mansilla, aquel hombre autóctono y ecuménico a la vez, aquel argentino que con la misma naturalidad, almorzaba ostras en un café de París o comía un asado de yegua en la toldería del cacique Mariano Rosas. Con la misma naturalidad, y como sin darse cuenta, escribió una de las obras más vivas de nuestra literatura: su *Excursión a los indios ranqueles*. Para ello le bastó una sola cosa: la fidelidad. Fidelidad a lo nuestro, y fidelidad a sí mismo.

La necesaria brevedad de estas notas me obliga en este punto a saltar nombres que, en otras circunstancias, reclamarían mi atención, y a entrar en este siglo XX, nuestro siglo. Me detengo en la más conspicua de sus figuras literarias: Leopoldo Lugones.

Este gran escritor, después de haber rendido un tributo acaso tardío al romanticismo victorhuguiano, en *Las montañas del oro*, y un tributo a las escuelas post-románticas de allende, en el *Lunario sentimental*, manifiesta ya su intuición del estro argentino en las *Odas seculares*, publicadas con motivo del primer centenario de nuestra emancipación; y sobre todo en la "Oda de los ganados y las mieses", la más hermosa del conjunto. Luego vendrá su *Guerra Gaucha* y sus *Poemas solariegos*, que se resienten aún de cierto barroquismo literario.

Y por fin la voz despojada y fiel; y cuantiosa en razón de su despojo y su fidelidad: el *Romancero de Río Seco*.

Llegamos así a mi tumultuosa generación: un grupo de hombres que llegan de afuera y de adentro. Un grupo de hombres que, por un lado, se encuentran con una literatura nacional rendida frívolamente a los más resobados mimetismos, y, por el otro, debe considerar y digerir la importantísima revolución operada en el arte, después de la guerra de 1914. Esa generación es ridiculizada entonces con el adjetivo de "neosensible". Sin embargo, se agrupa y combate bajo el nombre significativo de "Martín Fierro", y sus combatientes se llaman a sí mismos "martinfierristas".

¿Y quieren saber ustedes lo que hacen los hombres de aquella generación?

Ricardo Güiraldes, familiar de las tertulias literarias francesas, escribe su *Don Segundo Sombra*.

Oliverio Girondo, viajero infatigable, trata los temas universales con un desenfado y un "energumenismo" curiosamente porteños, hasta identificarse luego con las dulces emociones de su tierra.

Jorge Luis Borges, en su *Fervor de Buenos Aires*, toma y enriquece la simplísima cuerda de Evaristo Carriego, o ahonda los temas porteños hasta el rigor metafísico.

Francisco Luis Bernárdez, que había llevado sus experiencias hasta el súper realismo, vuelve a las claras y eternas musas tradicionales, y hasta dedica sus versos a los grandes temas civiles, "La Bandera" o "El Libertador".

Las formas y colores de nuestra tierra están presentes, como una obsesión, en la sutil poesía de Ricardo Molinari.

Y Eduardo Mallea, que se había iniciado con un haz de cuentos exóticos, guarda un largo silencio literario, para volver a la palestra con los grandes asuntos nacionales.

En resumen: la fidelidad a lo autóctono es una línea que no se rompe jamás en nuestra literatura.

Que los escritores futuros aprendan la lección y la sigan. Ciertamente, no será difícil, si recuerdan la estrofa de *Martín Fierro*:

> De naides sigo el ejemplo,
> naide a dirigirme viene,
> yo digo cuanto conviene,
> y el que en tal güeya se planta

debe cantar, cuando canta,
con toda la voz que tiene.

"Con toda la voz que tiene", es decir con la propia, inalienable. Y con toda esa voz.

Nada más.

# SIMBOLISMOS DEL *MARTÍN FIERRO**

Lo que voy a intentar en esta disertación no es la tarea de profundizar los estudios de un *Martín Fierro* circunscripto a sus meros valores literarios. Por fortuna, la obra de José Hernández tiene hoy un lugar de privilegio en los programas oficiales de literatura y una bibliografía cuyo volumen, riqueza y minuciosidad parecerían constituir un desagravio al menosprecio y al olvido en que la crítica erudita mantuvo al poema durante muchos años.

Nuevas lecturas del *Martín Fierro,* últimamente realizadas a la luz de una "conciencia histórica" que se nos viene aclarando a los argentinos desde hace varios lustros, hicieron que yo considerase al poema, no ya en tanto que "obra de arte", sino en aquellos valores que trascienden los límites del arte puro y hacen que una obra literaria o artística se constituya en el paradigma de una raza o de un pueblo en la manifestación de sus potencias íntimas, en la imagen de su destino histórico.

Las grandes epopeyas clásicas están en esa línea o en ese linaje de obras. ¿El poema de José Hernández tiene, por ventura, esa capacidad de trascendencia?

Si demostramos que la tiene, los profesores de literatura ya no vacilarán en la especificación del "género" a que pertenece la obra gaucha. Y entonces el *Martín Fierro* no sólo constituirá para nosotros la materia de un arte literario, sino la materia de un arte que nos hace falta cultivar ahora como nunca: el arte de ser argentinos y americanos.

* Texto de la conferencia leída en la audición "La Conferencia de Hoy", por LRA, Radio del Estado. Buenos Aires, Talleres Gráficos de Correos y Telecomunicaciones, 1955, 15 pp.

Reproducida en *La Opinión,* Buenos Aires, Suplemento cultural, 25 de junio de 1972, pp. 1-3, con el título: "Un texto desconocido de Leopoldo Marechal: '*Martín Fierro* o el arte de ser argentinos y americanos'".

El *Martín Fierro* de José Hernández constituye un milagro literario. Y tomo la palabra "milagro" en su cabal significación de "un hecho libre", que se da súbitamente fuera y por encima de las leyes naturales y de las circunstancias ordinarias.

Ubíquese al *Martín Fierro* en la literatura nacional de su época, y se lo verá surgir, monumento grave y solitario, entre las simples, bien que auténticas, formas de la poesía folklórica, o entre las no auténticas ni simples formas de una *poesía erudita* que, presa ya de un complejo de inferioridad que gravitaría largamente sobre las virtualidades creadoras del país dedicaba ' sub empeños a la mimesis del romanticismo francés o del pseudo clasicismo español.

> De naides sigo el ejemplo,
> naide a dirigirme viene,
> yo digo cuanto conviene
> y el que en tal güeya se planta,
> debe cantar, cuando canta,
> con toda la voz que tiene.

Sin complejo ninguno, "con toda la voz que tiene", *Martín Fierro* se parece bastante a un *hecho libre* de la literatura nacional, producido, como todo milagro aleccionador, en el instante justo en que se lo necesitaba, es decir, cuando la nueva y gloriosa nación, habiendo nacido recién de la guerra, como todo lo que merece vivir, debía reclamar con las obras su derecho a la grandeza de los libres, tal como había reclamado su derecho a la existencia en la libertad.

Yo diría que ese derecho a la grandeza de los libres solo puede reclamarse de una manera: con grandes actos de merecimiento. Y el poema de José Hernández, inusitado en su monumentalidad, es un acto de merecimiento y una invitación a la grandeza, cumplidos en el alborear de una patria que puede, quiere y debe merecer su futuro.

He aquí el primer enigma y la primera lección de *Martín Fierro,* en tanto que obra del arte. Y digo el primer enigma, porque a partir de su nacimiento, otros dos enigmas han de acompañar al poema en la difusión de su mensaje: el primero se refiere al modo y al campo síigularísimos de su difusión inicial; el segundo a las primeras interpretaciones del poema. Y estos dos enigmas ya no se vinculan al *Martín Fierro* en tanto que obra literaria, sino a la naturaleza de su mensaje.

Hay, pues, en el *Martín Fierro* un mensaje lanzado a lo futuro. Más adelante se verá cómo el poema también insinúa "una profecía" concerniente al devenir de la nación. El preludio de la obra, en cada una de sus dos partes, es demasiado solemne, demasiado reiterador, y no parecería convenir a un simple relato de infortunios personales:

> Vengan santos milagrosos,
> vengan todos en mi ayuda,
> que la lengua se me añuda
> y se me turba la vista;
> pido a mi Dios que me asista
> en una ocasión tan ruda.

Tal es la invocación que hallamos en el introito de la primera parte. En el preludio de la segunda, Martín Fierro dice:

> Siento que mi pecho tiembla,
> que se turba mi razón,
> y de la vigüela al son
> imploro a la alma de un sabio,
> que venga a mover mi labio
> y alentar mi corazón.

O esta misteriosa advertencia:

> Y el que me quiera enmendar
> mucho tiene que saber;
> tiene mucho que aprender
> el que me sepa escuchar;
> tiene mucho que rumiar
> el que me quiera entender.

Y en esta desproporción evidente que hallamos entre las advertencias de los preludios y el sentido literal de la obra, nos parecería vislumbrar el anuncio de un sentido simbólico que será necesario rastrear en adelante.

...Pero, ¿cuál es el mensaje de *Martín Fierro*? ¿Y a quién va dirigido? Si damos en la contestación de la segunda pregunta, daremos también en la contestación de la primera.

—Entonces. ¿a quién va dirigido el mensaje de *Martín Fierro*?

—Va dirigido a la conciencia nacional, es decir, a la conciencia de un pueblo que nació recién a la vida de los libres y que recién ha iniciado el ejercicio de su libertad.

—¿Y por qué necesita un mensaje la conciencia de la nación?

—Porque la nación, desgraciadamente, no se ha iniciado bien en el ejercicio de su libertad recién conquistada. Y no se ha iniciado bien, porque ya en los primeros actos libres de su albedrío, ha comenzado ella la enajenación de lo nacional en sus aspectos materiales, morales y espirituales. Esto que podríamos llamar "una tentativa de suicidio precoz", iniciado por el ser nacional en la segunda mitad del siglo XIX, es un drama histórico que muchos han denunciado y cuyo estudio sería útil profundizar, sobre todo en la dirección de los "responsables".

*Martín Fierro*, ubicado en esa mitad segunda del siglo de la libertad, es un mensaje de alarma, un grito de alerta, un "acusar el golpe", nacido espontáneamente del ser nacional en su pulpa viva y lacerada, en el pueblo mismo, el de los trabajos y los días.

Tal es el mensaje de *Martín Fierro:* una lección de audacia creadora, sí, pero también un estado del alma nacional en el punto más dolorido de su conciencia.

El mensaje se dirige a todos los argentinos. Pero ¿quiénes lo escuchan? Y aquí se nos presenta uno de los dos enigmas a que me referí anteriormente: el que atañe a la difusión inicial de *Martín Fierro*.

Por aquellos días el país cuenta ya con una clase dirigente y con una clase intelectual. No me incumbe a mí el juicio de aquellas dos clases y el de la obra que desarrollaron; es una empresa que corresponde a nuestra historia política y a nuestra historia de la cultura respectivamente. Lo que necesito señalar es el hecho incontrovertible de que, con la acción de aquellas dos clases dirigentes, se inicia ya la enajenación o el extrañamiento del país con respecto a sus valores espirituales y materiales. *Martín Fierro*, pletórico de su mensaje alarmado, sale recién de la imprenta y busca los horizontes de su difusión. Y entonces, ¿qué sucede? Las dos clases de *élite* a que acabo de referirme, o lo ignoran o lo aceptan como "un hecho literario" que gusta o que no gusta; el mensaje dramático del poema no puede llegar a la clase dirigente, que sufre ya una considerable sordera en lo que atañe a la voz de lo nuestro, ni puede hacerse oír de la clase intelectual, que ya busca en horizontes foráneos la materia de su creación y su meditación. En abono de lo que acabo de afirmar, recuérdese que, hasta no hace mucho tiempo, los intelectuales argentinos dejaron caer sobre el poema de José Hernández el silencio de la incomprensión o del desdén, un silencio que nos asombra todavía.

> Yo he conocido cantores
> que era un gusto el escuchar,
> mas no quieren opinar
> y se divierten cantando;
> pero yo canto opinando,
> que es mi modo de cantar.

"Y se divierten cantando." ¿Alusión irónica de José Hernández a los intelectuales de su época? No lo sé. Pero ¡qué bien encaja en esa sextina la primera acepción del verbo "divertir" en el sentido de "distraer"!

¿Cuál era, pues, la única órbita de acción que a *Martín Fierro* le quedaba? La del pueblo mismo cuyo mensaje quería transmitir el poema. Y entonces ocurre lo enigmático: el mensaje desoído vuelve al pueblo de cuya entraña salió. En sus modestas ediciones, en sus cuadernillos humildes, en su papel magro y en su seca tipografía misional, el gaucho Martín Fierro vuelve a sus paisanos: es una *Vuelta de Martín Fierro* que no ha escrito José Hernández y que, sin embargo, es realmente la primera vuelta de Martín Fierro.

—¿Para qué vuelve a su origen ese mensaje no escuchado?

—Para mantenerse allí, vivo y despierto como una llama votiva.

—Sí, pero una llama votiva requiere una imagen de veneración a quien alumbrar. ¿Y cuál era esa imagen?

—Era la imagen del "ser nacional" que alguien olvidaba o perdía o enajenaba.

—¿Y la llama votiva?

—Era un voto secreto, la promesa de un "rescate", o el anuncio y la voluntad de una recuperación.

Toda esa materia oculta en su filón enigmático ya está en las sextinas de José Hernández. Y lo demostraré luego, cuando me refiera yo al sentido simbólico del poema. Entre tanto, *Martín Fierro* se abre un camino en la conciencia popular; abandonó la urbe y ha regresado a la tierra, porque:

> El campo es del inorante,
> el pueblo del hombre estruido;
> yo que en el campo he nacido
> digo que mis cantos son
> para los unos… sonidos,
> y para otros… intención.

Sus ediciones están en las pulperías y en los abigarrados almacenes de campaña, entre los tercios de yerba mate y las bolsas de galleta dura, los dos alimentos del paisano; y es justo que *Martín Fierro* esté allí porque también él es un alimento. O está en el recado del jinete pampa, entre los bastos y el cojinillo, y es natural que *Martín Fierro* esté allí, porque también él es una prenda del trabajo criollo.

Después, los años corren. Y de pronto *Martín Fierro* es traído a la ciudad. ¿Qué pasa? El desterrado héroe de José Hernández ha de comparecer ante el tribunal de la crítica erudita. ¡Bien! ¡Es un acto justiciero! Algunos entusiastas aplauden; algunos descontentos gruñen, abandonando un instante la región mamaria de las Academias.

No es mi propósito censurar el esfuerzo crítico de tantas buenas voluntades como las que se pusieron entonces al servicio de la causa *Martín Fierro*. Sólo diría yo en este punto, y en tono elegíaco: "¡Ay del espíritu de literatura!". Porque la letra mata.

Y en los primeros juicios de *Martín Fierro* se da el otro enigma: no es ya el de la sordera intelectual, sino el de la incomprensión, ingenua por parte de unos, deliberada por parte de otros; porque hay entonces en el país no pocas inteligencias que saben la verdad de *Martín Fierro*, pero que no desean el triunfo de aquella verdad. Cierto es que las circunstancias de enajenación u olvido con respecto al ser nacional y a sus intereses vitales, no sólo perduraban en el país, sino que se habían agravado, merced a las corrientes cosmopolitas (inmigratorias o no) cuyo flujo había cubierto nuestro limo natal y añadía nuevos factores de confusión al problema de aclarar lo nuestro. El poema de José Hernández no fue entendido cabalmente por su crítica inicial; y no será entendido por ninguna que desvincule al *Martín Fierro* de su misión referente al ser argentino y a su devenir.

La crítica inicial a que vengo refiriéndome no dejó de abundar en matices relacionados con el ojo del comentarista y la naturaleza de su ángulo visual.

Para el etnógrafo, verbi gracia, *Martín Fierro* es el prototipo del "gaucho", fruto de dos razas que se han topado en la Historia; fruto híbrido que, como es de rigor, ha heredado los defectos de las dos razas originantes y ninguna de sus virtudes; fruto destinado, naturalmente, a desaparecer, y romántico en la medida de su próxima defunción. Señores, yo perdono a ese linaje de crítica su fabulosa ingenuidad: lo que no le perdono es el torrente de mala literatura que nos trajo después, como natural consecuencia.

Para el crítico sociólogo, *Martín Fierro* es también un tipo racial de transición. Pero en este caso no se detiene el crítico en la naturaleza transitoria y por ende romántica del personaje, sino en sus características del hombre inadaptado a la Civilización, en sus perniciosas rebeldías contra las instituciones que rigen al país, en su desapego al trabajo, en su espíritu de vagancia, en su fruición por el homicidio. En aquella época, la mística del "progreso indefinido" está en su auge y perfuma todas las almas de buena voluntad: se está montando en el país la usina del Progreso, con mayúscula, y el gaucho Martín Fierro es un desertor de la usina, una hostilidad militante, lo que hoy se llamaría "un elemento de perturbación".

A la luz de semejante doctrina, tomó cuerpo la leyenda negra del "gaucho", que con tanta injusticia y en el transcurso de tanto tiempo gravitó sobre los hombres de nuestro paisaje.

Sin embargo, como adelantándose al riesgo de aquel malentendido, el gaucho Fierro había enunciado sus virtudes de trabajador, su concepto del orden en la familia, su piedad religiosa: todo ese estilo de vivir se había dado ya para él en otros días que Fierro evoca nostálgicamente en la primera parte de su relato:

> Yo he conocido esta tierra
> en que el paisano vivía
> y su ranchito tenía
> y sus hijos y mujer…
> era una delicia el ver
> cómo pasaba sus días.

Y más adelante dice:

> Tuve en mi pago en un tiempo
> hijos, hacienda y mujer;
> pero empecé a padecer,
> me echaron a la frontera,
> ¡Y qué iba a hallar al volver!
> tan sólo hallé la tapera.
>
> Sosegao vivía en mi rancho
> como el pájaro en su nido.
> Allí mis hijos queridos
> iban creciendo a mi lao…
> Sólo queda al desgraciao
> lamentar el bien perdido.

¡Qué alegato formidable contienen las tres sextinas que acabo de leer contra la falsa leyenda de un gaucho "nómade", sin instinto social, hostil a las leyes elementales de la convivencia! ¿No se ubica Martín Fierro en la plenitud del orden tradicional, que hace de la familia el principio y la célula de toda organización humana? ¿Y no hace del trabajo una razón penitencial de su existencia? Veámoslo en esta sencilla pintura de sus quehaceres:

> Y apenas la madrugada
> empezaba a coloriar,
> los pájaros a cantar
> y las gallinas a apiarse,
> era cosa de largarse
> cada cual a trabajar.
>
> Éste se ata las espuelas,
> se sale el otro cantando,
> uno busca un pellón blando,
> éste un lazo, otro un rebenque,
> y los pingos, relinchando,
> los llaman dende el palenque.
>
> El que era pión domador
> enderezaba al corral,

ande estaba el animal,
bufidos que se las pela…
y más malo que su agüela
se hacía astilla el bagual.

Y mientras domaban unos,
otros al campo salían,
y la hacienda recogían,
las manadas apuntaban,
y ansi sin sentir pasaban
entretenidos el día.

Y como el trabajo penitencial da su fruto de alegría, cuando se lo cumple frente a Dios con el ánimo limpio y la conciencia justa, Martín Fierro exclama por fin: Aquello no era trabajo, / más bien era una junción… o "función", en el sentido de pasatiempo agradable.

En ese orden tradicional vive Martín Fierro: es un hombre "afincado" en su llanura, con el instinto de la propiedad y su posesión tranquila; centro de un hogar cuyas responsabilidades asume con el trabajo, la vigilancia y el consejo; bien centrado en su fe religiosa, dueño de una clara filosofía existencial que la experiencia le ha enseñado y que lo enriqueció de aforismos.

¡Y de pronto, la ruptura! ¿Qué ha ocurrido? Algo terrible debió suceder para que un hombre confesor y profesor de tal estilo de vida se trocara de pronto en un rebelde y luego en un desterrado.

¡Sí, algo tremendo había sucedido! Y lo que verdaderamente sucedió entonces fue que "otro estilo" de cosas había entrado en el país, y chocaba con el estilo propio del ser nacional, y lo hería, y lo desplazaba. Frente a esa invasión, Martín Fierro es el hombre de la "rebeldía", porque es el hombre de la "lealtad". ¿Lealtad a quién? A la esencia de su pueblo, al estilo de su pueblo, al ser "nacional" amenazado y confundido.

A mi entender, ahí está la verdadera pista del *Martín Fierro,* la que yo he seguido y me ha dejado entrever en el poema de José Hernández un sentido simbólico paralelo del sentido literal que todos conocen y que fue hasta hoy materia de la crítica literaria.

Desde luego, no es menester que José Hernández haya tenido el propósito claro de dar a su poema un sentido simbólico. Basta con que la materia de su arte haya guardado en sí la potencia del símbolo. Es presumible que ni Cervantes ni Shakespeare tuvieron conciencia de sus numerosos simbolismos que la crítica develó más tarde en sus obras; pero ellos trabajaron con tales materias y precipitaron tales instancias que todo símbolo puede habitar en ellas, debajo del sentido literal. Tal es el caso de José Hernández, que al escribir su *Martín Fierro*, obra como *espiráculo* del ente nacional y se hace "la voz de su pueblo". Vamos a ver en qué medida.

El *Martín Fierro* es, como las epopeyas clásicas, el canto de gesta de un pueblo, es decir, el relato de sus hechos notables cumplidos en la manifestación de su propio ser y en el logro de su destino histórico. Ya se verá que la de *Martín Fierro* es una gesta *ad intra*, vale decir, hacia adentro, que el ser argentino ha de cumplir obligado por las circunstancias. Es la gesta interior que realiza la simiente, antes de proyectar *ad extra sus* virtualidades creadoras.

Ahora bien, toda gesta supone un héroe: ¿y quién es el héroe de *Martín Fierro*? En el sentido literal es un gaucho de nuestra llanura, que responde a tales características de nuestra evolución racial y a tales accidentes del medio en que vive. En el sentido simbólico, Martín Fierro es el ente nacional en un momento crítico de su historia: es el pueblo de la nación, salido recién de su guerra de la independencia y de sus luchas civiles, y atento a la organización de fuerzas que ha de permitirle realizar su destino histórico.

¿En qué medida ese pueblo traduce al ente nacional? Ese pueblo se ha fogueado en la guerra de la emancipación: ha sido el héroe de la guerra, y, por lo tanto, el real protagonista de aquel primer acto del drama en que se juega su devenir. Más tarde, cuando en las luchas civiles quiere perfilarse y definirse la verdadera cara del ser nacional, el pueblo vuelve a constituirse, no sólo en el actor, sino en el protagonista de aquel segundo acto.

Y ahora está por iniciarse el tercero. Adviértase que el pueblo de la nación está acostumbrado a ser el protagonista de su destino; y el tercer acto del drama es aquel donde, unido él al número de los pueblos libres, deberá ejercer su libertad y, sobre todo, merecerla. Porque no es libre quien lo quiere, sino quien lo merece; y la libertad merecida y conquistada sólo se conserva con actos permanentes de merecimiento; y el que no ha merecido su libertad, hace mal uso de ella y la pierde.

¿Con qué esperanza entra el pueblo de la nación en aquel tercer acto? Con la de ser otra vez, lógicamente, su actor y protagonista. ¿Qué trae, para merecerlo? Trae una esencia nacional caracterizada por un estilo propio del vivir, por una tradición, por una ética del hombre, por una filosofía de la existencia. ¡Y qué fácil es rastrear en el *Martín Fierro* toda esa materia de ser que el pueblo argentino pudo arrojar entonces en la balanza del mundo!

Es, justamente, al iniciarse la tercera jornada cuando el pueblo de la nación se ve frente a un hecho desconcertante para él: "alguien" ha tomado la dirección del país; es un "alguien" que actúa en lo material y espiritual a la vez. Dije ya que, a partir de aquel hecho, el ser nacional ha de verse distraído de sí mismo, enajenado de su propia esencia. Dije también que, a consecuencia de tal anomalía, un nuevo estilo de cosas reina en el país: un nuevo estilo que ha de lanzarse agresivamente contra el estilo auténtico del ser nacional.

En el poema de José Hernández, tal agresión se traduce por modo de símbolo y con meridiana claridad en los infortunios del gaucho Martín Fierro, que simboliza al ente argentino y al pueblo de la nación. Si ante los ojos de alguna crítica Martín Fierro es el gaucho inadaptado a la sociedad, en rebeldía con sus leyes, peligroso, indeseable, ante nuestros ojos es el símbolo de todo un pueblo que, súbitamente, se halla enajenado de su propia esencia y, por lo mismo, hurtado a las posibilidades auténticas de su devenir histórico.

Claro está que Martín Fierro lucha; y es el ente argentino quien lucha en él. Pero es derrotado al fin, y el estilo invasor contra el cual peleaba lo induce a refugiarse en el desierto. ¿Qué significan ese viaje al desierto y su permanencia en él? Quiere decir, simbólicamente, que, por primera vez en su historia, el ente nacional no es el actor protagonista de su destino. Expulsado de la escena, se convierte ahora en un lejano espectador del drama; y como el drama que se representa es el suyo propio, el ente nacional es un atormentado espectador de sí mismo, de su enajenación y de su ausencia.

Y bien, simbólicamente hablando, el desierto es la imagen de la "privación". Martín Fierro, es decir, el ente nacional, vive ahora en la privación de sí mismo en tanto que protagonista de la patria. Pero el desierto es también la imagen de la "penitencia" en el sentido de penar y en el de purificarse con la pena; y Martín Fierro cumple ahora en el desierto aquel trabajo de purificación.

¿Para qué? se me dirá. Y respondo: si el desierto, para el ente nacional, es algo así como una "suspensión de su destino", merced a la cual el personaje ha quedado inmóvil y fuera de la escena, claro está que su purificación se hace con vías a un "regreso". ¿Regreso a qué? A la escena de la que fue arrojado y a las acciones del drama cuyo protagonista dejó de ser. Una *Vuelta* de *Martín Fierro* se anuncia ya como imprescindible.

Pero antes es necesario que Martín Fierro llegue hasta el fin de su vía penitencial; y ese fin se da, exactamente, cuando Martín Fierro pierde a su amigo Cruz. La soledad del personaje ya es absoluta, y se manifiesta en una total desolación de su cuerpo y de su alma:

> Privado de tantos bienes
> y perdido en tierra agena,
> parece que se encadena
> el tiempo y que no pasara,
> como si el sol se parara
> a contemplar tanta pena.

Y dice también, refiriéndose a Cruz:

> En mi triste desventura
> no encontraba otro consuelo
> que ir a tirarme en el suelo
> al lao de su sepoltura.

Ese abrazarse al suelo como alivio único de su desesperanza tiene un valor de símbolo cuya evidencia nos excusa de toda explicación.

Lo que sucede luego es altamente significativo: hallándose Martín Fierro un día en aquella posición de su cuerpo y en aquella desolación de su alma, oye de pronto los lamentos de la Cautiva, y se pone de pie. Aquel acto simplísimo lo arranca de su inmovilidad, y el espectáculo de la Cautiva martirizada por el indio lo devuelve a la acción. ¿Por qué? Sencillamente, porque en el drama de la mujer cautiva Martín Fierro ve de pronto el drama de la nación entera, como si aquella mujer, en el doble aspecto de su cautiverio y su martirio, encarnara repentinamente ante sus ojos el símbolo del ser nacional, enajenado y cautivo como ella.

Y si Martín Fierro también es la encarnación simbólica del

ente nacional, no hay duda de que, al enfrentarse con la Cautiva, nuestro héroe se enfrenta consigo mismo y se ve a sí mismo en ella, como si la Cautiva, en aquel instante, fuese un clarísimo espejo de su conciencia. Y lo que Martín Fierro ve ahora en aquel espejo es lo que lo decide a la acción. Su batalla con el indio, tan minuciosamente descrita y en un son tan homérico, nos revela desde ya la importancia extrema que José Hernández atribuye al episodio.

¿Acaso el poeta vislumbra en él la trascendencia de un símbolo? Si no lo vislumbra, ya estaba en los potenciales de su canto.

Lo que podemos afirmar es que nuestro héroe, al rescatar a la mujer cautiva, empieza, ya el rescate de la Patria, y que la Patria misma es la que vuelve con él a la frontera, y que vuelve a la acción desde su destierro, y montada en ese caballo que será eternamente un símbolo de la traslación y del combate.

Martín Fierro, el ente nacional, ha regresado y anda por la frontera. Es evidente que trae un plan de acción. Pero, ¿cuál? Hernández no lo dice, aunque sugiere la existencia de un plan como ha de verse más adelante. Martín Fierro anda por la frontera. ¿Qué busca? El desterrado busca noticias del mundo que abandonó hace diez años; y en la frontera se halla con sus dos hijos. ¡Ay! El relato que de sus vidas hacen los dos mozos enseñará a Martín Fierro que la enajenación del ser nacional y su ausencia del país no sólo continúan, sino que se han agravado.

En la historia del segundo hijo de Martín Fierro hace su aparición un personaje novedoso, el viejo Viscacha, sobre cuyos rasgos anímicos la crítica emitió ya su dictamen. Sin embargo, y a mi entender, el viejo Viscacha no es la manifestación de ciertos valores negativos imputables al ente nacional, sino la expresión simbólica de aquella parte del ser nacional que, desertando de su propio estilo, se adaptaba cazurramente al estilo invasor y se hacía su cómplice. La circunstancia de que el viejo sirviese a la "autoridad" y se hiciera el menguado tutor del hijo de Fierro, su torpe filosofía de vencido, todo ello parece confirmarlo, pese a la gracia que sus famosos "consejos" nos hacen todavía.

Lo cierto es que tales noticias de la realidad nacional llegan a Martín Fierro y no parecen influir en su propósito de acción, como no sea estimularlo. Así llega el momento fundamental del poema; y digo fundamental porque la clave del *Martín Fierro* se oculta y se revela en su despedida.

Es el instante justo en que Martín Fierro, sus dos hijos y el hijo de Cruz van a separarse:

> Y antes de desparramarse
> para empezar vida nueva,
> en aquella soledá
> Martín Fierro, con prudencia,
> a sus hijos y al de Cruz
> les habló de esta manera.

Y lo que les transmite, a modo de consejo, es la ética del ser nacional y su filosofía del vivir, como para que los tres basen en una y en otra su acción futura. ¿Van ellos a cumplir una acción? Dice José Hernández, al iniciar el canto último de su poema:

> Después, a los cuatro vientos
> los cuatro se dirigieron;
> una promesa se hicieron
> que todos debían cumplir;
> mas no la puedo decir,
> pues secreto prometieron.

Los "cuatro vientos" quieren decir los cuatro puntos cardinales de la patria. Y los viajeros, que por extraña coincidencia son cuatro ahora (ya que el hijo de Cruz aparece al fin con sospechosa oportunidad), se dirigen, en un orden no menos sospechoso, al sur, al norte, al este y al oeste. Hay en aquella partida una distribución ordenada que yo calificaría de "misional". Y luego, ¿cuál fue la promesa que se hicieron y que todos debían cumplir, y cuyo secreto importaba tanto? Sin duda, fue la promesa de guardar el secreto de una consigna vinculada, naturalmente, a la misión que se proponían cumplir. ¿De qué misión se trataba? A no dudar, se trataba de una misión tendiente al rescate del ser nacional, y a su restitución al escenario de la historia, como único protagonista de su destino.

Y en el último canto de *Martín Fierro* puede rastrearse, incluso, una metodología de la acción:

> Mas Dios ha de permitir
> que esto llegue a mejorar;

pero se ha de recordar,
para hacer bien el trabajo,
que el fuego, pa calentar,
debe ir siempre por abajo.

Trabajar "por abajo", en el humus auténtico de la raza, con la raíz hundida en sus puras esencias tradicionales, he ahí la metodología de su acción futura. Porque el humus de abajo siempre conserva la simiente de lo que se intenta negar en la superficie.

Tanta confianza tiene su autor en el poder constructivo de la obra, que al finalizar el canto último dice:

Y en lo que esplica mi lengua
todos deben tener fe;
no se ha llover el rancho
en donde este libro esté.

Hipérbole que tiene algo de magia y mucho de profecía.

Por todo ello, la profundización de los estudios martinfierristas constituye hoy una empresa obligatoria de los argentinos. Al cumplirla, puede ser que José Hernández, el postergado y el no entendido, nos pueda sonreír desde sus bien merecidos laureles.

[PRÓLOGOS]

# JOSÉ FIORAVANTI*

El estudioso que haya de profundizar mañana en la vida y la obra de José Fioravanti, lo colocará sin duda bajo el signo de los predestinados. No se da muchas veces el caso de una sensibilidad que, como la suya, se abre tempranamente a la contemplación del mundo, según esa manera de contemplar que tienen los predestinados del arte y, que se dirige certeramente al esplendor de las formas, es decir, a esa luz inteligible que relampaguea en las formas y que, según los maestros antiguos, constituye la esencia de la hermosura y da su exacta definición *(splendor formae)*. Pero la intuición de lo bello sólo es la mitad del artista: su otra mitad, la que realmente lo define, es aquella vocación por la cual el artista consigue transmitir a una materia el *splendor formae* que ha intuido en su contemplación de las criaturas; y ello requiere la posesión de una "virtud operativa" que sin duda es innata en el artífice, pero que, como toda virtud, es susceptible de un perfeccionamiento ilimitado.

Pocos artistas he conocido que, como José Fioravanti, poseyeran en grado tan excelente la intuición de lo bello, la vocación del arte y la virtud operativa, y que armonizaran esas tres excelencias hasta lograr el justo equilibrio por el cual ninguna falta ¡l¡ sobra en el momento de la creación. Yo lo ¡le visto salir triunfante de dos pruebas que no muchos consiguieron salvar entonces: por un lado, la lección eterna que le gritaban los bronces antiguos, los mármoles elocuentes y las venerables piedras de Egipto, de Grecia o del medioevo; por otro, el torbellino de una revolución artística, mezcla de intuiciones geniales y de locura deliberada, que durante años agotó en el Viejo Mundo todas las experiencias y posibili-

* En Marechal, Leopoldo, *José Fioravanti*, Buenos Aires, Ediciones Plástica, 1942, Veinticinco ilustraciones. Texto en castellano y en inglés. S.n. Colección Artistas Argentinos, Cuaderno III.

dades. En aquellos días vi a un Fioravanti estudioso y apasionado de los valores auténticos que una y otra corriente le brindaban, pero infalible denunciador de los valores falsos; jamás indiferente a las audacias legítimas, pero negándose a todo *snobismo;* dado a los cuatro vientos de la sensibilidad, pero sin extraviar el rumbo que la suya propia le dictaba.

Simultáneamente, Fioravanti encaraba un problema que ¡lo sólo era suyo sino de toda la escultura contemporánea: el problema de la materia en sus relaciones con el escultor. La facilidad de los recursos técnicos (fundición en diversos materiales, pantógrafos, *mise au point,* etcétera) había llegado a producir un temible divorcio entre el escultor y su materia, de modo tal que un modelado de arcilla, por ejemplo, era susceptible de pasar al bronce, al mármol o a la piedra, y aun de multiplicarse en su tamaño, mediante la operación de técnicos que se interponían peligrosamente entre el escultor y su obra. El estudio de los grandes maestros había enseñado a Fioravanti que toda escultura debe ser el resultado final de una batalla, la batalla que, luchando frente a frente, ha de ganar el escultor a su materia; porque toda materia defiende su propia dignidad, y no se deja vencer sin condiciones. La obra de arte sería, pues, el fruto de una lucha y de una reconciliación, en el cual el artista logra su objeto y la materia salva su decoro.

Fueron tales consideraciones las que lo impulsaron a la talla directa. Recuerdo las primeras batallas de Fioravanti, en el galpón de la *rue* Vercingetorix, cuando entre un redoblar de martillos y una dulzura de canciones latinas asomaban en la roca los dos pastores del monumento a Martínez de Hoz. Y recuerdo las otras, en el estudio de la Tombe-Issoire, cuando, al esculpir las enormes figuras de sus monumentos, Fioravanti sostenía con la piedra un diálogo terrible, y más que un diálogo una discusión porfiada, en la cual el artista y la materia eran contenedores y la luz actuaba como juez. Quien observe, por ejemplo, sus admirables figuras de "La Elocuencia" y de "La Historia", en el monumento a Nicolás Avellaneda, gozará ese fruto armónico del arte, en que, bajo una luz ni engañadora ni engañada, resplandecen las formas en la materia, y la materia es digna de tal honor.

Estas cualidades esencialmente plásticas, unidas a la voluntad creadora de su genio y a la audacia operativa de sus esculturas, no podían menos que atraer la mirada inteligente de París: artistas y críticos notables lo advirtieron en la exposición que Fioravanti hizo de sus obras en el museo del Jeu de Paume, 1934 (y es significativo recordar que el honor de exponer en dicho museo sólo había sido otorgado hasta entonces a dos grandes maestros de la escultura contemporánea: Bourdelle y Mestrovic). Refiriéndose a nuestro escultor escribía Drieu La Rochelle: "Fioravanti posee la cualidad primordial de todo artista: la audacia. Tiene otras: en primer lugar la visión de conjunto, que establece el parentesco de todo artista con el arquitecto. Nuestro hombre concibe conjuntos, y si requiere los medios diversos y contradictorios de la armonía, no es porque así se lo exija el asunto exterior de sus monumentos, sino porque tiene el gusto y la necesidad de un canto compuesto y complicado". Y agregaba más adelante, refiriéndose a las virtudes plásticas de nuestro escultor: "No más literatura en su obra. A los otros corresponde hacerla sobre sus trabajos. Él actúa: a los otros corresponde soñar acerca de su acción". Finalmente, y saludando el puro mensaje que ha traído Fioravanti a la escultura moderna, concluía Drieu La Rochelle: "Hay todavía salud y vitalidad en el mundo. Adiós, Montparnasse".

Algunos críticos europeos no dejaron de advertir que Fioravanti, además de ser una presencia viva en el arte contemporáneo, era también la expresión de un país joven y todavía en enigma. En su estudio titulado "Universalidad o Americanismo" Waldemar George se pregunta: "¿Llegará el día en que José Fioravanti sea consagrado como el escultor nacional argentino? La joven república, ese Estado sin ayer artístico, edifica sin duda una civilización y crea un tipo humano. ¿Crea también un arte? ¿Acaso José Fioravanti es el iniciador de un estilo y de un modo de expresión que confiere al arte de la Argentina un aspecto distintivo?". El crítico citado no niega, ciertamente, las posibilidades inmediatas de un gran arte argentino, mas espera su realización de artistas que, como Fioravanti, arraigan en la esencia universal del arte y "beben en las fuentes que son comunes a toda la raza blanca". Y este valor universal de la obra es el que hace trascender no sólo al artista sino también a la patria que lo dio al mundo. A este respecto dice André Dezarrois: "Nos preguntamos si José Fioravanti no ha sido el primero que, súbitamente, ha dado a la escultura argentina su lugar en la historia del arte de este siglo".

# SAN JUAN DE LA CRUZ: *CÁNTICO ESPIRITUAL**

La última década nos ha traído un asombroso resurgimiento del gusto, la curiosidad o el interés de los lectores por la literatura mística española, y sobre todo por la de san Juan de la Cruz, que al teñirse con los vivos colores de la poesía parece allanar delante de nuestros ojos las asperezas de un territorio tan difícil y alentarnos en la penuria de su conocimiento, mediante aquella virtud atractiva y aquel poder convocador que los maestros antiguos daban como atributos de la belleza. Ese retoñar del interés por los escritores místicos (revelado en tantas reediciones modernas, exégesis y estudios) no puede menos que llamarnos la atención, sobre todo al recordar que durante más de una centuria sólo consiguieron alguna página de comentarios en los gruesos Manuales de la Literatura Española, y dos o tres horas anuales de exposición en la minuciosa cátedra de los profesores universitarios. En lo que se refiere a san Juan de la Cruz, la reciente conmemoración del cuarto centenario de su nacimiento ha tenido la virtud de atraer la mirada de los profanos y exaltar la devoción de los entendidos hacia la figura y la obra del Doctor Místico en su doble fase de poeta y de santo; y, justamente, la posibilidad de admirarle en esos dos aspectos de su figura nos ha manifestado, si no un antagonismo, cierta oposición al menos entre los que sólo ven en san Juan de la Cruz a una de las más altas cumbres de la poesía castellana y los que, sólo atentos a la profunda teología mística del santo, consideran profana y hasta profanatoria la exclusiva ponderación estética de sus canciones.

* En San Juan de la Cruz, *Cántico espiritual*, Buenos Aires, Estrada, 1944, pp. 13-33. Versión considerablemente aumentada del artículo "San Juan de la Cruz", en *Sol y Luna*, Buenos Aires, Nº 3, 1939, pp. 83-99.
        Fue una conferencia dictada originalmente en Amigos del Arte, en 1939.

Sería interesante y útil, pues, decir en este prólogo hasta qué grado ambas ponderaciones son igualmente legítimas, y cómo pueden coexistir sin estorbarse, siempre que cada una se mantenga en sus justos límites.

Para ello bastaría considerar a san Juan de la Cruz en sus dos mociones de poeta y de místico, distinguir el verdadero "alcance" de cada moción, relacionarlas mutuamente y ver al fin si dicha relación nos conduce al descubrimiento de una diferencia jerárquica entre ambos órdenes, diferencia que, al proyectarse en la obra del Santo, determine también una jerarquía entre los varios sentidos en que dicha obra puede ser considerada.

## I. EL POETA

Si estudiamos a san Juan de la Cruz en su exclusiva fase poética (haciendo abstracción de la doctrina que se disimula en sus cantares, o bien ignorándola simplemente) veremos a un artista frente a su obra, dueño y señor de su obra por la virtud del arte humano. En tanto que poeta lo veremos traducir mediante la palabra ese "esplendor de las formas" o lustre ontológico que los escolásticos veían en toda hermosura: si logró hacer resplandecer las formas de su cántico, ha cumplido exactamente su moción de poeta; y exigirle otra cosa vale tanto como hacerle transponer los límites de la poesía.

De un modo análogo el lector, frente a los poemas de san Juan de la Cruz, puede ubicarse legítimamente en el solo punto de vista poético, siempre que se limite a descubrir y gozar el esplendor de las formas en ellos manifestado. Le será lícito decir por ejemplo, que el *Cántico espiritual* traduce un amor declarado mediante vivas figuras poéticas, en cuya belleza el lector así condicionado se detiene, sin preocuparse de cualquier otro sentido que puedan encerrar dichas figuras. Pero si ese lector, evadiéndose de los límites poéticos en que se movía legítimamente, pretendiera luego llevar su juicio profano a los otros sentidos del poema, merecería sin duda la reprobación de los teólogos, y a su actitud correspondería muy exactamente el calificativo de "profanatoria". Esa irrupción de la crítica "literaria" en territorios que debieran serle vedados ha sido frecuente, por desgracia, en los últimos tiempos, y ha falseado (si no hecho imposible) la inteligencia de nuestros escritores místicos; digamos, ante todo, que la crítica literaria, moviéndose, como lo hace, en el sentido "literal" de los escritos, vale decir, en el de "la letra", está condenada por definición a equivocarse cada vez que especula con el sentido "espiritual" de los mismos. Y los frutos de su especulación acerca de la mística son harto conocidos: o bien, aferrándose al sentido literal de las palabras, les niegan cualquier otro en una valoración simplista muy del gusto de la época, o bien les improvisa, si no un sentido, al menos una explicación que gracias a la psicología moderna suele dar en lo pornográfico. Y así podríamos decir a los que niegan en los escritores místicos todo sentido que no sea el literal: ¡Ay de los que se quedan en el simple juego de las imágenes y en el brillo exterior de las formas! Los que intenten sondear el *Cántico* de san Juan de la Cruz, por ejemplo, deberán entender que cada una de esas imágenes y cada una de esas formas tiene, además de su valor literal, un valor simbólico no discernido por una inteligencia caprichosa o inventado por una imaginación poética, sino universal y exacto como el lenguaje de las matemáticas. La letra sólo es el trampolín que nos permite dar el salto maravilloso del espíritu. Y diríamos a los que les dan una explicación torcida: "Aquí se trata de un amor divino, y si se lo expresa en el idioma del amor humano es porque a nuestra condición presente sólo le es dable expresar lo superior con lo inferior y lo divino con lo humano, y porque, además, existe analogía y correspondencia entre lo inferior y lo superior y entre lo humano y lo divino" y claro, si hablamos de amor es porque ha llegado la hora de abandonar al poeta y considerar al místico.

## II. EL MÍSTICO

Si san Juan de la Cruz es un místico, no lo es por el hecho de habernos dejado admirables lecciones de teología mística (en tal caso no sería más que un teólogo), sino por haber realizado él mismo y efectivamente la experiencia mística, el ascenso difícil, el viaje amoroso que une al Amante con el Amado. Entre un teólogo y un místico suele mediar la distancia que hay entre la teoría y la práctica; y digo que "suele", porque no todos los teólogos místicos logran realizar el viaje. Los poemas de san Juan de la Cruz refieren esa maravillosa experiencia: o son itinerarios del viaje (como la *Su-*

*bida del Monte Carmelo,* en la que "se contiene el modo de subir hasta la cumbre de él, que es el alto estado de la perfección, que aquí llaman unión del alma con Dios"), o son, como el *Cántico espiritual,* una versión *ad extra* del cántico sin palabras que modula el santo en la intimidad de su ser, ante las maravillas que su experiencia de amor le va revelando. La mirada profana buscaría inútilmente una teología en esos desfiles de imágenes vagas y de figuras aparentemente ininteligibles, si el propio san Juan de la Cruz, ante nuestros ojos asombrados, no les diera un sentido cabal, una explicación clarísima en las *Declaraciones* que escribió más tarde sobre el texto de sus poemas. Pero, ¡cuidado! Al dar a sus canciones una interpretación racional y discursiva, san Juan de la Cruz no deja de advertir en ella una disminución de sentido. En el prólogo de su *Declaración al Cántico espiritual* dice textualmente: "sería ignorancia pensar que los dichos de amor e inteligencia mística, cuales son los de las presentes canciones, con alguna manera de palabras se pueden bien explicar". Es que la inteligencia mística, por su modo de conocer y el objeto de su conocimiento, es inefable en el sentido etimológico de la palabra, y sólo consigue expresar aproximaciones de sí misma con figuras que, según dice el santo, "antes parecen dislates que dichos puestos en razón, según es de ver en los divinos Cánticos de Salomón y en otros libros de la divina Escritura, donde, no pudiéndose dar a entender la abundancia de su sentido por términos vulgares y usados, habla el Espíritu Santo misterios en extrañas figuras y semejanzas". Luego vendrá la explicación de las mismas hecha por los santos doctores. Pero —agrega san Juan— "aunque mucho dicen y más digan, nunca pueden acabar de declararlo por palabras, así como tampoco por palabras se pudo ello decir; y así, lo que de ello se declara, ordinariamente es lo menos que contiene en sí".

No puede ofrecerse una idea más acabada de la condición inefable del conocimiento místico, y las advertencias de san Juan de la Cruz a ese respecto serían una contestación admirable a los filósofos que niegan la posibilidad de tal conocimiento sólo porque no le sea dado expresarse en forma racional. Pero ya volveré a esta materia en otro párrafo. Lo que nos es posible deducir ahora es que la inteligencia mística, siendo inefable en sí, puede manifestar un resplandor de sí misma por medio de figuras y semejanzas, lo cual significa ya una primera disminución; y que la exégesis racional de dichas figuras, por más luminosa que sea, entraña una disminución segunda con respecto a la inteligencia mística en sí. Estas consideraciones pueden resultar saludables para el lector que, habiendo alcanzado teóricamente el sentido místico de los poemas de san Juan de la Cruz, caiga, no en la tentación, sino en la ilusión de creerse llegado a la plenitud de la verdad que en ellos se manifiesta. Ya dije más arriba que entre el conocimiento racional del teólogo y el conocimiento experimental del místico hay una distancia que bien podemos calificar de infinita; y salvar esa distancia es realizar el místico viaje. Pero el arte humano, circunscripto a sus propias fuerzas, nunca podría realizarlo, si el hombre, sabiéndolo al fin y renunciando a las vías del humano arte, no se ofreciese como una materia dócil a las operaciones del arte divino. Porque el santo es una obra de Dios.

Con todo (y ya que me referí a un horizonte poético y a uno teológico dentro de cada uno de los cuales el lector puede ubicarse legítimamente), ¿no habrá en los poemas de san Juan de la Cruz un tercer horizonte, aquel sentido enigmático que los antiguos llamaban "anagógico" y cuya inteligencia, según parece, adelantaba una visión directa de la verdad? La madre Isabel de la Encarnación, respondiendo a una encuesta compulsatoria que la calumnia hizo abrir en 1617 sobre la vida y la obra del santo, dice que los escritos de san Juan de la Cruz tienen "una claridad maravillosa"; y define luego esa claridad como cierta "luz muy cálida que recoge y abrasa de amor". ¿No se referiría la madre Isabel a un sentido anagógico de los *Cánticos*?[1] Sea como fuere, la inteligencia de tal sentido ha de requerir sin duda una preparación espiritual nada corriente.

III. LA INTELIGENCIA MÍSTICA

En las declaraciones de sus poemas san Juan de la Cruz nos habla frecuentemente de la "inteligencia mística" que se traduce en sus "dichos de amor" y cuya abundancia de sentido no puede ex-

---

1 Etimológicamente la palabra *anagogia* significa más o menos "guiar o conducir a lo alto"; y el sentido anagógico de una escritura parecería dirigirse a la inteligencia proponiéndole, no un conocimiento discursivo ni un conocimiento poético de la verdad, sino una realización más alta que daría en lo verdadero mismo y no en sus aproximaciones.

plicarse con ninguna "manera de palabras". Dicha inteligencia corresponde, según creo, al *intelletto d'amore* que tantas veces nombra Dante, y a "ese inefable modo de conocer" a que alude san Dionisio Areopagita. Si se le llama *inteligencia,* es porque tiende al conocimiento y conoce; si se le dice de *amor,* es porque su operación ha de asemejarse a la operación amorosa. Por lo tanto, siendo amor el movimiento de un *amante* hacia un *amado,* que termina o quiere terminar en la unión efectiva del uno con el otro, la inteligencia mística debe de ser el movimiento de un *cognoscente* hacia un *conocido,* que termina en la visión efectiva del conocido por el cognoscente. Si el cognoscente puede ser un intelecto humano cualquiera, el conocido (o mejor dicho "el por conocer") es, en cambio, nada menos que Dios mismo; y la inteligencia mística logra conocerle, no en su concepto racional o en cualquier otra imagen intermedia, sino directamente y como de una sola mirada; y una vez conocido logra unirse a Él según la potencia natural del amor.

Esta vía mística (con sus dos movimientos diferentes que son el cognoscitivo y el afectivo o amoroso) suele parecer inferior a ciertos orientalistas que, aferrados al orden rigurosamente *intelectual* de sus concepciones, miran en ella con desdén la introducción de un elemento *emotivo*. Se les podría contestar que los dos aspectos de la mística, el cognoscitivo y el afectivo, son diferentes pero complementarios: "el conocimiento precede al amor", decían los antiguos, porque nadie ama lo que no conoce previamente; y es así que durante la subida del monte simbólico a tal grado de conocimiento corresponde tal grado de amor, bien que entre el conocer y el amar debe de haber allí tan poco espacio, que tal vez el místico no sabría decir si ama porque conoce o si conoce porque ama. Y el término del movimiento es aquella perfección que san Juan de la Cruz llama "unión del alma con Dios" y en la cual sería difícil distinguir al cognoscente del conocido y al amante del amado. Si, como en el *Cántico espiritual,* al alma cognoscente y amante se le da el nombre de Esposa y a Dios conocido y amado el de Esposo, la unión de ambos términos se presenta como una "mística boda" cuyo fruto es esa paz y abandono que san Juan de la Cruz expresa en tres versos admirables:

> "Cesó todo, y dejéme,
> dejando mi cuidado
> entre las azucenas olvidado."

Hallándose la inteligencia mística entre las humanas posibilidades de conocimiento, no es extraño que la filosofía moderna se haya interesado algunas veces en esa extraordinaria manera de conocer, bien que para negarla casi siempre, o para clasificarla entre turbios fenómenos psicológicos. Recuerdo que hace algunos años, en uno de sus artículos, cierto filósofo español admirable por otros conceptos, criticaba el conocimiento místico, y refiriéndose a san Juan de la Cruz lo comparaba con un hombre que, después de haber efectuado un viaje, no sabía contar lo que había visto. En primer lugar, bien decía el filósofo al decir que se trata de un viaje: es un viaje espiritual, o mejor dicho una ascensión mística; y san Juan de la Cruz le llama *Subida del Monte Carmelo* en ese libro tan oscuro y a la vez tan pavorosamente claro en el cual se da un itinerario del viaje, con el punto de partida, las etapas que debe cumplir el viajero y la meta final o desposorio místico a que ya me referí en otro párrafo. San Juan de la Cruz, que realizó el viaje y ha contemplado la Verdad, no según el modo indirecto de la razón sino directamente y en su principio, al regresar del viaje no cuenta o describe el objeto de su visión, o mejor dicho, no lo hace en el lenguaje racional que desearía el filósofo sino en extrañas canciones de amor que al filósofo deben parecerle ininteligibles. En realidad, no es que el santo "no quiera" complacer al filósofo, sino que humanamente "no puede", porque el suyo es un conocimiento experimental, intuitivo, directo, y por ende incomunicable. Mal hace el filósofo en exigir que se describa racionalmente lo que suprarracionalmente fue conocido.

Por otra parte, fácil es demostrar que todo conocimiento intuitivo o directo es incomunicable; y el filósofo tiene dos ejemplos a mano: el conocimiento por los sentidos corporales y el conocimiento por la belleza, pues uno y otro son de tipo experimental. Supongamos que yo he tocado un tizón encendido y que deseo comunicar esa impresión a Sócrates, el cual no ha tocado nunca un tizón ardiente. En vano agotaré para ello el caudal de las palabras, los razonamientos y las figuras: no conseguiré mi propósito. Y Sócrates, a fuer de hombre curioso, no tendrá más remedio que hacer la experiencia y poner su mano en el tizón, si quiere saber exactamente lo que yo he sentido al tocarlo. Por eso, y en ese orden, es imposible comunicar a un ciego qué cosa es un color, y a un sordo qué cosa es un sonido. Veamos otro ejemplo, el de la belleza: supongamos que yo he buscado la hermosura de una rosa y deseo comunicar ese "sabor" a Sócrates, que no ha visto nunca dicha flor; tendré que llevarlo delante de la rosa, para que conozca directamente su hermosura, y Sócrates la conocerá sólo cuando haya realizado por sí mismo la experiencia de ver y gustar. Por analogía, nuestro filósofo bien puede admitirle al santo la posibilidad al menos de un conocimiento místico. Y si quiere saber, además, lo que ha experimentado el santo en su viaje, que se lo pregunte. San Juan de la Cruz le dirá, sin duda, lo que yo le dije a Sócrates:

—Haz la experiencia y lo sabrás.

—¿Cómo hacer la experiencia? —insistirá el filósofo.

A lo que responderá el santo:

—Así como la visión corporal requiere un ojo adecuado al objeto que mira, también la visión espiritual requiere un ojo adecuado al suyo, que es Dios en su infinita grandeza. Antes que todo, necesitas preparar el ojo de tu alma.

—¿De qué manera? —preguntará el filósofo.

Y san Juan de la Cruz le responderá con estos versos enigmáticos:

> "En una noche oscura,
> con ansias, en amores inflamada,
> ¡oh, dichosa ventura!,
> salí sin ser notada,
> estando ya mi casa sosegada."

Podría suceder que, decepcionado, el filósofo no viera en la estrofa más que un juego de imágenes poéticas. Y entonces san Juan, en el admirable comentario de su poema, le dirá que la subida del Monte Carmelo, vale decir, el viaje del alma que tiende a unirse con Dios, se hace de noche y puede llamarse noche por tres causas: "La primera, por parte del término de donde el alma sale, porque ha de ir careciendo del gusto de todas las cosas del mundo que poseía, en negación de ellas, lo cual es como noche para todos los apetitos y sentidos del hombre. La segunda, por parte del medio o camino por donde ha de ir el alma, que es la fe, la cual es oscura para el entendimiento, como la noche. La tercera, por parte del término a donde va el alma, que es Dios, el cual, por ser incomprensible e infinitamente excedente, se puede también decir oscura noche para el alma, en esta vida". Son las tres noches por las cuales debió pasar Tobías, antes de unirse con la Esposa; o mejor dicho, son tres tiempos de una misma noche, el primero de los cuales corresponde al anochecer, el segundo a la medianoche y el tercero a la hora nocturna que precede al alba. Y el alba luminosa es el término del viaje, o sea la feliz unión del alma con su Esposo Místico. Por eso dice san Juan de la Cruz:

"En una noche oscura…"

La primera noche se llama "del sentido", y en ella debe perder el hombre el sabor de todas las cosas de este mundo y destruir el apetito que siente por ellas el corazón, así como Tobías quemó el corazón del pez en su primera noche. Luego, en la segunda, tendrá que desnudarse el alma de todos los apetitos espirituales, de todas las cosas del entendimiento, de todos los lastres de la memoria, de todos los movimientos de la voluntad: tendrá que combatirse el alma en todas y cada una de sus potencias, hasta lograr la más completa oscuridad interior. Entonces, desnuda ya de todas las cosas así sensuales como espirituales, el alma sólo se guiará por la fe, que también es oscura para el entendimiento, y esta es la noche segunda en que Tobías fue admitido en la compañía de los santos patriarcas, que son los padres de la fe. San Juan de la Cruz dirá entonces que, "estando ya su casa sosegada", vale decir, habiendo logrado ya esas dos noches del sentido y del entendimiento, el alma sale de viaje:

"Salí sin ser notada,
estando ya mi casa sosegada."

Y sigue la segunda estrofa:

"A oscuras y segura,
por la secreta escala, disfrazada,
¡oh, dichosa ventura!,
a oscuras y en celada,
estando ya mi casa sosegada."

La "escala secreta" que dice san Juan es la "fe viva", el oscuro camino, la noche de la fe, por la cual va el alma comunicándose con Dios muy secretamente. Es la hora del desposorio místico: el alma ve acercarse al Amado, el cual, por ser oscuro para ella en su incomprensible misterio, también se le aparece como una noche, que es la tercera y la más tenebrosa. Dice san Juan que el alma va "disfrazada", es decir, que habiendo perdido su color terrestre se viste ya con las tintas del cielo y con la librea del Amado.

Por estas tres noches debe pasar el alma en su viaje hacia Dios: la primera se refiere a la Vía Purgativa, y logra el sosiego de la casa; la segunda es la Vía Iluminativa, la de la fe que conduce, y dice san Juan refiriéndose a ella:

> "Aquesta me guiaba
> más cierto que la luz del mediodía,
> adonde me esperaba
> Quien yo bien me sabía,
> en parte donde nadie parecía."

La tercera noche corresponde a la Vía Unitiva, y san Juan la describe así:

> "¡Oh, noche que guiaste!
> ¡Oh, noche amable más que el alborada!
> ¡Oh, noche que juntaste
> Amado con Amada,
> Amada en el Amado transformada!"

Porque después de la tercera noche viene la unión del alma con Dios, el término feliz del viaje, la regalada quietud que goza el alma en el eterno mediodía del Amado, y que san Juan describe así en la estrofa última de su canción:

> "Quedéme y olvidéme,
> el rostro recliné sobre el Amado,
> cesó todo, y dejéme,
> dejando mi cuidado
> entre las azucenas olvidado."

Así respondería el santo al filósofo. Y agregaría:

—Mal puedo contar mi visión en tu idioma de filósofo, si para ver lo que vi necesité primero desnudar mi alma de todo aquello que hace tu idioma de filósofo. Si estás llamado y quieres ver lo que vi, haz la experiencia de las tres noches oscuras y del alba resplandeciente. Si no lo estás, calla y respeta los prodigios que obra Dios con la paciencia de sus elegidos.

## HISTORIA DEL *CÁNTICO ESPIRITUAL*

Sabido es que Juan de Yepes (en religión Juan de la Cruz) pertenecía desde el despuntar de su vocación a la orden carmelita, y que a punto estaba de trocarla por la de san Bruno y recluirse en una cartuja, cuando santa Teresa le propuso la reforma de la orden del Carmelo. Muchas páginas llevaría describir la paciencia, el celo y la devoción que uno y otro pusieron en la difícil empresa, hasta lograrla en modo tal que bien pudo decirse que "el Carmelo se cubría de flores"; y muchas más aún el relato de las persecuciones y venganzas que sufrieron ambos de los resentidos o envidiosos. El 4 de diciembre de 1577 san Juan de la Cruz fue preso en un convento de padres calzados de Toledo; su cárcel era una celda cuya estrechez no le permitía moverse y cuya falta de luz negábale hasta el consuelo de la lectura; para colmo, su carcelero (un lego de mal corazón) no cesaba de agobiarlo con insultos y recriminaciones; de modo tal que a vuelta de pocos meses los sufrimientos corporales y morales lo llevaron a tal abatimiento que no sentía fuerzas ni para sustentar su vida; quizás la hubiera dejado extinguir en aquella prisión de Toledo, si no le alentasen de continuo su voluntad de padecer por Dios y su deseo de continuar la obra tan brillantemente iniciada. Es así que en 1578, durante la Octava de la Asunción, san Juan de la Cruz abandonó su cárcel, según dicen algunos por mandato de la Virgen: desde una ventana muy alta se descolgó a la orilla del Tajo, saltó a la calle por un trascorral y se refugió en un convento de monjas de su orden. De aquella prisión traía el santo un cuaderno que había escrito en ella, con los romances sobre el Evangelio *In principio erat verbum*, las coplas que dicen "que bien sé yo la fonte que mana y corre / aunque es de noche", y la mayor parte de lo que sería el *Cántico espiritual*, desde la primera lira que dice "adónde te escondiste" hasta la que dice "oh, ninfas de Judea".

El 9 de octubre del mismo año se le confió a san Juan de la Cruz el gobierno del Calvario, durante la ausencia de fray Pedro de los Ángeles. No lejos estaba el convento de San José de Beas, dirigido por la madre Ana de Jesús, la cual, por consejo de santa Teresa, suplicó al "mártir de Toledo" que viniese a dirigir a sus hijas. Aceptó san Juan de la Cruz, y es al convento de Beas al que confió más tarde su precioso cuaderno manuscrito. Sor Magdalena del Espíritu Santo, una de las monjas, recibió la orden de sacar copias o "traslados" como se les llamaba entonces, y las hermanitas de Beas no tardaron en familiarizarse con las estrofas, bien que sin duda se les escapara buena parte de su oculto sentido. Por fortuna, san Juan de la Cruz iba todas las semanas a Beas, y, ya en el confesionario, ya en la plática, satisfacía no pocos interrogatorios acerca de tal verso, de tal símbolo, de tal figura, con lo cual el santo adelantaba ya su futura exégesis de los poemas.

Nombrado rector del Colegio de San Basilio de Baeza, en 1579, san Juan de la Cruz debió alejarse de Beas sin acabar el comentario de las treinta liras que a la sazón integraban su *Cántico espiritual*. Según parece, fue durante ese rectorado que le agregó las nueve liras finales: primero fueron cuatro (dos puestas en boca de la Esposa y dos en la del Esposo), las cuales parecían terminar el *Cántico* definitivamente. Pero en la cuaresma de 1582, 1583 ó 1584, san Juan de la Cruz, recibiendo la confidencia de una monja distinguida por su extraordinaria vocación, le preguntó en qué pensaba ella durante sus oraciones; y como la monja le respondiera que pensaba en la hermosura de Dios, el santo concibió un júbilo tal que durante algunos días se le oyó hablar de la belleza divina en términos que arrebataban; es entonces que compuso las cinco liras finales del *Cántico espiritual*, las que comienzan así:

"Gocémonos, Amado,
y vámonos a ver en tu hermosura."

Años después la madre Ana de Jesús, tan estrechamente vinculada a la gloria del santo, logró al fin que le escribiera una exégesis del *Cántico*, estrofa por estrofa, así titulada: "Declaración de las canciones que tratan del ejercicio de amor entre el alma y el Esposo, Cristo", título original del *Cántico* y por el cual fue conocido hasta la edición oficial de 1630, hecha en Madrid. Por una inexplicable arbitrariedad, el *Cántico* fue excluido a sabiendas de la edición princeps de la obra del santo, impresa en Alcalá en 1618. Y sólo en 1627, gracias a la iniciativa de la infanta Isabel Clara Eugenia, hija mayor de Felipe Segundo, el *Cántico* fue impreso en Bruselas sobre el manuscrito que la madre Ana de Jesús le había entregado como reliquia.

He preferido para esta edición el texto que eligió para la suya el erudito benedictino Dom Chevallier, por ser esa la primera edición crítica de la obra de san Juan de la Cruz realizada con un rigor científico.

En cuanto a la ortografía y puntuación, he creído conveniente modificarlas levemente, introduciendo las mayúsculas y signos que faltan en aquel texto primitivo, para facilitar su lectura.

# BOECIO: *DE LA CONSOLACIÓN POR LA FILOSOFÍA* *

En el libro primero de su famoso diálogo *De la consolación por la filosofía* cuenta Boecio que, hallándose en prisión y sin más consuelo que el de algunas rimas con que templaba las amarguras de su cárcel, aparecióse le una mujer de venerable rostro y mirada brillante, cuya juventud parecía de las que se hurtan a la devastación del tiempo: su estatura se acortaba o crecía, según el ojo del que la miraba; y aunque vestida muy ricamente, sus vestidos aparecían rotos aquí y allá por las manos de los hombres que a través de siglos habían intentado llegar a su admirable desnudez. Pero antes de decir quién era esa mujer extraña, digamos quién fue Boecio y a qué causa debía sus prisiones.

Descendiente de una vieja y noble familia romana, tocóle a Boecio nacer en el siglo que vio caer el Imperio de Occidente y entronizarse a los primeros caudillos bárbaros. En efecto, ya Odoacro, después de haber derrotado a los ejércitos imperiales que mandaba Orestes y desposeído al emperador Augústulo de su diadema, se había proclamado rey de Italia y ejercía el poder con una benevolencia y ecuanimidad que parecieron asombrosas en un jefe bárbaro. Nacido en la transición de un mundo que perecía a otro mundo que despuntaba, Boecio, a los diez años de edad, abandonó a Roma en compañía del célebre y virtuoso Símaco, que fue su maestro en la niñez, su amigo en la edad viril y su compañero en la muerte: preceptor y alumno se instalaron en Atenas, donde Boecio estudió filosofía y matemáticas, hasta convertirse en una suma viviente de todo el saber antiguo. Refiriéndose a la universalidad de su ciencia, Casiodoro le diría más tarde, en una de

* En Boecio, *De la consolación por la filosofía,* traducción de Esteban Manuel de Villegas, Buenos Aires, Emecé 1944, pp. 7-12.

sus epístolas: "Tú has hecho que los romanos lean en su lengua nativa la música de Pitágoras, la astronomía de Ptolomeo, la aritmética de Nicómaco, la geometría de Euclides, la lógica de Aristóteles, la mecánica de Arquímedes; y todo cuanto acerca de las ciencias y de las artes dejaron escrito muchos griegos, tú lo has ofrecido a Roma en lengua latina, con tal elegancia y propiedad de lenguaje que sus mismos autores, si hubiesen sabido ambas lenguas, habrían hecho singular estimación de tu trabajo". A los veintiocho años de edad Boecio regresó a Roma, donde el jefe ostrogodo Teodorico, después de vencer a Odoacro, se había ceñido la corona real. Teodorico no tardó en conquistar la simpatía de sus súbditos: vistióse él y vistió a sus ostrogodos con el traje romano, conservó la estructura de las viejas instituciones itálicas y hasta favoreció las artes y las letras, él, que apenas sabía escribir su nombre. No es extraño, pues, que Boecio encontrara en Roma un ambiente tan favorable a su ciencia, ni que alcanzara tanto en la estimación de sus conciudadanos y en el favor de su rey. Cuéntase que el soberano de Borgoña pidió a Teodorico le mandara dos relojes, uno de sol y otro de agua, semejantes a los que le habían mostrado en Roma, y que Teodorico encargó a Boecio la difícil tarea de fabricarlos; por otra parte, una carta de San Enodio, refiriéndose a Boecio, lo ensalza como a un orador que ha igualado en elocuencia a los antiguos maestros griegos y latinos. Durante muchos años Boecio paladeó el gusto de la estimación pública y del favor real, manifestado este último en los honores de que le colmó Teodorico al hacerlo cónsul y al elevar después al Consulado a los dos hijos que Boecio había tenido de su esposa Rusticiana, hija de Símaco. El recuerdo de tantos honores y beneficios lo atormentó más tarde en su prisión de Pavia, cuando la rueda de la fortuna, mediante uno de sus caprichosos giros, lo arrojó a las penurias del cautiverio y lo indujo en la corriente de meditaciones admirables que el lector hallará en *De consolatione Philosophiae*.

No se sabe claramente si en la ruptura que se produjo luego entre Teodorico el rey, y Boecio el filósofo, predominó la causa religiosa o la causa política: cierto que Teodorico era arriano y que Beocio profesaba la fe católica; pero el rey astrogodo había manifestado siempre tan benévola tolerancia en materia religiosa, que los católicos no tuvieron jamás ningún motivo de queja; no hay que descartar, sin embargo, que la intriga política se valiera también del factor religioso para consumar la ruina de Boecio. Esta se inició cuando Cipriano, refrendario del reino, llevado por la codicia del poder acusó al senador Alvino de realizar trabajos sediciosos contra el rey Teodorico. Entonces Boecio, arrebatado por su ardiente amor de la justicia, salió en defensa de Alvino, declarando ante el rey: "La acusación de Cipriano es falsa; y si Alvino fuese culpable, lo sería yo también, y lo sería el Senado con quien hemos procedido de acuerdo". En adelante Cipriano movió falsos testimonios, no sólo contra Alvino, sino también contra Boecio, atribuyéndoles unas cartas dirigidas a Justiniano, emperador de Oriente, en las cuales lo incitaban a libertar a Roma. Sin proceso alguno, Alvino y Boecio fueron encarcelados en Pavia; poco después el prefecto de aquella ciudad sentenció a Boecio, y ordenó más tarde que fuera ejecutado; y nuestro filósofo, después de sufrir la tortura de una cuerda que oprimiéndole la frente le desencajaba los ojos, fue ultimado a golpes de bastón. Según Procopio y otros autores de la antigüedad, el viejo Símaco sufrió la misma suerte de su discípulo y yerno. Las crónicas añaden que el rey Teodorico lloró después amargamente el bárbaro fin de aquellos varones ilustres.

Boecio dejó numerosos trabajos científicos y filosóficos, pero ninguno tan célebre como su diálogo *De la consolación por la filosofía*. Escrito durante su cautiverio, se inicia con la aparición de aquella extraordinaria mujer a que me referí antes y en la cual reconoceremos a la propia Filosofía que, adoptando una forma humana, desciende hasta la prisión de Boecio para consolarle: el pobre cautivo la describe lozana y como sin edad, porque la sabiduría está en Dios y Dios está fuera del tiempo; la pinta como de talla cambiante, porque la sabiduría se alarga o se acorta según el alcance del intelecto que la busca; la describe como vistiendo un traje precioso bien que ya hecho jirones, porque la sabiduría está oculta, se nos da fragmentariamente y a muy pocos revela su terrible desnudez. Esa es la mujer simbólica que se le aparece a Boecio y se queda mirándolo entre compasiva e irritada: como en aquel instante nuestro cautivo se consuela con algunos versos, la Filosofía le ordena expulsar a las Musas, que tan poco alivio le dan; y entonces comienza el diálogo entre Boecio y la dama simbólica. Justo es decir que al comienzo nuestro filósofo es un interlocutor amargo: por una parte lo tortura el recuerdo de sus bienes perdidos, honores, riquezas y halagos del merecimiento o de la fortuna; por la otra lo aflige la inconstancia de los amigos que le olvidaron en su desgracia. La reflexión sucede luego a la queja: el diálogo se hace más profundo y gira en torno a la mudanza de las cosas terrenas y a la vanidad de los goces humanos; Dios y el libre albedrío del hombre, la Providencia y la Fatalidad, todos los problemas metafísicos y éticos se tejen en aquel asombroso diálogo mantenido en una cárcel entre la Filosofía y un sabio prisionero del Rey Teodorico. Y a medida que habla o escucha, Boecio va despojándose de sus zozobras, como de un lastre indigno, para subir uno a uno los peldaños de ciencia que la filosofía va mostrándole, hasta dar en el consuelo por el desengaño de los bienes mudables, y en el reposo del alma por la intelección de los bienes eternos y la práctica de las virtudes.

Las conclusiones de Boecio acerca de la conducta humana parecen vincularlo a los estoicos, y sobre todo a Séneca, del cual algunos lo consideran como discípulo: no es extraño, pues, que su famoso diálogo suela figurar entre las obras maestras de la filosofía estoica, entre las máximas de Epicteto o los pensamientos de Marco Aurelio. Sin embargo, la exaltada cuerda de Platón resuena demasiado en su obra, y no se oculta la neoplatónica, la de Proclo, muy especialmente.

El diálogo *De Consolatione Philosophiae*, no obstante su brevedad, logró a través de toda la Edad Media una celebridad que pocas obras han conocido. Más que el calificativo de "célebre" yo le daría el de "fecundo", pues el diálogo de Boecio ejerció la virtud nada común de fecundar casi toda la filosofía, la moral y la teología de los siglos que le sucedieron.

Al incluirlo entre los Clásicos Emecé, lo hacemos en la sabrosa traducción del poeta Esteban Manuel de Villegas, nacido en 1596 y muerto en 1669.

# ALEJANDRO BUSTILLO*

Alejandro Bustillo figura en la primera línea de los artífices que han revolucionado últimamente la arquitectura de nuestras ciudades, villas y poblaciones campestres. Bien sé que no aceptaría él sin objeciones el verbo "revolucionar" aplicado a las cosas del arte; por lo cual, y fiel a las ideas que comparto con Bustillo, me apresuraré a decir que no doy a ese verbo su corriente sentido iconoclasta, sino aquel otro, infinitamente más profundo, mediante el cual entendemos que toda revolución no es en última instancia otra cosa que una *restitución* o una *restauración*. ¿Restitución de qué? ¿Restauración de qué? Voy a intentar una respuesta.

Sabido es que todo arte se funda en ciertos principios necesarios y en ciertas leyes inmutables que lo determinan como tal, que condicionan su esencia y que no deben ser alterados o desconocidos por el artista. Desconocer o alterar esos principios *esenciales* vale tanto como destruir el arte mismo al vulnerarlo en su razón de ser y en sus raíces ontológicas. Podemos afirmar que, según se acate o no esos principios necesarios, el arte de una época estará vivo o muerto. Y bien mirada, ¿qué es la Historia del Arte sino una sucesión de días y de noches artísticos? Ahora bien, cuando por olvidar su esencia tal o cual arte ha conocido un estado nocturno, se inicia de pronto una era revolucionaria cuyo primer movimiento es justicieramente destructor; le sigue una fase constructiva en la cual, deseando restituir al arte lo auténtico y lo vivo que

* En *Alejandro Bustillo,* presentación de Leopoldo Marechal con traducción de María del Pilar Gutiérrez Salinas, Buenos Aires, Ediciones Peuser, 1944, pp. 9-16. Seguido de la versión inglesa de la presentación, pp. 17-24. Se insertan luego treinta 30 reproducciones fotográficas de edificios, en blanco y negro.
Cuadernos dirigidos por Amadeo Dell'Acqua, Colección Destinos.

le faltaba, se formulan cien estéticas aparentemente distintas, que combaten entre sí, que se disputan el mérito de la novedad o la invención y que, en algunos momentos, parecen crear una confusión babélica en el idioma del arte; pero cuando la revolución ha concluido y recoge sus frutos, no es difícil advertir que lo que realmente se ha logrado es devolverle al arte sus principios eternos, su esencia inmutable y su frescura original. Aquella revolución se ha resuelto, al fin, en una simple restitución de valores y en una restauración del arte conforme a la esencia restituida.

La arquitectura no ha escapado ciertamente a la voluntad restauradora que actuó sobre las artes en el primer cuarto del siglo: la aparente dualidad de la arquitectura, manifestada en su doble aspecto de lo *útil* y lo *hermoso,* no tardó en solicitar el análisis de los nuevos estetas. Cierto es que urgía revalorar su esencia pragmática, por lo cual el viejo arte necesita construir la morada del hombre según el cuerpo del hombre; pero no era menos urgente restituirle su esencia espiritual, que le obliga, como arte, a edificar la morada del hombre según el alma del hombre. Una severa crítica de lo que se daba entonces por arquitectura reveló al mismo tiempo dos errores fundamentales: por un lado, lo útil arquitectónico era sacrificado a lo estético; por el otro, lo estético mismo se limitaba, ¡difícil es olvidarlo!, a una fría e inútil retórica de ornamentación.

Previsible fue la reacción de los arquitectos innovadores: la esencia pragmática de la arquitectura, que tan largamente se había olvidado, recobró todo su prestigio y hasta logró que lo estético fuera sacrificado en sus aras por oficiantes llenos de ardor. Estos últimos resolvían al fin, y por eliminación de uno de sus términos, el dualismo de lo bello y lo útil en la arquitectura, sin advertir que con ello le robaban la dignidad del arte para convertirla en una técnica más entre las técnicas; otros, con mayores inquietudes, acabaron por creer que logrado lo útil se lograba al mismo tiempo lo hermoso, como si la belleza, dejando de ser el "esplendor de lo verdadero", según querían los platónicos, se hubiese convertido por arte de magia en el "esplendor de lo útil".

Ha terminado ya la fase revolucionaria del movimiento: la fase crítica, destructora y animadora. Pero subsiste aún el conflicto entre los dos términos de la dualidad, y los artistas dignos de tal nombre lo resuelven hoy a su manera. Sin embargo, y desgraciadamente, no son muchos los arquitectos que, como Alejandro Bustillo, poseen todas las virtudes necesarias al renacimiento de un arte tan difícil: en primer lugar, aquella segura intuición de lo bello, que será su piedra de toque ante lo verdadero y lo falso y que lo hará salir triunfante de todos los equívocos en una edad en que los equívocos abundan; luego, su facultad analítica, rápida y aguda, que controlará, si es necesario, el vuelo de la inspiración, bien que sin alterarlo ni disminuirlo; y al fin, aquella virtud operativa revelada en "la mano que no tiembla", según la quería Dante para el artífice verdadero, y todo ello sostenido y corroborado por una cultura universal que lo hace vivir en la presencia de los grandes maestros y escuchar el sonido de sus voces eternas. Ciertamente, no confundirá Bustillo las esencias de su arte ni los dos términos de la dualidad arquitectónica: lo útil y lo bello; porque su intuición de la hermosura le hace sorprender a menudo lo bello en lo inútil y lo útil en lo no bello, y porque sabe que la delimitación de ambas categorías ha sido trazada ya definitivamente por los maestros antiguos, desde Platón a Santo Tomás. Bustillo nos dirá luego que la dualidad arquitectónica (útil y bello) tiene su origen en la misma dualidad del hombre (cuerpo y alma), y que la arquitectura debe servir al cuerpo según lo útil y al alma según lo bello. ¿Cómo podría lograrlo?

He debatido estas cuestiones con el mismo artista, en su residencia de "Los Plátanos": es aquella un pequeño universo de construcciones armoniosas que se dirían hechas para que "cante la luz". Y la luz canta en las formas previstas y en los colores meditados: en aquel ambiente, donde la materia no es otra cosa que un sostén dado a los números cantores, empiezo yo a sentir algo así como una "disposición musical"; recuerdo entonces que con tales palabras definía Schiller el estado de inspiración artística, y me pregunto, al fin, si la arquitectura, en tanto que arte, no logra su objeto al crear en torno del hombre un ambiente musical y un clima de exaltación. Las palabras de Bustillo (en las cuales el número, la forma y el color no tardan en adquirir ante mis oídos un significado pitagórico) me dan al fin una respuesta; y hablamos entonces del cotejo que hace Paul Valéry entre la escultura y la música, en su admirable diálogo con Eupalinos: verdaderamente, una casa y una sinfonía no sólo se parecen en el hecho de que una y otra son construcciones numéricas, sino también en que ambas son habitables por el hombre. Habitamos una música de modo tal que, sin perder la noción de nosotros mismos, encontramos en ella un territorio de exultación. Que la arquitectura logre un fin semejante, y nos acercaremos a la comprensión de lo que fue un día el arte de Eupalinos, tan viejo como misterioso, y de lo que puede ser aún, si sus antiguas raíces nos dan otra primavera.

Pero la casa ¿el hombre no constituye una unidad aislada, sino que integra o bien el múltiplo arquitectónico de la ciudad o bien el paisaje que la rodea y del cual es un elemento. Y estas circunstancias dan origen a otros problemas no menos interesantes. Porque si la arquitectura tiene un deber de armonía con respecto a la unidad-casa y a los menesteres individuales de un hombre, lo tiene más aún en lo que atañe al múltiplo-ciudad y a los menesteres colectivos de un pueblo, y eso en la medida en que el bien común debe anteponerse al bien de los individuos. (Recuerdo aún la casa que un modernísimo arquitecto belga se construyó en los alrededores de París: había logrado resolver, ciertamente, todos sus problemas funcionales, pero, ¡ay!, la construcción vista de fuera mostraba un aspecto tan monstruoso que se convirtió al fin en la pesadilla del barrio.)

Un deber de armonía interna y externa: tal sería, pues, el que ha de cumplir el arte arquitectónico al edificar la morada del hombre, aquella donde necesita el hombre vivir y trabajar, donde suele deleitarse y sufrir. El arte de Alejandro Bustillo se funda en tan armoniosa estética, y la predica en todas y cada una de sus obras.

# DIÓGENES LAERCIO: *VIDA, OPINIONES Y SENTENCIAS DE LOS FILÓSOFOS MÁS ILUSTRES**

El género de la biografía (si es que podemos dar a esta clase de obras la magnitud de un género literario) ha tenido en los últimos tiempos un extraordinario número de cultores. Ello no quiere decir que se trate de un género moderno; por el contrario, la biografía de personajes ilustres se da con frecuencia en la antigüedad, sin bien animada de un propósito distinto, de una intención diferente, cuyos alcances trataré de señalar ahora. Las biografías contemporáneas tienden a lo artístico, es decir, a tomar los datos de tal o cual vida humana como elementos de una narración interesante; eso ha dado lugar a la aparición de tantas "vidas noveladas" en las cuales el autor, más atento al interés narrativo que a la exactitud de los hechos y a la verdad de los caracteres, parece intentar, en su pintura de hombres históricos, una especie de creación novelesca, sin otra finalidad que la del arte mismo. Los biógrafos antiguos, por el contrario, al escribir la vida de un santo, de un filósofo o de un héroe, se proponían ofrecer a sus lectores algo así como un espejo en qué mirarse; le proponían tal carácter que imitar o tal ejemplo que seguir, inspirados en una intención didascálica que no excluía, ciertamente, las posibilidades del arte. Entre las biografías antiguas pocas hay tan famosas, tan reiteradamente impresas y tan discutidas como las que reunió Diógenes Laercio bajo el título de *Vidas, opiniones y sentencias de los filósofos más ilustres*. Y digo tan discutidas, porque todo en ellas ha sido puesto en tela de juicio, desde la existencia del biógrafo hasta la verdad de los hechos que atribuye a sus personajes; de modo tal que pocos autores antiguos hay que, como Diógenes Laercio, ha-

---

* Diógenes Laercio, *Vidas, opiniones y sentencias de los filósofos más ilustres*, Buenos Aires, Emecé 1945, t. I, pp. 7-11.

yan merecido de la crítica tan encontrados juicios, tantas alabanzas y tantos insultos.

Las primeras dificultades empiezan con su nombre mismo,
pues desde la antigüedad se dudó si el Laercio lo recibía porque su
padre se llamase Laertes, o porque nuestro autor fuera natural de
Laerta, famosa ciudad de Cilicia mencionada por Estrabón. Sobre
este punto los críticos parecieron inclinarse a la segunda hipótesis,
aunque Mr. Fougerolles, antiguo traductor francés de este autor,
haya pretendido hacerlo nacer en Nicea, basado en que Diógenes,
al trazar en su noveno libro la vida de Timón, se refiere a Apolonides Nicense y lo llama paisano suyo, compatriota o algo semejante.
Claro está que los eruditos no podían desdeñar tan sabroso motivo
de polémica como el que les brindaba Mr. Fougerolles; y así se pusieron a discutir sobre si Diógenes quiso llamar a Apolonides paisano suyo, o si quiso llamarle antepasado, familiar u hombre de su linaje. Por otra parte, y admitiendo que Diógenes fuera natural de
Nicea, los eruditos recordaron que en el Asia menor habían existi-
do muchas poblaciones llamadas Nicea, de tal modo que aún quedaba por discernir a cuál de ellas había pertenecido Diógenes, con
lo que la hipótesis de Mr. Fougerolles recibió una réplica al parecer definitiva. Estas discusiones harán que el lector advierta los in-
convenientes y nebulosidades que existen en torno de la vida de
Diógenes Laercio.

La segunda dificultad estribaba en esclarecer la época en que
floreció este autor, la que terminó por fijarse entre la segunda mitad del siglo II y la primera del siglo III. Para ello la crítica se valió
de recursos más ingeniosos, pues advirtió que Diógenes citaba en
su obra a no pocos filósofos del siglo II, tales como Plutarco, Epicteto, Favorino, Sexto Empírico y otros; en cambio, algunos autores
de principios del siglo IV tomaban ya de Diógenes Laercio no pocos materiales. De modo tal que la existencia de nuestro biógrafo
debe situarse entre la de los últimos autores que él cita en su libro
y la de los primeros que lo citan a él.

La única obra que conocemos de Diógenes Laercio es la que
hoy se publica en la colección de Clásicos Emecé, y que en latín se
titula *Vitae et placita clarorum philosophorum decem libris comprehensa.*
También escribió un libro de epigramas, algunos de los cuales aparecen en sus biografías, muestras que ofrecen escaso valor. En
cuanto a las *Vidas, opiniones y sentencias de los filósofos más ilustres,* es
un conjunto de someras biografías dedicadas exclusivamente a los

filósofos griegos y comprendidas en los diez libros de que consta la obra. La sucesión de biografías está lejos de responder al orden en que las escuelas filosóficas se fueron sucediendo armoniosamente; por el contrario, Diógenes trata la vida de los maestros y después la de sus discípulos como si las familias filosóficas le interesaran más que el planteo y desarrollo de los problemas metafísicos. Por otra parte, cada biografía de Diógenes Laercio está constituida por un conjunto de filiaciones minuciosas, anécdotas verdaderas o falsas, epitafios, breves exposiciones de doctrina y hasta fragmentos epistolares que el autor atribuye a sus biografiados, manejando estos materiales con una arbitrariedad que, a pesar de no hallarse exenta de animación y de graciosa vitalidad, le ha valido crueles vituperios de la crítica moderna. En lo que coincide, al parecer, casi toda ella es en señalar la poca versación filosófica de Diógenes Laercio, o el desdén que hacia ella muestra en sus "Vidas", para cuyo trazado parecen preocuparle de modo más inmediato los rasgos existenciales de sus biografiados que el sentido y concatenación de sus doctrinas. Esta opinión, a mi entender, es bastante injusta, ya que nuestro autor, en sus pequeñas biografías, si no ahonda mucho en las doctrinas filosóficas de sus biografiados, suele dar no pocas veces en el acento principal de cada doctrina, cumpliendo así el propósito de mera información que sin duda se propuso al escribir la obra. Por otra parte, su interpretación de algunos filósofos griegos, la de los "físicos" presocráticos, verbigracia, no dista mucho de ser tan simplista y vaga como la de los maestros contemporáneos que todavía insisten en considerar como "físicos" a un Tales, a un Anaximandro o a un Anaxímenes. En cuanto a la secta filosófica a que se inclinó Diógenes Laercio, muchos autores antiguos opinan que fue la epicúrea, basados en el elogio que consagró a Epicuro y a su escuela. Sea lo que fuere, nadie puede negar en Diógenes a un lector entusiasmado que agotó sin duda toda la erudición de su época y la resumió en los diez libros de su *Vidas, opiniones y sentencias de los filósofos más ilustres;* nuestro biógrafo sería, pues, lo que actualmente llamamos "un divulgador".

La estimación que su obra mereció a los antiguos consta en numerosas referencias: el insigne Luis Vives afirma de Diógenes Laercio: *magna est in eo opere rerum cognitio multaque est lege dignissimus;* de su obra dice Gil Menagro: *ingenii humani historia;* José Escalígero lo llama escritor eruditísimo. Y Daniel Morhof dando, a mi juicio, en el exacto valor de Diógenes, dice que *si nos faltara Laercio sería muy poco lo que nos habría llegado de los filósofos antiguos* y que *los que desean conocer sus opiniones no pueden prescindir de Laercio.*

La traducción que ofrecemos a nuestros lectores es la de don José Ortiz y Sanz, escrita a fines del siglo XVIII y dedicada a don Antonio Parlier y Sopranis, marqués de Bajamar.

# MIGUEL ÁNGEL BUSTOS:
## *VISIÓN DE LOS HIJOS DEL MAL*\*

Conocí a Miguel Ángel Bustos el día en que llegó a mi puerta, sin anuncios ni presentaciones, en busca de una comunión espiritual que había presentido él como rigurosamente necesaria. No era un derrotado, sino un agonista de su mundo interior y a la vez del mundo externo que compartimos todos; y esas dos "agonías", cuando se dan en un auténtico poeta, se traducen en una serie de batallas y de contradicciones íntimas que hallan su ineludible manifestación en el verbo apenas el artífice convierte la materia de su dolor en la materia de su arte. Poco después, Bustos me trajo su *Visión de los hijos del mal,* cuya lectura me sugirió el deseo y aun la necesidad de presentar este libro tan hermoso como extraño, a mí, que siempre fui enemigo de las presentaciones ociosas. Dije más de una vez que la poesía se da en una inquietante aproximación de la Verdad; y que el concepto poético, en última instancia, no sería más que una versión analógica del concepto metafísico, dada con el "saber" de lo cognoscible y el "sabor" de lo deleitable (y poseer el sabor de una cosa es poseer la cosa misma). Naturalmente, para conseguirlo, al artífice le basta con hacer resplandecer una "forma" inteligible en una materia sensible, con lo cual da en la Belleza, que, por ser uno de los nombres divinos, es también un "trascendental" o un puente iniciático hacia lo Absoluto. De tal manera el artífice, si lo es de verdad, se convierte en un "pontífice" o un constructor de puentes metafísicos; y normalmente lo hace merced al solo dictado de su vocación y sin tener conciencia de la felicidad y el dramatismo que se maneja en su arte. Pero el drama se hace consciente no bien el artífice "se quema" en el fuego con que trabaja y que al fin de cuentas es su propio fue-

\* Miguel Ángel Bustos, *Visión de los hijos del mal,* Buenos Aires, Sudamericana, 1967, pp. 7-10.

go, y cuando tiene una conciencia real del porqué y el cómo de su propia cremación. Y tal es el caso de Miguel Ángel Bustos. Su inclinación a lo metafísico no se realiza en el modo "conceptual", sino en el modo "experimental", sabroso en sus penurias y penoso en sus iluminaciones. El poeta es habitante de un mundo coloreado, rico en formas que parecerían indestructibles y en aconteceres que parecerían eternos. Y sin embargo, desconfía ya de aquella frágil perennidad, no tarda en descubrir su tramposa ilusión; y detrás de aquellas vistosas fantasmagorías comienza él a vislumbrar el mundo de los principios inmutables, la esfera de lo que no es perecedero ni transita ni se divide ni duele. ¿No es verdad, Miguel Ángel? Entonces la ontología externa que le pareció tan sólida no tarda en reducirse a un lenguaje de correspondencia o símbolos, como lo intuyó Baudelaire. Y el poeta recorrerá en adelante aquel "bosque de símbolos" que le habla en simulacro y en enigma, con lo cual empieza él a trazar de sí mismo la figura de un "místico en estado salvaje", definición que Paul Claudel inventó un día para Arthur Rimbaud. Claro está, el místico y el poeta inician su contemplación en el mismo grado, el de las criaturas, en aquel grado primero que le hace decir a un san Juan de la Cruz:

> *"¡Oh, bosques y espesuras*
> *plantados por la mano del Amado!*
> *¡Oh, prado de verduras,*
> *de flores esmaltado,*
> *decid si por vosotros ha pasado!"*

Y uno y otro hasta pueden coincidir en el segundo, en que nuevas iluminaciones solicitan al contemplador, lo hacen rechazar el bosque de los símbolos y decir con el mismo san Juan de la Cruz en su cántico famoso:

> *"No quieras enviarme*
> *de hoy más ya mensajero*
> *que no sabe decirme lo que quiero."*

En este punto el bosque simbólico se transmuta en un laberinto cuya salida trata de hallar el poeta, cayéndose y levantándose en los corredores, rompiéndose la cabeza del alma contra los muros de aquella ciudad alquímica que Dédalo construyó alguna vez para el Minotauro, un monstruo dual como el hombre. Y esa odisea se parecerá también a un "descenso infernal". Estas nociones que adelanto aquí por vía de introito serán muy útiles al lector de este libro. A Miguel Ángel Bustos he de recordarle lo que ya dije en mi *Laberinto de Amor:*

> *"De todo laberinto*
> *se sale por Arriba."*

# ABELARDO CASTILLO: *TRES DRAMAS*\*

Antes de conocerlo como narrador, lo conocí como autor dramático: *Israfel*, la vida de un poeta. ¿Por qué? No se trataba de un poeta definido como tal en razón del "género literario" que cultivó el agonizante de Baltimore: se trataba de Edgar Allan Poe, cuya existencia se concretó en los términos de una necesaria "agonía" o combate, porque quiso "vivir poéticamente", sólo por eso, porque necesitaba, quiso y logró vivir poéticamente.

En *Israfel*, el mismo protagonista lo dice cuando sostiene que "la poesía es una manera de vivir", sobre todo, y no una mera función de lanzar al mundo criaturas poéticas. Y a mi entender, el secreto de Abelardo Castillo estaría en esa difícil y abnegada vocación existencial.

Hace mucho tiempo, cuando buscaba yo las razones que me inducían a ser un narrador sin dejar de ser un poeta, descubrí una verdad que desde entonces no ha dejado de hablarme. El viejo Aristóteles de la *Poética* tenía razón: todos los géneros literarios son "géneros de la poesía", el lírico, el épico y el dramático. Sigo creyendo que si no hay un poeta en el fondo de un narrador o un dramaturgo, el arte carece de "sabor" duradero. Porque la poesía es la "sal" de la letra o de las letras.

He seguido en el arte de Abelardo las huellas del poeta: están muy hondas en *Israfel*, en sus últimos relatos y en estas piezas dramáticas que presentamos ahora. Y esa "razón de poesía" lo está lanzando, según veo, a una ineludible "razón de arte" rigurosamente complementaria, vale decir al imperativo de restituirle al drama o a la novela su antigua codicia de ser una obra de arte, una criatura signada por la belleza y el *esplendor vivo* de los platónicos".

\* Leído por Leopoldo Marechal en la presentación del libro *Tres dramas* (1967). En Abelardo Castillo, *Teatro completo*, Emecé, 1995, pp. 9-10.

En mi carácter de viejo navegador, le diría yo a Castillo que va siguiendo la ruta verdadera, que por serlo es la más difícil, sobre todo en estos confusos tiempos de la transición humana en que un demonio alegre y destructor parecería querer borrar todas las definiciones.

En los tres dramas que protagonizan este acto de presentación, advierto nuevamente la tendencia de Abelardo Castillo a retomar los grandes temas y las figuras paradigmáticas; y esa predilección es otro tironeo del poeta que hay en él y que lo va guiando por senderos imprevisibles. De las tres piezas dramáticas, dos acuden a la literatura bíblica: *Sobre las piedras de Jericó* y *El otro Judas*.

Tengo la impresión de que Abelardo, más que trabajar con esa materia sagrada, se desdobla y polariza con ella, en una suerte de rebelión militante. Quiere reducirla, en un esfuerzo heroico, a las tres dimensiones convencionales del mundo visible; y sin embargo adivina, mal que le pese, una cuarta dimensión inasible por ahora, que, no obstante, fundamenta y explica en el trasfondo las contradicciones de un drama que a la vez es humano y divino.

Y esa cuarta dimensión metafísica también está en el poeta. Porque el poeta trabaja con la hermosura, y la hermosura es uno de los nombres que tiene la divinidad.

# TEORÍA Y PRÁCTICA DEL MONSTRUO*

La construcción de un monstruo, concebida y realizada por el arte o la ciencia, es un quehacer legítimo de los humanos cuando el monstruo responde a una "necesidad" previa y a una "meditación" consiguiente a dicha necesidad: lo que no se tolera nunca es un monstruo que nace de la casualidad, por una incompetencia del artífice o del científico. ¿Qué necesidades pueden llevar al hombre hasta la construcción de un monstruo? Desde los tiempos más antiguos la metafísica debió acudir a la invención de criaturas monstruosas para simbolizar las "causas" primeras o segundas y sobre todo sus mutuas incidencias en el orbe creado, lo cual requiere una combinación de formas distintas en un solo animal. De tal modo, la Esfinge del tebano Edipo, el Querub del profeta Ezequiel o cualquiera de los monstruos que lanzó la mitología no son al fin sino claves esotéricas o símbolos metafísicos de lectura fácil para el que conoce las leyes de tal idioma.

Sin embargo, hay otros monstruos de creación humana que no responden a esa vieja necesidad metafísica: son los que inventó, inventa e inventará el hombre para manifestar una "extensión posible" de su propia naturaleza, tanto en el bien como en el mal, o una "puesta en acto" de sus virtualidades luminosas u oscuras. La construcción de un robot no expresaría, en última instancia, sino el anhelo que siempre tuvo el hombre de vencer sus conocidas limitaciones en el tiempo, en el espacio, en la fuerza física o en el poderío intelectual. Por ejemplo, un "cerebro electrónico" (que al fin de cuentas no es otra cosa que una útil monstruosidad) realiza el sueño de extender hacia lo indefinido una potencia de cálculo

* Juan Jacobo Bajarlía, *Historias de monstruos*, Buenos Aires, Ediciones de la Flor, 1969, pp. 7-8.

tan limitada como la del hombre. De igual modo, y en la esfera de lo demoníaco, un genio signado por la maldad concentrará en un monstruo de su invención toda la potencia de su furia destructora. Hoy día la ciencia, al admitir como posible la habitabilidad de otros mundos por seres inteligentes, estimula la imaginación de la "fantaciencia" que se ha lanzado a la creación de monstruos en hipótesis que obedecen a dos tendencias anímicas diferentes: si la tendencia es optimista, los monstruos extraterrestres han de ser portadores sublimes de una luz que nos falta y de una paz que no tenemos; si la tendencia es pesimista, serán monstruos crueles y de técnicas avanzadas que aspiran a dominarnos o destruirnos. La misma ley de "necesidad" actúa en todos los casos.

El presente libro de Juan-Jacobo Bajarlía responde al segundo linaje de monstruos que acabo de referir. Al tratarlos, Bajarlía se nos presenta como un "zoólogo" de la monstruosidad en tanto que ciencia: él ha rastreado en la historia de ayer y en la de hoy las huellas plantales de esas criaturas que ha engendrado el hombre como paradigmas de sus ensueños o delirios. Pero Bajarlía, además de un erudito en la materia, es un artífice que ha instalado su Museo con la gracia viviente del arte.

[SILVA DE PROSA VARIA]

# LA NUEVA GENERACIÓN LITERARIA*

1ª 23 años.

2ª No creo que haya una comunidad de orientación entre los escritores de mi época. Hay entre ellos algunos espíritus dignos de atención, pero sus esfuerzos son aislados y de una diversidad desconcertante.

No nos conocemos: falta entre nosotros esa vinculación espiritual de cenáculo, que permite el intercambio de valores y sirve a la juventud de disciplina y estímulo.

3ª Repetidas veces he oído las siguientes preguntas:

¿Es usted discípulo de Fernández Moreno? ¿es ultraísta? ¿o prefiere a Bufano?

Con la ingenuidad propia de mis abriles supongo que se trata de escuelas distintas y, en tren de confidencias, consigno mis impresiones:

a) Me gusta el Fernández Moreno de ayer, pero sus últimos libros me resultan catálogos rimados de ferretería.

b) Voy a valerme de una figura para definir el ultraísmo: un pavo real disecado que deja ver hasta el alambre que le sostiene la cola.

c) Alguien decía de Bufano cuando publicaba otro libro: "El poeta ha vuelto a sacar su colchón a la ventana".

4ª, 5ª y 6ª Mis poetas preferidos son: Capdevila, Banchs, Obligado y Alfonsina Storni. Mis prosistas predilectos: Lugones, el mago de *Prometeo;* Rojas, el indiano; el licenciado Gerchunoff, de bello estilo, y Gache el sutil.

* Respuesta de L.M. a una encuesta sobre dicho tema realizada por la revista *Nosotros,* Buenos Aires. El texto de L.M. en a. XVII, t. 44, nº 170, julio de 1923, pp. 410-411.

Novelistas: Cancela, Lynch, Quiroga, Gálvez y Leumann, desde su última obra.

7ª Tengo fe en un Méndez Calzada más selecto y disciplinado. Dicen que Luis L. Franco trabaja activamente. A los demás no los conozco por las razones expuestas ya.

Y ahora, aunque está fuera del cuestionario una humilde profesión de fe artística: Creo que la belleza es "una armonía *viviente*". Espontánea, sencilla y eterna como la vida misma, no se amolda al prosaísmo de unos ni a la retorcida armadura de otros.

Hay belleza en un surtidor agreste, pero no en un grifo chorreando sobre un orinal.

# BREVE ENSAYO SOBRE EL ÓMNIBUS*

El ómnibus es el *vermouth* de la muerte; es una coctelera, de cuyo zarandeo nace un copetín democrático.

Cajita de sorpresas, no se sabe si el asombro vendrá de los cristales epilépticos, de] escape insecticida o de los muelles traidores que ocultan su tirabuzón debajo del asiento.

El *chauffeur* es un Caronte con camiseta de punto, y, en verdad, nos sentimos infernales y ridículos, como si estuviéramos alineados en una exposición de caricaturas.

El ómnibus es la tragedia con patente municipal: cuando, no consigue matar a nadie, atropella al silencio de las callejuelas ante la expectativa de los adoquines.

Todos los guardas creen que el ómnibus ha sido inventado para que ellos escupan desde la plataforma.

El ómnibus ha revolucionado las matemáticas, demostrando que "puede ser mayor el contenido que el continente".

Dante hubiera creado el círculo del ómnibus para castigar el pecado de trabajar.[1]

Las ventanillas del ómnibus son muy caprichosas: no acaban nunca de elegir el paisaje.

Hay una vieja hostilidad de los adoquines hacia las llantas de goma; cuando estalla, se produce una carambola entre los adoquines, las ruedas y el equilibrio de los pasajeros.

En el ómnibus todas las mujeres púdicas se arreglan las faldas para mostrar las piernas.

El ómnibus aborrece la raya del pantalón y los botines lustrados.

---

* En *Martín Fierro*, Buenos Aires, a. II, nº 20, 5 de agosto de 1925.
1 Trabajar: verbo impracticable de la primera conjugación.

PEQUEÑAS SATISFACCIONES DEL ÓMNIBUS:

a) cuando se descompone media cuadra antes de nuestro destino; b) cuando, poseedores de un asiento horrible, se lo cedemos a la conocida que acaba de subir; c) cuando arranca antes de que suba el señor gordo; d) cuando dicho señor gordo inicia una inútil y ridícula persecución; e) cuando la vecina del pasillo se rompe la gravedad.

Sin embargo, debemos al ómnibus el sentido moderno de la aventura: 1) porque, iniciado el viaje, no sabemos cómo ni dónde terminará; 2) porque nos decoran vagos presentimientos de catástrofes; 3) porque nos ofrece la ocasión de figurar en las crónicas de policía, dulce anhelo que todos hemos acariciado alguna vez.

El ómnibus ha creado el heroísmo de hoy. Junto a sus episodios, los cantos de Homero resultan vulgares recetas de cocina.

¡Glorifiquemos al ómnibus! ¡Aquí, poetas; aquí concejales del municipio!

Hay que levantarle un monumento a esa olla del cosmopolitismo nacional: el marmolero Zonza Briano podría encargarse de la obra.

# CRÓNICA SOCIAL
## "CABALLITO DANCING CLUB"*

Los espejos copian servilmente a la naturaleza, como diría Blake, el de los toscanos poeticidas. Todas las viejas tienen alma de paraguas: buscan los rincones del salón; y en el pergamino de sus rostros firma diplomas la suficiencia.

Las vampiresas locales reparten chocolatines de sonrisas a los tenderos, que revisten una gravedad de Guía Telefónica. Hay reverencias de Manual de Sociedad, realizadas en cuatro tiempos.

De pronto, el saxofón aprieta el gatillo de un shimmy, y tres galanes se disparan contra la rubia de enfrente: el primero da en el blanco.

Se incrustan las parejas. Un bailarín cuelga suspiros en la clavícula derecha de su compañera; las miradas se suicidan arrojándose a los escotes; y en el teclado de las vértebras dorsales se toca otro shimmy silencioso que no oyen las mamás.

En un rincón está inactiva la jamona infaltable; los suspiros resbalan por el tobogán de su nariz y sus miradas se pierden en el bolsillo roto de la indiferencia.

El único frac del salón tiene un alma de naftalina; un decoro de alquiler se columpia en sus faldones, mientras es fusilado por los trescientos pistoletazos de las miradas.

El shimmy expira ahorcado en el trombón: la rubia suelta un papagayo de risa que picotea los cristales.

Un galán asomado a sus anteojos, suda una frase sentimental; ella le escucha, con la mano apoyada en la ausencia de sus senos. Mañana escribirá una confidencia a "El eco de Caballito" y firmará: Gloria Swanson.

Ahora un tango abre su cortaplumas de cinco hojas; se des-

* En *Martín Fierro*, Buenos Aires, a. II, nº 22, 10 de septiembre de 1925.

nudan los cortes, como pequeñas dagas de vanidad. Una tragedia sin estampilla recorre el salón y los que bailan cruzan miradas torvas de cuadro filodramático.

Al ritmo lento, las caderas dibujan negativas en el aire; y los botones del frac lloran lágrimas de silencio por Milonguita, que en el tango hace una muerte sainetesca.

El aburrimiento trata de sonreír decorosamente. Arrancaríamos del reloj las tres horas que faltan: dan ganas de hacer algo inaudito, como escupir en el piano o bailar con la jamona.

Pero la tierra, en su girar de pollo que se asa al sol, trae un plumero de amanecer que sacude los cristales.

Y los ciento cincuenta fantoches se van a sus cajas de madera, ante el bostezo matutino de los balcones.

# UN CUADRO RECHAZADO*

Una comisión de viejos espantadizos ha rechazado esta obra de Raquel Forner, en el último certamen anual de artes plásticas. La han acusado de agresiva e iconoclasta; y uno se pregunta, con qué derecho juzgan esos señores la obra de una generación que tiene sensibilidad distinta y una verdad mejor, porque es más nueva.

La Comisión Nacional, formada en su mayoría por hombres definitivamente extinguidos para el arte, nos hace el efecto de esos ancianos imprudentes, que en los salones ni bailan ni dejan bailar.

Se rechazan obras porque al señor Cupertino del Campo "no le gustan" (sic); se visten con frases doctorales y se escandalizan, cuando por ejemplo, Raquel Forner, casi una niña, les ofende con su lujo de tener ojos nuevos e interpretar la verdad del mundo según la percibe y la siente.

Todo el mundo sabe ya de qué manera procede esta comisión: se rechaza o se admite los trabajos en sesiones misteriosas; nadie sabe por qué razón y por cuáles votos ha sido eliminada una obra del concurso. El discernimiento de los premios obedece a un riguroso escalafón; de modo que Grigoriev, si apareciera entre nosotros, necesitaría exponer durante cuatro años para conquistar una tercera medalla.

No intentamos combatir a esas herrumbrosas figuras del pasado: ellas tienen un cierto valor histórico en el desenvolvimiento del arte nacional. Queremos invitarles a un prudente retiro, ya que los jóvenes necesitan y deben regir por sí mismos las instituciones del ramo.

* En *Martín Fierro*, Buenos Aires, a. II, n⁰ 24, 17 de octubre de 1925.

# RETRUQUE A LEOPOLDO LUGONES*

Mi venerable maestro y tocayo Leopoldo Lugones publicó en *La Nación*, según nadie ignora, un artículo sobre H. Rega Molina, pretexto inocente de una disertación alrededor de la rima y la métrica.

Los que profesamos el versilibrismo creemos agotado en nuestro favor el ya enojoso tema; rezongos de abuelo contra motivos más o menos hipotéticos, nos resultan las palabras, un tanto candorosas del venerable maestro y tocayo. Mas, he ahí que, para no pasar por zonzo, como dice el paisano, me aventuro a resumir algunas ideas sobre tan manido asunto, exceso inusitado en mí, del cual me avergüenzo honradamente.

Ante todo diré que no soy un lugonófobo: admiro la vida y obra del maestro como se admira un espectáculo; no me asustan sus convicciones de último tren y hasta me divierte la indignación que provocan entre los paniaguados de la sociología. Ya en trance de generosidad, estaría por admitir que Vasconcellos es un loro acatarrado; pero nuestro tema es otro y en ése no coincidimos, caro viejo.

Empecemos por confesar que la música del verso es pobre como música; la más trillada melodía le supera en valor musical, y esta humillación es la que sufre todo arte cuando trata de investirse con atributos que no le son propios.

El uso de la rima no se originó, seguramente, en el deseo pueril de musicalizar palabras. En una edad en que los hombres no poseían recursos gráficos, debieron alargar la vida de sus ideas por la transmisión oral, forma rudimentaria y expuesta a todo género de aventuras. Como era necesario confiar en la memoria de

---

* En *Martín Fierro*, Buenos Aires, a. II, nº 26, 29 de noviembre de 1925.

los transmisores, amoldaron los textos en formas ajustadas y de fácil recordación. Así nació la métrica y la rima.

Casi todas las leyes, teogonías y libros sagrados de la antigüedad, revisten formas métricas en sus originales: el verso era una percha terminada en el gancho de la rima, que se colgaba en el ropero de la memoria.

Además, la pobreza de los idiomas, compuestos de vocablos asonantes y consonantes en su mayoría, facilitó el trabajo de musicalización. Casi todos los niños riman jugando, en la edad en que poseen las palabras elementales de su lengua; los negros de África riman hasta en sus conversaciones; Ibsen nos presenta a sus héroes improvisando brindis y oraciones en verso. Si esto no bastara, recordemos los aforismos populares, rimados en su totalidad.

En resumen: La métrica y la rima nacieron: 1º en la necesidad de estimular la memoria; 2º en la pobreza del lenguaje. La rima y el metro son recursos bárbaros que ya no interesan ni como deporte.

Ahora estudiaré estos dos juguetes musicales desde un punto de vista más moderno.

El divino Anatole, que entre otras virtudes profesaba la de equivocarse con frecuencia, dice que la rima es una campanilla atractora de la metáfora. Yo modificaría el precepto, afirmando que lo que atrae no es la metáfora sino el ripio. La rima es una ratonera del ripio: toda metáfora accidental caída en el lazo es un ripio.

El poeta debe expresar lo que desea exactamente y en su totalidad: todos los elementos que no entraron en su previsión son ripio y nada más que ripio.

Riámonos un poco de esa providencia que se llama inspiración o magia de versificar, a la que se refiere mi buen maestro y tocayo. No creo que Lugones, en su escritorio, aguarde, como los sapos, a que las moscas divinas zumben en torno de su pluma.

La rima es un opio barato que se administra al lector, para adormecerle ante el contenido esencial del poema. La mayoría de los poemas rimados hacen el efecto de esas bandas municipales, cuyo exceso de bombo y platillo sofoca lo más precioso de la obra, su estructura íntima, su carne, su pulso vital.

Un marco grosero y llamativo, atrae la mirada del observador, en perjuicio de ese poco de vida que ríe entre sus cuatro maderas.

Un buen versificador puede disimular su falta de genio, forjando catorce versos que arrullen el oído ya que no el alma. Hay una especie de cuento del tío que el versificador hace al lector.

El versilibrista debe interesar a base de talento y de poesía pura; la vacuidad de un verso libre resalta sin atenuación ni engaño.

Para interesar con el verso libre hay que ser gran poeta; la generalización de esta forma traerá una disminución cuantitativa de escritores, aparejada con una riqueza cualitativa.

El gran poeta versificador, en busca de equilibrios musicales, introduce, a pesar suyo, elementos ajenos a su obra. Hugo versilibrista hubiera escrito la centésima parte de sus versos y con mayor resultado.

El verso libre permite y exige la síntesis: con cada uno de nuestros renglones podemos hacer un soneto si se nos antoja.

La métrica fue el pantalón corto de la poesía: ahora la poesía es adulta.

El árbol extiende sus ramas desiguales; y no por eso deja de ser "el poema árbol".

Un bosque no se línea en estrofas: el hombre, deseoso de andar entre árboles, inventó la alameda en lugar de robustecer sus piernas.

Yo no concibo a un dios contando con los dedos para forjar el poema del mundo.

Admito que todo poeta debiera versificar, en sus comienzos, así como el niño hace palotes antes de iniciarse en la escritura; sería una disciplina útil, aconsejadora de prudencia en el uso de la frase. Lo demás no: la poesía debe buscarse en la evocadora afinidad de las palabras, ya que no podemos prescindir de esa limitación.

El hombre está cansado de métrica; y observa con asombro que las poesías de Verlaine son más hermosas traducidas libremente al castellano.

Confieso que debo mis más grandes emociones de lector a Nietzsche, Whitman, Saint John Perse, o Andreief. Juntando todos los versos de Lugones no se encontrará tanta riqueza poética como en algunas páginas de su *Prometeo* o de su *Sarmiento*.

Abandonemos los gastados artificios. La poesía no es juego de sociedad ni un *sport* de niñas lánguidas.

La poesía fue voz e intuición de grandes verdades, quiere volver por su antigua magia y videncia. No está envejecida ni chochea como dice Gasset: ella se nutre de lo maravilloso, y nunca estuvo el hombre, como ahora, tan cerca de la maravilla.

Eso tenía que decir, y lo digo en prosa deshilachada y un tanto pedante.

Alzamos una voz nueva y abusamos de ella, quizá, como el niño glorioso de poseer un nuevo tambor. Pero, con todo, el silencio está agradecido: el silencio envejece en la trillada música del hombre; y se hace infantil, otra vez, en cada palabra niña y en toda voz que despunta.

# FILÍPICA A LUGONES
# Y A OTRAS ESPECIES DE ANTEAYER*

No hace mucho tiempo escribí un retruque a Lugones, con motivo de cierta modernofobia disimulada en sus elogios a escritores prudentes. Lo hice a la buena sombra de mi sinceridad; y si mis palabras tenían la frente alta de los justos, fue amigable su tono, porque entonces creía en la nobleza de cierta gente.

Lugones pareció contestarme en un artículo sobre la rima; lejos de contradecir las razones que apuntaban mi retruque, el maestro nos dio una conferencia sobre versificación latina, esa misma que leímos en un texto de dos pesos cuando cursábamos el tercer año nacional. Declinaba la lección en una frase de Molière, que por su mucho uso hubiera desdeñado el más insignificante pedagogo.

Ahora el maestro insiste en su furor musicante; golpea la moneda de su verdad como si sospechase que es falsa. Amigo mío, no se grita tanto cuando se está seguro de una cosa. Y es ya el momento de preguntar: ¿con qué derecho juzga de poesía un hombre que carece de sensibilidad poética?

Lugones es un frío arquitecto de la palabra; construye albergues inhabitables para la emoción y sus versos tienen el olor malsano de las casas vacías. Él ha dicho alguna vez que "la rima es el descanso de la poesía"; yo agrego que no sólo es el descanso sino el sueño y que en sus consonantes la poesía se ha dormido para siempre.

COROLARIO

Podemos imitar a Laforgue y cazar furtivamente en sus dominios; pero hay algo inimitable en la obra de un gran poeta: el tono.

* En *Martín Fierro*, Buenos Aires, a. III, nº 32, 4 de agosto de 1926.

El tono es la temperatura que un verdadero artista da a su palabra.

Lugones nos ha negado porque preferimos hablar con nuestra voz. Todo maestro sabe que los mejores discípulos son aquellos que se desligan de su tutela: a Lugones le faltó aprender una cosa tan sencilla para ser maestro.

Nosotros decimos:

La poesía no es una enfermedad de buen gusto, ni un sonajero para que se divierta Lugones, ni el cojín donde languidecen esos rimadores de sexo ambiguo, ni una condecoración a la fealdad irremediable de nuestras poetisas.

Ser poeta significa cosecharse íntegro como personalidad.

El mundo se hace nuevo en cada hombre que mira.

Todo creador es una edición distinta del mundo.

La belleza no es una entidad absoluta ni definitiva: se transforma en cada cambio de la sensibilidad humana.

Sensibilidad es la relación que existe entre el ser y el ambiente que le rodea. El ambiente se modifica en razón del tiempo y la experiencia: todo cambio de ambiente determina reacciones distintas en el ser y renuevan su sensibilidad.

Nuestro ambiente es distinto al de hace treinta años: por eso es distinta nuestra sensibilidad.

Esta re-creación de la vida que se insinúa en nosotros es nuestra verdad irrefutable; cada siglo tiene la suya y amamos la verdad de cada siglo; si preferimos la nuestra es porque nació de nosotros, y porque tiene la estatura de todas las verdades.

Cada estética es una singladura en el tiempo; nosotros apuntamos la nuestra. Husmeadores de signos nuevos y de hondos matices, tratamos de dibujar la fisonomía de nuestro siglo, que es hermoso y ágil porque se nutrió con el azúcar de muchas épocas.

Tal es nuestro propósito y en él persistimos.

Esos artistas de ayer estaban muy ocupados y no tenían tiempo de buscar su verdad: "la poesía es una cosa que se hace entre un artículo de periódico y una cátedra de literatura; la receta es fácil, se toman cuatro lugares comunes, se expresan en cuatro versos comunes que terminen en cuatro rimas comunes. Ya está. Hablemos ahora de física, de sociología o del Gran Turco".

Y así se forma una Literatura Argentina: imitadores de Samain que es un poeta de cuarto orden en Francia; plagiarios de Laforgue, caricaturas de Francis Jammes; novelistas que han sido comparados con Ohnet por hombres de su generación; eruditos cuya Historia de la Literatura termina en Zola; estilistas que ni se saludan con la concordancia entre sujeto y verbo. Todos viven en el mejor de los mundos:

—¿Ha visto usted qué país encantador?

—Sí, siempre que no llueva…

Pero un buen día salen los muchachos de "la nueva generación": no escriben en grandes rotativos, no dictan cátedras, leen libros sospechosos, dicen cosas incomprensibles y pelan el mundo como una fruta. Desdeñan los éxitos fáciles y la renta que produce la mediocridad.

El ocio es cuna de los vicios: ¡los "tunantes" van a armar una revolución!

Alpargata en mano, vigila la Retórica; los genios oficiales lustran sus chapas de *sheriff*. Pero he ahí que los chicos hablan; su voz es terrible y convincente; escriben en renglones largos y… ¡SIN RIMA! ¡Socorro! ¡Al ladrón! ¿Qué hace la policía?

Desmayos pasatistas, gritos, etcétera; pero no nos alarmemos, Lugones da en el quid: "¡los poetas neosensibles no saben versificar!".

Pues bien, yo desafío a Lugones y a cualquier versificador, en todo Metro y forma conocidos; se adhieren a este desafío todos los versilibristas de MARTÍN FIERRO.

Nuestra iniciación fue conciliadora y serena; nos repugnaba la actitud iconoclasta y a nadie disputábamos su grano de eternidad y si realmente era suyo. Sólo pedíamos la atención desinteresada y el respeto que todo hombre debe a la obra de un hombre.

Ahora que se nos niega y se nos rechaza, acusaremos públicamente a esa generación egoísta que impide a otra la realización de su destino. Atacaremos los nombres que merezcan ser pronunciados por nosotros; los demás (esas tres o cuatro sombras infecundas que hay detrás de todo periódico) no nos interesan.

# SALUDO A MARINETTI*

*Non e vero che l'é morto Marinetti, Pun!*
*Marinetti, Pun!*
*Marinetti, Pun!*
Así debería modificarse la canción sabática de los horteras
—ruidosos *parvenus* de la noche— que en la madrugada de los
domingos musicalizan los ómnibus, ebrios de café y de Orquesta
de Señoritas.

Marinetti sobrevive a su medio siglo de boxeo. Está en América, regalando tal vez un sobrante de sus acreditadas pastillas de
asombro. Es un Mesías con chaleco de futuro; y ante la indignación de los hombres acarició muchas veces la nutrida barba de su
desvergüenza genial.

No recordaré su obra ni a sus prosélitos: Marinetti pudo evitar la obra escrita, inútil apéndice de su labor dinámica. Una lectura de la antología futurista pone en evidencia el trabajado son-
deo de hombres entusiastas, pero con mortales caídas al ayer, al
anteayer y al siempre de la vulgaridad.

Yo busco a Marinetti en los escenarios, cuando comprobaba
la producción hortícola de su país, especie de brujo que trocó la
admiración en aplauso y el escepticismo en legumbres.

Elogio su puntería contra los viejos faroles, su violencia de Gi-
rolamo Pagliano, su cirugía brutal, encarnizándose en Italia que
sufría el mal de Carducci y la apendicitis dannunziana.

Hay una época del arte en que las rutas parecen definitivamente agotadas. Las ideas y los procedimientos llegan a ese estado
de madurez, vecino a la putrefacción, que hace inminente la caída de una sensibilidad.

* En *Martín Fierro*, Buenos Aires, nº 29, 8 de junio de 1926, p. 210.

El artista siente gravitar el cansancio de los viejos recursos; un hastío desolador se apodera de él frente al cadáver de las cosas irremediablemente concluidas.

Todo lo matinal, todo lo imprevisto y ágil de su ser busca una expresión distinta, que lo revele en su fuerza total y en la gracia-libre de sus movimientos.

Entonces el creador se sitúa en lo alto, como una veleta, dócil a todos los vientos de la posibilidad. Su pie entusiasmado inaugura caminos al azar; todos los días amanece a la vera de su esperanza; se hace baqueano en la topografía de la duda y sabe reconstruirse, maravilloso arquitecto.

Esgrime su fanatismo como una daga: es incendiario, dinamitero y boxeador. Tiene el orgullo del hombre que posee un rincón inédito de mundo y traza el sigilo de los que nunca llegan porque en la tempranidad de su día se adelantó a la noche necesaria.

Esta es la gloria de Marinetti. Arreció como un viento sobre el árbol de las frutas pesadas; desbrozó las tierras e hizo entregadiza la facilidad de un camino, para que los de mañana puedan remontar sus ojos cuando anden. Es la faz negativa de todo renacimiento y una negación anuncia la vecindad de grandes afirmaciones.

Nada quedará de su obra: Marinetti es el gesto, la soberbia actitud, el cartel gritón fijo en una esquina del tiempo. Arrancó a la vida ese cinturón de castidad que una retórica en menopausia le había fijado; gracias a él puede revelarse una vez más la desnudez de Eva.

Yo saludo en Marinetti a todos los hombres libres, a todos los que se atrevieron a decir: que la belleza no es una divinidad estática sino en movimiento, que adopta la anchura de nuestro paso y se hace perfecta con nuestra misma perfección.

# NICOLÁS OLIVARI*

Si por obra lírica se entiende la fiel expresión de un temperamento, ninguna tan sincera como la de este muchacho, ni más
honrada, ya que traduce sin artificios la modalidad espiritual de
un hombre.

Olivari es como su libro, como lo mejor de su libro; desordenada, y variable como él, su sensibilidad se nutre de contrastes:
sorprende los más delicados matices del espíritu y cuando su poema va a remontarse en el claro cielo de la emoción, cae de pronto
en la burla y suele terminar en blasfemia, desconcertando así a
más de un lector asustadizo.

Olivari es un sentimental, pese a su humorismo doloroso y a
la cínica indolencia de que hace alarde algunas veces. La misma
elección de asuntos revela su emotividad sencilla prodigándose a
los seres y cosas, que ama y comprende; toma sus tipos en el escenario familiar; traza el esquema deo sus vidas con rasgo enérgico;
uno al tono sentimental una hebra de ese humorismo suyo, casi
hermano de la tristeza; mas, arrepentido, y como si se avergonza-
ra de su emoción, arroja sobre el cuadro las más diversas tintas, no
siempre adecuadas ni de buen gusto.

Yo diría que ese gesto es una modalidad porteña, casi invariable. En ninguna, ciudad es burlado como en la nuestra todo lo que
signifique una expansión del alma: tenemos el pudor de nuestro
sentimiento y lo disimulamos con un escepticismo de buen gusto
que nos aísla y defiende.

En el libro de Olivari resaltan dos elementos que prometen
mucho: el tono sentimental y el humorismo. El tono sentimental,
espontáneo y fácil, nace directamente de la emoción y el humoris-

* En *Martín Fierro*, Buenos Aires, a. III, nº 32, 4 de agosto de 1926.

mo, de buen cuño, se confunde a veces con la sal gruesa del habla criolla. El autor junta estos elementos y realiza una combinación cuya receta muchos han buscado inútilmente; a mi juicio, esta combinación constituye el rasgo personal de Olivari.

Yo también diré que su obra es desigual e improvisada; le aconsejaré un severo contralor de sí mismo y una sana prudencia en el uso de los vocablos; pero no lo haré como cierto señor que debe ser diputado, ya que tantos lugares comunes frecuenta, y que, no bastándole una, necesitó dos equis para esconderse en la revista *Nosotros*.

"La aventura de la pantalla" y "En ómnibus de doble piso" nos dicen todo lo que se puede esperar de Olivari si utiliza con mesura los ricos elementos de que dispone.

L. M.

# EL GAUCHO
# Y LA NUEVA LITERATURA RIOPLATENSE*

Las letras rioplatenses, tras un discutible propósito de nacionalismo literario, están a punto de adquirir dos enfermedades específicas: el gaucho y el arrabal. Nada habría de objetable en ello si se tratara del campesino actual, que monta un potro y maneja un Ford con la misma indiferencia; pero se refieren a ese gaucho estatuable, exaltado por una mala literatura; a ese superhombre de cartón que, abandonando su pobre leyenda, quiere hoy erigirse en arquetipo nuestro.

En las naciones extranjeras —poseedoras de una tradición secular y rica en episodios y tipos— el arte nuevo trata de olvidar el pasado y aspira, según el consejo de Herodoto, al recomienzo de todas las cosas. Se ha renovado esa atmósfera de museo que pesaba sobre la literatura; se desprecia las imágenes deshilachadas, los temas herrumbosos y ese lamentable color de años.

Todo hombre es ya un recomienzo. Expresión y hasta limitación de su época, todo hombre es el reloj único destinado a marcar una hora única del tiempo. De ahí que el artista moderno trate de arraigar en la vida contemporánea sus cinco sentidos libres de prejuicios. Arrinconando viejas decoraciones, busca en sí los elementos fundamentales de su ser y cuenta las aventuras de su espíritu, frente a las cosas que siguen una vida paralela a la suya.

La tendencia del gusto europeo hacia lo exótico no es un capricho más, sino la esperanza de un arte exhausto frente al de los pueblos que están viviendo su mañana, y donde cada hombre, según Delteil, es una fuente de imágenes verdes.

Por eso resulta doloroso que en América, donde todas las cosas están en su primer peldaño, nos aferremos a una tradición que no se anima a serlo todavía y nos pongamos a llorar la desapari-

* En *Martín Fierro*, Buenos Aires, nº 34, 5 de octubre de 1926.

ción de un pseudo-arquetipo o a gemir poemas de ropavejero sobre ponchos, chiripás y otros cachivaches en desuso.

Yo creo que, desde hace años, nuestra tierra viene creando un tipo genuino cuya realización será obra del tiempo. Las condiciones de vida; la lucha contra los elementos que acrisola el valor y fundamenta grandes aptitudes; el paisaje sobrio, donde todas las cosas desnudan un gesto trascendental, propicio a la abstracción y a las vías del espíritu; la sensación de abiertas distancias que son la tentación del viaje; la anchura de horizontes que seduce y agobia; la intimidad con la vida y con la muerte; todo eso va imprimiendo su carácter en un proyecto de raza que se logra poco a poco y que, tal es nuestra esperanza, ha de ser la conciencia de un país y de una edad.

Las alternativas de esta larga evolución; los principios éticos nacientes; el ideal de justicia y el gesto conmovedor del hombre que se sabe destino, son temas capaces de crear un arte prodigioso.

En este sentido, el *Don Segundo Sombra* de Güiraldes me parece la obra más honrada que se haya escrito hasta ahora sobre el asunto. El autor destierra ese tipo de gaucho inepto, sanguinario y vicioso que ha loado una mala literatura popular; y ese otro que casi es un semidiós de bambalinas. Sus personajes no son más que hombres ni menos que hombres: cumplen un destino de azar y de lucha con la sencillez que da un valor nunca regateado.

Nuestra incipiente literatura debe arraigar en el hoy, en esta pura mañana que vivimos. Poseemos junto a nosotros y en nosotros las fuentes vitales a cuyo retorno aspiran hoy las artes fatigadas. Aferrarse a un ayer mezquino como el nuestro es revelación de pobreza y de poca fe en nosotros mismos.

En nuestro país, afortunadamente, el mal no pasa de síntoma; pero el detestable ejemplo de muchos artistas uruguayos nos deja medir el alcance de tal error. Desde que Silva Valdés, con un fibra poética indiscutible, explotó el fácil prestigio sentimental de viejos útiles y viejos paisajes, ha brotado en la otra orilla un matorral de escritores que están llevando las cosas a un extremo casi ridículo.

Olvidemos al gaucho. En el umbral de los días nuevos crece otra leyenda más grande y más digna de nuestro verso, puesto que está en nosotros y se alimenta con nuestros años.

# FIORAVANTI Y LA ESCULTURA PURA*

La exposición de esculturas que José Fioravantl realizará en breve, da oportunidad a estas consideraciones, brotadas al calor de pláticas fervientes con el artista, en París.

El *concepto puro* de un arte se halla en determinados momentos históricos, casi siempre en los comienzos de una época o de una civilización. Una obra está realizada según el *concepto puro* del arte a que pertenece, si llena las necesidades que *originaron* dicho arte y se ciñe estrictamente a sus atributos.

Cuando se pierde este *sentido de origen,* cuando se le complica con elementos *ajenos a su esencia,* el arte decae, se hace confuso, desaparece hasta que otra edad le devuelva su *sentido auténtico* y su *pureza inicial.*

Encontramos escultura pura en el arte de los asirios y egipcios; en el arcaico griego de Delfos y Olimpia; en el románico de las catedrales; en el primitivo chino, indochino y japonés; en el arte oceánico y negro. Praxiteles y Miguel Ángel son ya dos decadentes en sus respectivas épocas, sin dejar de ser por ello grandes artistas; jamás nos comunicarán esa pura emoción plástica que nos transmiten un bajorrelieve de Delfos, el Pitágoras de Chartreis o el David de Santiago de Compostela.

Procurará determinar ahora la raíz y esencia de la escultura considerando: 1º su origen, 2º su relación con la arquitectura, 3º los caracteres que le imprimió esa lucha establecida entre el creador y la materia.

1º) Cuando el artista primitivo quiso dar mayor durabilidad a sus representaciones (seres, cosas), las transmitió a materiales resistentes: el primer bajorelieve fue, sin duda, un dibujo grabado en la piedra.

* En *Martín Fierro,* Buenos Aires, nº 43, 15 de agosto de 1927.

Vemos, pues, que la escultura, desde sus comienzos, ha sido un arte representativo de la realidad y así lo reconocen los vanguardistas actuales tras un fracasado intento de escultura abstracta.

Mas, esta representación, no significa una copia estricta de la realidad ni una servil imitación, hecha con el modelo al frente. El escultor realizaba una translación mucho más complicada, como se verá.

Nietzsche, más esteta que filósofo, dice en *El origen de la tragedia,* queriendo diferenciar el arte apolíneo del escultor y el arte no plástico de la música: *la representación de la realidad que se produce en el sueño es la presuposición de todo arte plástico. En el sueño gozamos la inmediata comprensión de la figura: todas las formas nos hablan; no existe nada indiferente ni innecesario.*

Lucrecio dice también algo parecido: *en sueños vio* el gran escultor la encantadora estructura de los dioses.

Deducimos, pues, que el artista representó la realidad *vista a través de su sueño o ensueño:* siempre *a través del recuerdo* y modificada por *las leyes de la memoria.*

Veamos ahora cómo las leyes de la memoria, en el recuerdo, transforman la realidad exterior.

Cuando *observamos* un árbol, lo primero que atrae nuestra vista es el detalle: multiplicidad y forma de las hojas, color y tamaño de los frutos, etcétera. Es decir: los elementos que lo integran acaparan, sucesivamente, nuestra visión y la distraen del conjunto.

Cuando *recordamos* un árbol, se opera en nosotros la inmediata comprensión de toda la figura, como dice de Nietzsche; se nos presenta la unidad árbol, sin que el detalle aparezca en desmedro de su *totalidad.* Porque en el recuerdo la memoria retiene lo esencial de la figura, lo estrictamente necesario y lo más expresivo.

Trabajando de memoria el escultor lograba, 1º una gran *simplificación* de la figura, por eliminación de detalles inútiles; 2º la *totalidad* por la cual su obra era un todo armonioso ante la mirada del observador; 3º la deformación sensible, porque en el recuerdo, el artista exagera la forma que más le conmueve.

El escultor que trabaja frente al modelo, sin desarrollar esa crítica y transformación de la realidad que se opera en todo temperamento artístico, es un obrero mecanizado en la copia de un exterior minucioso; su espíritu no simplifica la realidad ni la exalta hasta un plano subjetivo; pierde su tiempo en el calco de una anotomía glacial que nada dice.

2º) En sus comienzos la escultura fue un elemento decorativo de la arquitectura; debió llenar el espacio triangular de un frontón griego o decorar el pórtico románico de una catedral.

La necesidad de llenar armónicamente un espacio trae consigo el problema de la composición: componer es presentar un conjunto eurítmico, donde se equilibren los grandes y pequeños volúmenes, donde se hallen armonizadas las líneas violentas con las serenas.

Esto da lugar a una nueva deformación de la realidad, tendiente a conseguir una armonía total de relieves y un ritmo viviente de líneas.

Como diría Valéry, el escultor hace, de este modo, un bello instrumento para que cante la luz: las figuras viven y se mueven, como no pasa en esa escultura imitativa, donde el conjunto presenta la inercia de toda captación fotográfica.

3º) En su sentido primitivo, esculpir significa labrar a mano materiales duros como la piedra y los metales. Esta lucha del artista con la materia resistente, acentuó la necesidad de simplificar la figura, eliminando lo superfluo: cada material tenía sus atributos e imponía sus condiciones al escultor.

El arte decadente olvida este sentido de la materia: por eso vemos actualmente muchas esculturas que, modeladas en barro y transportadas luego a materiales duros, conservan su débil carácter de arcilla. Tal contrasentido no escapa jamás al ojo del observador sensible, aunque no sepa explicárselo.


Esta corta disertación sobre la escultura pura, está inspirada en la obra que José Fioravanti expondrá en breve.

Fioravanti es el primer escultor argentino que nos trae un concepto verdadero de su arte; sus trabajos comunican una emoción puramente plástica y no aquella otra, anecdótica, sensiblero-socialista y literaria de ciertos artistas que andan por ahí.

Durante dos años ha paseado su fiebre de investigación por todos los lugares en que Europa ofrece un interés artístico; haciendo una crítica del arte abstracto en Archipenko y Zadkine, del casi representativo en Laurens y Lipchitz, ha llegado, sin afiliarse a ninguna tendencia y sin más guía que su gran temperamento, a la concepción pura de su arte, como lo han hecho Maillol y Despiau en Francia.

Para ello frecuentó la obra de los primitivos y ha buscado las épocas en que la escultura aparece en estado de gracia y en su significado esencial.

Creo hacer su mejor elogio exponiendo estas ideas, que son las suyas, a fin de que el público saboree sus obras con ciertos elementos de análisis que faculten su comprensión.

# A LOS COMPAÑEROS
## DE LA *GACETA LITERARIA* *

La proposición de un Meridiano intelectual ha llegado hasta nosotros en la época más inoportuna que pueda concebirse: esto explica su entusiasta rechazo y justifica nuestra reacción, un tanto violenta, como todas las reacciones.

Nunca, como ahora, se ha tenido en Buenos Aires una noción tan clara de nuestros problemas. Nuestra nacionalidad, complicada con innumerables y diversos aportes raciales, ofrece en esta hora un espectáculo que jamás podrá concebir la bien ordenada imaginación de nuestros colegas españoles.

Desde hace tiempo, hombres que llegaron y que llegan de muchas lejanías comparten nuestro sol: la mayoría de los argentinos, refiriéndose a ellos, hablan de sus padres o de sus abuelos.

Cada uno de ellos ha traído el modo de su raza, su sensibilidad, su ética y hasta el metal de su idioma: desde nuestra infancia respiramos esa atmósfera de elementos encontrados y asistimos a una lucha que produce las más asombrosas resultantes.

De este modo nos hemos acostumbrado a considerar las cosas por sus cuatro aristas; cualquier latido del mundo nos parece natural y asequible, puesto que Buenos Aires es un puñado de mundo. Podríamos decir como Terencio que nada humano nos es indiferente.

Viajeros casi todos nosotros, observamos que ningún país nos era desconocido; y sin embargo, fuimos profundamente extranjeros en todo país.

Por comparación, eternamente a nuestro alcance, observamos asimismo los defectos y virtudes de cada raza: nos desagrada

* En *Martín Fierro*, Buenos Aires, nº 44-45, 31 de agosto-15 de noviembre de 1927.

la solemnidad española, su espíritu de rutina, su inercia frente al progreso; pero admiramos el sentido místico de la raza y su vigorosa personalidad. El carácter declamatorio de los italianos nos parece ridículo; pero nos complace su optimismo y su vital energía. Encontramos que los franceses poseen contados elementos; pero admiramos ese espíritu de ecónomo que existe en cada uno de ellos y por el cual analizan, ahondan y aprovechan las ideas hasta su último límite. Hemos descubierto de este modo que ninguna "atmósfera vital" en sí, ya sea española, italiana, francesa o inglesa, se aviene con nosotros y que nuestro ser puede nutrirse, únicamente, del movimiento universal.

Esto significaba descubrirnos un poco. Y en el momento en que tratamos de fijar los caracteres de nuestro ser y el sentido de nuestra ruta; en el momento en que todas nuestras esperanzas giran hacia un Norte ya entrevisto, nos proponéis el meridiano de Madrid. ¡Esto se llama ser oportuno!


Ramón Gómez de la Serna en su nota, que por vulgar y plañidera es indigna de tan admirable ingenio, hace descender su tono piadoso hasta lo que él llama nuestro "espíritu confuso".

Amigos de la *Gaceta Literaria:* fácil es andar como vosotros, por el orientado camino de una tradición; fácil es mover cuatro ideas bien clasificadas, empleando cuatro procedimientos bien clasificados en cuatro senderos bien clasificados.

A la sombra de vuestros mayores, que por tener un "espíritu confuso" dieron un día con la genialidad, pulla vuestra gramática, jugáis bonitamente con los vocablos y proclamáis el sentido deportivo del arte, dirigidos por ese *chauffeur* insuperable que se llama Ortega y Gasset. Nosotros tenemos un espíritu confuso y esta fue su historia: un día el vivir se nos presentó desnudo y niño como si acabaran de parirle; vimos que los sentimientos elementales del hombre cobraban en nuestro suelo un frescor a~co; las palabras parecieron vivir su primer año en nuestra boca. (Un aventurero español buscaba el agua de Juvencia en esta longitud del mundo.)

Deseosos de marchar por nuestra propia senda observamos que toda ruta comenzaba en nuestro pie; pero como el vivir se nos presentó desnudo y niño, y como las palabras vivían su primer año en nuestra boca, echamos a andar, pues estamos acostumbrados a la gran llanura sin caminos.

Compañeros de la *Gaceta Literaria:* no cambiamos por vuestra ruta fácil ente gran peligro de grandeza.

España no se interesó por nosotros desde que perdió esta factoría de aquende el mar. Todavía, en el criterio de los españoles, América es la colonia que da el oro y promete regresos triunfales.

Los escritores americanos intentaron siempre una alianza espiritual con los españoles, enviándoles sus libros que merecieron el silencio más conmovedor o la gacetilla que se da como limosna. *(Gaceta Literaria)*.

Pero un día salen los muchachos de la *Gaceta Literaria:* nos tienden una mano que no habíamos pedido, pero que estrechamos cordialmente porque nos gustan las manos amicales.

¡Al fin llegan los tiempos del desinterés, camaradas de MARTÍN FIERRO! Mas, he ahí que de pronto desenvainan su meridiano: nos ponen en guardia contra fantásticas "maniobras anexionistas"; nos ofrecen su "ambiente vital", sus collares de vidrio como en los tiempos del genovés. ¡Qué ingenuo y tonto nos parece todo eso! ¡Qué historia más aburrida!

Pero continuemos: ese fracasado intento de expansión espiritual es justificable y hasta digno de encomio. Mas, súbitamente, el asno muestra la oreja: lamentaciones por la escasa venta del libro español, el almacén editorial, la factoría...

¡Qué vergüenza para vosotros, amigos! ¡Qué amargura para nuestro corazón!

Sin embargo, os doy un consejo para mejorar vuestro negocio: mandad buenos libros y no malos meridianos.

No fue una selección martinfierrista (como dice la *Gaceta*) sino dos o tres compañeros los que, sin propósito de encuesta y en forma espontánea, motivaron vuestro ridículo campeonato. Nadie tomó en serio vuestro meridiano y las contestaciones joco-serio-despectivas de MARTÍN FIERRO son una buena prueba de lo que digo; inventamos alegremente ese personaje absurdo que se llama Ortelli Gasset y que tanto estrago causó en vuestras filas.

En cambio vosotros, que por una fatalidad de raza sois impermeables a la broma o incapaces de toda farsa juvenil, organizásteis la defensa; y hasta el buen Ramón entró en fila, ¡a esta altura de su gloria! Os diré lo que pensamos de vuestras opiniones.

Por ignorancia, la de Giménez Caballero es ingenua y torpe; en la de Guillermo de Torre parece flotar un remordimiento. No reconozco al buen amigo Jarnés en esa filípica de profesor enojado: espero que tal actitud no haya deshecho la raya de su pantalón.

Gerardo Diego, Fernández Almagro y Lafuente dan pruebas de sagacidad y nobleza en sus palabras; Espina demostró que tiene punta: lástima que no suceda otro tanto con sus detestables versos.

Maroto es un admirable artista, pero le sucede lo que a todos los plásticos: cuando opinan sobre algo ajeno a su oficio meten la de dibujar.

En cuanto a esa turba chillona y anónima que al final nos llena de adjetivos, diré que aún no hemos tenido noticia de su nacimiento, circunstancia que atribuimos a la lentitud de los trenes españoles.


Amigos, en vuestra contestación a nuestro desahogo, que no encuesta, tratáis de desvirtuar el verdadero alcance de vuestro meridiano. Pero las palabras están escritas y arrojan una luz "meridiana"…

Yo creo en vuestra amistad, porque aún siento en mi mano el calor de la vuestra y me pareció calor de amigo.

Si realmente deseáis que una comunión espiritual nos ate, tratad de conocernos; y respetadnos, porque grande es nuestra lucha; porque la fatalidad de esta hora quiere que no esperemos ni renombre ni fortuna, ya que tal vez, en la historia de nuestro país, seremos oscuros y fuertes, a semejanza de esas piedras enterradas y anónimas que, sin embargo, no tienen la gracia del templo.

Todo eso lo hacemos, Dios no lo ignora, para que se cumpla esa sonrisa del mundo, esa gran esperanza que se llama Buenos Aires.

# IDEAS SOBRE EL ALCANCE DE LA EDUCACIÓN ESTÉTICA EN LA ESCUELA PRIMARIA*

I

Nuestra escuela primaria, con el propósito de cumplir sus vastos anhelos de educación integral, estableció desde sus comienzos en los programas oficiales un obligado curso de música y otro de dibujo, dos formas estéticas que debían llegar al niño en su carácter de tales y contribuir con las demás asignaturas al desarrollo armonioso y total de su espíritu.

Las facultades del alma, razonamiento, voluntad, memoria, sensibilidad, imaginación, debían ser igualmente ejercitadas en la esencia infantil ya que de su conjunto depende la unidad hombre y de su equilibrio la realización de ese todo perfecto, que el verdadero educacionista sueña en construir sobre la base del niño.

El desarrollo de nuestros programas trae aparejado un intenso ejercicio de la facultad razonadora, en virtud de las ciencias matemáticas; un estímulo de la voluntad, gracias al trabajo constante de las aulas; un entrenamiento progresivo de la memoria, con el aporte diario de las otras asignaturas. La música y el dibujo, en las condiciones actuales de su enseñanza, ¿realizan la misión que lógicamente deben realizar, hablando a los sentimientos y a la imaginación del alumno? Más adelante veremos que no.

El aprendizaje de un arte cualquiera significa:

1º La adquisición de un instrumento expresivo por el cual el hombre manifiesta las actividades de su vida interior y las relaciones de esa actividad íntima con el mundo externo; 2º el conocimiento de las mejores obras que el espíritu humano realizó en dicho arte.

* En *El Monitor de la Educación Común*, Buenos Aires, a. 47, nº 667, 31 de julio de 1928, pp. 415-419.

Esta sabrosa captación artística y el dominio de aquel instrumento que sirve para crear, traen como fruto el desarrollo intenso de la sensibilidad y de la imaginación.

Una fina sensibilidad permite discernir lo bueno de lo malo, lo bello de lo feo: el hombre sensible hace así su composición de lugar frente a las cosas, descubre las bellezas que le rodean y gozándose en ellas establece un principio de felicidad; la comprensión de lo bello y de lo bueno y la reacción bienhechora que estas cualidades provocan en su espíritu, hácenle patente la necesidad de vivir para la belleza y la bondad. Por otra parte, asociando sus impresiones, conceptos y goces a los de los demás seres, el hombre descubre la obligación de lo bello y bueno: nace así un imperativo del deber.

Además una comunión de los hombres en la belleza implica solidaridad y subordinación: solidaridad porque se sienten unidos en un común sentimiento que provoca en ellos idénticas reacciones; subordinación porque saben que lo bueno y lo bello están en la naturaleza como reflejos de un gran todo y porque la concepción de la bondad y de la belleza en su absoluta totalidad significa admitir un principio de lo divino, como lo demostró Platón en su diálogo sobre la inmortalidad del alma y Descartes en su prueba de la existencia de Dios: en estas condiciones, el hombre se siente subordinado a lo divino y reflejo de lo divino.

La mayoría de las nacionalidades europeas tienen el sello de su personalidad, no en una concreta demarcación geográfica ni en un origen racial común, sino en su manera de ver el mundo y de sentir sus fenómenos. En nuestro país, donde el problema de la nacionalidad es un fenómeno palpitante y complicado, se impone, como en ninguna parte, la comprensión mutua entre los diversos elementos que la integran: esto se consigue por la solidaridad de los hombres en lo bueno y en lo bello, virtud que sólo puede ejercer una sensibilidad hondamente trabajada desde la niñez.

Por la imaginación, el hombre aplica los elementos, leyes y principios de la naturaleza, en la creación de un instrumento que sirva a sus fines personales.

Toda invención, verdad o descubrimiento ha sido en sus fuentes un producto teórico de la imaginación, comprobado luego en la realidad. La imaginación es facultad creadora por excelencia y su libre ejercicio hace que el hombre sea fecundo en recursos: un hombre sin imaginación se ve obligado a transitar por vías ajenas y está como desarmado, frente a la vida, puesto que no le es dado seguir ninguna iniciativa personal.

Como puede verse en el transcurso de estas consideraciones, con la educación estética la escuela primaria no pretenderá hacer un artista de cada alumno, sino dotarle de una sensibilidad y de una imaginación que le coloquen en ventajosas condiciones de lucha.

## II

Observaciones realizadas durante algunos años de trabajo, me permiten asegurar que la educación estética, tal como se practica hoy sobre una base de música y de dibujo, no conduce a los altos fines expuestos. Criticaré ahora el ejercicio del dibujo, reservando el de música para otra disertación.

A ningún maestro se le escapa actualmente esa falta de interés que el alumno manifiesta por la clase de dibujo; conocido es el desagrado con que realiza los ejercicios irremediablemente vulgares que se le impone.

Sin embargo, la inclinación natural del niño por el dibujo, es bien conocida: un examen de sus cuadernos diarios permite verificarla, en el hallazgo de esas fantasías y caprichos que el alumno gusta fijar allí, contra la prohibición terminante del maestro. Esos dibujos originales, esa personalísima coloración de mapas y esquemas, esos caprichos realizados al margen de toda enseñanza, no son más que una necesidad de expresión satisfecha y el reflejo de un estado de ánimo.

¿Por qué nuestra enseñanza del dibujo no satisface estas nobles tendencias de su espíritu, esta imperiosa necesidad del alma infantil? Porque en todos los casos oblígase al niño a copiar una realidad inanimada, un modelo que no le interesa puesto que no habla a su sensibilidad. Este modelo es la invariable naturaleza muerta, la guarda decorativa, el calco de yeso: la virtud consiste, según los profesores del ramo, en trasladar al papel una visión exacta de ese modelo; y el resultado a que se llega no es más que una simple ejercitación manual, desligada en absoluto de toda participación del espíritu.

No olvidemos que el niño es esencialmente animista: contempla la realidad y asocia los accidentes, conceptos y predilecciones de su vida interior a las cosas que le rodean.

El niño mira la realidad desde un punto de vista interesado, la reviste de atributos insospechables de acuerdo con su sensibilidad. Entonces, para él un árbol, verbi gracia, no será un árbol simple y escuetamente, sino una equivalencia sentimental del árbol, puesto que le atribuye virtudes y gestos humanos y le dota de condiciones que están en su yo y no en el árbol en sí. De este modo el paisaje, el ser, la cosa, se convierten para él en un estado de alma.

Dejemos que el niño elija el asunto siguiendo sus predilecciones sentimentales; y luego, que haga su interpretación personal del mundo, que junte y ordene los elementos de la realidad de acuerdo con su instinto creador y obedeciendo al imperativo de sus emociones.

El profesor que impone una manera de ver sintetizada en cuatro preceptos, coarta los fines de la educación estética prescindiendo de toda participación espiritual del niño. No olvidemos que la realidad se convierte en un lugar común cuando la observamos a través de una lente personal o siguiendo las leyes de un sistema interesado. El mundo se recrea en los ojos libres de cada hombre que busca su punto de vista propio: todos los renacimientos espirituales se deben a esta clase de hombres.

Hagamos del niño un descubridor y no un imitador, cultivando y no deprimiendo su naciente personalidad.


## III


La exposición de trabajos infantiles realizados por el Director de Bellas Artes de México, primero en el Museo de Arte Contemporáneo de Madrid y luego en una sala parisiense, renovó en mí, antiguas preocupaciones a este sujeto.

Críticos franceses de la talla de Florent Fels, Christian Zervos y André Salmón, manifestaron su asombro ante la gracia original de estos trabajos realizados por niños de ocho a catorce años. Artistas famosos como Raoul Dufy, Braque y Lipchitz, admiraron esas frescas realizaciones infantiles creadas por espíritus no sujetos a convencionales teorías, esa personalidad a la que ellos, artistas maduros, habían llegado tras esfuerzos innumerables.

Hablando en París con Alfredo Ramos Martínez, director de Bellas Artes de México, nos dijo que, para esa clase de enseñanza tienen un programa definido y exacto, distinto al que se aplica generalmente. Con ese programa se proponen sorprender en el niño todas sus riquezas naturales: visión, sensación; tratan de explotar todo lo que hay en él de espiritualidad y de sentimiento frente a la vida.

Se preocupan en despertar toda la sensibilidad del alumno, toda su fuerza creadora, sin que el maestro interponga su manera particular de sentir y de ver. Aconsejan al niño, pero con la mayor discreción, temerosos de hacer perder ese don natural tan precioso: la emoción.

El alumno conoce ya su propósito, siente la necesidad de crear: entonces le dan una tela, un papel, colores; empieza su obra lleno de ilusión y entusiasmo, pone en juego toda su iniciativa, esforzándose en descubrir los encantos que la vida le ofrece: de este modo trabaja con apasionamiento y alegría.

Christian Zervos, en su artículo "Peintures d'enfants", aparecido en *Cahiers d'art*, dice a este particular que la necesidad de movimiento, convertida en ley de la niñez, por Pestalozzi, se satisface por su pasión del juego y por sus tendencias estéticas, a menudo muy marcadas. El filósofo inglés Herbert Spencer, dice que, en el niño la actividad del juego y la necesidad estética están relacionadas entre sí, porque ni una ni otra obedecen a un fin útil, sino que tratan de satisfacer esa descarga de fuerzas latentes en él.

Agrega el crítico francés, que la educación estética, dada a los niños mexicanos, se basa en su propia experiencia: suscita en ellos el amor, provoca en sus corazones esa dulzura seráfica hacia la naturaleza y ese refinamiento de ternura por los seres y cosas que le son revelados.

Este género de educación evita toda regla capaz de desplazar la personalidad del alumno por la del maestro. El niño no se separa jamás de la naturaleza: su imaginación excitada por todos lados y sin trabas de ninguna especie, puede satisfacer los instintos de creación tan naturales en él. Frente a la naturaleza, el niño encuentra los júbilos de la sensación, la definición y realización de percepciones tan complejas como las de forma, luz, colores y armonía.

El niño adivina de este modo el alma que existe en todo ser y créase en él un sentimiento místico de la vida que le une al gran todo con un lazo de comprensivo amor.

Resumiendo, diré que los fines de la educación estética deberían ser: 1º Un cultivo intenso de la sensibilidad. 2º Un ejercicio constante de la imaginación.

Lo primero se consigue situando al niño frente a la naturaleza y provocando en él fuertes reacciones espirituales: este trabajo de compenetración sentimental debe realizarse dándole un carácter de jubiloso recreo y no de impuesta obligación; de tal modo, el alumno expresará su sentido de la realidad tal cual lo halla en el fondo de su corazón y sin ninguna traba retórica.

El ejercicio de la imaginación se logrará dejando que el alumno trabaje disponiendo los elementos captados, según su instinto creador y dándole, solamente, las nociones más elementales de preceptiva.

La educación estética realizará así su revelación de lo bello, que, según Platón, es el reflejo de lo bueno y de lo verdadero.

# DOS CONSIDERACIONES POÉTICAS
## SOBRE EL ARTE DE ELENA CID*

Nuestra congoja tiene dos caras opuestas: con una mira el nacer, el crecimiento y la muerte de las cosas transitivas, cuya grosura proyecta dos sombras: una, perecedera, en el suelo, y otra, indeleble, en el cielo; con la otra cara contempla la eternidad del Espíritu, cuyo sabor, no obstante, desciende a nuestra lengua mortal, para que recordemos nuestro origen y nuestro descendimiento.

Nuestra congoja tiene dos caras, y un llanto para cada una: un llanto por lo que va de abajo hacia arriba, y el otro por lo que viene de arriba hacia abajo. En esta doble contemplación de su congoja, el poeta descubre el rumbo de la verdad; se remonta a la patria de la verdad; y recoge el saber, el color y el sonido de la verdad al mundo descendida, separándolos de todo aquello que no sabe persistir. La actitud del poeta es la del náufrago, que salva lo único digno de ser salvado.

Tal es la actitud de Elena Cid, que con su arte acaba de reivindicar el derecho que la pintura tiene desde su origen sobre el terreno de la poesía. Su camino es el del poeta: intuye que los colores del mundo son extranjeros, y se remonta entonces a la patria del color. Elena Cid ha descubierto la patria donde el color sonríe para siempre.

Elena Cid me dijo en París, frente a uno de sus magníficos retratos:

—Esa mujer no podría mover un solo dedo sin que el cuadro se derrumbase.

Sólo más tarde, oyendo en el Louvre su comentario sutilísimo sobre la composición, frente a las obras de Leonardo, el Gre-

* En *Libra*, Buenos Aires, Invierno, nº 1, 1929, pp. 81-82.

co y los primitivistas franceses, comprendí el sentido misterioso de aquellas palabras.

El observador que admira la gracia ingenua de sus niñas o el gesto libre de su *écuyère*, está lejos de sospechar que las figuras de Elena Cid caen bajo leyes rigurosas de composición, y que sus cuadros son verdaderas flores de la geometría. Hay líneas que quieren huir del cuadro y líneas que las retienen; las líneas violentas están pacificadas por las líneas serenas; los colores, pesados en justas balanzas, se equilibran mutuamente; y líneas y colores consiguen una unidad que se limita a sí misma, como la esfera. De tal suerte, el cuadro empieza y termina en sí mismo: no podría continuar fuera del marco, así como la estrella no puede continuar fuera de sus cinco puntas.

Por esa causa, una niña de Elena Cid no sabría mover el párpado sin que se derrumbara el castillo de líneas y colores. La artista inmovilizó a su niña para siempre; pero no lloremos tan riguroso destino, ya que la rodeó, en cambio, de un mundo que le es fiel como un eco, de un paisaje que le responde y se nutre de su gesto y color. En el fondo, la niña y su mundo son una misma cosa, en la unidad de la esfera o de la estrella.

# ARISTÓFANES CONTRA EL DEMAGOGO*

El demagogo hace su aparición en la historia de casi todos los pueblos occidentales y su entrada en escena está lejos de ser caprichosa. Por el contrario, el demagogo es el verdadero fruto de una estación verdadera; su advenimiento señala, matemáticamente, la consumación de una decadencia política que se ha iniciado con el primer quebrantamiento del orden tradicional. Orden único es este, porque sólo hay un sistema de orden verdadero y es el que impuso el Creador a su criatura; orden intocable, porque su violación y el comienzo del desorden son una misma cosa; orden vivificante, porque su reinado mantiene la armonía de las cosas y las preserva de la disolución y de la muerte.

En una sociedad jerárquicamente organizada, según los principios del orden a que me refiero, la figura del demagogo es inconcebible; porque el cuerpo social en armonía está regido, naturalmente, por la cabeza, y en la cabeza reconocen los otros miembros el ejercicio de la autoridad legítima que no se puede usurpar o desobedecer sin que se resienta la salud del cuerpo todo. Es necesario que los miembros del organismo social desconozcan un buen día la virtud de la cabeza y se pongan a discutir la legitimidad de su señorío (y algo semejante pinta Shakespeare en la fábula de su Coriolano) para que se destruya el orden natural del cuerpo. Desde ese instante cada miembro se arrogará los derechos de la cabeza, o tratará de arrogárselos al menos, y entonces aparecerá el demagogo, como un hábil pescador de aquel río revuelto.

En resumen: rota la jerarquía vivificante, se produce el caos; hecho el caos, viene el demagogo; aparecido el demagogo, será razonable admitir la necesidad de su llegada, porque, a falta de una cabeza legítima, el cuerpo desvalido necesitará erigir otra cual-

* En *La Nación*, Buenos Aires, 23 de diciembre de 1934, p. 2.

quiera sobre sus hombros. Y aquí el demagogo entra en función y desarrolla su juego, el cual no es otro que el de hacerse pasar por la cabeza necesaria; pero como el pueblo es quien debe reconocer su cabeza circunstancial, el demagogo ha de tender sus redes al pueblo y le dirigirá su hábil artillería de promesas, adulaciones y halagos, ansioso de conseguir el asentimiento popular que ha de convertirlo en la cabeza de un día.

Se ha dado a la palabra "demagogo" una significación maligna que no es bueno generalizar si no se quiere incurrir en injustas exageraciones. Porque hay dos razas del demagogo: la buena y la mala. Cierto es que dos circunstancias notables han contribuido a la generalización referida: la primera es el hecho de que los malos demagogos aparezcan en la historia con mayor asiduidad que los buenos; y la segunda es el caso ineluctable de que unos y otros deban coincidir en los medios de alcanzar el poder.

Sin embargo, pese a su coincidencia inicial, ambos demagogos difieren en los fines, y eso es mucho. En efecto, para el mal demagogo la política es el arte (o el artificio) de conquistar el poder y de conservarlo en beneficio propio el mayor tiempo que le sea posible. El buen demagogo, por el contrario, sabe que la política entra en el orden universal del amor y la define como arte de ejercer amorosamente el poder adquirido; y al ejercerlo en pro del bien común el buen demagogo no aspira sino a obtener ese asentimiento íntimo de su pueblo, que hará brillar sobre su frente un resplandor siquiera de la menoscabada legitimidad no por el valor de los medios, sino por la virtud del fin. Y es así que en el buen demagogo el fin justifica los medios y los redime de su pecado original, en la medida en que sean redimibles los quebrantos del orden primitivo, al que ya calificamos de intocable.

Tales conclusiones brotan espontáneamente de la comedia política de Aristófanes titulada *Los caballeros*. Figuran en ella los siguientes personajes simbólicos: los Caballeros de Atenas, que forman el coro; Demos, o sea el pueblo ateniense; el mal demagogo, encarnado en la figura de Cleón, que gobernaba en los días de Aristófanes; y el Chanchero, personaje ideal y paradigma del buen demagogo, que ha de vencer a Cleón en desvergüenza y audacia y lo suplantará en el favor de Demos. Veamos ahora la posición y el significado de cada personaje.

Los Caballeros representan la aristocracia o la nobleza, segunda clase del Estado a la que corresponden legítimamente las funciones del gobierno y de la defensa militar. Pero en los tiempos de Aristófanes la tradición agonizaba, y sabido es que toda la obra del poeta griego no es otra cosa sino un lamento de las tradiciones perdidas y una condenación vehemente de las nuevas costumbres. Es así que los Caballeros, en la comedia, aparecen desposeídos de su función esencial, que es la del gobierno, aunque conservan todavía la otra, como lo dicen ellos mismos, no sin amargura, en un bello pasaje de la obra: "Nosotros —dicen al pueblo— deseamos pelear valientemente, sin sueldo, por la patria y nuestros dioses. Nada pedimos en pago, sino que, cuando se haga la paz y cesen las fatigas de la guerra, nos permitáis llevar el cabello largo y cuidar de nuestro cutis".

Pero los Caballeros, aunque desposeídos de su autoridad legítima, conservan aún la fuerza y aparecen en actitud vigilante, observando el curso de los hechos y listos para intervenir en favor del orden o de lo que, en cualquier medida, se aproxime al orden civil que ellos representan:

"—¿Y quién me ayudará?" —pregunta el Chanchero, temeroso de atacar al formidable Cleón.

"—Hay mil Caballeros que detestan a Cleón y que te ayudarán" —le asegura Demóstenes.

El mismo Cleón, viéndose ya en peligro, también solicita el amparo de los Caballeros y lo hace con una agachada que lo pinta de un solo trazo:

"—Todos os levantáis contra mí —se queja el mal demagogo—. Y, sin embargo, Caballeros, por vuestra causa me veo apaleado ahora, pues, justamente, iba yo a proponer al Senado que se construya en la ciudad un monumento conmemorativo de vuestro valor."

Y en la contienda graciosa de ambos demagogos, frente a los azares de una política risible y turbia, los Caballeros permanecen atentos, graves y dignos. Es verdad que apalean al mal demagogo y ayudan al bueno, pero su actitud y su palabra en ambos casos son nostálgicas y tristes, como si los Caballeros, con la vara de su propia dignidad, midieran la dimensión del desorden que ha hecho posible el advenimiento de los dos personajes.

La segunda figura que merece nuestro análisis en la comedia es la de Demos, el pueblo de ayer, de hoy y de siempre. Aristófanes, por boca de su personaje Demóstenes, lo describe así: "Tenemos un amo rudo, voraz, irascible, tardo y algo sordo; se llama Demos". Más adelante los Caballeros dirigiéndose a Demos, le dicen: "¡Oh, Demos, tu poder es muy grande, todos los hombres te temen como a un tirano; pero eres inconstante y te agrada ser adulado y engañado! En cuanto habla un orador, te quedas con la boca abierta y pierdes hasta el sentido común", y hacia el final de la obra, cuando el buen demagogo, después de vencer a Cleón, reconstituye a Demos en su antigua dignidad:

"—¿Qué hice antes? ¿Cómo era" —le pregunta Demos, rejuvenecido.

"—Antes —responde su salvador—, si alguno te decía en la asamblea: 'Oh Demos, yo soy tu amigo, yo te amo de veras, yo soy el único que vela por tus intereses', al punto te levantabas del asiento y te pavoneabas con arrogancia.

"—¿Yo?

"—Y después de engañarte así, te volvía la espalda.

"—¿Qué dices? —exclama Demos—. ¿Eso hicieron conmigo y yo de nada me enteré?

"—No es extraño —le responde el Chanchero—; tus orejas se alargaban unas veces, y otras veces se plegaban lo mismo que un quitasol.

"—¡Tan imbécil me puso la vejez!

"—No te aflijas, pues no es tuya la culpa, sino de los que te engañaron."

Veamos ahora con qué colores es pintado Cleón, el mal demagogo. Aristófanes, al atacarlo públicamente, dio muestras de un valor admirable: tan poderoso era Cleón en Atenas que los fabricantes de máscaras se negaron a modelar la suya; ningún actor de la época quiso decir el papel de Cleón, y Aristófanes en persona tuvo que salir a la escena y decirlo, sin máscara ni disfraz alguno, rasgo de audacia que le valió las aclamaciones de la muchedumbre. Desgraciadamente las enseñanzas de su obra cayeron en el vacío, y esa multitud que aplaudiera sus versos mordaces siguió levantando a Cleón sobre las nubes; con lo cual dejaba muy mal parada la verdad de aquel aforismo aplicado entonces a la comedia: "Corregir las costumbres riendo".

Pero volvamos a la fisonomía y a los métodos de Cleón, llamado "el Paflagonio" en la obra:

"—El tal Paflagonio —refiere Demóstenes—, conociendo el

carácter del viejo Demos empezó, como un perro zalamero, a hacerle la rosca, a adularle, a festejarle y a sujetarle con sus carretillas, diciéndole: 'Amo mío, vete al baño, que ya has trabajado bastante; toma un bocadillo, echa un trago, come, cobra los óbolos. ¿Quieres que te sirva la comida?'"

Y Demóstenes, que también es servidor de Demos, agrega más adelante, refiriéndose al mismo Cleón:

"—Nos aparta cuidadosamente del anciano Demos y no nos permite servirlo. Se coloca junto a su señor cuando cena y espanta a los oradores, pronunciando oráculos y llenando de profecías la cabeza del viejo. Después, cuando lo ve chocho, pone manos a la obra; acosa y calumnia a todos los de la casa y nos muele a golpes."

Ahora bien, dueño ya de la casa y ahuyentados los competidores, el mal demagogo no pierde su tiempo. El coro de Caballeros le reprocha:

"—Te apoderas de los bienes de todos y los consumes antes de que sean distribuidos; tanteas y oprimes a los contribuyentes, como se tantea un higo para ver si está verde o maduro."

Y el Chanchero, constituido en rival de Cleón, dice a su vez:

"—Acuso a este hombre de haber ido al Pritáneo con el estómago vacío y de haber vuelto con el vientre lleno", alusión a la súbita riqueza del demagogo.

Pero, según las profecías, Cleón será vencido, como sus antecesores por otro demagogo de la misma casta: primero fue un vendedor de estopa; luego, un tratante de ganados; el tercero, Cleón, era mercader de pieles; el cuarto será un Chanchero. Y justamente cuando el buen Demóstenes acaba de leer las profecías, el Chanchero hace su aparición en la escena; y en este nuevo personaje, a pesar de su origen turbio y de su iniciación grotesca, deberemos reconocer más tarde al buen demagogo.

Ciertamente, Aristófanes trata muy mal a su Chanchero: lo trata mal en el principio, aunque lo exalte después como salvador del Estado. Es que Aristófanes no aparta sus ojos de la tradición: la legitimidad del poder es su idea fija. Por eso es que los Caballeros dicen a Cleón, refiriéndose al rival que acaba de salirle:

"—Ha venido, ¡cuánto me alegro!, un hombre más canalla que tú, el cual te arrojará del puesto que ocupas y ha de vencerte, según espero, en audacia, intrigas y maquinaciones."

En el diálogo que tiene lugar entre Demóstenes y el Chanchero recién llegado la intención del poeta se hace más visible:

"—Según el oráculo lo anuncia, vas a ser un gran personaje —dice Demóstenes al Chanchero.

"—¿Cómo, yo, un chanchero, llegaré a ser personaje?

"—Justamente, llegarás a serlo porque eres un bribón audaz, salido de las más bajas esferas.

"—Me creo indigno de llegar a ser grande —observa el Chanchero—; pertenezco a la canalla.

"—¡Oh mortal afortunado —exclama Demóstenes—, de qué felices dotes de gobierno te ha colmado la naturaleza!

"—¡Pero si no he recibido la menor instrucción! Sólo sé leer, y bastante mal…

"—Precisamente, lo único que te perjudica es el saber leer, aunque mal; porque el gobierno popular no pertenece a los hombres instruidos, sino a los ignorantes."

Las que acabo de transcribir son las flores más benignas que Aristófanes hace llover sobre sus demagogos. Después vienen las dos contiendas brutales que el Chanchero sostiene contra su rival, el Paflagonio: como ambos alardean de su cinismo y se reprochan desvergüenzas que les son comunes, los dos diálogos forman en sí un verdadero tratado de política parda.

Y el animoso Chanchero sale vencedor en la liza: derrotó a su rival con las mismas armas; ha conquistado el favor de Demos, atrayéndole con iguales dones y promesas; tiene ya la sortija del poder en su mano. ¿Qué hará el Chanchero ahora con el poder adquirido? Hasta ese instante no se diferencia en nada de su contendor, el mal demagogo: es necesario que nuestro Chanchero se defina.

Y el Chanchero se define: será un buen demagogo, porque le tiene cariño a ese pobre Demos. La comedia finaliza con la exaltación de Demos, ya dignificado por la obra de su salvador. El mismo Chanchero aparece ahora revestido de una dignidad que no tenía al principio y que ha sabido ganarse; y Aristófanes, como si quisiera darlo a entender así, no lo llama Chanchero en adelante, sino Agorácrito.

"—He regenerado a Demos —dice Agorácrito— y de feo que era lo he convertido en hermoso.

"—¿Dónde está? —le preguntan los Caballeros—. ¿Y cómo es ahora?

"—Es lo que antes era, cuando tenía por anfitriones a Milcíades y a Arístides. Vedle con los cabellos adornados de cigarras, con su espléndido traje primitivo, oliendo a mirra y a paz en vez de apestar a mariscos" (alusión a las votaciones que se hacían con valvas de ostras).

Y Demos, resplandeciente, llama a su salvador:

"—¡Oh, amigo queridísimo! Acércate, Agorácrito. ¡Cuánto bien me has hecho transformándome!

"—¿Yo? —dice Agorácrito—. Pues aun ignoras lo que antes eras y lo que hacías; porque, de saberlo, me creerías un dios."

Y a continuación el demagogo hace conocer a Demos su miseria pasada; y lo alecciona, para que no sea víctima en lo futuro de las maquinaciones y engaños que sufrió ayer y a las que siempre se hallará expuesto.

# DON SEGUNDO SOMBRA
## Y EL EJERCICIO ILEGAL DE LA CRÍTICA*

Estimado amigo:

Refiriéndose a las dos o tres ideas elementales que sobre la legalidad de la crítica recordé no hace mucho en *La Nación* me trae usted el ejemplo del *Don Segundo Sombra* de Güiraldes y el de cierta crítica hostil que ha venido pesando sobre la obra desde su aparición. Observa, y con acierto, que dicha crítica se hace generalmente desde algunos sectores intelectuales caracterizados por su adhesión a ciertas doctrinas sociológicas, o que proviene de críticos independientes, pero cuya inclinación a la materia social es harto conocida; y termina usted por acusar a unos y otros de ejercer ilegalmente la crítica literaria, acusación oportuna que suscribo con gusto.

En efecto, los críticos "socializantes" no miran con buenos ojos a *Don Segundo Sombra:* olvidan que *Don Segundo Sombra* es una obra de arte; que como tal fue concebida y engendrada por su autor; y que debe ser juzgada en tanto como obra de arte, ya que no puede ni quiere ni debe ser otra cosa. Para ellos "Don Segundo" no es un personaje de novela, sino un elemento social, un paisano de nuestra llanura que se observa con el riguroso lente de la sociología y cuyo examen, al parecer, no resulta satisfactorio. "Don Segundo Sombra" es un gaucho que no responde al ideal de los sociólogos avanzados: ha perdido en reñideros y boliches el tiempo que debió consagrar a la dialéctica del señor Marx.

Y en este punto los críticos vacilan: "Don Segundo Sombra", ¿será o no el arquetipo de nuestro paisano? Algunos admiten que lo es, y tras una lamentación de su miseria presente lo señalan como sujeto de las futuras reivindicaciones; otros le niegan verosimi-

* En *Sur*, Buenos Aires, a. V, n° 12, septiembre de 1935, pp. 76-80.

litud, y el pobre "Don Segundo" aparece entonces como un paisano irreal, adaptado al gusto de la mitología gauchesca. No faltan
los mal intencionados que ven en la obra una creación interesada
de Güiraldes: para ellos "Don Segundo" es el gaucho visto por el
patrón, el explotado visto por el que lo explota, conclusión maligna que huele a "viento libertario" y que se funda, no en un juicio,
sino en un prejuicio. (Suponga usted que *Don Segundo Sombra* hubiese aparecido, no con la firma de Güiraldes, sino con la de un
mensual novelista de su estancia: ¿cree, por ventura, que alguien
habría descubierto la mistificación y advertido la presencia del
aristócrata bajo el disfraz del paisano?).

Dejemos ahora la enumeración y pintura de tales críticos (ya
la retomaremos en otro lugar de la carta); y si le parece digamos
lo que debiera ser una crítica rectamente formulada sobre *Don Segundo Sombra*. Dije, y usted lo recordará, que la obra de arte sólo
tiene una razón de ser (necesaria y suficiente) que es la belleza:
belleza necesaria, porque sin ella no hay obra de arte posible; belleza suficiente, porque basta, ella sola, para signar la obra de arte
y darle la plenitud de su entidad. Ahora bien, *Don Segundo Sombra*
se ha presentado como una obra de arte, y el crítico deberá some-
terla entonces a una prueba inicial verdaderamente "eliminato-
ria": ¿se trata o no de una obra bella? Su respuesta será, ya un asentimiento, ya una negación, y en ambos casos la obra estará juzgada.
Pero el asentimiento y la negación no son fáciles de dar en materia de arte: dije también que la belleza es cognoscible por una intuición de orden suprarracional que algunos poseen y otros no. Y
bien, ¿*Don Segundo Sombra* estará signado por la belleza? Ya sé, querido amigo, que su respuesta es afirmativa, como lo es la de todos
aquellos espíritus cuyo comercio real con la hermosura les ha dado, con la seguridad de la visión, la certeza del juicio: *Don Segundo
Sombra* está signado por la belleza, luego es una obra de arte, vale
decir, es lo que su autor quiso que fuera; exigirle algo distinto es
violentar su esencia, como lo sería violentar la del olmo al exigirle
las peras de marras (¡y cuántos errores y utopías modernas no se
fundan en la esperada madurez de las peras imposibles!).

Quedamos entonces en que *Don Segundo Sombra* es una obra
bella. Tal afirmación es bastante para la obra y no lo es para el crítico: si se redujese a un asentimiento y a una negación la crítica podría formularse con un movimiento de cabeza (y bastaría, ciertamente). Pero la razón no se resigna: la razón, según su modo

propio, querrá dividir lo indivisible, comunicar lo incomunicable, alcanzar por vía racional lo que por vía suprarracional es dado al entendimiento; la razón entrará en no poca fatiga detrás de la hermosura, ese fantasma inasible para ella, y querrá decir el "qué" y el "porqué" y el "para qué". ¿Le daremos un pequeño gusto a la razón? Digamos entonces en qué radica la belleza de la obra, ya que no podemos decir por qué la obra es bella.

¿Qué aventuraría usted a ese respecto? Si me lo preguntaran a mí diría que la belleza de *Don Segundo Sombra* está en las cosas que pinta y en las acciones que narra. Se ha dicho, y con acierto, que la pampa figura en esa novela con el relieve de un protagonista. Es que Güiraldes ha visto "en poeta" ese fragmento de la Creación, y como lo ha visto en poeta lo nombra en poesía. ¿Qué quiere decir eso de ver y nombrar "en poeta"? ¿Se esconde algún sentido en ese viejo y frecuentado lugar común? Ver en poeta es ver las cosas en el "esplendor de su forma", vale decir, en su hermosura; y nombrar en poeta es nombrar las cosas de tal modo que el esplendor de la forma nombrada se encarne y viva en la palabra nombrante. De ahí que muchos hayan visto en *Don Segundo Sombra* más un poema que una novela.

En cuanto a la belleza de las acciones que narra, ¿cómo describirla? El argumento de la obra es invisible casi: un puñado de hombres que se mueven y luchan en un escenario grandioso. ¿Para que luchan y se mueven? No hay allí grandes resortes individuales en juego: los intereses inmediatos (ya sean los del resero, ya los del patrón) no gravitan en la obra. Diríase que los paisanos de Güiraldes, al moverse, trabajar y sufrir, sólo persiguen la realización de "un gesto". ¿Cuál? El gesto antiguo y renovado, el gesto propio del hombre, el gesto que a la vez confirma su nobleza original y su rebajamiento presente. Si bien lo mira observará usted que aquellos hombres, en su juego de fuerza, maestría y coraje, tienden, en el fondo, a la dominación del mundo que los rodea: los elementos, las bestias, el espacio. Inconscientemente recaban así el señorío que sobre las cosas fue dado al hombre desde su origen y por eso digo que afirman en aquel gesto su nobleza original. Pero tal dominio no se conquista y ejerce sin combate ni pena: la maldición antigua está pesando en ellos; y en su trabajo es fácil advertir un sentido "penitencial" que no conocen tal vez, pero que intuyen vagamente y aceptan con resignación. Ese doble gesto es lo que, a mi juicio, exalta Güiraldes en los paisanos de su novela; y no sin motivo, pues al hacerlo destaca en ellos lo que tienen de verdaderamente universal, sobre todo localismo particularizante.

Y ahora que *Don Segundo Sombra* nos ha satisfecho en su razón primera, que es lo bello, cabe preguntar si la obra tiene una razón segunda. Y en verdad la tiene, porque Güiraldes entendió imitar una realidad, según las condiciones particulares del lugar y el tiempo en que actúan sus personajes. La obra se presenta como un reflejo de lo real, según el "aquí" y el "ahora", y es dado al crítico medir, por cotejo, el mayor o menor grado de verosimilitud, siempre que conozca la realidad imitada. Y bien, ¿responde *Don Segundo* a ese cotejo? Sólo diré que así lo admite la mayoría de los lectores que han conocido el lugar y el tiempo en que se desarrolla la novela; y ese testimonio es más que suficiente. Por otra parte, su verosimilitud sólo brinda la satisfacción de un "reconocimiento" al que conoce la realidad imitada, y sólo tiene un valor "documental" para el que no la conoce.

Pero los críticos literario-socializantes no consideran la obra en ninguna de sus dos razones: la censuran, no en su belleza ni en su verosimilitud, sino en el hecho de que la realidad imitada por ella no responde al tipo ideal que han forjado en sus laboratorios de sociología. Eso ya no es tomar el rábano por las hojas; es no tomar el rábano, simplemente. Y aquí me permitirá que clasifique a los censores de *Don Segundo* en dos linajes diferentes: el censor nihilista y el censor dogmático. El censor nihilista no soporta que "Don Segundo" viva en un estado de orden, sea el que fuere, y le opone un rival temible, Martín Fierro; desearía ver a "Don Segundo" luchando con la partida, demoliendo comisarios de campaña, viviendo sin restricción en una libertad químicamente pura. El censor dogmático es diferente: reprocha a "Don Segundo", no la circunstancia de vivir en el orden, sino la de vivir en un orden que no es el orden soñado por el censor. Y querría ver a "Don Segundo" al frente de un sindicato de reseros; o entregando al patrón de la estancia un pliego de condiciones debidamente articulado; o dirigiéndose al comicio, en una bella mañana dominguera, con la Constitución Nacional en un bolsillo, y en el otro su libreta de enrolamiento, si es posible encuadernada en cuero de Rusia. Con igual criterio el censor de marras hostilizaría a Virgilio, porque sus pastores dialogan sobre nimiedades poéticas en lugar de hacerlo sobre la jornada de ocho horas.

Bromas aparte, y a título de aclaración y final, responderé ahora, en síntesis, a las dos o tres preguntas de su carta. 1º) Si ha negado a la Política la servidumbre del Arte, no es porque desdeñe a la Política, sino por una razón de jerarquía espiritual: la Política tiene su esfera propia y su propia dignidad, como que los antiguos la ubicaron junto a sus hermanas mayores, la Metafísica y la Ética; pero cada una de ellas tiene su "objeto formal", y es absurdo querer sustituir el objeto formal de una por el de la otra. 2º) No me parece mal que un escritor aborde las cuestiones sociológicas: sólo le pido que lo haga, no en un poema, sino en un opúsculo de sociología. Dante nos dio ya el ejemplo, y al tratar la materia política no lo hizo en los tercetos de *La Divina Commedia*, sino en su tratado latino *De Monarchia*. 3º) Admito que el escritor introduzca una tesis en su obra de arte, siempre que la introduzca como razón contingente de la misma; empero corre el peligro de que su obra envejezca con la tesis (¡y con qué rapidez envejecen las tesis contemporáneas!). Lo que no puedo admitir es que se haga girar todas las actividades del hombre alrededor de un problema efímero, por el hecho de que tal problema (social o económico, y por lo mismo secundario en la jerarquía de los problemas humanos) acapare la atención de un siglo que caduca, precisamente, por haber olvidado que hay una jerarquía de problemas.

# LEGALIDAD E ILEGALIDAD
## EN LA CRÍTICA DE ARTE*

La obra de arte (o lo que como tal se ofrece a la consideración pública) sólo admite una crítica valedera: ya el asentimiento,
ya la reprobación de los hombres capaces de juzgarla, no de cualquier modo, sino en su carácter específico, vale decir en la razón
suficiente que le da vida y condiciones su realidad: en su belleza.
Porque "ser bella" es la razón primera de una obra de arte, y exigirle otra distinta con ese título es violentar su esencia por modo
de extorsión.

Puede suceder que la obra de arte, además de ser bella, se
proponga otro fin, tal como la demostración de una tesis, la exposición de una teoría o la descripción de una realidad según las
condiciones particulares de un lugar y un tiempo dados. Cada uno
de dichos fines aparecerá entonces como razón segunda de la
obra; y el crítico, después de juzgar su razón primera, universal y
necesaria, que es la belleza, puede hacer lo mismo con su razón segunda, particular y contingente, siempre que guarde la proporción y jerarquía que media entre ambas razones. Pero si el crítico,
en el acto de juzgar, supedita lo primero a lo segundo, lo universal a lo particular y lo necesario a lo contingente, incurre, por una
inversión del orden, en ilegalidad de juicio, haciendo prevalecer
una razón insuficiente sobre una razón suficiente. Y es un acto de
crítica ilegal que se repite mucho en estos días, como veremos más
adelante.

Si la belleza es la sola razón necesaria de una obra de arte, la
intuición de lo bello aparecerá como primera virtud del crítico,
virtud indispensable, sin la cual toda crítica resulta imposible.
Ahora bien: el conocimiento de la belleza se realiza por una intui-

* En *La Nación*, Buenos Aires, 19 de mayo de 1935, pp. 1 y 3.

ción de orden suprarracional que algunos poseen y otros no; y aunque tal afirmación, rigurosamente verdadera, suele repugnar a los profesores de ciertas doctrinas igualitarias, no hay más remedio que admitirla, y reconocer que la percepción de lo bello no está al alcance de todo el mundo. De lo cual se infiere que la idoneidad del crítico finca, sobre toda otra virtud, en la posesión de aquel sentido interno gracias al cual, frente a una obra de arte, le será dado hacer una primera afirmación, la primera y la única fundamental: "esta obra es o no es bella".

Pero la función del crítico no ha de limitarse a declarar que una obra es bella o no lo es. Si la operación del arte consiste en hacer que una forma inteligible resplandezca sobre una materia, el crítico deberá considerar, primero, la intención del artífice; luego, su modo de operar frente a la materia que le ofrece combate; por último, el resultado del encuentro, en que la forma y la materia se reconcilian, para dar ese compuesto armonioso que se llama una obra de arte. Todo lo cual exige un profundo conocimiento de las leyes que rigen la creación artística.

Además la obra de arte no es un hecho independiente, sino que responde a una filiación dada y obedece a relaciones más o menos constantes. Obras hay que con una apariencia de agresiva novedad entroncan en las más puras tradiciones del arte; otras disimulan su falta de principio con un exterior engañoso. El crítico inexperto se dejará enredar en el velo de las apariencias exteriores, pero el buen crítico las pasará sobre justas balanzas. Claro está que para ello, además de la intuición sobredicha, ha menester un maduro conocimiento de las obras maestras universales, gracias al cual podrá establecer aquellas relaciones y parentescos que le ayudarán a conseguir una mejor inteligencia de la obra en juicio.

Armado de tantas y tales virtudes el crítico puede ejercer su ministerio, ya en las obras que tienen una consagración universal, ya en las que van apareciendo a la luz de cada día. En el primer caso se limita, generalmente, a expresar el conjunto de reflexiones que la obra le ha sugerido, en virtud de su misma fecundidad, y entonces la crítica se presenta como una nueva creación que por su cuenta y riesgo aventura el crítico, sin afectar en nada los intereses de la obra que le sirve de soporte. Pero si el crítico ejerce su virtud en una obra sobre la cual el juicio está pendiente, su responsabilidad es inmensa. Porque ante su mirada de juez tiene ahora un hecho nuevo, una nueva criatura del espíritu, y esa criatura le reclama justicia. ¿Qué justicia le reclama? Es una obra del entendimiento y, como tal, viene destinada a la intelección: ser entendida, tal es la justicia que reclama. Y ser entendida rectamente, vale decir, en su propia esencia y según su modo propio de inteligibilidad.

Tal es el deber amoroso del crítico para con la obra. Pero el crítico tiene, además, otros deberes amorosos que cumplir: uno para con el artífice y otro para con el público. Para con el artífice, formulando sobre su obra un juicio recto que le sirva, ya de asentimiento, ya de corrección, ya de experiencia útil a sus trabajos futuros; para con el público, dirigiendo su atención hacia las obras dignas y apartándola de las que no lo son. Y los llamo deberes amorosos porque nada valen si no entran en el orden de la caridad intelectual.

De todo lo dicho se infiere que la crítica honesta no es fácil, sino dificilísima. Porque reclama, primero, una virtud natural, innata, no adquirible, que es la intuición de lo bello; y segundo, ciertos conocimientos que pueden adquirirse, mas no sin inteligencia ni sudor. Si falta la primera, toda crítica se hace imposible, por faltar la "visión" del objeto a criticarse; si faltan los segundos, la crítica no saldrá de un sentimiento simple o de una negación desnuda, que pueden bastar al que contempla la obra, pero no al que se propone desarrollar un juicio.

Bueno es insistir en las dificultades de la crítica y en la responsabilidad que contraen los que la ejercen, sobre todo cuando solemos verla en manos torpes o malévolas. No hay actividad humana, por simple que sea, cuyo ejercicio no reclame ciertas condiciones previas de idoneidad, visibles para todo el mundo. Sólo la crítica parece no entrar en este orden; y se la convierte así en el lugar común de todas las opiniones, sin recordar que en ese terreno, como en los otros, antes de opinar es necesario tener el derecho y la autoridad de la opinión. Para dar un ejemplo señalaré dos linajes de malos críticos, los que más abundan: el de los críticos por casualidad y el de los críticos por rencor. Los primeros ejercen la crítica sin autoridad ni deseo, llevados a ella por el azar de una cátedra ofrecida y aceptada con ligereza culpable; los segundos, por motivos personales casi siempre, llevan a la crítica un fondo de amarguras y resentimientos que no deja de pesar en la balanza de su justicia. Y digamos ahora que si los primeros, en virtud de su misma incapacidad, son inofensivos y hasta inexistentes con respecto a la crítica verdadera, los otros revisten cierta peligrosidad, sobre todo si acaban en profesores de la crítica negativa; porque no hay nada tan alejado de la justicia y de toda razón como un juez que de antemano se declara profesional de la condena.

Pero hay una crítica peor aun, a la que correspondería, más que el título de ilegal o deshonesta, el título de "contranatura". Me refiero a la que (ya negando, ya desconociendo que la obra de arte sólo tiene una razón principal, que es lo bello) le exige, como primera razón, otra que no conviene a su naturaleza, según lo expresé más arriba.

¿Qué circunstancias han mediado para que lo bello se discuta como razón suficiente del arte? Hubo un tiempo en que la belleza procuraba "un conocimiento con deleite", y ello fue cuando el hombre sabía remontarse, por la belleza creada y mortal, a la belleza del Creador, infinita y eterna. Olvidado ese camino, la belleza se redujo a proporcionar "un deleite sin conocimiento"; y no fue la última etapa de su desprestigio, porque tocamos ya los días en que lo bello ni hace conocer ni deleita. No es extraño entonces que se le busque al arte otra razón suficiente, al gusto del siglo. El pragmatismo actual, que trata de hallarle a todo una finalidad inmediata y visible, postulará que el arte debe servir a los ideales de la época; y, como la sociología es la preocupación eminente de ahora, no faltarán quienes conciban al arte como un instrumento que debe ponerse al servicio de las doctrinas sociales, hasta el extremo de colocarlo en este riguroso dilema: o tomar esas doctrinas como razón suficiente, o desaparecer, tal como ha sucedido ya en algunas organizaciones revolucionarias del estado.

Y no es que el arte se resista, por naturaleza, a toda servidumbre. Por el contrario, en sus tiempos mejores lo vemos entregado a la religión y a la metafísica, para servir, ya en la adoración, ya en la inteligencia de los principios eternos; y vemos que tal servidumbre, lejos de menoscabar su belleza, la magnifica y exalta, por su dedicación a los principios de los cuales toda belleza procede. Así el arte, sirviendo a lo que le es superior en jerarquía espiritual, es esclavo y es libre al mismo tiempo; y es doblemente libre, porque el salario de su esclavitud es una confirmación y un crecimiento de su belleza es la razón que le da ser y autonomía de ser, y esa razón es el principio de su libertad.

Es que lo superior en jerarquía posee las razones y virtudes de lo inferior, y las posee con mayor universalidad y excelencia. Por eso el arte no pierde su dignidad, sino que la engrandece, sirviendo a lo que le es superior en orden espiritual. El verdadero peligro está en destruir la jerarquía poniendo lo superior al servicio de lo inferior; porque la jerarquía es el principio del orden y romperla es entregarlo todo a la disolución y a la muerte.

# EL SENTIDO DE LA NOCHE EN EL
## *NOCTURNO EUROPEO* DE EDUARDO MALLEA*

Antes de considerar la materia propia de este *Nocturno europeo* el crítico dado a la manía de la clasificación literaria podrá preguntarse si está o no en presencia de una novela; y recordará entonces que la novela constituye un género tan indefinido aún y tan rebelde al freno de la preceptiva que, por asombroso contraste, no hay realización novelística de alto vuelo que no haya venido a superar y aun a contradecir las leyes que hasta su aparición se consideraba como propias del género. En lo que me toca, si tuviese que dar a esta obra de Mallea una clasificación aproximada, no vacilaría en afirmar que el *Nocturno europeo* entra más en el género de las "confesiones" que en el de la novela, bien que la suya sea una confesión en tercera persona. Se me dirá que toda novela es, al fin, una confesión en tercera o en terceras personas; y responderé que no todo lo que afirmamos de nosotros merece nombre de confesión, aunque revelemos al público los gestos más escondidos de nuestro ser. Por el contrario, yo diría que hay confesión, no en la medida de lo que afirmamos, sino en la medida de lo que negamos de nosotros; y en efecto la confesión auténtica es la expresión verbal de una serie de negaciones que acerca de sí mismo formula el ser abocado a su propio conocimiento (y no quiero decir que la confesión se desenvuelva en el solo terreno de las negaciones; sino que por las negaciones debe comenzar y comienza el hombre todo conocimiento real de su propio enigma). De lo dicho se infiere que toda confesión verdadera supone un conocimiento previo de sí mismo, y que tal conocimiento debe ser la flor y el fruto de una experiencia negativa del mundo que ha obrado en el ser como piedra de toque. Ahora bien, dicho conocimiento se realiza

* En *Sur*, Buenos Aires, a. V, nº 15, diciembre de 1935, pp. 116-121.

en dos procesos consecutivos: el primero es el de las negaciones, comparado a la muerte, porque lo negado muere para el hombre y el hombre muere para lo que niega, y asimilado a la noche, por la correspondencia de signo que hay entre la noche y la muerte; el segundo proceso es el de las afirmaciones que traen implícitas todas las negaciones (porque toda negación es negación de "algo" que se "afirma" como ausente), y siendo un proceso iluminativo es comparable al amanecer que brota de la noche como la afirmación brota de la negación. El arte de negar y el arte de conocer se dan un abrazo en las esferas vivas del conocimiento: el que se niega disminuye su estatura, y el que disminuye su estatura entra por "la puerta baja" del saber, a que se refiere Mallea en un pasaje de su obra. A estos caracteres del drama que se confiesa es necesario añadir ese tono particularísimo de las confesiones, que no es el tono de la "compasión", vale decir, el del mal ajeno que se con-pade-ce, sino el de la "pasión" íntima, realizada en carne propia y esencialmente intransferible. Y si abarcamos ahora el conjunto de caracteres que definen la confesión auténtica veremos cómo las de San Agustín, verbi gracia, convienen admirablemente al género, y cómo la mayoría de las obras que tenemos por "confesiones" no salen de cierto bizantinismo psicológico ajeno a toda realización efectiva del ser por el autoconocimiento.

He dicho que el *Nocturno europeo* más que una novela es una confesión, y he señalado, bien que someramente, las condiciones esenciales del género; trataré de demostrar a continuación hasta qué punto el libro de Mallea responde al esquema teórico que acabo de trazar. Ya el título nos dice que se trata de un "nocturno", vale decir, de una obra en la que ha de resonar el acento de la noche, y no de la noche física, sino de la noche espiritual a que me referí hace poco. ¿Dónde o en quién se realiza la noche? El mismo título, al afirmar que se trata de un nocturno "europeo", podría inclinarse a suponer que la noche se realiza en Europa, tal como si el autor entendiera describir un estado general de la conciencia europea que vislumbrara en sí un proceso de anochecer. Pero la lectura del libro nos demuestra que no es así: por el contrario, los hombres y las mujeres cuyos ademanes observa el protagonista de la obra viven su día y creen en su día; no hay en ellos el más leve anuncio de la noche, sino afirmación de su día y afirmación de sus individualidades coloreadas, en cada voz y en cada gesto. Ciertamente, la noche no se realiza en ese mundo. Vemos, en cambio, qué todas esas afirmaciones de vida cambian de signo y se truecan en negaciones a medida que las considera el observador: se diría que el observador y el mundo se han polarizado en los términos de una igualdad, y que las afirmaciones del mundo pasan al observador, pero con signo contrario. Lo que verdaderamente ocurre es que la noche está realizándose en el observador protagonista de la obra.

Sigamos a ese Adrián del *Nocturno europeo,* ya que sólo en la intimidad de su ser está desarrollándose el drama. Dije más arriba que hay una experiencia del mundo en el ser abocado a su propio conocimiento: Adrián ha compartido las afirmaciones del mundo que lo rodea; tales afirmaciones han constituido hasta entonces la forma de su vida, y lo manifiesta en prolijas enumeraciones (otro carácter de la confesión) y con ese tono a que ya me he referido y que sólo conocen los que alguna vez se han confesado verdaderamente. ¿A qué viene ese tono de contrición y ese balance amargo de su vida? Es que su experiencia del mundo termina en signo negativo; porque "todas esas aventuras le habían dejado un regusto acre" y "había vivido descuidando su edad, su naturaleza, su ánimo y su ánima". Y aquí empieza su oposición con el mundo, sustrayéndose a la corriente general y al día de los otros, en ese "alto del camino" en que se pide "razón de sí mismo" no bien el hambre de su conciencia se "afirma" precisamente, con su primera negación. Pero sustraerse a la corriente del mundo es enfrentarse de pronto con la soledad, y negar lo que hasta entonces había sido la diurnidad de su vida es enfrentarse con la noche y la muerte. Veremos ahora cómo el acento de la soledad y el de la noche resuenan largamente en lo que sigue de la obra.

"No es bueno que el hombre esté solo", dice Jehová en el libro del Génesis. La soledad no conviene a la naturaleza del hombre, sino como estado transitorio y "penitencial"; cualquier otra forma de la soledad humana es viciosa, vale decir, contraria a la esencia del hombre, ya se lo considere como individuo, ya como persona; el hombre, como individuo, se debe a la sociedad de los cuerpos, y como persona espiritual se debe a la sociedad de las almas. Al admitir la soledad en que lo pone su deserción del mundo que niega el protagonista conoce el sabor penitencial de su estado. Dura y amarga es la vía del hombre que, ansioso de comulgar con las otras almas y fiel, por otra parte, a la noche que cae sobre sí mismo, se ve obligado a quemar los antiguos puentes de unión y a responder con un gesto negativo de su cabeza a los llamados de las criaturas con cuyos gestos ya no pueden solidarizarse. Adrián se siente solo, "absolutamente solo", y mira "a uno y otro lado en busca de seres con quienes tener comunión". Las "criaturas exteriores y sensibles" no le ofrecen ya la comunión que desea: cierto es que, pesaroso de su soledad, el héroe se dice luego que podría huir de ella por actos de solidaridad con esas criaturas de que habla San Agustín; pero yo entiendo que Adrián se equivoca, porque tal regreso no es posible en el ser que verdaderamente se ha desposado con la noche. Ya en su aventura con Miss Dardington ha descubierto esa imposibilidad: su ser ha sufrido entonces un desdoblamiento en el hombre diurno de ayer y en ese "testigo obseso y grave" de ahora que observa los ademanes del otro; y ese testigo nocturno ha de aparecérsele cada vez que intente un regreso hacia el día negado, y desde el fondo de su noche volverá a demostrarle la imposibilidad de una comunión cuya experiencia negativa se ha realizado ya. Pero Adrián no se queda en la sola enunciación de su fracaso: es "demasiado inteligente de corazón para contentarse con una solidaridad que no se basara en un escrupuloso casamiento del espíritu con el espíritu de las otras ánimas". Es así que negándose a una forma de solidaridad afirma la otra, la que verdaderamente responde al tamaño de su aspiración, y que define más adelante como "una solidaridad ecuménica, casi fluida, por lo perfecta, casi sobrehumana, por la perfección de los lazos que creía al fin posibles en la unión entre criaturas y criaturas". Y en la concepción de esta forma ecuménica de la solidaridad por el espíritu Adrián alcanza la más certera de sus afirmaciones. La afirmación de la Unidad como principio y fin de todo lo diverso no está lejos de su mente, y si Adrián no da en ella todavía da, muy luego, en la afirmación del orden, el cual es una imagen viva de la Unidad que se refleja en la multiplicidad de las criaturas. Pero el tema que acaba de aparecer no pertenece a la fructificación de la soledad, sino a la de la noche, como veremos enseguida.

Dije ya que al negar lo que hasta entonces había sido la forma diurna de su vida el personaje de la obra inicia su noche: va despojándose de los valores del día, en los que cifraba su riqueza; y queda pobre y desierto, y la noche se le hace más profunda en cada nuevo despojo. "Veíase cada día más desnudo de vanidades, palabras e imaginativas delectaciones", dice Mallea en un pasaje de su libro; "su miseria era infinita", declara en otro; y agrega más adelante que su héroe "estaba atrozmente deshabitado, como no fuera de aflicción y de exilio". Es que al negarse a una forma de vida sin tener otra con que reemplazarla el hombre queda momentáneamente sin forma alguna de ser, ya que la noche, en virtud de su signo, es una pura negación; ahora bien, este quedarse sin forma es un vivo simulacro de la muerte y una frontera llena de peligros que el hombre nocturno debe atravesar sobreponiéndose a su angustia. Y la llamo frontera, porque el hombre nocturno se ve como en el límite de dos noches distintas: la noche que a sus espaldas crece, según el proceso negativo a que me referí anteriormente, y la noche enigmática que se abre delante de sus ojos y de la cual es dado esperar un nuevo amanecer, según el proceso de las afirmaciones consecutivas. Veamos ahora en qué negaciones finca Adrián su oposición con el mundo, y consigo mismo, ya que "de aquello que reclamaba comenzaba él por estar desierto". En numerosos pasajes de la obra dicha oposición se manifiesta como el repudio del desorden en que se hallan las conciencias: "no encontraba más que síntomas de una creciente multiplicidad en el desorden de cada conciencia"; "se estaba produciendo un fenómeno universal semejante a ese relajamiento del orden que precedió al Renacimiento"; "la antorcha que se pasaban los hombres era una antorcha de confusión — todos querían deshacerse de ella: la confusión crecía"; "lejos estaba de contrariarlo la forma del hombre, sino sus deformaciones". Y en la misma noción del desorden Adrián empieza a suspirar por una forma del orden que se va mostrando poco a poco ante sus ojos de observador.

En dos espejos distintos contempla la visión del orden: en la obra de los seres ordenados que un día constituyeron esa misma ciudad terrestre y cuya vara era sabia y justa, y en la obra del Creador, es decir, en la naturaleza, que sigue siendo un libro escrito según peso, número y medida. En un pasaje de su obra Mallea dice que su héroe no estaba maduro para interrogar; yo creo que sí lo está, ya que todo él se ha convertido en una interrogación viviente; por eso es que las cosas le responden, a él solo, y callan ante los otros, que no saben preguntar aún en el idioma de la noche; y es así, por ejemplo, que ante la Abadía frecuentada por un espíritu extranjero al de la unción Adrián se asombra de lo que ve y no reparan los demás asambleístas, le asombra "el modo como se había atentado contra el sentimiento inmanente del edificio". Y luego el Palacio de Justicia y los arquitrabes de Notre Dame le revelan su sabiduría; y en una obra de Benozzo-Gozzoli adivinará después que "el secreto de su grandeza residía en un acto de total entrega", por el que, desconfiando de su verdad individual, se sometía "virtuosa, circunstanciada y minuciosamente a la jerarquía de naturaleza divina que en el mundo levantaba sus formas". Y la contemplación de las formas naturales ocupa largo tiempo al héroe: se diría que Adrián encuentra un sabroso descanso para su angustia en la contemplación de aquel orden al que "nada vivo podía resistirse"; y ello explica las minuciosas descripciones de paisaje, tal como si el héroe quisiera demorarse allí, ante la segura presencia del orden vivo. Mas dicha presencia del orden lo vuelve, por contraste, a su realidad nocturna, y exclama finalmente: "¡Si se pudiera dar a una vida el ritmo de las aguas, el ritmo de los árboles! Esa unidad. ¡Esa imperturbabilidad activa!".

En ello queda el personaje del *Nocturno europeo*, y queda en su noche, ya iluminada de relámpagos. ¿Qué se propone Mallea con esta confesión tan viviente? En su despedida final dice: "¡Gritemos lo que somos, declaremos nuestro contrabando delictuoso, nuestra carga clandestina de incertidumbre e inhibición y falta de simplicidad!". Y asocio estas líneas de Mallea con los conceptos de otro de sus trabajos: "En esta hora hay algo que acerca a las gentes, y es una reclamación del espíritu, una falta de sosiego, una ansiedad, una especie de fracaso comunes. Todos quisiéramos pedirnos cuenta y confesarnos la causa de nuestro fracaso. Estamos complicados en un tremendo desacierto colectivo".[1] ¿Y cómo "salvar esa hora" del mundo? El autor cree en la eficacia de una comunicación entre las almas nocturnas, en vías de conseguir (si bien lo entiendo) un estado general de conciencia favorable a una salvación del hombre por el espíritu. Yo también creo en la eficacia inicial de tales comunicaciones; pero no creo que una suma de noches, vale decir, una suma de números negativos, resuelva en sí el advenimiento del día. Cierto es que de súbito, y sin saber cómo, la mano invisible del rigor nos conduce a la noche; pero nada resolvería la noche si de súbito, y sin saber cómo, la invisible mano de la misericordia no nos levantase hacia las regiones del día. Y es la posibilidad de ese encuentro nocturno con la luz lo que da a la noche su valor efectivo, su precio incalculable.

---

1  "El escritor de hoy frente a su tiempo", *Sur*, nº 12.

Ya en el final de mi crítica observo que, arrebatado por el tema del *Nocturno europeo*, nada he dicho de sus valores literarios y de su sobria hermosura. Y me pregunto ahora si en ello no va implicado el mejor elogio de la obra y del autor.

# CARTA ABIERTA*

Buenos Aires, octubre de 1936

Señora Directora de *Sur:*

La certidumbre de que una injusticia se está cometiendo con el arte y con un artista, y el deber en que me hallo de aclarar algunos puntos, como testigo de la obra en su nacimiento, me mueven a solicitarle la publicación de las líneas que siguen. Un viejo error, que creíamos desterrado para siempre, vuelve a levantar cabeza y a girar en torno del monumento a Bolívar, proyectado por el escultor Fioravanti; y vuelve dando un mentís a nuestra cultura, en el momento preciso en que Buenos Aires, justamente orgullosa de su progreso material y cultural, celebra el cuarto centenario de su fundación.

Se ha producido, ante todo, un caso de ilegalidad en el ejercicio de la crítica de arte, caso que podría resumirse así: nuestro país quiere honrar la memoria de Bolívar, por medio de una "obra de arte"; naturalmente, se reúne a los artistas en un concurso y se instituye un jurado de "peritos en materia de arte", a fin de que juzgue el mérito de las *maquettes*. Dicho jurado, ubicándose como juez de arte frente a la obra del artista, premia el trabajo de José Fioravanti, y lo hace en el pleno ejercicio de su autoridad legítima. Y ahora resulta que instituciones y personas, de indudable competencia en el orden que les es propio, pero sin autoridad reconocida en materia de arte, discuten el fallo de los jueces auténticos, que debiera ser inapelable, como lo es corrientemente. Esa invasión de dominios y esa investidura ilegal de atribuciones ajenas ha producido una confusión muy peligrosa para el arte.

* En *Sur*, Buenos Aires, a. VI, n° 25, octubre de 1936, pp. 100-102.

Los opositores dirán que no se discute el mérito artístico de la obra, sino la conveniencia de su aplicación a los fines establecidos; pero veremos que la objeción de los opositores se basa, no en una razón de arte, sino en un envejecido escrúpulo de moral, altamente injurioso para el arte, escrúpulo que nunca se dio en la conciencia de los pueblos cultos, sino en la de algunas individualidades, más o menos privadas de sentido artístico, las cuales ofendieron al arte, sin quererlo, arrojando sobre la pureza de lo bello la sombra de una desconfianza injusta.

Se ha vuelto a discutir la moralidad del desnudo artístico en general, y en particular su conveniencia en la figura ecuestre del monumento. Dejo a un lado el primer escrúpulo, cuya resurrección inesperada nos inspira más asombro que inquietud y más tristeza que ira: recuerdo las ciudades europeas, cuajadas de obras ilustres cuya desnudez al sol no sabe ser otra cosa que un limpio elogio de la belleza; recuerdo el museo del Vaticano (tan rico en esas graciosas criaturas del arte) el cual se ofrece todos los días a la contemplación de los ojos puros, con el beneplácito del Santo Padre de la cristiandad; y me pregunto si ante ciertas miradas se salvaría la desnudez de una rosa.

Es sobre la figura ecuestre de Bolívar que necesito dar algún testimonio. En 1928, conversando con Fioravanti, en París, sobre ciertas figuras ecuestres realizadas al desnudo por los griegos, observábamos cuánta belleza resplandecía en la combinación de las dos formas desnudas, la del jinete y la de su caballo. Desde entonces acarició Fioravanti el proyecto de su obra; y el monumento a Bolívar le dio una oportunidad de realización. Recuerdo que Fioravanti, al concebir su proyecto, tenía dos preocupaciones paralelas: una de índole puramente artística, que lo impulsaba a reflejar en el jinete y su caballo el esplendor de las formas, ese *splendor formae* con que los escolásticos definían la belleza; y otra, no menos importante, que lo guiaba a dar un sentido simbólico a su figura, en honor del héroe glorificado. Si el heroísmo es un movimiento de amor hacia los demás, que exige del héroe un despojo absoluto de sus intereses individuales, justo es reconocer que la figura de Bolívar, en su desnudez, expresa ese despojamiento heroico; y con ese símbolo de la naturaleza heroica quiso el artista glorificar al héroe. Recuerdo, además, que Fioravanti hallaba en su Bolívar una clara figuración del "espíritu militar", ordenado, sereno y fuerte, y que no se le ocultaba esa correspondencia, plástica y simbólica, que había entre la desnudez del soldado y la desnudez de su espada.

Este conjunto de intenciones puras hizo su obra: da pena ver que algunos le hayan respondido con una sospecha fuera de lugar y con una incomprensión lamentable. El arte, más que un artista, se resiente con ello, y la esperanza de los que trabajan para que nuestra ciudad tenga un arte digno de su grandeza.

Saludo a la señora Directora con todo respeto,

L. M.

# EL POETA Y LA REPÚBLICA DE PLATÓN*

Al participar con vosotros en esta fiesta[1] del intelecto y al considerar la grata significación de esta ceremonia en la cual el Estado reconoce, valoriza y premia la obra de sus artífices, he recordado, sin proponérmelo, el extraordinario juicio que hace Platón de los poetas, al excluirlos, en teoría, de su famosa República. Y he sentido a la vez dos impulsos aparentemente contradictorios: el de censurar a Platón y el de defenderlo. Haré las dos cosas, porque, según se lo considere, el poeta tiene razón contra el filósofo y el filósofo puede tener razón contra el poeta.

Lo que más nos asombra es el hecho de que Platón, en vías de organizar la Ciudad Terrestre, excluya, sin más ni más, a los poetas, olvidando que toda criatura humana, sea cual fuere su naturaleza individual o su vocación, debe tener un lugar adecuado en la República, y que es obra del político, justamente, el asignarle a cada una el sitio y la jerarquía que le corresponde.

¿Ignoraba Platón, acaso, la naturaleza del poeta? Los que hayan leído su admirable *Fedro* dirán que, por el contrario, la conocía íntimamente y que, además, alababa sus asombrosas virtudes, hasta considerar al poeta como a un verdadero "espiráculo" de la divinidad. Entonces, ¿por qué le ha negado un lugar en el edificio teórico de su República? Sabido es que, al abordar la Metafísica, Platón había quemado sus tragedias; pero nunca logró destruir al poeta que llevaba en sí. Por el contrario, al edificar su República, el filósofo nos da la sensación de un político que llevara en sí el cadáver de un poeta.

Veamos ahora con qué títulos debe figurar el poeta en la Ciu-

* En *Sol y Luna*, Buenos Aires, nº 1, 1938, pp. 119-123.

1 Palabras pronunciadas en el acto anual de distribución de premios de la Comisión Nacional de Cultura.

dad Terrestre. Ha nacido con la vocación de la hermosura, y la palabra "vocación" significa "llamado": quiere decir que reconocerá el acento de la hermosura, no bien la hermosura lo llame; y, como la belleza es uno de los Nombres Divinos, quiere decir que reconocerá el nombre de Dios en todas las criaturas signadas por la belleza. Pero a esa faz pasiva de su natura responde luego una faz activa: el poeta se hace creador. En el orden de la belleza, sus criaturas espirituales son hermanas de las demás criaturas; hermanas del pájaro y de la rosa. Y el poeta se convierte así en un "continuador de la Creación Divina", para que nuevas criaturas alaben a Dios en la excelencia de uno de sus Nombres.

Tal es el poeta, ser extraño, descontentadizo, nunca inmóvil, siempre como sobre ascuas. En medio de vuestros entusiasmos terrenales, de vuestras luchas o de vuestros temores, acaso lo veáis indiferente y como perdido en vastas lejanías; otras veces turbará vuestra quietud con exaltaciones y raptos que os parecerán fuera de tono; os acercaréis a él, atraídos por sus rosas, y no es difícil que déis en sus espinas; trataréis de retenerlo en la tierra, y seguramente se os escapará de las manos; y puede ser que al fin, cansados de no entender su caprichosa índole, le digáis, con Platón, que se vaya de una vez al cielo… o al infierno.

Pero escuchad: esa es, justamente, la misión del poeta entre vosotros. Si os creéis afirmados en la tierra, él os llamará de pronto a vuestro destino de viajeros; si descansáis en el gusto efímero de cada día, él os recordará el "sabor eterno" a que estáis prometidos; si permanecéis inmóviles, él os dará sus alas; si no tenéis el don del canto, él os hará partícipes del suyo, de modo tal que no sabréis al fin si lo que se alza es la música del poeta o es vuestra propia música.

Hablando por todos y con todos los que no hablan, el poeta se hace al fin la voz de su pueblo: los pueblos se reconocen y hablan en la voz de sus poetas. He ahí porqué decía yo recién que el poeta tiene razón contra el filósofo de la República.

Pero también decía que el filósofo y el político pueden tener razón contra el poeta; y la tienen cuando el poeta, olvidando los límites que le son propios, hace un uso ilegítimo de su arte. Dije ya que el poeta es un inventor de criaturas espirituales, y en este orden su libertad es infinita. Pero hay cosas que no pueden ser inventadas, y la Verdad es una de ellas, porque la Verdad es única, eterna e inmutable desde el principio. Supongamos ahora que el poeta, criatura de instintos, pretenda tratar "lo verdadero" como trata "lo bello"; supongamos que pretenda inventar la verdad: pondrá entonces una mano sacrílega sobre lo que no debe ser tocado, y hará una substitución peligrosa: escamoteará la verdad y pondrá en su sitio una opinión poética, la suya. Supongamos que a todos los poetas de la tierra (y son muchos, os lo aseguro) se les dé por inventar la verdad: tendremos tantas verdades diferentes como poetas existen y nos abismaremos en una confusión de lenguas verdaderamente catastrófica. ¡Y quién sabe si el caos en que vivimos no es obra de poetas que han hecho de la verdad un peligroso juego lírico!

Vemos, pues, que no sin motivo Platón, en tanto que filósofo, recelaba de los poetas. Sus recelos, en tanto que político, tenían que ser mayores.

Tradicionalmente la Política es, o debe ser, una hermana menor de la Metafísica, vale decir, una aplicación del orden Celeste al orden Terrestre: constitución del Estado también se basa en principios inconmovibles, en un exacto conocimiento del hombre y de sus destinos naturales y sobrenaturales, en la justa ponderación de cada individuo y del lugar jerárquico que le corresponde, y en un sentido riguroso de las jerarquías. Supongamos ahora que el poeta (criatura sentimental a menudo y tornadiza casi siempre) se le dé por negar el orden en que vive, y pretenda inventar uno nuevo, según las reglas de su arte: si nadie lo sigue, habrá introducido, al menos, un germen de duda en lo indudable; si lo siguen unos pocos, dejará tras de sí un fermento de disolución activa; si lo acompañan todos, la destrucción de la Ciudad es un hecho.

Afortunadamente, y en virtud de su maravilloso instinto, es difícil que el poeta se embarque en tales aventuras. Y, si lo hace, no es acatando su vocación, sino traicionándola. En este último caso no es necesario que desterréis al poeta, como lo hacía Platón. En bien suyo y de la Ciudad haced una cosa más sencilla: encerradlo en su Torre de Marfil, si es posible con dos vueltas de llave...

Si así lo hacéis no será indulgencia, sino sabiduría. En el canto 22 de la *Odisea* pinta Homero al formidable Ulises entre las víctimas de su justa venganza, buscando aún otra víctima, con el arma enhiesta. Entonces el poeta Femius, que había cantado a pesar suyo en el festín de los pretendientes, se adelanta con temor y dice a Ulises:

—"Te conjuro, hijo de Laertes, a que tengas por mí algún respeto. Te preparas a ti mismo una pena grande si arrebatas la luz al que, por sus cantos, hace la delicia de los dioses y los hombres."

Telémaco, que ha oído al poeta, grita, volando hacia su padre:

—"¡Detente, padre! ¡Que tu hierro no lo toque!"

Y Ulises baja el arma.

# CARTA A EDUARDO MALLEA*

Querido Eduardo:

Recién concluyo la lectura de tu libro, y quiero comunicarte algunas impresiones, ahora mismo, viviendo aún en la atmósfera de tu trabajo. Desde luego, no me parece fácil hablar *serenamente* de tu *Historia de una pasión argentina:* es la historia de una pasión, referida con el lenguaje de la pasión, vale decir, es un idioma que solicita y consigue la "compasión" del lector más que su asentimiento especulativo. En ese terreno, el de la pasión compartida, estoy a tu lado, y lo estarán seguramente todos aquellos lectores (no sé si abundan) que sufren actualmente lo que podríamos llamar "la pena metafísica de ser argentinos". Y recuerdo ahora dos versos míos, pertenecientes a una de mis *Odas,* los cuales tienen el valor de una correspondencia:

"La patria es un dolor que aún no tiene bautismo:
Sobre tu carne pesa como un recién nacido."

Lenguaje de pasión es el tuyo: pensamiento, sí, pero exclamado y en son de grito. Y recordando ahora otras páginas tuyas en las cuales, al hablar de América, la definías como un continente que no ha logrado aún su expresión, se me ocurre pensar que cuando América inicie su discurso también lo hará en un idioma exclamado, como corresponde a todo aquel que habla al fin, tras un largo y doloroso silencio.

*Una pasión argentina.* Ese vocablo "pasión" usa en tu obra su sentido literal de "padecimiento". Padecer la Argentina de hoy, llevarla como una herida en el costado, tal es tu historia y quizá la de

* En *Sol y Luna*, Buenos Aires, n° 1, 1938, pp. 180-182.

muchos argentinos. Porque sé, como tú, que hay actualmente dos clases de argentinos: los que asisten al país, desde afuera, como quien asiste a un banquete monstruo, y los que lo sufren en sí mismo, con dolores de parto; aquellos que todo lo exigen del país, y aquellos que todo lo dan, sin recompensa. ¿Sin recompensa? No. Cada una de estas dos clases sirve en el país a un señor distinto y obtiene el salario propio de su servicio y de su señor; y si nuestro salario es la soledad, el suspiro del alma y la congoja, es porque servimos a un señor que gusta manifestarse entre las lágrimas de sus servidores.

Durante la lectura de tu libro he realizado una observación muy significativa: el tema de la pasión se desdobla en ti frecuentemente, de modo tal que se nos ofrece, ya como tu pasión a causa del país, ya como tu pasión a causa de ti mismo. Digo que se desdobla (y aquí está lo arriesgado de la observación) porque en el fondo ambas pasiones concurren en una sola pasión indivisible, en una pasión de dos caras, tal como si la Argentina cuyo nacimiento soñamos estuviera gestándose en el interior de los que la padecemos, y tal como si el desenlace de su "agonía" (en el sentido de lucha interior) dependiera del resultado de nuestra propia agonía. Y ahora me parece claro lo que dije recién, al hablar de los que llevan el país en sí con dolores de parto.

Tu historia es la historia de un alma, y por lo tanto es la historia de un despertar, como la mía; como la de todos los despiertos: Dante despierta una vez, espiritualmente, y se halla en la selva oscura. Desde la infancia (un niño mirando las arenas), ¡qué largo sueño! Desde la infancia (un niño frente al mar) ¡qué largo viaje! Y de pronto uno despierta en la noche: ¡el alma se nos ha vuelto nocturna! De pronto el alma se detiene (¡qué largo viaje!), ya no quiere seguir; y empieza entonces a girar sobre sí misma, estudiándose y llorándose. Algo bueno está sucediéndole, sin duda, puesto que abandona el movimiento local de los cuerpos y asume ahora el movimiento circular de las almas; y si ahora gira sobre sí misma es porque ha encontrado su propio eje. Querido Eduardo, no quiero aclarar estas palabras necesariamente oscuras: tú las entenderás, y eso me basta. Lo que podemos afirmar en lenguaje directo es que nuestra Argentina irá levantándose a medida que crezca el número de los despiertos, entre los dormidos, y el de los "sobrios", entre los "ebrios".

¿Haremos un país a nuestra imagen y semejanza? Entonces,

a esta Argentina que nos rodea, le exigiremos lo que nos hemos exigido a nosotros mismos: nos hemos despojado lo bastante como para entrever el color de nuestras almas, y es necesario que el país se desnude mucho para encontrar el de la suya. ¿Cómo? En tu libro hablas del dolor y elogias la exaltación de la vida severa; pero ¿bastará que se produzca el milagro en un archipiélago de almas argentinas? ¿no sería ello una realización insular, incomunicable a ese todo que es un pueblo? En otra parte de tu libro te refieres al pueblo y a su "capacidad de dolor"; pero esa capacidad es una virtud "en potencia", y sería necesario que los acontecimientos la pusieran en acto vivo. El pueblo, como pueblo, no saldrá en busca del dolor, y si lo encuentra en sí mismo será porque una vibración colectiva lo ha puesto en acto. ¿Es posible que ocurra? Sólo sé responder lo siguiente: hay pueblos que tienen misión y que parecen destinados a llevar la voz cantante de la historia, sufriéndola en sí mismos y creándola; pues bien, a esa clase de pueblos no les ha faltado nunca la prueba del dolor vivificante, y ese dolor puede llevar muchos nombres, algunos aborrecimientos, pero su nombre verdadero sólo es conocido de Aquel que llamamos Único Señor de la Historia. Falta preguntarse ahora: ¿será el nuestro un país de misión? Yo creo que sí: la mía es una fe y una esperanza, nada más, pero es mucho.

Sólo cuando el país entero vibre y se exalte en la unidad de un solo acorde que sea música de sí mismo y vibración de su alma, sólo entonces nuestro país será una gran provincia de la tierra. ¿Le pides, además, una superación de sí mismo y un rapto de sí mismo hacia las últimas fronteras de lo humano? ¡Cuidado! Porque entonces la Argentina ya no será tan sólo una gran provincia de la tierra, sino, además, una gran provincia del cielo.

Querido Eduardo, querías dialogar con tus lectores, y he dicho mi parte, a fuer de honrado interlocutor. Hay otras observaciones interesantes en tu libro: aquella de que nuestro país debe reintegrarse a una línea espiritual que ya tuvo y que perdió luego, me parece digna de ser estudiada con mayor amplitud. Ya lo harás otra vez, y dialogaremos nuevamente. Hasta entonces recibe los plácemes sinceros y el abrazo de tu amigo.

# VICTORIA OCAMPO
## Y LA LITERATURA FEMENINA*

La editorial Sur acaba de publicar dos conferencias de Victoria Ocampo: *Emily Brontë* y *Virginia Woolf, Orlando y Cía*. No es el hecho de que ambas conferencias estén dedicadas a mujeres escritoras lo que me ha movido a escribir en el título, junto al nombre de Victoria Ocampo, aquella continuación a apéndice que dice "y la literatura femenina": algunas observaciones realizadas en el texto y la recordación de ciertas virtudes que la mujer posee, si no en exclusividad, al menos en alto grado de excelencia, me hacen advertir la posibilidad, creo que no manifestada todavía, de dar un valor genérico a la literatura femenina, y de sustraerla, por lo tanto, a los errores de la comparación y a la injusticia de los críticos, mediante el reconocimiento de algunos caracteres que le son propios y que le dan la investidura de un hecho nuevo e independiente.

A dichos caracteres me referiré más adelante. Pero enseguida me veré abocado a un asunto lleno de espinas: sabido es que Virginia Woolf levanta en su *Orlando*, la vieja y siempre ondulante bandera de Lisístrata, y su fogosa comentadora dice a este respecto: "Orlando ve a los hombres rehusando a las mujeres la más mínima instrucción, por miedo de que un día se rían de ellos, y los ve, al propio tiempo, entregados, sometidos a los caprichos de las más desfachatadas, de las más tontas, por el hecho de llevar faldas. Hay realmente motivo para sentir rebeldía ante esos reyes de la creación". ¡Diablo, es la guerra declarada! Y si me animo a terciar en ella sin otras armas que las que me ofrecen algunos conocimientos de metafísica, es con el solo deseo de hacer que la paloma simbólica vuele sobre mi comentario, y movido, además, por el hecho singularísmo de que Virginia Woolf, acaso sin saberlo, re-

* En *Sur*, Buenos Aires, a. IX, nº 52, enero de 1939, pp. 66-70.

suelve simbólicamente la vieja contienda, en el extraordinario personaje de su obra.

Pero antes de tocar una materia tan ardua quiero expresar algunas observaciones acerca de Victoria Ocampo, su estilo y su técnica. Los dos trabajos que me ocupan no son conferencias, en el sentido vulgar del género, y su autora está lejos, por fortuna, del monólogo y la soledad que caracterizan al conferenciante de marras, en su relación con el público. Creo que la técnica de Victoria Ocampo (la que aparece con idénticos matices en todos los escritos de su pluma) es la técnica de la plática o de la conversación, que consiste en fluir con libertad y soltura, sin otra limitación que la que le señala el cauce o tema elegido previamente: su plática es un deslizamiento fluvial que sigue todos los niveles del asunto, que desborda y se explaya según la naturaleza del terreno, y que, sobre todo, va enriqueciéndose con los sedimentos arrancados inesperadamente a sus dos orillas. Los que conozcan a Victoria Ocampo advertirán lo mucho que una técnica semejante conviene a su espíritu inquieto, a su movediza vitalidad y al incansable fluir de sus emociones y recuerdos.

"Voy a hablarles a ustedes como *common reader* de la obra de Virginia Woolf", dice al iniciar una de sus pláticas. Victoria Ocampo suele anunciar su naturaleza de "lector común", siguiendo a Virginia Woolf que así lo hace al adelantar sus trabajos críticos: la expresión pertenece al doctor Johnson, para el cual es lector común aquel "que lee exclusivamente por placer y sin preocupación de tener que transmitir sus conocimientos", y que se diferencia, por lo tanto, del lector crítico y del erudito. Por mi parte, no estoy lejos de asentir con el Dr. Johnson, en la definición que hace del lector común; pero creo que ni Virginia Woolf ni Victoria Ocampo entran del todo en la definición (¿no dice la segunda de la primera que sólo adopta ese carácter por absurda modestia?). Refiriéndome al solo caso de Victoria Ocampo diré ahora en qué medida le conviene el carácter de *common reader*, y en qué medida no le conviene.

Cierto es que el lector común, a semejanza del espectador común, padece lo que lee, o mejor dicho "con-padece": Aristóteles exigía de la tragedia que suscitara la compasión en el ánimo de los espectadores, de modo tal que los espectadores llegaran a padecer los mismos afectos que padecían en escena los héroes del drama; y creo que los lectores comunes experimentan algo semejante, no sólo con la literatura de imaginación, sino hasta con la ideológica. Ahora bien, reconozco en Victoria Ocampo esa entrega total de sí misma a la obra o al asunto, que caracteriza al lector común: basta leer su exégesis de *Orlando,* considerado más como sujeto viviente que como personaje de ficción, y su exaltada biografía de Emily Brontë, considerada más como personaje de novela que como sujeto viviente.

Pero el lector común, así como el espectador común, es algo esencialmente pasivo, algo que se funde con la obra y que "no tiene voz" ni la necesita, porque todo él se realiza en lo que lee; y este carácter del lector común ya no le conviene a Victoria Ocampo. Hay que buscar entonces un término medio, un lector que padezca y que hable a la vez. La tragedia clásica nos lo dará enseguida, porque en el teatro antiguo no sólo están la tragedia de un lado y los espectadores comunes del otro: allí mismo, entre la escena y el público, se agitan otros espectadores que tienen voz y la manifiestan, que padecen el drama y lo dicen, que discuten o asienten con los actores. Es el coro trágico. Ahora bien, un lector que frente a sus lecturas asumiera los gestos del coro en la tragedia se parecería mucho a ese tipo de lector que se dicen Virginia Woolf y Victoria Ocampo. Creo que a una y a otra les gustaría la idea: a Virginia Woolf, que "hablando de cualquier cosa habla de sí misma, ella que nunca habla de sí misma"; y a Victoria Ocampo, que leyendo a Virginia siente ganas "de comentar a la comentadora a través de su comentario".

Dije ya que algunas observaciones halladas en el texto de *Virginia Woolf, Orlando y Cía.* me habían recordado ciertos caracteres propios de la mujer en su relación con el mundo, los cuales, aplicados a la creación literaria, pueden dar un valor genérico a la literatura femenina. El texto aludido se refiere a una creencia de Virginia Woolf, "a su creencia de que el espíritu humano no es sino el curso continuo de las imágenes y de los recuerdos, y que hay que expresar el sutil deslizarse de esas imágenes, de esos recuerdos cambiantes y multicolores, para ser fiel a la realidad más esencial".

Y justamente, observadores de todas las épocas han coincidido en afirmar que la mujer se mueve en el mundo cambiante del suceder con mayor soltura que en el mundo de los principios inmutables: nadie como ella pone una atención tan aguda en el desfile de las imágenes que constituyen la realidad inmediata y el mundo de los sentidos (el mismo Schopenhauer, entre otras consideraciones que por su grosería resultan indignas de un filósofo, concede a la mujer esa visión certera del mundo fenomenal). Por otra parte, la sucesión ineluctable de las cosas no se realiza sin que el advenimiento de una signifique la muerte de la otra; y la mujer padece, como nadie, la mutación de una realidad en cuya ilusión arraiga con tanto ahínco, y de la cual alcanza hoy un desfile de imágenes que se convertirá mañana en un desfile de recuerdos. Pues bien, el estudio y la expresión de ese fluir, el idioma de la pasión consiguiente, el dolor de perder la imagen en el tiempo y la dulzura de recobrarla en la memoria, todo esto constituye, a mi juicio, una materia literaria sobre la cual puede la mujer alegar derechos casi naturales. Y digo "casi naturales", porque, como ya lo he adelantado, la mujer no posee dicho carácter en exclusividad, sino en alto grado de excelencia, con respecto al hombre: la literatura de Proust, sin embargo, revela mucho de tal carácter; bien es cierto que hay en toda ella un "tono" femenino que no deja de llamar la atención.

Distinta es la posición del hombre frente al mundo de los fenómenos: es característica del hombre el no resignarse ante la mutación de las cosas, y el buscar, detrás de las imágenes mudables, la razón inmutable que organiza y dirige la danza. Por eso la metafísica es dominio del hombre, así como la física es dominio de la mujer.[1] Entre un dominio y otro no hay contrariedad, sino complemento: son "distintos", y cada uno halla en el otro lo que a sí mismo falta. Razón tiene Victoria Ocampo al enojarse con los críticos ingleses que menospreciaron una gran novela de Emily porque la firmaba una mujer. Es el mismo género de críticos que advierten la inferioridad de la mujer en el hecho de que la mujer no ha dado nunca una metafísica: con igual razón demostrarían la inferioridad del olmo, que no da peras, o la del peral, que no da rosas.

Y aquí entramos en el fin de la guerra, mediante la reconciliación de dos partes o dominios que necesitan unirse para formar una verdadera unidad, ya que cada uno, por sí mismo, no puede realizarla. Si me resolviese a hacer un poco de metafísica de salón,

---

[1] Claro está que sólo me refiero al orden de la "especulación" intelectual; porque en el orden de la realización "afectiva", entre una santa Teresa y un san Juan de la Cruz, por ejemplo, no cabe diferenciación alguna; bien es cierto que una y otro no hacen ya referencia al "arte humano", sino al "arte divino".

recordaría que los antiguos vieron la imagen perfecta de la concordia en el Adán-Eva del Génesis, en el Andrógino primitivo que describe Aristófanes[2] y en el Hermafrodita dormido que veneraron los griegos. Dejaré a los lectores el trabajo de considerar tales figuras, cuyo simbolismo no se limita, por otra parte, al solo dominio humano. Y expondré ahora el hecho singularísimo a que me refería en el principio de mi comentario: a sabiendas o no, Virginia Woolf también hace un andrógino de su Orlando, ya que le da primero la naturaleza del hombre y luego la de la mujer. ¿Qué significación tiene la metamorfosis de Orlando? Según Ovidio,[3] el sabio Tiresias había tomado, en sucesivas encarnaciones, la forma de uno y otro sexo, y lo recordaba: tal vez era sabio porque, reuniendo en sí mismo la ciencia del hombre y la de la mujer, había reconstruido la perfección dichosa de la unidad.

Con el divino Tiresias, acaba mi comentario: he tocado en él un tema o dos que, si no se vinculan directamente con las disertaciones de Victoria Ocampo, gira, al menos, en su órbita. Mi sola disculpa es el hecho de que yo, como Virginia Woolf y como Victoria Ocampo, tampoco soy el "lector común" de que nos habla el Dr. Johnson.

---

[2] *Banquete,* de Platón.
[3] *Metamorfosis.*

# JAMES JOYCE
## Y SU GRAN AVENTURA NOVELÍSTICA\*

En Zurich, donde vivió algunos años de su juventud y escribió parte de su famoso *Ulises*, ha muerto James Joyce, el escritor de ahora que sin duda provocó en torno suyo más discusiones y conflictos. Si hemos de identificarlo con el Stephen Dedalus de sus obras diremos que ha terminado en Zurich una existencia singular iniciada en Dublín el año 1882 y definida por los dos grandes temas implicados en el nombre del arquitecto mitológico (Dedalus) que Joyce dio a su personaje: un concepto laberíntico y una laberíntica realización de la vida humana; un afán eterno de evasión, simbolizado en el Ícaro de la misma leyenda.

Alguien podrá decir algún día cómo Joyce acertó la naturaleza de su laberinto, y cómo extravió los medios de su evasión al confiarla sólo a las frágiles plumas de Ícaro. Por mi parte, respetuoso de una conciencia que tanto luchó y que tal vez haya triunfado en la última instancia de la muerte, me limitaré a considerar algunos aspectos de su obra que, según creo, no fueron vistos aún con suficiente claridad.

Desde que los críticos, favorables o adversos, se dedicaron a exaltar o a vituperar la obra de James Joyce, todos estuvieron de acuerdo en señalarla como "algo raro" y fuera del orden común: pocos hay, verbigracia, que, ya en el tono de la censura o ya en el del elogio, no consideren el *Ulises* como una especie de monstruo literario. Sin embargo, yo me atrevo a sostener que dicha palabra es la primera y la mayor tentativa que se haya hecho últimamente para devolverle a la novela su lineamiento clásico y su raíz tradicional. Sabido es que la novela, género relativamente moderno, debe ser considerada como una "corrupción" (sentido peyorativo) o co-

\* En *La Nación,* Buenos Aires, 2 de febrero de 1941, 2ª sec., p. 1. Con motivo del fallecimiento de Joyce.

mo un "sucedáneo" (sentido mejorativo) de la epopeya antigua: quiere decir que en ambos sentidos la novela tiene que haber heredado las normas del género épico, bien que adaptadas a la modalidad de los nuevos tiempos cuya expresión le corresponde como sustituto de la epopeya.

Es indudable que Joyce lo entendió así, gracias a su sólida formación clásica y sobre todo escolástica: las ideas estéticas de Santo Tomás, trabajadas casi hasta el bizanticismo por este irlandés extraño: sus estudios parisienses de Aristóteles (¡aquella *Poética* magnífica!) en la Biblioteca de Sante Geneviève; su conocimiento de la épica universal que lo llevó muchas veces a la imitación y hasta a la parodia del género; todas esas circunstancias contribuyen a iluminar el fondo simplisimo del *Ulises* a pesar de los recursos técnicos y de las fantasías verbales que lo complican exteriormente. Y al fin de cuentas, el lector sagaz descubre que el *Ulises* es algo menos que una epopeya y algo más que una novela (¿no podría decirse lo mismo del *Quijote*?).

No me referiré aquí a las correspondencias más o menos veladas que el *Ulises* de Joyce pueda tener con la *Odisea* de Homero y en las que tanto insisten sus críticos: a mi entender, las normas de la epopeya se dan en el *Ulises,* no tanto por una imitación más o menos desfigurada de los episodios homéricos, cuanto por algunos caracteres de la obra que trataré de resumir a continuación. Apartándose de la corriente novela contemporánea, Joyce consigue alterar la verdadera estatura de sus personajes, confiriéndoles lo que yo llamaría cierta "magnitud heroica" y haciéndolos, no mejores de lo que son, como Aristóteles quería (porque Joyce carece de toda intención moral o moralizante), sino "más grandes" o si se quiere "más dilatados". Para ello a veces utiliza el tono natural de la épica, y hasta en sus formas verbales más arcaicas; o introduce en el texto, insólitamente, figuras y escenas heroicas que sólo tienen con tal personaje o tal episodio homéricos una vaga relación de similitud; o adopta, en fin, la técnica desmesurada del maestro Rabelais, hasta dar a su obra los contornos de una grotesca "gigantomaquia".

Otro carácter épico del *Ulises* se revela en su propensión a dilatar los límites vulgares o más conocidos del hombre, extendiéndolos a nuevos y misteriosos planos de la realidad. Cierto es que la epopeya antigua, tan arraigada en lo metafísico, cumple dicha norma "visualizando", por decirlo así, la relación invisible que existe entre los dioses y los hombres, entre la "Causa Primera" y las causas segundas. Pero Joyce, que ha perdido su fe y sólo es, como su Dedalus, "una horrosa especie de libre pensador", hace que sus héroes salgan de sí mismos, no para encontrarse frente a frente con lo sobrenatural o lo sobrehumano, sino para encararse con minuciosos desdoblamientos de "ellos mismos", ya en el mundo del sueño y la pesadilla, ya en los mil disfraces de la propia conciencia, ya en el turbio universo de lo "subconsciente". Con todo, el "efecto literario" es bastante parecido al de la epopeya tradicional; y aquel capítulo dialogado del *Ulises* que se desarrolla en el barrio de los burdeles, alcanza la grandeza épica de un *Descenso a los infiernos,* tema que nunca falta en las epopeyas antiguas, pero con una diferencia fundamental: en la epopeya es un "tema metafísico" y en el *Ulises* de Joyce un " tema literario".

Por otra parte, no ignoraba el estudioso Joyce que bajo el "sentido literal" de la epopeya, tan simple y llano, se oculta un "sentido profundo" (el de una realización metafísica) que se da por modo de símbolo y figura. Tal conocimiento le ha inspirado quizás ese juego de claves que se disimula en el *Ulises.* Pero también aquí la diferencia es muy significativa: el iniciado que da con las claves de una epopeya, lee su sentido profundo y alcanza un itinerario espiritual; el iniciado que da con las claves del *Ulises,* descubre que se trata de un juego literario tendiente a velar tales o cuales asimilaciones humanas. Por segunda vez James Joyce, atento a las normas de la epopeya, se desentiende del "espíritu" y se queda en la "letra". El "literato" predomina en él, y esa inclinación lo llevará lejos.

De la misma fuente ha sacado Joyce aquel realismo tajante y aquel gusto de la crudeza que tanto escandalizó a muchos y le ha valido cierta reputación de inmoralidad y hasta de pornografía que a mi entender es totalmente injusta. Dije ya que la obra de Joyce carece de toda intención moralizante, lo cual no vale decir que sea inmoral. Además, lo pornográfico en literatura supone cierta "complacencia" del escritor en la materia que trata; y tan lejos está Joyce de todo ello, que, según uno de sus críticos, al describir las pasiones humanas lo hace con la estudiosa frialdad de un "casuista" jesuita (Stephen Dedalus lo hubiera sido, y muy hondo, si hubiera juntado a su nombre el S.J., como estuvo a punto de hacerlo un día). Por mi parte, confieso que sus pasajes escabrosos me hacen recordar los grabados de Bruegel y el gesto admonitorio de las gárgolas medievales. Pero no dejo de reconocer que a Joyce, algunas veces, se le ha ido la mano en la pintura, y que su obra nada gana con ese alarde blasfematorio que asoma en ciertas páginas.

Ahora se me objetará que, a pesar de su clasicismo secreto, el *Ulises* continúa siendo un monstruo literario. Y digo que lo es, efectivamente, porque Joyce ha guardado sólo las normas exteriores del género épico: el héroe de la epopeya, verbigracia, no pierde nunca su "unidad" ante nuestra visión; es siempre uno y entero en la multiplicidad de las gestas que realiza. Por el contrario, Joyce divide y subdivide a su héroe, hasta que su forma unitaria desaparece de nuestra vista, como desaparece la unidad de un, organismo bajo el lente de un microscopio. Además, el tiempo de la epopeya es el tiempo natural de la vida, mientras que el tiempo del *Ulises* es el tiempo analítico del *relenti* cinematográfico (¡muy buenos días, Proust!) que necesita el autor para registrar la "pulverización" de su personaje. Por otra parte, en la epopeya, como en toda forma clásica, los medios de expresión están subordinados al fin, y la "letra" no arrebata jamás su primer plano al "espíritu". Joyce, cuya inclinación a la letra ya he señalado, concluye por dar a los medios de expresión una preeminencia tal, que la variación de estilos, la continua mudanza de recursos y el juego libre de los vocablos terminan por hacemos perder la visión de la escena, de los personajes y de la obra misma. No se ha detenido ahí, ciertamente, porque hay un "demonio de la letra" y es un diablo temible. A juzgar, por sus últimos trabajos, el demonio de la letra venció a Joyce definitivamente.

Y esta es la gran aventura novelística de un escritor admirable. Pienso que si la novela recobra, según creo, sus antiguos cauces y su grandeza original, los novelistas del futuro verán en James Joyce a un precursor iluminado y se acercarán al *Ulises* como a un hermoso y extraño monumento.

# EL FOLKLORE NACIONAL
## EN NUESTRAS ESCUELAS PRIMARIAS*

El Consejo Nacional de Educación está distribuyendo en sus escuelas de toda la República dos ediciones de material folklórico, una para las escuelas infantiles y otra para los escolares adultos. Ambas colecciones, reunidas y ordenadas por una comisión ad hoc a iniciativa del vocal Alemandri, ofrecen a los maestros argentinos un material que no sólo se caracteriza por su amena y fácil aplicación didáctica, sino también por el lenguaje directo y significativo con que se dirige a la conciencia nacional de nuestros educadores y educandos: leyendas y tradiciones del país, fábulas argentinas, cuentos de animales, romances y coplas, anecdotarios y refraneros, expresiones entrañables todas de nuestro pueblo, de su sabiduría y experiencia, de su instinto poético y de sus inclinaciones artísticas.

Sabido es que las actividades folklóricas no son nuevas en el país y que han contado y cuentan hoy con trabajadores entusiastas. Pero los frutos considerables de tal esfuerzo no abandonaron, lógicamente, el círculo de la especialización y el de la reserva erudita. Por eso es que la iniciativa del Consejo Nacional de Educación aparece ahora como algo novedoso y decididamente audaz: no se propone la obra del investigador, que recoge la pieza folklórica y la estudia como un objeto de ciencia; trata, en cambio, de lograr que esas "monedas tradicionales" vuelvan a la circulación, que lo folklórico adquiera nuevas vigencias populares y que otros labios recojan, vivifiquen y prolonguen una tradición amenazada por la indiferencia y el olvido. Esta obra de vivificación sólo podía confiarse a las nuevas generaciones argentinas, sobre todo a las que, hallándose hoy en sus años infantiles, aseguran una feliz asi-

---

* En *La Nación*, Buenos Aires, 31 de marzo de 1941, p. 8.

milación del objeto, tanto por la plasticidad de sus facultades inte-
lectivas y emotivas cuanto por la riqueza de su imaginación. Y así
lo ha entendido el Consejo Nacional al dotar de un acervo folklórico de que carecían hasta hoy nuestras escuelas primarias.

Dos fines distintos e igualmente considerables han de lograrse, sin duda, con tan buena iniciativa, según el material vaya
dirigido a los alumnos de las grandes ciudades o a los educandos
del interior del país. A la fisonomía de nuestras grandes urbes
cuadra, sobre todo, lo que la Comisión de Didáctica expresó en
los considerandos de su proyecto: "Nuestro país —decía, refiriéndose al folklore— tiene motivos especiales para interesarse por
este patrimonio común del arte y la experiencia populares. País
de inmigración, expuesto a la influencia de razas, de idearios y
culturas diferentes cuando no antagónicas, necesita neutralizar
su cosmopolitismo reafirmando su personalidad en lo que viene
de lo hondo de su historia y de su suelo, necesita vigorizar las instituciones y caldear el corazón con un patriotismo capaz de im-
pedir que la diversidad de corrientes espirituales pueda llegar a
desvirtuar la fisonomía de la nacionalidad argentina".

Y es, justamente, en los grandes centros de población donde
la verdadera fisonomía del país corre inminente riesgo de confun-
dirse y desdibujarse: encerrado en un ámbito de abstracción y geometría, sometido a las cambiantes influencias del medio cosmopo-
lita y falto de la estabilidad que comunica el sentido y la visión de
la tierra, el hombre de metrópoli entiende muy difícilmente que la
ciudad en que vive sólo es la manifestación de un país; y si nunca
salió de ella, como sucede muy a menudo, raramente imagina que
detrás de la ciudad se extiende un paisaje auténtico, viven hombres
distintos, se dan nuevas formas de vida y tonos diferentes de la actividad humana; con lo cual termina por no saber al fin que, justamente, ese paisaje ignorado y ese mundo desconocido para él constituyen el fondo concreto del país, y que la ciudad no es ni puede
ser otra cosa que una expresión abstracta de aquella realidad. Por
eso es que la enseñanza del folklore nacional, difundida entre los
niños de la metrópoli, les revelará, sin duda, el sabor auténtico de
la patria, su fisonomía real y el claro lineamiento de sus tradiciones. ¡Y ojalá que les inspire, además, la tentación del paisaje y aquel
regreso a la tierra que tanto necesitamos!

En cuanto a los escolares del interior, la enseñanza del folklore acaso no les diga muchas cosas nuevas. Pero, en cambio, les ha-

rá entender la importancia que ante los ojos de la Nación tiene ese patrimonio del arte y la sabiduría gnómica, como asimismo la necesidad de conservarlo y transmitirlo en toda su pureza original, justamente ahora cuando se ve más amenazado. En efecto, la creciente urbanización de la campaña y los modernísimos recursos de difusión propagan hoy en todo el país ciertas formas de arte que los entendidos califican de "vulgares", para diferenciarlas de las formas "populares", que son las que verdaderamente interesan al folklore. El arte vulgar, originado en los centros urbanos, nada tiene de común con el arte popular, hijo auténtico de la tierra; de ahí que la enseñanza folklórica tienda, y muy oportunamente, a evitar una sustitución onerosa de lo popular por lo vulgar.

Y todavía queda otro beneficio que es dado esperar de la iniciativa: un enriquecimiento del lenguaje. Pocos observadores han dejado de advertir que el habla popular entre nosotros viene sufriendo en los últimos años un empobrecimiento intensivo, originado tal vez por la influencia de ciertos lenguajes técnicos que, como el periodístico, verbi gracia, son necesariamente abstractos y muy ceñidos de color. Las expresiones coloridas, las comparaciones pintorescas, los refranes de añeja y oportuna sabiduría bien pueden cobrar nuevas vigencias en los labios infantiles, si la enseñanza del folklore da todo lo que se espera de ella. Claro está que tanto en el logro de este fin como en el de los ya señalados, la obra personal del maestro y el uso inteligente que haga del material folklórico serán definitivos.

# ARTHUR RIMBAUD:
## LA CONTEMPLACIÓN POÉTICA*

*Par delicatesse j'ai perdu ma vie.*

La obra de Arthur Rimbaud no está signada por la "extensión: (un solo volumen le contiene, y con holgura), sino por la "fecundidad", que, según Valéry, también es una dimensión de la obra poética, y acaso la más interesante: su vida, iniciada bajo el signo de la precocidad, ha solicitado la atención de los biógrafos, no siempre caritativa. El caso de Rimbaud, su asombroso mundo poético, su vida fluctuante, ¡ay!, entre una tierra no aun demasiado vista y un cielo excesivamente adivinado, constituyen una arteria tan sensible, tan lastimada en sí, que no se atreve uno a poner las manos en ella; contenido por el *noli me tangere* que suelen gritarnos a veces (flores o almas) algunas vidas excepcionales. La definición que Paul Claudel nos hace de Rimbaud, al considerarlo "un místico en estado salvaje", no sólo me parece la más reverente, sino también la sola capaz de iluminarnos con respecto a la vida y la obra del poeta. Trataré, pues, de ahondar en la definición claudeliana, tan generosa como audaz y de considerar hasta qué punto Rimbaud era "un místico" y por qué lo era "en estado salvaje".

Sólo en el acto de la contemplación se asemejarían el místico y el poeta, y si digo en el acto de contemplar, no digo en el fruto que de la contemplación alcanzan el uno y el otro, porque media entre ambos una distancia infinita. El místico alcanza la contemplación de toda la verdad en Dios, como en su fuente y principio; da en el Ser, abarcando en una sola mirada todos sus trascendentales. El poeta, contemplador estético, da en un solo trascendental, el de la hermosura, logrando en sus contemplaciones sólo aquel "esplendor de lo verdadero" que los platónicos enseñaban como ser y definición de la belleza.

¡Cuán tempranamente se dieron en Rimbaud aquella exce-

* En *La Nación*, Buenos Aires, 9 de noviembre de 1941, p. 1.

lencia y aquel dolor de contemplar al Ser en los vislumbres de su hermosura! ¡Señor, un niño: un niño que, desertando las claras veredas de su edad, adivina en el esplendor de las formas visibles todo un mundo invisible que dejará en la lengua de su alma como un gusto de cielo, y que destrozará su vida en la persecución inútil de un sabor que no es de este mundo, en una persecución de ángel torpe o de águila enceguecida! ¡Señor, un niño que, receloso de la realidad visible, descubre ya ese valor de signo que tienen las cosas, y sus correspondencias inefables, visión que le robará la paz de este mundo, sin asegurarle la del otro!

Y aquí viene aquello del "estado salvaje", atribuido a Rimbaud en tanto que místico. Paul Claudel es demasiado buen teólogo para no haber sido exacto en su definición del poeta adolescente: claro está, el poeta y el místico inician su contemplación en el mismo grado, en el de las criaturas, en aquel grado que hace decir, por ejemplo, a un san Juan de la Cruz:

> *¡Oh, bosques y espesuras*
> *plantadas por la mano del Amado!*
> *¡oh, prado de verduras,*
> *de flores esmaltado,*
> *decid si por vosotros ha pasado!*

Y hasta pueden coincidir en el segundo (y Rimbaud lo alcanzó evidentemente) en que nuevas iluminaciones solicitan al contemplador, le hacen rechazar la esfera de lo creado y decir como san Juan de la Cruz, en su cántico famoso:

> *No quieras enviarme*
> *de hoy más ya mensajero*
> *que no sabe decirme lo que quiero.*

Mas en este punto el místico y el poeta se distancian entre sí, y no porque tomen rumbos diferentes sino porque, mientras asciende el místico a nuevos grados de contemplación, el poeta se detiene, queda inmóvil, cerrada la vía, truncado el vuelo: un místico, sí, pero que no tiende ni tenderá nunca toda el ala, que no está llamado a tenderla. ¿Por qué? Dios lo sabe.

Y ahora que lo miramos detenido, cotejemos al poeta con el místico: comparémoslos en la separación como lo hicimos en la conjunción (¡tal vez aclaremos así la penuria del ángel torpe, la demencia del águila enceguecida!). Dejamos a uno y otro puestos entre dos noches: la que abajo negrea sobre un mundo que no sabe decirles lo que buscan, y la que arriba no quiere aún prometerles el amanecer. Pero el místico asciende todavía, y es tanta la excelencia de su vuelo que lo de arriba se le va aclarando a medida que lo de abajo se le oscurece. Mientras que el poeta, encadenado entre dos noches, retorna cien veces a la de abajo, sondea mil veces la de arriba, en una alternación de oscuridades e iluminaciones, en un terrible desasosiego, en una ansia de evasión que le hará multiplicar las tentativas heroicas y los íntimos fracasos. Buenas gentes que os habéis asombrado (y quizás ofendido) ante la oscura biografía de Arthur Rimbaud: acaso entendáis ahora que los más extraños gestos de un poeta suelen tener un valor intencional que no alcanzan los hombres, pero que saben interpretar los ángeles.

Un místico en estado salvaje. Sí. Pero, además de la visión poética está la vocación del artista llamado a darle, en la palabra, una existencia diferente: la triste vocación del poeta llamado a convertir la materia de su dolor en materia de su canto. Y el arte de Rimbaud es una tentativa sobrehumana de manifestar lo inmanifestable, de apresar una visión infinita en el ámbito finito de un idioma y de comunicar al vocablo, si no la forma, al menos la temperatura de su alma. ¡Divina locura, peligrosa locura! ¿No fue, quizá, la que se apoderó del sátiro Marsias cuando, atreviéndose a imitar el arte de los dioses, desafió al mismo Apolo a una batalla de música? También Rimbaud fue derrotado en su intento, mejor dicho, fue y no fue derrotado: fue derrotado ante sus propios ojos (todo poeta lo ha sido y lo será eternamente) al sondear la distancia infinita que mediaba entre la infinitud de su mundo poético y la ineluctable limitación de su canto; pero triunfó ante los que saben leer el todo en un átomo y reconstruir el alma de un poeta con los fragmentos de su canción imposible, con el relámpago de sus furtivas iluminaciones.

Y así se explica, tal vez, la vida y la obra de Rimbaud. El fracaso de su aventura celeste quizá lo impulsó a las aventuras de la tierra y a buscar en el paso monótono de las caravanas un paréntesis de olvido entre esta vida y la otra. Su desmesurada vocación de canto lo devolvió quizás al silencio, principio y fin de toda música. Y su temprana muerte fue un regalo del cielo, que suele ahorrar a veces en la penuria de sus elegidos.

# DISCURSO EN EL SEPELIO
# DE CARLOS OBLIGADO*

Desaparece con don Carlos Obligado una figura señera de nuestra joven, combatida y siempre victoriosa nacionalidad.

Nadie, como él, ha tenido la suerte de reunir en su esencia la gracia de un origen ilustre, la vocación creadora de su pueblo y esa flexibilidad del hombre argentino que, como la del acero, acepta con naturalidad, sin asombros ni elegías, toda batalla que le propone el tiempo, cuando la batalla es justa y hay algo entrañable que defender. No puedo evocar ahora la imagen de nuestro amigo sin pensar en esa mezcla de soldado, monje y campesino que dio una vez Castilla para que no envejeciera la gloria.

La Patria fue el objeto de su vigilia, el dolor y el gozo de su alma, la novia de su canto.

¿Dónde había visto él esa forma pura, ese rostro adorable de la Patria? ¿Dónde había él adivinado el destino de esa joven predilecta de los tiempos que vienen?

Había visto esa forma pura en su rivera nativa, junto al Paraná, donde los cañones navales, en defensa de nuestra soberanía, interrumpieron una vez el canto de los pájaros; había visto ese adorable rostro en el semblante de las criaturas, plantas, bestias y hombres del río, cuyo elogio, acuñado en los versos de su padre, oyó Carlos Obligado en una niñez que parecía coincidir con la misma niñez de la Patria.

Y había adivinado el destino de nuestro pueblo en aquel *Santos Vega* que compuso su padre, don Rafael Obligado, en aquel *Santos Vega* donde un canto es vencido, queda prisionero y nos exige su rescate.

* En *Boletín de la Academia Argentina de Letras*, Buenos Aires, t. XVIII, n° 67, enero-marzo de 1949, pp. 11-12. Palabras en ocasión del sepelio de don Carlos Obligado.

Por eso, cuando llegó la hora de rescatar esa canción perdida, esa música enajenada, ese canto prisionero en que se resolvía la patria entera, Carlos Obligado corrió a la primera línea de combate; porque la batalla era justa, y porque nada es tan alegre ni hermoso como pelear por una canción.

Señores, otros harán su biografía; y dirán sus virtudes de hombre íntegro, de ciudadano irreprochable, de cultísimo escritor, de maestro ejemplar.

La sorpresa y el dolor de su muerte dan brevedad a estos conceptos, en los cuales apenas he logrado esbozar su número de auténtico patriota. En uno de sus más notables poemas, el que lleva justamente el título de *Patria,* he dado con dos tercetos que dicen:

> Oh argentinos que ayer, con recia mano
> movisteis, en justicia y gloria expertos,
> contra Castilla, esfuerzo castellano:

> Poblad de extensa vida los desiertos;
> mas, ahora, escuchad esta sentencia:
> Sólo es cabal la vida de los muertos.

"Sólo es cabal la vida de los muertos", no hay duda; pero sólo cuando han dejado, como él, un rastro fecundo que seguir, un luminoso ejemplo que imitar.

Por eso, al devolver a la tierra los despojos mortales de Carlos Obligado, tendremos ahora la impresión exacta de estar enterrando una semilla.

# SOBRE LA INTELIGENCIA ARGENTINA*

Estimado amigo: cuando me propuso usted que escribiese algo sobre la "Inteligencia Argentina" me dije que no sería posible abordar el tema sin asociarlo al drama que ha venido sufriendo la inteligencia occidental desde los comienzos de la Edad Moderna, drama severamente aleccionador, durante cuyo acto final (me refiero a la Revolución Francesa) nuestro país decidió asumir el honor y la responsabilidad de las naciones independientes. Como el desarrollo total del asunto exigiría un espacio y un tiempo que me faltan ahora, me limitaré a exponerle las tres o cuatro ideas alrededor de las cuales trabajaría yo, si me viese llamado a tratar el tema con la seriedad que se merece.

## INTELIGENCIA CLÁSICA

La inteligencia argentina, en razón de su origen y por gravitación de raza, es una inteligencia "hispánica": si quisiéramos extender los límites de nuestra definición, diríamos que es una inteligencia "mediterránea" y, sobre cualquier otro adjetivo, una inteligencia "clásica". Lo es en su esencia, no obstante la desviación accidental con que ha pagado su tributo al siglo.

En atención a, los lectores que no los conozcan, sería necesario recordar ahora los caracteres de una inteligencia verdaderamente clásica. Pueden concretarse así: 1º) un recto ejercicio de la facultad intelectiva, por acatamiento de sus leyes naturales; 2º) la inteligencia, ejercida rectamente, alcanza su objeto supremo con la intelección de los principios inmutables, rectores de toda conducta humana; 3º) de tal modo, la inteligencia es anterior a la ac-

* En *Nueva Política*, Buenos Aires, 4 de septiembre de 1941.

ción y legisladora de la acción (la Política, por ejemplo, no es, clásicamente, sino una aplicación de las verdades metafísicas al orden político); 4º) la inteligencia clásica trabaja sobre las cosas, las comprende y clasifica en un orden armónico: es una inteligencia realista y jerárquica.

El recto ejercicio de la inteligencia (obra de una minoría intelectual) o el asentimiento de sus dictados (por la mayoría que no lo es) definen, a mi juicio, la actitud "clásica" del hombre. Hay una desigualdad y nace un principio de jerarquía entre el hombre que entiende (hombre intelectual) y el hombre que asiente (hombre sentimental): corresponde, más o menos, a la diferencia que hacía Platón entre la órbita del filósofo dado a la verdad, y la órbita del vulgo, dado a la opinión. En el terreno político, este régimen se traduce por un sistema necesariamente aristocrático: el de la minoría rectora, que alcanza el orden en sus principios intelectuales, y el de la mayoría regida, que lo alcanza y asiente en sus aplicaciones o efectos. Exigida por la naturaleza individual de cada hombre, no es dado ver en esta desigualdad ninguna injusticia o menoscabo, ya que una y otra posición son dos formas igualmente auténticas de ubicarse en un mismo orden.

## EL DRAMA DE LA INTELIGENCIA

Podemos decir ahora que cuando este régimen gobierna las cosas del mundo, se da en la Historia una "edad clásica", cuya extensión nos manifiesta claramente la estabilidad de los principios que la sustentan. Para que tal orden se resquebraje y caiga, es necesario que la inteligencia sea negada en su autoridad, herida en sus principios y sofistificada en sus leyes naturales: así se inicia el drama de la inteligencia.

Justo es decir que el mal se origina en la misma cabeza, según lo pregona el viejo aforismo. Pero ¿cómo se origina? Querido amigo, bien sabe usted, por una parte, qué suma de heroísmo y qué grado de renunciamiento nos exigen las últimas conclusiones de la inteligencia; bien conoce, por otra, la resistencia que nuestra naturaleza caída opone a la verdad, sobre todo en sus dictados acerca de la conducta humana. Podemos decir que esta lucha del hombre contra sí mismo y en pro de la verdad, es el eterno combate del hombre; y lo pela honradamente cuando su conciencia es el juez leal de la batalla. Pero imaginemos ahora que la conciencia se deja seducir por las voces engañosas del enemigo: se sublevará entonces contra la dictadura de la inteligencia, se disfrazará de polemista y encontrará razones de orden subjetivo y sentimental para negarle a la inteligencia el derecho de regir su conducta. Si esta rebelión de la conciencia se desarrolla secretamente en el interior de un individuo, el mal quedará limitado, y sólo significará que un hombre ha perdido su batalla. Pero supongamos que la conciencia, tras haber polemizado con la verdad, erige sus errores en sistema y se hace proselitista: influirá entonces en el combate de las otras conciencias; decidirá el de muchas que vacilaban; en torno suyo se multiplicarán los adeptos, continuadores y estilizadores de la doctrina. Y cuando la nueva ley haya ganado el consenso de la mayoría, gobernará las cosas del mundo y se iniciará en la historia una edad signada por el individualismo sentimental.

Estimado amigo, si usted recuerda el proceso de algunas reformas y la índole de algunos reformadores verá que mi pintura es bastante exacta.


## EL SENTIMENTALISMO ROMÁNTICO

Triunfante de una rebelión contra la inteligencia, el sentimentalismo romántico se traduce en las disciplinas humanas por una inversión del orden, asombrosamente simétrica: al juicio del mundo por la inteligencia sucede ahora el juicio por lo sentimental e instintivo; el imperio de la verdad universal e inmóvil se ve sustituido por la tiranía de la opinión individual y cambiante; sin gobierno intelectual alguno, la acción queda librada a sus impulsos y se resuelve al fin en una ciega y peligrosa mística de la voluntad.

Veamos algunos ejemplos: en el orden religioso el hombre se levantará contra la autoridad espiritual, recabará su derecho al libre examen de las verdades religiosas, adoptará una religión que no contradiga su sentir o la inventará si no existe, y concluirá por no tener ninguna. En filosofía comenzará por dudar de la inteligencia, pondrá en tela de juicio su capacidad de intelección, inventará su propia teoría del conocimiento; y acabará en el más puro agnosticismo, por convertir a la filosofía en un mero juego de creación literaria. En el orden político, ya no regirá la verdad del sabio, sino la opinión del vulgo constituida en mayoría soberana, la cual, sometida convenientemente al proceso alquímico de un laboratorio electoral, se concretará en una minoría, como en los tiempos clásicos, pero que no gobierna en el nombre de la verdad concreta y con el asentimiento de todos, sino en el nombre de la opinión fluctuante y (lo hemos visto demasiadas veces) sin el asentimiento de ninguno.

## LA INTELIGENCIA ARGENTINA

Estimado amigo, creo haber esbozado el drama de la inteligencia occidental y sus funestas proyecciones en la edad que nos toca vivir. Consideraré ahora la inteligencia argentina y su posición en el drama.

Dije ya que la inteligencia argentina, en razón de su origen, es una inteligencia clásica. Cierto es que durante su formación, en los tres siglos de vida colonial, se consuman los dos primeros actos del drama, el Renacimiento y la Reforma; pero no influyen en la inteligencia argentina, porque, además de clásica, es una inteligencia hispánica, y porque España, frente a la heterodoxia que se abre paso, no sólo guarda fidelidad a los principios eternos, sino que se constituye, como tantas otras veces, en su depositaria y campeona.

Llegamos así al momento en que nuestro país decide su independencia, y en ese instante una perspectiva natural, clara y segura se abre ante los ojos de la inteligencia argentina: la de continuar, como hija libre y heredera legítima, una tradición que, por ser universal, no sólo no compromete la independencia del estado naciente, sino que orienta sus pasos en el camino verdadero. En una palabra, la inteligencia argentina tiene en aquel instante la oportunidad de florecer y fructificar por su cuenta dentro de aquella tradición, hasta conseguir el acento propio y la propia superación gracias a los cuales un hombre o un pueblo "merece" su independencia.

Tal era el rumbo natural de la inteligencia argentina, y sin duda lo habría seguido, si no hubiera mediado una fatalidad de fechas: nuestro movimiento nacional coincidió con la Revolución Francesa, tercer acto del drama, por el cual el sentimentalismo romántico decidió llegar al extremo de sus conclusiones. Justo es decir que la Revolución Francesa estaba en su fase inicial, la fase poética de todas las revoluciones, la que fascina la imaginación y alborota el sentimentalismo de los ingenuos; no es asombroso, pues, que desde los primeros días de Mayo los ingenuos de buena fe y los que no lo eran sacrificasen ante los nuevos ídolos.[1] La inteligencia argentina renunció así a una herencia que significaba su libertad, para dedicarse a la mimesis de todas las experiencias que realizaba en Europa el error estilizado hasta la locura. Y así dio en la más fea de las servidumbres: la servidumbre de los malos imitadores.

Con todo, la apostacía de nuestra inteligencia estuvo lejos de ser total: hay una corriente ortodoxa de la inteligencia argentina, una corriente cuyo paso a través de los acontecimientos históricos es visible, yo diría espléndidamente visible. Y diría más: que en todas las circunstancias de riesgo por que atravesó el país durante su breve historia, fue una reacción de su inteligencia clásica la que lo puso en salvo, hecho significativo que nos hace alentar las mejores esperanzas en lo que atañe al futuro. Discernir el cauce de dicha corriente a través de nuestra historia es un trabajo que me gustaría ver cumplido por los historiadores de la nueva generación: comienza por el conflicto entre Saavedra y Moreno, en el cual el tradicionalista Saavedra es un exponente de la inteligencia clásica, y donde Moreno se clasifica en el sentimentalismo romántico al pretender, encarnar *aquí y ahora*, una ideología que recién abandonaba en Europa, y no sin dificultades, el Parnaso teórico de la revolución. La corriente se hace visible luego en la gesta de San Martín, después en la de Rosas; y no deja nunca de manifestarse, triunfante unas veces, derrotada casi siempre, en todo lugar y tiempo en que la verdad y el orden necesitan ser defendidos (pienso ahora en aquel famoso debate que precedió a la ley de enseñanza laica, y en el cual resonó con tanta dignidad la voz de los sobrios entre la algarabía de los ebrios).

Si no anulada, la inteligencia argentina quedó vencida al fin por el sentimentalismo romántico. El país nació con ese "pecado original" de su inteligencia, y en él vivió hasta convertirse en lo que hoy es: la Pequeña Argentina.

---

1 En la Exposición del Libro, que se realiza actualmente, hay un ejemplar de *El Contrato Social* de Rousseau, impreso en Buenos Aires en 1810, el mismo año de nuestra revolución.

RECUPERACIÓN DE NUESTRA INTELIGENCIA

Los términos "recuperar" y "restaurar", aplicados a las cosas argentinas, aparecen hoy a menudo en los labios de la nueva generación, revelando una conciencia de que algo fundamental se ha perdido en la Argentina, un "algo" que urge recuperar y restaurar. Y me parece que ninguna obra es tan urgente como la restauración de nuestra inteligencia, pues, en cuanto se haya conseguido, todas las recuperaciones invocadas se lograrán igualmente.

Buenos auspicios tiene ahora ese trabajo de recuperación intelectual. Dije que la inteligencia argentina es esencialmente clásica, y la historia nos ha enseñado que en ese linaje de inteligencias los desvíos y apostasías no tienen larga duración. Por otra parte, varios ejemplos denuncian en nuestra historia esa capacidad de reacción que tiene la inteligencia clásica, dormida en apariencia, frente a las crisis extremas y a los peligros inminentes. Es innegable, además, que delante de nuestros ojos se derrumba hoy, en proporciones catastróficas, toda la máquina del sentimentalismo romántico: nunca se vio tan claramente como ahora la relación entre causa y efectos, y pocas veces en la historia se han escuchado tan aleccionadores *mea culpa* como los que hoy llegan a nuestros oídos. Digamos también, y con legítimo orgullo, que la restauración de la inteligencia argentina no ha esperado la lección de allende para iniciarse: comenzó hace no pocos años con el estudio y la meditación de una fuerte minoría, y se traduce ahora en una generación cuya palabra está pesando demasiado en las antiguas y duras orejas.

LA GRANDE ARGENTINA

Estimado amigo, la obra de recuperación está en marcha. Cuando se cumpla esa obra y nuestra inteligencia gobierne otra vez las cosas argentinas, habrá que cumplir una etapa fundamental e iniciar otra de duración indefinida: 1ª) la de reconquistar nuestra independencia; 2ª) la de merecerla. Porque no basta llegar a ser libres: es necesario *merecerlo*. El que conquista su libertad y no la retiene con actos continuos de merecimiento, no tarda en hacer mal uso de ella y cae al fin en las peores servidumbres. La primera etapa no será difícil de cumplir, pero la segunda exigirá una tensión constante del país hacia la grandeza, con lo cual dará su acento propio, será verdaderamente libre y merecerá serlo. Entonces, y sólo entonces, veremos asomar el perfil de la Grande Argentina, la prometida de nuestra esperanza, la que alienta ya, con dolores de parto, en el entendimiento y en la voluntad de muchos argentinos.

Su afectísimo.

L. M.

# CARTA AL DR. ATILIO DELL'ORO MAINI*

Muy estimado amigo:

Respondiendo a la encuesta que tuvo usted la bondad de proponerme, y sin ajustarme a las preguntas formales que la integran, le envío algunos puntos de vista que cuadran a esa materia y que tal vez resulten útiles.

No dudo yo (sería imposible dudarlo) que Europa, con toda la "sustancia principal", y por lo mismo "eterna" que nosotros asociamos a ese nombre de Europa, como integrantes que somos del mundo occidental, continúa siendo lo que podríamos llamar "el centro clásico" de ese mundo.

Con las siguientes reservas:

Es visible que los pueblos europeos, informados en la "universalidad" de los principios intelectuales y morales que sustentaron su edad clásica (Grecia y Roma) y luego su era cristiana (iluminados y sublimados ahora por el misterio de la Redención) por obra de los "nacionalismos" que los estrecharían cada vez más en los límites de sus caracteres individuales, han perdido grandemente, no sólo el sentido de la "unidad" en que los abrazaban esos principios, sino también —y es lo más grave— el sentido de la "universalidad" que tales principios les confirieron un día. Es asombroso comprobar, por ejemplo, cómo a un francés le cuesta digerir y aun aceptar un hecho español (artístico, literario o filosófico) y a un español un hecho francés, y a uno y otro un hecho italiano, inglés o ruso. Los *parti pris* del carácter nacional han estrechado los horizontes del alma europea. Ese carácter nacional ha llegado a conseguir que los pueblos europeos consideren como "exótico" todo aquello que no entra en sus nacionalismos cerrados. ¿Qué puede esperar América y Asia de una mentalidad así?

* En Ediciones Cultura Hispánica, Madrid, 1957.

En lo que atañe a los pueblos americanos, presentan dos hechos, uno negativo y otro positivo. Originados en la traslación y la lejanía con respecto al "centro clásico" de los principios a que aludí recién, es indudable que esos pueblos han sufrido un alejamiento físico, y que se tradujo y se traduce aún, ya en el olvido, ya en la indiferencia, ya en al repudio, ya en la confusión de esos pueblos, frente a la sustancia principal de Europa. En tal sentido, América parecerá una "reacción romántica". ¿Contra quién? ¿Contra el "clasicismo" europeo? Dije yo cierta vez, en un trabajo sobre Berceo, que todo "romanticismo" es un movimiento de reacción, no contra el "clasicismo", sino contra el "academismo" en que suele degenerar lo clásico no bien olvida el "espíritu" para quedarse con la "letra".

En cambio (merced a ese contacto y ebullición de razas, ideas y cosas que ha suscitado la gran aventura del Nuevo Mundo), los pueblos americanos tienen hoy, a mi entender, un mayor sentido de lo "ecuménico", que les hace admitir y entender con facilidad (yo diría con "naturalidad") los hechos universales. Esa falta de *parti pris* nacionales, esa "plasticidad" del entendimiento abre perspectivas inmensas a la vida y a la cultura americanas. (Me refiero, sobre todo, a la Argentina, a los Estados Unidos de Norteamérica y a los Estados Unidos del Brasil, donde la confrontación de razas y mentalidades fue y continúa siendo más dramática.) Y no temamos aquí por la suerte de los primeros principios; ya sabemos que son inmutables; y que toda primavera del hombre debe coincidir necesariamente con ellos, o no será una primavera, sino un "festival teórico" a la manera rusa.

En relación con esta materia, recuerdo que hace unos meses la revista *Sur*, de Buenos Aires, traía un ensayo de Murena, joven y muy talentoso escritor argentino, el cual parecía querer cifrar el drama del intelectual americano en cierta "desposesión" sufrida con respecto a los valores de allende. A mi entender, ese malentendido, que suele traducirse en un "complejo de inferioridad", es el que deben eludir para siempre los intelectuales de América. Somos herederos de la "sustancia intelectual" de Europa, herederos legítimos y directos. Alighieri, Cervantes y Shakespeare son tan míos como podrían serlo de un italiano, un español y un inglés. Aristóteles y Santo Tomás son tan míos como de Jacques Maritain. Somos legítimos herederos, profesores y continuadores de la civilización occidental; y con una ventaja en nuestro favor: la que nos da el "hecho americano", en el sentido de la "no retórica" y del "no *parti pris*" nacional. Maritain, un europeo, expone la filosofía escolástica como si se tratase de un sistema perfecto y clausurado ya en su misma perfección. Yo, un americano, sostengo que la escolástica es una metafísica en pañales aún.

Mi estimado amigo Dell'Oro: lo que debemos hacer es tomar posesión de nuestra heredad legítima y cultivarla con nuestros cuerpos y nuestras almas de americanos. James Joyce, un europeo, hizo de su *Ulises* una paráfrasis modernísima de la *Odisea* de Homero. Un escritor americano, puesto en igual empresa, no debe recurrir a Joyce, sino a Homero en persona. Tal hizo O'Neil, el admirable dramaturgo norteamericano. En esa obra estamos algunos de nosotros.

Créame su siempre afectísimo.

L. M.

# ENTREVISTA*

—¿Cuál es el mal mayor que ha venido gravitando sobre la literatura argentina?

—*La dictadura de los grandes bonetes literarios de fabricación neumática que se constituyen en lugares comunes favorecedores de la conocida pereza intelectual de los argentinos.*

—¿Qué remedios propone para fomentar la autenticidad literaria de los escritores argentinos?

—*a) La derrota absoluta de todo complejo de inferioridad, frente a los hechos foráneos.*

*b) El repudio de todos los mimetismos.*

*c) La convicción de que en la Argentina puede darse un gran escritor como en cualquier parte del mundo.*

*Estas tres condiciones, como se ve, son complementarias.*

—¿Cómo juzga usted a las nuevas generaciones literarias?

—*No escribiría una sola línea más si no creyera que las nuevas generaciones literarias están destinadas a prolongar y superar los lineamientos que algunos de nosotros hemos seguido.*

—¿Qué opina de la crítica?

—*Hasta el presente, salvo las honrosas excepciones de práctica, la crítica ha sido entre nosotros una actividad de favor, de complicidad o de obsecuencia. Saludo con esperanza a las nuevas generaciones de críticos insobornables que sin duda vendrán.*

* Breve entrevista de Carlos A. Velazco publicada en *Esquiú*, Buenos Aires, segunda semana de junio de 1962, p. 20. Acompaña a la edición de "Didáctica de la Patria".

—¿En qué concepto de la poesía trabaja actualmente?

—*Entiendo que la poesía siempre fue un vehículo de comunicación ameno, iniciático y apasionante. En los últimos tiempos las musas han padecido de aburrimiento e incomunicación: por eso los libros de poemas amarillean vírgenes en las vidrieras de las librerías. Hay que restituirle al género sus virtudes. No olvidemos que los antiguos escribían en poemas hasta sus doctrinas físicas.*

—¿Qué piensa usted de la oscuridad poética?

—*Pienso que no hay que confundir lo hermético con lo turbio.*

# EL PANJUEGO DE XUL SOLAR,
## UN ACTO DE AMOR*

A mi entender, Xul Solar y Macedonio Fernández, unidos ambos en una misma empresa intelectual, que se cumplió en un mismo espacio (Buenos Aires) y en un mismo tiempo (el de la revolución *martinfierrista*) no han sido tratados aún en su aleccionadora "profundidad" sino en las vistosas exterioridades que sin duda presentaban el uno y el otro y que se reducen al frívolo terreno de las anécdotas. En el caso de Xul aún se ignora que su signo (o sansigno, como decía él en su idioma neocriollo) fue el de una demiurgia constante o el de un "fuego creador" que lo encendía sin tregua y a cuyo mantenimiento consagró todos los combustibles de su alma. Lanzar al mundo criaturas nuevas, ya se tratase de un idioma o un juego, era un "acto de amor" que realizaba él para los hombres, a fin de que se comunicaran en la universalidad de un lenguaje o en el *field* recreativo de un tablero de ajedrez. En tal sentido, Xul Solar tuvo el impulso caritativo de aquel "buen ladrón" que fue Prometeo.

El panjuego, etimológicamente significa el juego total, o el juego por esencia y excelencia. Muchas veces, al oír las explicaciones que nos daba Xul en su tentativa de enseñarnos las reglas de aquel juego increíble, me preguntaba yo qué metafísica razón lo había lanzado a su empresa lúdica. Y tuve una respuesta cuando, en el *Manava Dharma Sastra* leí lo siguiente: "Los períodos de los Manú son innumerables, así como las creaciones y destrucciones del mundo; y el Ser Supremo las renueva como jugando". *Como jugando:* vale decir que la Creación Divina es un juego, y que Xul, a crear el suyo, habría imitado al artífice divino, como buen demiurgo que fue.

* En *Cuadernos de Mr. Crusoe*, Arte, Ciencia, Ideas, Buenos Aires, a. I, n° 1, 1967, pp. 166-168, con reproducción de máscaras y dibujos de X. Solar.

Pero esta primera conclusión mía reclamaba otra: en ese juego de la existencia universal entramos todos como "piezas" en movimiento, y somos alfiles, peones, caballos o reyes. Cada pieza responde a su destino inalienable, como también lo dice el *Manava Dharma Sastra*: "El Ser Supremo asignó desde el principio, a cada criatura en particular, un nombre, actos, y una manera de vivir". Y concluye más adelante: "Cuando el soberano Maestro ha destinado a tal o cual ser animado a una ocupación cualquiera, este ser la desempeña por sí mismo todas las veces que vuelve al mundo". El panjuego de Xul propone a todos, y amorosamente, su imagen o simulacro de la vida; y cada uno puede jugarlo, como en la vida, según sus propias y determinadas posibilidades: frente al tablero, el astrólogo moverá sus planetas, el matemático sus guarismos, el alquimista sus elementos y el jugador común la tabla cambiante de sus acciones y reacciones.

Recuerdo que una vez, refiriéndose a su invención, Xul Solar me dijo:

—Este juego tiene la ventaja de que ninguno pierde y todos ganan al fin.

Y meditando en esa "felicidad" y esa "facilidad" que otorgó él a sus jugadores, me digo ahora y le digo al numen venerable de Xul:

—Si tu panjuego estuviera, como sospecho, en analogía con el jugar divino, ¡qué bueno sería comprobar al fin que todos hemos ganado y ninguno perdido en este ajedrez existencial a que fuimos lanzados por el Celeste Jugador!

# DISTINGUIR PARA ENTENDER*

*CFM:* ¿Cuáles fueron los comienzos de tu carrera literaria?

*LM:* A los nueve años de edad, alternaba ya mi fútbol de barrio con la peligrosa costumbre de contar sílabas con los dedos. ¿No te pasó lo mismo en Flores, a la sombra poética de don Baldomero? Antes de los veinte reuní un volumen de poemas que titulé *Los aguiluchos* y eran el fruto de mis relaciones con los poetas de barrio, los anarquistas líricos y los folklores de suburbio que tanto influirían después en mis novelas y en mis obras dramáticas. Ese libro, eminentemente victorhuguesco, suele figurar en mi bibliografía, pese a mi voluntad en contra. ¿Por qué razón "en contra"?, me dirás. Cierta vez don Alfonso Reyes, embajador de México en Buenos Aires, nos decía que todo escritor, además de su historia, tiene una "prehistoria" en la cual entrarían los escritos prematuros que nunca debió publicar y de los que se arrepiente luego. ¿Recuerdas, por ejemplo, los detestables poemas que figuran en la *Obra completa* de Rubén Darío y que nunca debieron salir de su prehistoria literaria? Después, ganado por el modernismo en mi taller de autodidacto, escribí un poemario que se titulaba *Mirtila y yo,* y que muy luego entregué a las llamas en el altar del vanguardismo poético. El primer llamado me llegó de la revista *Proa,* en la cual publiqué un *Ditirambo a la noche* que nunca recogí en ningún libro y que me gusta todavía. El segundo llamado me vino de Evar Méndez, en cuya casa, y en una noche memorable, me reuní con Ricardo Güiraldes, Oliverio Girondo, Macedonio Fernández, el pintor uruguayo Pedro Figari, Borges, Bernárdez y otros que durante cuatro años fueron mis camaradas "martinfierristas". ¿Qué fines perseguía esa

* En *Mundo Nuevo*, París, nº 18, diciembre de 1967, pp. 59-64. La entrevista la hace César Fernández Moreno.

reunión nocturna? Los de imprimir a la revista *Martín Fierro*, que trotaba su primera época, un galope o ritmo revolucionario. ¿Y sus móviles? Por aquellos días Emilio Pettoruti y Xul Solar, recién llegados de Europa, exponían en la Galería Witcomb sus pinturas de vanguardia que merecieron la indignación de la crítica y la burla de los plásticos locales fieles al "pompierismo", los cuales abrieron en Van Riel una exposición parodia que fue para nosotros un llamado a las armas. El resto ya lo conoces como historiador y crítico de nuestra literatura. Sólo añadiré que por aquel entonces, en el ardor de la batalla, escribí y publiqué mis *Días como flechas,* un libro de combate, lujurioso de metáforas, que podé más tarde y reduje a unos diez poemas de tránsito menos difícil.

*CFM:* ¿Cómo lograste coordinar tu actividad pedagógica con la literaria?

*LM:* Siempre fui un poeta de vocación y un pedagogo vocacional. En la enseñanza primaria no sufrí nunca el contraste de ambas vocaciones, ya que los niños son naturalmente poéticos: lo malo sucede cuando se hacen hombres. En mis horas malas, nunca volqué mis pesadumbres sobre las cabezas inocentes de los muchachos: abandonaba entonces mi lira tormentosa en el umbral de la escuela, para vestir el guardapolvo del maestro. Hay en mi *Adán Buenosayres* algunas escenas que lo pintan muy a lo vivo.

*CFM:* ¿Es aplicable al escritor contemporáneo el ideal de la *aurea mediocritas*?

*LM:* El ideal virgiliano de la *aurea mediocritas* es posible y deseable a todo escritor, sea cual fuere la edad en que trabaja. Entenderás fácilmente lo que te digo si das a la palabra "mediocridad" su antiguo y verdadero significado de "a medias". Poseer las cosas "a medias" (dinero, pasiones, notoriedad) es poseerlas en la medida justa de "lo necesario". Es así cómo las cosas dejan de ser nuestros señores para convertirse en nuestros servidores. De tal señorío sobre las cosas nacen la libertad y el "ocio", tan necesarios, si no indispensables, a la creación artística. Si te molesta el "tono moral" que acabo de asumir contra mi costumbre, ciérrale tu puerta en las narices.

*CFM:* ¿Qué nombre te parece más correcto, y por qué, para designar tu generación literaria: martinfierrismo o ultraísmo?

*LM:* He preferido siempre designarla con el nombre de "martinfierrista". En rigor de verdad, sólo fueron "ultraístas" dos o tres compañeros que recién llegaban de España o que conocían ese movimiento de suyo tan objetable en su originalidad (¡yo te saludo, viejo Reverdy!). Los demás andábamos y seguimos por nuestros propios carriles intelectuales. El de la revista *Martín Fierro* no fue un grupo homogéneo, identificado en una misma estética, como suele ocurrir en esta clase de movimientos. Cada uno de nosotros profesaba o maduraba su estética personal, en una vistosa heterogeneidad que nos enfrentó a los unos contra los otros, hecho feliz que dio a nuestra literatura contemporánea una riqueza en la variedad que no se dio en similares movimientos americanos, el de Chile, por ejemplo, en que Neruda parecía ser aún el Alfa y la Omega de toda la poesía posible.

*CFM:* ¿Qué semejanzas y diferencias existen entre el ultraísmo español y el argentino?

*LM:* Lo ignoro. Yo "no duermo de ese lado", como dijo alguna vez nuestro querido Macedonio Fernández. Pregúnteselo a Guillermo de Torre, que es un especialista en esas y otras pequeñas maldades.

*CFM:* ¿Qué relaciones guardaron Leopoldo Lugones y Macedonio Fernández con la generación martinfierrista?

*LM:* Macedonio estuvo en la raíz y génesis del movimiento; Lugones estuvo en la oposición más testaruda y melancólica. Siempre tuve muy serias razones intelectuales y humanas para no querer a mi tocayo. El representa para mí todo lo que no me gustaba ni me gusta en nuestra desdichada República: la ciega y jamás caritativa exaltación del "ego", la "inautenticidad" y la "irresponsabilidad" intelectuales. Yo sé que te duele, querido César; pero también me duele y me ha dolido a mí, hasta el punto de llevar en mi alma cicatrices que no quieren borrarse. Por otra parte, y como preguntador, sabes muy bien que la "peligrosidad" no está en el que responde sino en el que pregunta. No olvides que Lugones sólo admitió y prologó a los que aparecían como sus discípulos, cerrándose a cal y canto a todas las tendencias que no entrasen en su laboratorio de metros y de rimas. En cuanto a los demás, con la misma soltura tradujo cantos de *La Ilíada* sin poseer el griego, o explicó las teorías de Einstein sin conocer matemáticas superiores, o trabajó en un diccionario etimológico sin estar familiarizado con las lenguas y la gramática histórica necesarias, o cocinó un bodrio metafísico en ese monumento al macaneo libre que se titula *Prometeo.* También en poesía Lugones es la historia de una larga inautenticidad: ¿qué tenía que ver él, un argentino provincial y sano de cuerpo y psiquis, con las dudosas exquisiteces de los simbolistas menores de Francia? En cuanto a su prosa, recuerdo que siendo yo director de enseñanza superior me tocó en suerte organizar el certamen estudiantil de composiciones, con motivo del Día del Idioma. Hasta entonces, y por una especie de tradición administrativa, se tomaba a Cervantes y su *Quijote* como figuras base del concurso; yo tomé a Lugones y propuse *La guerra gaucha*, sin haber tomado antes la precaución de releer la obra. El resultado fue catastrófico: ni alumnos ni profesores lograron digerir esa prosa churrigueresca, llena de neologismos y vistosidades tan ajenos a la naturaleza del relato. Si bien lo miras, el Lugones auténtico se da cuando él asume la fidelidad a su propia esencia, en algunos de sus *Poemas solariegos*, en otros de su *Libro de los paisajes*, en su *Romances del Río Seco* y en páginas admirables de su *Sarmiento* y de su *Roca*. Volviendo a tu pregunta, puedo asegurarte que Lugones estuvo en el polo contrario de nuestro movimiento martinfierrista y de la conciencia de sus mantenedores. Después de su muerte, y merced a la "necrofilia" literaria que suele practicarse en nuestro medio, Lugones fue cambiado de signo por obra de algunos cuervos que se alimentan sólo de cadáveres prestigiosos, o de algunos aprovechados finales, Borges, por ejemplo, que después de haberlo ridiculizado tanto, convirtió a Lugones en una suerte de *pater familias* de toda nuestra literatura, en otra de las mistificaciones literarias a las que tan aficionado es y en las que generalmente *George* trabaja *pro domo sua*. Macedonio Fernández, en cambio, se instaló naturalmente en el polo contrario de Lugones, tanto por su amorosa humanidad cuanto por sus aperturas a lo grande y lo nuevo en los órdenes de la especulación y la creación. Dudo que Lugones tenga una "posteridad literaria", en el sentido de que su obra influya en nuestros creadores del futuro. Macedonio la tendrá sin duda, en razón de su autenticidad, ¡él, que no saldría de su asombro si viera hoy su justo renombre!

*CFM:* La división de las escuelas de Florida y Boedo, ¿respondía a diferencias reales o era puramente lúdica?

*LM:* Entre ambas escuelas hubo diferenciaciones, pero nunca oposición, sobre todo en las relaciones humanas. Predominaba en los de Florida una tendencia "estetizante" pura, natural en una época en que el acento de lo económico-social no había recaído aún, como sucede ahora, sobre todas las actividades del hombre. Los de Boedo, unidos en su tendencia "socializante", se adelantaron a los de Florida y a nuestra comunidad entera, justo es reconocerles esa prioridad histórica. Claro está que tuvieron su "antecedente" en las figuras de los intelectuales "anarquistas" anteriores. Querido César, el anarquismo romántico dio sus vistosas pinceladas en cierta época de nuestras artes y nuestras letras: como crítico e investigador, tal vez las busques algún día. El mismo Roberto Arlt, a mi entender, es un fruto final de ese anarquismo tremendista y poético.

*CFM:* ¿Cuál es la ubicación de Jorge Luis Borges y de Oliverio Girondo en esas coordenadas?

*LM:* Borges provenía del ultraísmo y evolucionó según sus conocidos alambiques literarios. Girondo estaba más en la cuerda de Ramón Gómez de la Serna; pero halló luego su vía personal en una sincera afinación de su idioma poético. Borges y Girondo no podían integrar una "coordenada", utilizando tu expresión, porque Girondo era un ser auténtico y humano, y la esencia de Borges está en la "antípoda" exacta de las dos cualidades que acabo de asignar a Oliverio. En realidad, Borges fue siempre un "literato", vale decir un "mosaiquista de la letra", dado a prefabricar muy trabajosamente pequeños mosaicos de palabras o bien equilibrados copetines de ideas, según recetas de fácil imitación o aplicación. Esa facilidad multiplicó sus discípulos en nuestro país y en algunos otros de Iberoamérica, hasta que, naturalmente, se descubrió el "truco" del falso mago: la reacción en contra se produjo "en cadena"; y hace muy poco la registré yo mismo en México y en boca de indignados espectadores. En el terreno de la *no autenticidad* y la *deshumanización,* hay un curioso paralelismo entre Borges y Lugones, que ya te demostraré en su día. Pero con una diferencia que se debe mencionar en razón de justicia: obraron en Borges una serie de factores extraliterarios que explicarían su escaso margen de humanidad y autenticidad. De cualquier modo, quedan en él como ejemplarizadoras su vocación sostenida, su prosa limpia y de buen funcionamiento (como diría él) y la prueba de cómo una tierra pequeña o un talento pequeño, cultivados a fondo, pueden dar la sensación de una tierra grande o de un gran talento. Pero el tema de la inautenticidad en nuestra literatura es un tópico bastante complicado que te convendría investigar a fondo. A mi juicio, proviene del largo "complejo de inferioridad" que ha gravitado sobre nuestras letras y las de Iberoamérica frente a los creadores foráneos, y a las consiguientes "mimesis" de lo foráneo con que se pretendió enjugar ese complejo. No lo tuvieron, ciertamente, ni un Sarmiento ni un Mansilla ni un Hernández ni un Güiraldes ni un Macedonio.

*CFM:* ¿Por qué los hombres de tu generación podían ser estetizantes en los años veinte, y no pueden serlo ahora?

*LM:* Creo que mi séptima contestación responde a la primera parte de esta pregunta. En lo que atañe a la segunda, es muy difícil hoy, si no monstruoso, entregarse a un estetismo puro de torre de marfil o de cualquier otro material aislante, dada la ineludible solidaridad que le debemos a nuestro mundo y su problemática. Por mi parte, y en tanto que "artífice", no puedo ni debo renunciar a la Estética (palabra reciente) o a la Poética (vocablo antiguo) como teoría o ciencia del arte. En tanto que "hombre", nada impide que yo, en una novela por ejemplo, utilice como sustancia los quebraderos de cabeza contemporáneos, sin apartarme de la Estética, que me obliga a forjar una "obra de arte" y no un tratado de sociología. "Distinguir para entender", dijo la vieja Escolástica, que sabía "un kilo".

*CFM:* ¿A partir de qué libro te parece que has asumido tu entera personalidad de poeta?

*LM:* Entiendo que fue a partir de mis *Odas para el hombre y la mujer* (1928), escritas después de *Días como flechas* en un primer *rappel à l'ordre* de mi furia vanguardista. Al autorizar sus reediciones sucesivas, he releído mis *Odas,* y las encontré y encuentro aún muy sólidas. En ellas lo poético y lo metafísico empezaron a entrelazarse en una combinación que no abandoné nunca en lo sucesivo, ni en el poema ni en la novela.

*CFM:* ¿Cuáles son tus recuerdos de tus viajes a París en los años veinte?

*LM:* Hice mi primer viaje a París en 1926, época de la revista *Martín Fierro* y año en que murió Güiraldes allá mismo. Compartí con Francisco Luis Bernárdez una existencia de cabarets que terminó cuando el escultor José Fioravanti, del cual era viejo amigo, me arrancó de la "mala vida" y me introdujo en la órbita de los plásticos europeos. Por mi amiga Suzanne, propietaria de la librería "L'Esthétique", conocí al grupo de los superrealistas franceses (Aragón, Eluard), que practicaban el superrealismo literario mientras nosotros nos entregábamos a un superrealismo vital. De igual modo compartí horas amables con algunos plásticos argentinos de la escuela de París (Butler, Basaldúa, Berni y Badi, o sea las cuatro B). En la misma época llegaron a esa ciudad Jacobo Fijman y Antonio Vallejo, este último gran bailarín de charleston, que hacía entonces furor, y actualmente monje franciscano en un convento de Mendoza. En 1929 realicé mi segundo viaje a París, donde viví un año y medio con los pintores argentinos ya mencionados, a los cuales se habían unido Raquel Forner y su familia, Víctor Pizarro, Juan del Prete, Alberto Morera y otros (siempre busqué la compañía de los plásticos: enseñan más y tienen menos veneno que los plumíferos). Todos juntos hicimos un veraneo sensacional en *Sanary-sur-Mer*, junto al Mediterráneo, que se tradujo en una existencia poético-humorística de la cual doy cuenta en algunas páginas de *Adán Buenosayres*. Mi segunda estadía en París me lanzó al estudio ordenado de las epopeyas clásicas y a la lectura de los filósofos griegos (Platón y Aristóteles) en su relación con los Padres de la Iglesia (san Agustín y santo Tomás de Aquino), todo lo cual inició una crisis espiritual que dio a mi existencia su orientación definitiva.

*CFM:* ¿Qué significa en tu obra *Laberinto de amor*, y qué paralelismo guarda con *El buque*, de Francisco Luis Bernárdez?

*LM:* Mi *Laberinto de amor* es el primer fruto de la crisis espiritual a que ya me referí. Bernárdez, lanzado a una crisis paralela, concibió al mismo tiempo su *Buque*. Siendo, como lo éramos, fraternales amigos, nuestros poemas crecieron juntos y bajo las consignas de un mismo rigor premeditado. *Laberinto de amor* fue mi segundo *rappel à l'ordre*, tanto en lo espiritual cuanto en lo formal; y como yo venía de todas las vanguardias, me propuse, como reacción, embarcar a mi poema en todas las dificultades del arte. Algún día, cuando regreses y si lo deseas, analizaremos juntos esa fruta de una "mortificación literaria" casi terrible, con sus metros rigurosos, sus rimas difíciles, sus aliteraciones, sus acrósticos internos y la mar en coche.

*CFM:* ¿Cuál es el eje de tu producción poética? ¿Religioso, metafísico?

*LM:* Yo te diría que todo lo verdaderamente poético es metafísico a la vez, ya que la poesía trabaja con la Belleza y puesto que la Belleza es uno de los Nombres Divinos y por lo tanto un "trascendental" que nos hace trascender del "nombre" al "nombrado". Esa es la gran lección de *El banquete platónico*, que yo desarrollé hasta sus límites extremos en el *Descenso y Ascenso del Alma por la Belleza*. Desde luego, las de la poesía, no son más que sabrosas "aproximaciones" de la verdad metafísica, imágenes analógicas que ofrecen un buen soporte a la meditación. Por eso, en todas las tradiciones auténticas, la poesía es el idioma natural de lo metafísico. Por mi parte, algunos poemas de Rimbaud me parecen más "religiosos" que la mayoría de las composiciones teológicas. Y recuerdo que una vez, asistiendo en Roma a una exposición de arte sagrado, lo que más me dio la sensación de lo religioso fue una naturaleza muerta de Zurbarán en la que aparecían tres granadas en un cesto de mimbre.

*CFM:* ¿Qué impulso te condujo de la poesía a la novela?

*LM:* No fue un impulso sino una "necesidad". Yo necesitaba traducir por el arte una serie de vivencias y ontologías que no entraban en las formas poéticas actuales (eminentemente líricas o "subjetivas"), pero que antaño entraban muy bien en las formas tradicionales de la poesía (la epopeya y el poema épico, eminentemente "objetivos"). En realidad, mi salto no fue de la poesía a la novela, sino del género *lírico* al género *épico*; y lo di cuando entendí que la novela (género muy moderno) es la "sucedánea" natural de la poesía épica, ya que, desde hace tiempo, lo "narrativo" no se da en hexámetros o en las octavas reales de Ariosto y de Ercilla. Ya te darás cuenta de la importancia que tuvieron en este "salto" las lecturas parisienses a que me referí antes.

*CFM:* ¿Cuál es el sustrato de *Adán Buenosayres*?

*LM:* Lo expliqué muy detalladamente en *Las claves de Adán Buenosayres* que figuraban en mi *Cuaderno de navegación* (1966, Sudamericana). Concebida sobre las formas exteriores de la epopeya clásica, según te dije, mi novela debía responder también a su intención profunda, que no es otra, en la *Ilíada* o en la *Odisea*, por ejemplo, que la de expresar simbólicamente una "realización espiritual" o aventura metafísica. Para ello, en la *Ilíada* se emplea el simbolismo de la guerra y en la *Odisea* el simbolismo del viaje que también utilizó Virgilio en su *Eneida*. Yo elegí este último, y *Adán Buenosayres* se resuelve, si bien lo miras, en un viaje de su protagonista realizado por la ciudad y que consta de dos movimientos, uno centrífugo, de ida o de "expansión", y otro centrípeto, de vuelta o de "concentración", cumplidos ambos por la misma calle Gurruchaga. ¿Qué objeto tiene ese viaje? La búsqueda de Solveig Amundsen. Y en este punto, querido César, aparece la paternidad que le reconozco a Dante Alighieri. No la ejerce él como autor de la *Commedia* y su "infierno", sino como integrante y jefe de los *Fe-*

*deli d'Amore.* Los "fieles de Amor" practicaron una doctrina metafísica que te puedo sintetizar así: a) celebraron, en lenguaje amoroso, a una Dama enigmática; b) dicha Señora, pese al nombre distinto que le da cada uno de sus amantes (Beatriz, Giovanna o Lauretta), se resuelve al fin en cierta Mujer única y simbólica; c) que la noción de tal Mujer se aclara en Dino Compagni, cuando ese "fiel de Amor" la designa con el nombre de *Madonna intelligenza;* d) que Madonna simboliza el intelecto trascendente por el cual el hombre se une o puede unirse a su Principio creador, y que lo simboliza en su "perfección pasiva o femenina". La Solveig de *Adán Buenosayres* es la misma Dama, lo cual se patentiza cuando, en el *Cuaderno de tapas* azules, Adán transmuta a la Solveig "terrestre" de Saavedra en la Solveig "celeste" de los "fieles de Amor". Y en el fin del viaje o aventura espiritual se da cuando Adán Buenosayres se enfrenta con el Cristo de la Mano Rota y "lo asume". Y aquí me gustaría conversarte un poco sobre las semejanzas que algunos han visto entre mi *Adán Buenosayres* y el *Ulises* de Joyce. Yo te demostraré que, en su interioridad, las dos obras son rigurosamente "opuestas". Cierto es que Joyce, en el *Ulises*, toma de Homero la "técnica del viaje"; pero no toma, como yo, el "simbolismo intelectual" del viaje, que al fin y al cabo es lo que más importa. De la *Odisea* el irlandés genial ha tomado solamente las "asimilaciones literarias" o la episódica exterioridad; y en rigor de verdad, no tenía cómo ir más lejos. Su héroe (Bloom), en un viaje de novecientas páginas, no va realizando ningún intento metafísico: viaje según el "errar" y según el "error" (dos palabras de significación casi equivalente), y se "dispersa" en la multiplicidad de sus gestos y andanzas, yo diría que va dispersándose hasta la "atomización". De tal modo, en un viaje sin fin determinado (en un laberinto sin salida), la "unidad humana" de Bloom se *pulveriza* casi, es devorada por la "multiplicidad" de un acontecer desarrollado en un *tiempo* que Joyce parecería estirar en cámara lenta, según lo había hecho Proust, a fin de contener o abarcar la minuciosa pulverización de su héroe. Dentro del simbolismo del viaje, Bloom es un turista "divertido" (*divertere,* apartar, desviar, alejar). Adán Buenosayres, en cambio, es el viajero que se desplaza con un objetivo determinado: el fin o finalidad de su viaje. Surca el océano de lo múltiple, no para dividir y atomizar su ser en el *maremagnum* de las contingencias y diversificaciones, sino para rescatar, a flor de agua, la unidad misma de su ser trascendente. Si desearas conocer a fondo ese proceso, te aconsejaría leer o releer mi *Descenso y Ascenso del Alma por la Belleza,* donde hago una exposición integral del asunto en las figuras de Ulises, las Sirenas y el Mástil, y en las del tebano Edipo y la Esfinge. Querido César, me gustaría que le hicieses leer estas líneas a nuestro común amigo Rodríguez Monegal.

*CFM:* ¿Qué te llevó a colaborar, como funcionario, con el gobierno de Perón, entre 1946 y 1955?

*LM:* Yo no fui colaborador de un gobierno ya instalado, sino uno de los muchos que, por amor a su pueblo, contribuyó a instaurar el justicialismo de Perón como forma político-social. En tanto que funcionario, en las fechas que me señalas, me limité a continuar mi carrera docente iniciada en 1920 y en el Ministerio de Educación, a cuya nómina sigo perteneciendo como jubilado.

*CFM:* ¿Cuál es tu juicio actual sobre ese período y sobre su actuación en el país?

*LM:* Sigo pensando que fue una realización "incompleta" del justicialismo, el cual, como doctrina, puede tener otras encarnaciones en el devenir argentino próximo, por ser un sistema de "tercera posición" en un mundo tironeado por dos *líneas de fuerza* contrarias que sólo hallaría su equilibrio en un justo medio. La primera encarnación del justicialismo logró muchas conquistas y cometió muchos errores, tal como sucede en toda empresa concebida y realizada por esa criatura "falible" que es el hombre.

*CFM:* ¿Por qué te apartaste de la vida literaria a partir de 1955?

*LM:* No me aparté: "me apartaron". Y lo demostraría con documentos, si no deseara evitar, por caridad cristiana, la tarea de poner en evidencia la "barbarie intelectual" de algunos compatriotas, muchos de los cuales han vuelto a ser mis amigos.

*CFM:* ¿Qué evolución sufrió en ese ínterin tu poesía y tu novela?

*LM:* Durante diez años de "proscripción literaria", como ya dicen muchos, me dediqué a la lectura, la relectura, la meditación y la creación. El resultado, en poesía, está en el *Heptamerón* (los siete días poéticos) (Sudamericana, 1966), y en el *Poema de Robot* (Americalee, 1966), todos escritos con la independencia y la falta de compromisos que da un destierro bien aprovechado. En narrativa, escribí *El banquete de Severo Arcángelo,* con el resultado que tú conoces.

*CFM:* ¿Qué estás preparando para el futuro inmediato?

*LM:* Mi tercera novela, de la cual sólo te adelantaré que responderá al "simbolismo de la guerra". Y el *Poema de la Física,* que ahora estoy completando.

*CFM:* ¿Podrías dejar de fumar en pipa?

*LM:* A los trece años de edad comencé a fumar en pipa, lo cual me valió una descomunal bofetada paterna cuyo efecto didáctico fue rigurosamente nulo, ya que seguí fumando en pipa hasta el presente. Dejaría de hacerlo, si la salud me lo aconsejara, y no me costaría gran cosa. Lo malo no está en tener vicios, sino en dejarse dominar por ellos. Algún día escribiré un tratado sobre Teoría y Práctica de los Vicios, que sin duda resultará un *best seller.*

# MACEDONIO FERNÁNDEZ*

—Me interesa su valoración de Macedonio Fernández, el lugar que usted le adjudica en la literatura.

—Bueno, Macedonio con Xul Solar, tal vez ahora último con Girondo, dejan de ser hombres de la literatura para pasar a ser verdaderas leyendas de Buenos Aires. Macedonio de los primeros. Lo conocí en el tiempo de la revista *Martín Fierro* de la cual formó parte activa, a pesar de ser bastante mayor que nosotros; convivimos en aquellos días de feliz recuerdo para mí. Un hombre extraordinario; estas personas que están pasando a la categoría de leyendas es porque tenían en sí un valor humano, eran desde luego mucho más que hombres De La Literatura, eran casi diría yo, símbolos de una realidad argentina que todavía no se había manifestado en la plenitud que le conocimos luego.

—¿Cuál es la relación de Macedonio con *Martín Fierro*? Ustedes eran jóvenes y...

—Sí, sí, sí.

—¿Cómo era la relación?

—Bueno, en lo que a mí se refiere, nos veíamos con él en las reuniones habituales de la revista, no eran reuniones formales, eran en un café, peñas literarias, eran comidas de camaradería para las cuales Macedonio creó un verdadero género literario que es el género de los ofrecimientos de banquetes que después publicaron, creo que en *Papeles de Recienvenido* y... recuerdo que él, a pesar de que le gustaba hacerlo, protestaba no poco, porque él creía que era ridículo ofrecer un banquete justamente cuando la mayoría de los comensales lo había aceptado ya, que el ofrecimiento de-

* Entrevista realizada por Germán Leopoldo García sobre M.F. recogida en *Jorge Luis Borges y otros hablan de Macedonio Fernández*, Buenos Aires, Carlos Pérez Editor, 1968; la respuesta de L.M. en pp. 67-75.

bía hacerse al principio, antes de servir el primer plato, de modo tal que aquel que no aceptara el banquete pudiera levantarse y mandarse a mudar ¿no es cierto? Bueno, y en esos ofrecimientos de banquetes o brindis chispeaba todo el humor de Macedonio tan argentino y al mismo tiempo tan universal ¿no? En la figura de Macedonio hay que considerar tres aspectos, para mí en el siguiente orden jerárquico: Macedonio metafísico, el Macedonio narrador y el Macedonio humorista. Creo que esencialmente fue un metafísico, pero un metafísico-experimental, no un metafísico de cátedra o de escuela o de universidad. Era el verdadero metafísico, es decir aquel que empieza por tener una problemática interna profunda y cuyos gestos y meditaciones van guiados a resolver, a dar una orientación total a esa problemática...

—Claro, en su obra hay un lenguaje y una progresión interna que no lo traiciona. Justamente, trata de reflejar hacia el exterior, su problemática interior.

—Bueno, claro y es una metafísica de amor, fíjese usted, aunque desde el punto metafísico parece lírica, por ejemplo, aquella frase famosa que yo cito en *Adán Buenosayres* y que pertenece a *No toda es vigilia la de los ojos abiertos,* cuando él dice *el mundo es un almismo ayoico.* Macedonio en esta frase no hace más que expresar o manifestar una expresión de sus deseos de amor; porque si realmente, si nosotros contempláramos el mundo, más que un almismo ayoico es un yoísmo feroz que separa a los hombres; pero él soñaba que se reuniera y se constituyera en una sola alma, claro, la virtud unitiva justamente del amor ¿no?

—Es decir, la Pasión. ¿Y por qué admiraba a William James?

—Bueno, es una cosa que a él... yo preguntaría, aparentemente, yo preguntaría si la predilección de Macedonio por James es una predilección metafísica o es una predilección de amistad, porque en Macedonio la amistad tenía una significación muy profunda, por ser la amistad una de las formas del amor, precisamente ¿no? y probablemente él estuvo en larga y constante comunicación epistolar con James y tal vez haya gravitado mucho esa amistad en la predilección. No nos olvidemos, que Macedonio tenía un fondo general de poeta verdaderamente extraordinario, por ejemplo cuando él tocaba en su guitarra el primer preludio de Rachmaninoff que era el más conocido, y lo tocaba muy bien por otra parte, decía que le gustaba porque veía en ese tema, el tema de la muerte.

—Bueno, su concepción de la muerte es muy curiosa, tiene algo del existencialismo, se nos aparece como la muerte de quien amamos, nunca, dice, podemos vivir *realmente* nuestra muerte.

—Sí, eso, eso es.

—¿Cómo recuerda usted su trato cotidiano?

—Bueno, Macedonio era un personaje bastante misterioso, sobre todo con respecto a su existencia cotidiana. Yo personalmente, porque puede ser que haya otras personas que lo conozcan más en ese aspecto, lo conocí más por ciertas noticias o leyendas que circulaban: se decía, por ejemplo, que era dado a habitar viejas quintas de Adrogué o del Gran Buenos Aires, que sus propietarios abandonaban durante el invierno y que él ocupaba durante esos meses para lograr una soledad absoluta favorable a su meditación; se decía que entonces, a fin de evitarse trabajo, preparaba un puchero una vez por semana y embotellaba el caldo ¿no?, embotellaba el caldo en una época en que no había refrigeradoras eléctricas, de modo que no quiero pensar cómo sería el caldo al séptimo día de estar embotellado ¿eh? y por eso algunos dicen que fue el inventor de la penicilina, porque tal vez en ese caldo se hubieran producido algunos de esos hongos en los cuales creo que se resuelve la penicilina. Recuerdo sí que una vez lo visité, estábamos con Francisco Luis Bernárdez, en una casa de la calle Las Heras, pensión donde él ocupaba una pieza. Lo encontramos, era un día de verano ya, y tenía un calentador Primus y la pava puesta sobre el calentador y echando vapor a chorro (la pava ¿no?), y cuando le preguntamos por qué tenía esa pava así, con tanto vapor, dijo que el ambiente estaba seco y él necesitaba que hubiera cierta humedad en el ambiente, porque los porteños vivimos en un clima húmedo y necesitamos un coeficiente de humedad para subsistir bastante considerable; y yo recuerdo que le pregunté si él no creía que con el andar del tiempo ese aumento de humedad nos podría convertir a los porteños en anfibios ¿no?, y consideró la posibilidad como verdadera y, en aquella oportunidad, tocó la guitarra también, nos tocó el famoso primer preludio de Rachmaninoff, tomamos mate, le gustaba el mate con bizcochitos de grasa; guardaba la yerba en lugares realmente increíbles, debajo de la cama, o qué sé yo, en los zapatos, y algunas otras veces que encontré con él, pero ya ha pasado el tiempo de *Martín Fierro*. Él solía hablar por teléfono y me decía, vamos a hablar en tal parte, vamos a *hablar de metafísica*. Macedonio nunca dijo la palabra filosofía, cosa curiosa, él nunca habló de filosofía, él, hablaba de me.ta.fí.si.ca.

—Villegas habla de un amigo Egger que sabía de música, dice que él gustaba de la música hindú y…

—No, no, en ese aspecto no lo conozco. No, ¿Egger? no, lo recuerdo. Ya le digo, Macedonio era un hombre que tenía dentro de la ciudad una existencia muy misteriosa, no sería raro que frecuentara ambientes distintos.

—¿Y su relación con la política?

—Bueno, yo creo que su actitud con respecto a la política era de un sano escepticismo ¿no?: con respecto a la política nuestra, la política de la época, diríamos la política folklórica de la época, era más vale escéptico, lo tomaba un poco en broma; no se olvide que una vez, por broma, por humorismo, intentó lanzar su candidatura a la presidencia de la república y entonces el gran problema de él era cómo conquistar al electorado y proponía anonadarlo, sorprenderlo con una cantidad de modificaciones en las leyes físicas. Una de ellas, por ejemplo, repartir cucharas de papel de seda. Se da cuenta qué cosa tremenda es ir a tomar la sopa con una cuchara de papel de seda que se le caiga de la mano: la manera de desconcertar al elector ¿no? O cambiar el peso de las cosas, una moneda de diez centavos que, de repente, puesta en la mano de un elector, tuviera un peso tal que le llevara la mano al suelo; y algo muy pesado, por ejemplo un ropero, cuando intentara levantarlo se le fuera solo hacia arriba, con el solo propósito de anonadar al elector y ganarlo ¿eh?, por ese lado. Su imaginación estaba siempre en juego. Una imaginación llena de sorpresas, llena de ingenio. Me acuerdo que una vez, esas salidas ocurrentes que tenía él, estábamos en la *Revista Oral* de Alberto Hidalgo, en este café, en el Royal KeIler en Esmeralda y Corrientes. Nosotros hacíamos una revista oral que consistía en que cada uno de nosotros dijera (todavía no había radio) cada uno de nosotros dijera lo suyo. Alberto Hidalgo se ponía de pie de repente (era en el sótano del Royal Keller, una cervecería de tipo alemán) y decía año 1, número 3 y luego venían los editoriales, las colaboraciones, se leían poemas, se hacían críticas literarias generalmente furiosas. Asistido por un público muy heterogéneo, además, en fin, de nuestro grupo; al culminar las medianoches de los sábados teníamos como público una gran cantidad de muchachos y muchachas que estaban esperando que se abriera el Tabarís, en la sección nocturna, entonces para hacer tiempo se acercaban a nosotros y escuchaban con gran interés y así lo conocí a Raúl Scalabrini Ortiz. Lo conocí porque andaba entonces con el negro Uriburu ¿se acuerda?, ese que dio la vuelta al mundo con un barquito llamado El Gaucho. Bueno; los conocí a los dos así y lógicamente Scalabrini se incorporó después a nuestro grupo.

—¿Usted lo vio a Macedonio durante el peronismo?

—En absoluto. No, no, yo lo perdí de vista a Macedonio muchos años antes.

—Sampay cuenta que Macedonio tenía admiración por Eva, que respondió a la acusación de que Eva no era culta con esta pregunta: "¿Qué sabía Juana de Arco?".

—Es muy de él eso, es muy de él. Sí, sí, sería más evitista que peronista, como mucha gente por otra parte, y sobre todo teniendo en cuenta que, probablemente, Eva fue la que tuvo verdadero sentido revolucionario ¿no? Pero acerca de eso no tengo información, porque yo lo perdí de vista a Macedonio, o él me perdió de vista a mí, muchos años antes de Perón, por esas cuestiones que usted sabe, en Buenos Aires la vida nos une en una empresa y de repente nos separa y, esta es una ciudad caótica que se traga a la gente. Sé que anduvo, que andaba con él, en un tiempo Miguel Ángel Gómez, el poeta Miguel Ángel Gómez que murió asesinado muchos años después, no sé, que fue el que sacó las mejores fotografías (porque Miguel Ángel tenía debilidad por la fotografía), las mejores de la vejez. Bueno, quería contarle, estábamos en la revista y nos visitó un grupo de poetas peruanos, porque Alberto Hidalgo era peruano. Y uno de los poetas que era bajito y muy chiquito mostraba un gran ardor combativo ¿no?, y estaba Macedonio escuchándolo como él escuchaba siempre, con una gran atención, NI de repente el peruano dice vamos a hacer esto y vamos a hacer lo otro y al fin y al cabo qué nos importa que nos manden a la mierda. Y Macedonio dice: ¡naturalmente!, habiendo tantos tranvías.

—¿Qué unía a los del grupo *Martín Fierro*?

—Lo que es verdadero es que los del grupo *Martín Fierro* estábamos unidos por una actitud vital más que por una actitud estética. Un deseo de modificar las cosas y entrar en la literatura argentina, como no nos dejaban entrar por la puerta, entrar por la ventana o por la claraboya. Pero en realidad cada uno de nosotros tenía su estética personal, o la elaboró después; no era un cierto movimiento como se dio en Latinoamérica, en Hispanoamérica, por ejemplo, en que los grupos estaban reunidos en la unidad de una sola doctrina estética, yo diría, como el caso del grupo de Neruda en Chile. Aquí fue al revés, lo único que nos unía fue una actitud vital, una alegría, una euforia, un deseo de modificar las cosas y construirlas, por eso cuando se terminó el aspecto combativo del movimiento cada cual tomó por su lado.

—¿Usted no cree que, por ejemplo, en la concepción del tiempo de Borges hay una gran relación con Macedonio?

—Bueno, Borges anduvo mucho con Macedonio; yo creo que tiene mucha influencia de Macedonio. Incluso ciertas técnicas de humorismo en Borges provienen directamente de Macedonio. Dice Borges "vuelvo a Junín donde nunca he estado" y a mí eso me parece el tiempo manejado por Macedonio, el tiempo como un espejo recurrente, siempre vuelto sobre sí ¿no? Exactamente, aplicado al espacio en lugar de aplicado al tiempo tenemos esto de Macedonio: "Eran tantos los que habían faltado al banquete que si falta uno más no caben en la sala".

—Me asombra la negación de ciertas convenciones narrativas. Sus personajes están en la Estancia La Novela y él dice, dentro de la novela también, que ninguno muere, porque mueren todos al terminar el libro.

—Sí, sí.

—¿Vio que la escritura de la novela se convierte en tema principal de la novela?

—Bueno, yo no sé cómo quedó después, pero según Macedonio su *Novela de la Eterna* se iba a componer de 32 prólogos, pero nada más, su novela eran esos 32 prólogos. Sí, todo lo que fuera la novela se desarrollaría como un prólogo a una novela que nunca llega.

—¿Ha vuelto a leer a Macedonio hace poco tiempo?

—No, no, hace tiempo que no lo leo, yo hice una lectura muy atenta de un solo libro de él: *No toda es vigilia la de los ojos abiertos*. A mí me interesaba mucho su pensamiento metafísico pero lo demás no, no lo he leído. Leí, recuerdo, una parte de su novela que nos dio para la revista *Libra,* que sacábamos con Alfonso Reyes y de la cual salió un solo número; como solía ocurrir con las revistas en aquel tiempo. Entonces Macedonio nos dio una parte de su novela.

—¿Macedonio apoyó a Yrigoyen?

—No, no sé, ese aspecto no lo conozco. Yo sé que después, al final de *Martín Fierro,* bastante por broma, quisimos tener una intervención en el yrigoyenismo (yo no sé si Borges se lo tomó en serio) pero nosotros lo tomamos absolutamente en broma y hasta se constituyó una lista en que aparecemos nosotros: está Macedonio, estoy yo, está Petit de Murat, qué sé yo. Se publicó esta nota en la revista *Adán,* en uno de los últimos números que salió; allí puede encontrar algunas cosas referente a eso y está la fotografía de la boleta en que estábamos nosotros.

—¿Ustedes, en *Martín Fierro,* tomaban la política como literatura?

—Sí, el grupo Florida buscaba por ese lado. Los que tuvieron una temprana vocación político-social fueron los del grupo Boedo, evidentemente. Con el cual estábamos unidos ¿no? Nosotros íbamos a sus comidas y ellos venían a las nuestras, porque una de las grandes instituciones de *Martín Fierro* fueron las comidas hechas en cualquier bodegón. Venían personajes de afuera, se les daba una comida. Generalmente era un pintoresco bodegón. Recibimos a Ansermet en un bodegón de Paseo Colón. Muchos de nosotros nos presentamos con barbas postizas porque Ansermet tenía barba, y la tiene.

—Ustedes, durante *Martín Fierro,* conocían ya al surrealismo ¿no?

—Bueno, los dos movimientos fueron paralelos, yo conocí al grupo superrealista, fue en el año '26, y ya salía *Martín Fierro*. Ahí lo conocí a Eluard, a Breton, Aragón…

—¿Estuvo mucho tiempo?

—Sí, estuve varias veces, se reunían (nos reuníamos) en una librería que vendía obras de ahora… libros sobre pintores modernos, por ejemplo, Picasso y de todo el grupo. Ahí nos conocimos. Pero, ellos en particular no daban la impresión de ser muy, muy superrealistas en lo existencial, era más bien una actitud literaria. Era más en lo literario ¿no?

—No, no creo: ellos dijeron "hay que matar a los padres cuando se es joven". Breton era amigo de Trotsky, se escribió con Freud, y están los Manifiestos que… ¿no?, o los aplausos en los cines de barrio, los aplausos a *¿Quo Vadis?* en el momento en que se tiraban cristianos a los leones, creo que…

—Sí, sí, pero era para agitar el ambiente, para salir de ese anonadamiento de la realidad. Recuerido en la revista *Revolución Surrealista* unas fotografías, una que era una delicia: el cruce de una calle y en el adoquinado una cruz con esta inscripción: lugar donde nuestro compañero abofeteó a un vigilante. Es una anécdota.

—¿Y Macedonio, entonces? ¿Qué edad tenía él, qué edad tenía usted? ¿Cómo veía él eso?

—Bueno, la revista duró cuatro años; yo tenía cuando empezó veintitrés años y yo no sé qué edad tendría Macedonio. Él era un poco misterioso para nosotros, pero tengo la impresión de que tenía bastante más años que nosotros. Digo, físicamente ¿no?, porque en lo intelectual no desconocía nada, no.

—Sería interesante saber, yo nunca lo he sabido, cómo llegó Macedonio a *Martín Fierro*.

—Eso podría explicarlo Borges con toda seguridad, porque Borges lo conoció de la primera época, él fue quien tuvo más relación con Macedonio.

# MEMORIA*

Mi linaje americano se inicia con mi abuelo Leopoldo Marechal, nacido en París y en el seno de la rica y orgullosa clase media de Francia. Siendo aún un adolescente, sus "ideas avanzadas"
lo llevaron a militar en *La Comunne,* fuerza revolucionaria que se
instaló en París no bien los prusianos levantaron el sitio de la capital y se produjo la insurrección del 18 de marzo de 1871. Naturalmente, mi abuelo se convirtió en la "oveja negra" de la familia;
y cuando a fines del mismo año el gobierno de Thiers asedió a París con sus tropas regulares, *La Comunne* llegó a su término y sus
afiliados debieron enfrentarse con la persecución y el castigo. Mi
abuelo decidió exilarse en la América del Sur, hasta que los acontecimientos franceses evolucionaran en favor de su retorno: se instaló en el Carmelo, Uruguay; abrió una librería y se dedicó al trabajo de los metales y a la lectura de los volúmenes de Economía
Social que había traído a su destierro y que muchos años después
recogí yo como despojos de aquel naufragio. El comunero de París aguardaba su vuelta, sin sospechar que otras eran las figuras de
su destino: en el Carmelo dio con la mujer de su vida, se casó con
ella y tuvo una prole numerosa. Murió tempranamente, sin volver
a pisar las orillas del Sena. Claro está que no llegué a conocerlo;
y a través de mi padre sólo recibí de aquel rebelde mi nombre y
apellido, los volúmenes mencionados, algunas anécdotas y dos o
tres canciones de *la douce France.* Supe que, de sobremesa, discutía
violentamente sobre política con sus amigos desterrados como él.
Supe que, durante la epidemia que asoló las dos márgenes del es-
tuario, se dedicó a enterrar a los muertos de peste, sin otro recurso preventivo que el de trotar alrededor de la plaza, entre un en-

* En *Memorias de infancia,* selección a cargo de Pirí Lugones, Buenos Aires, Editorial Jorge Álvarez, 1968, pp. 23-28.

tierro y otro, y, el de empinar una botella de coñac al fin de cada vuelta. Y supe que dio a sus hijos una educación basada en el concepto de la justicia militante, única herencia que nos dejó a sus descendientes, amén del paso corto y rápido de la infantería francesa.

Con la muerte de mi abuelo, una dispersión extraña se dio en la familia. Mi padre, Alberto Marechal, se trasladó a Buenos Aires en busca de nuevos horizontes: traía una vocación ferviente por la mecánica y las técnicas de fundición, torno, soldadura y ajuste que requiere un oficio tan ingenioso. Además traía su guitarra y su violín, que convirtieron su alegre soltería de Buenos Aires en una fiesta de serenatas, bailes y torneos orfeónicos en los que se le llamaba "el oriental" y que concluyeron por llevarlo al matrimonio, según la infalible y honesta costumbre de aquel tiempo. Se casó con mi madre, Lorenza Beloqui Mendiluce, de origen vasco español y de santidad crística. Fui el primer vástago de aquel matrimonio, y de mi niñez guardo sólo recuerdos muy felices. Mi padre, como trabajador especializado, cubría holgadamente las necesidades económicas de la casa; de igual modo, su pericia en objetos mecánicos le ganaba el amor de la vecindad (nos habíamos instalado en Villa Crespo), ya que, sin remuneración alguna, componía los relojes, las máquinas de coser y otros artefactos de los vecinos. Lo que sucedía, en el fondo, era que toda máquina nueva se le presentaba como un desafío a su ingenio, y toda máquina enferma como una solicitud a su arte de curar los humildes *robots* de comienzos de siglo. Fue gracias a su habilidad que, pese a nuestra digna pobreza, tuve yo los juguetes más insólitos, los manomóviles más raudos, los más certeros fusiles de aire comprimido, los patines más voladores, obra de sus manos inquietas y de su invención que no dormía. Por otra parte, su afición a las técnicas introdujo en el hogar la primera cámara fotográfica con su laboratorio de revelación, el primer fonógrafo a cilindros que conoció el barrio y la primera instalación eléctrica que sucedió al gas. Cuando el primer aviador francés que llegó al país hizo en Longchamps una exhibición de vuelo en su máquina de varillas y telas, mi padre y yo asistimos a ese milagro de volar cien metros a cuarenta de altura; y regresamos de Longchamps con un entusiasmo que nos convirtió en aeromodelistas. Construimos entonces en miniatura un avión con su hélice, y mi padre se desveló en el problema de darle motores. Le falló un mecanismo de reloj: era excesivamente pesado. E inventó al fin un sistema de gomas de honda retorcidas, que al desenrollarse nos ofreció un despegue insuficiente pero consolador.

Tal vez habría sido yo un buen técnico industrial si mi madre que había observado en mí ciertas comezones del intelecto y una temprana cuanto furtiva inclinación a las Musas, no me hubiera inscripto en la Escuela Normal de Profesores y en su Departamento de Aplicación. Al aprobar mi sexto grado, y listo ya para seguir el Curso Normal, di en el inconveniente de que me faltaba un año para tener la edad reglamentaria del ingreso. Pedí entonces una "habilitación de edad", cuyo trámite debí mover personalmente; y me inicié así en el laberinto de la burocracia, mendigando una licencia para estudiar, con mis ojos elocuentes y mi sonrisa de niño, ante señores Vocales del Consejo que fumaban cigarros enormes y me oían desde incomprensibles distancias. Más tarde conocí el origen político-social de aquellos figurones de la oligarquía; y supe que su atención, en el Consejo, estaba eminentemente puesta en los cigarros oficiales o en alguna maestrita heroica que solicitaba su designación. "¡Que Dios les dé por lo que dieron", como suele decir Elbiamor en cita de San Pablo. Frente a un año vacante, me debí enfrentar con el dilema "estudiar o trabajar" que se imponía en la tabla de valores de la época. El estudio me había sido vedado por ahora; luego, debía trabajar. Mis padres, enteramente ajenos a mi conflicto, ni sospechaban el estado de angustia moral que cubría mis noches en insomnio. Cierta mañana, salí furtivamente a buscar trabajo, y lo hallé muy pronto en una fábrica de cortinas de la calle Lavalleja: mi habilidad manual, que adquirí junto a mi padre, me valió como jornalero el importante salario de ochenta centavos por día. Regresé a la casa y le transmití a mi padre la buena nueva. Ni aprobó ni desaprobó: se mantuvo en silencio. No obstante, pude ver que una sonrisa, mezcla de orgullo, ternura y humorismo, se dibujaba entre las dos guías de su bigote galo.

Comencé a trabajar en la fábrica de cortinas entre muchachones villacrespenses que no llegaban a dieciocho años. Mis primeras emociones y fatigas me identificaron al punto con el pequeño *Jack* de Alfonso Daudet, que yo había leído en la Biblioteca

Popular Alberdi sita en Villa Crespo. Mas, ¡ay! también había leído yo *Los Miserables* de Victor Hugo, a cuya sombra la degradación económico-social de los muchachones que integraban el personal cortinero empezó a resultarme insufrible, más aún cuando los vinculé al Foguista Enceguecido, al Aserrador Manco y al Tornero Demente que yo había conocido en la fábrica donde trabajaba mi padre y cuyos espectros dolientes me acompañaron hasta el Infierno de *Adán Buenosayres.* Y entonces, como era fatal, organicé una huelga en demanda urgente de reivindicaciones. Para mi desgracia, el Director Gerente del establecimiento me sorprendió tina tarde, cuando arengaba yo a mis compañeros de sudor en una calle vecina. El Director Gerente decretó *in situ* mi exoneración: yo contaba trece años. De regreso a mi casa, confesé mi derrota cívico-militar; y en los ojos de mi padre creí ver un fogonazo de barricada parisiense. De cualquier modo, la consigna de trabajar o estudiar volvió a torturarme (siempre tuve una obstinación en la cual reconozco mi venerable ascendencia vasca). Y muy luego me di a cultivar el terreno adjunto a nuestra casa, que también nos pertenecía, en una obra de agricultura que me llevó a los éxtasis de la égloga. Tuve mi éxtasis último cuando, llegada la hora de cosechar, mi hermana y yo trenzamos en una ristra memorable las doradas cebollas, fruto de mi sudor virgiliano.

Al año siguiente, y con mis catorce años de reglamento, ingresé a la Escuela Normal: me vi allí entre una mazorca de muchachos entusiastas (Foglia, Veronelli, Berdiales, Estrella Gutiérrez, Fesquet), casi todos los cuales llegaron a "ser alguien" en sus disciplinas. Recuerdo sobre todo a Hugo Calzetti, el mayor de todos nosotros pues ingresó a los veinte años, que luego se hizo marxista militante, se convirtió después al cristianismo, escribió un *Antimarx* y murió en el verdor de su edad y sus batallas. Me gustaría hoy depositar sobre su tumba este ramito de memorias. Una desgracia irreparable vino a cortar muy luego el hilo de mi felicidad o facilidad juvenil: estábamos en 1918, y mi padre contrajo la bronconeumonía que tuvo ese año en el país un carácter endémico. Merced a su robusta naturaleza, logró vencer los primeros rigores del mal; y habría sobrevivido, si una convalecencia prudente hubiera respaldado su curación. Pero en aquellos años no había leyes sociales que aseguraran licencia a los trabajadores enfermos, por lo cual, y ante los reclamos patronales del establecimiento donde trabajaba, mi padre volvió a su quehacer, tuvo una recaída y murió veinte horas después en mis brazos, en medio de una fiebre que lo hacía delirar con maquinarias y agitar sus dedos como si apretase tuercas y manejase tornos invisibles. Lo lloré largamente, sobre todo en mi obsesión de aquellas demiúrgicas manos que habían construido nuestro alegre universo familiar.

# LA ISLA DE FIDEL*

*¡Cuba, qué linda es Cuba! Quien la defiende la quiere más.* Con esta letra de una canción popular cubana inicio mi reportaje a la isla de Fidel Castro y a la experiencia económico-social más fascinante que se haya dado en esta segunda mitad del siglo. Cuando la "Casa de las Américas" me invitó a visitar la patria de Martí como jurado de su certamen anual de literatura, me asombré primero, naturalmente:

"¿Cómo puede ser —me dije— que un estado marxista-leninista —como se autotitula él mismo— invite a un cristiano viejo, como yo, que además es un antiguo 'justicialista' u hombre de tercera posición?"

Y decidí viajar a la isla en busca de respuestas a esa pregunta y a otras que yo me había formulado acerca de un pequeño país del Caribe sobre el cual gravitan leyendas negras y leyendas blancas, miedos y amores tal vez prefabricados. Entre las cosas de mi equipaje llevaba dos aforismos de mi cosecha, muy útiles —para estos casos: 1º "Hombre soy, y nada que sea humano me asusta"; y 2º "El miedo nace de la ignorancia: es necesario conocer para no temer".

Cuba, nación bloqueada, tiene aún dos puertas exteriores de acceso a su territorio: una es la ciudad de Praga y otra la ciudad de México. Las pomposamente dichas "Líneas cubanas de aviación" cumplen el esfuerzo heroico de unir la isla con esos dos puntos, mediante sólo cuatro aviones Britannia, de 1958, que hacen prodigios con sus cuatro turbo hélices, evitando los cielos hostiles del "capitalismo", haciendo escalas riesgosas en un aeropuerto helado de Terranova (Gander), en algún rincón de Irlanda (Shannon) o en Santa María de las Azores. A mí me tocó entrar por México.

* En AA.VV., *Cuba por argentinos*, Buenos Aires, Merlín, 1968, pp. 29-59.

En el aeropuerto de la ciudad azteca, tras esperar algunos días el azaroso avión de la Cubana, me topo con un colega del Perú y otro de Guatemala que, como yo, se dirigen a Cuba detrás de los mismos fines literarios. Un agente del aeropuerto adorna nuestros pasaportes con un gran sello que dice: "Salió a Cuba", inscripción insólita y perfectamente inútil que atribuyo a un bizantinismo de la burocracia. Pero a continuación otro agente, lleno de cordialidad, nos toma fotografías individuales, hecho que tomo ahora por un rasgo de la proverbial donosura mexicana.

—Esas fotografías —me aclara el guatemalteco— son para la F.B.I. de los Estados Unidos.

Elbiamor y yo nos sentimos halagados:

—Ignoraba que la F.B.I. se interesase tanto por un certamen de literatura —comento al fin.

El colega guatemalteco me mira con sorpresa y atribuye, sin duda, mi comentario a la famosa ingenuidad del Cono Sur.

Y ya estamos en vuelo, sobre el golfo de México, rumbo a una isla sospechada y sospechosa quizás. A Elbiamor, que jamás ha simpatizado con Ícaro, le parece oír que el cuatrimotor Britannia chirría por todos y cada uno de sus tornillos. Por mi parte, voy entendiendo que nos dirigimos a un país socialista, sudoroso de planes quinquenales, con músculos tensos y frentes deslustradas por el materialismo histórico. De pronto una de las azafatas nos distribuye bocadillos de caviar: ¿no es una referencia evidente, a la cortina de hierro? Y detrás del caviar, a manera de un desmentido, vienen los daiquir espirituosos y la fragante caja de habanos. *Cuba, ¡qué linda es Cuba!* Y mirándolo bien, ¿las mismas azafatas no tienen el ritmo cimbreante de las palmeras y la frescura de los bananos en flor?

Horas más tarde aterrizamos en el aeropuerto José Martí: es un atardecer de invierno, y sin embargo advertimos cierto calor y cierta humedad de trópico. Nos aguardan allá Ricardo y Norma, jóvenes, eficientes y plácidos, con cierta madurez acelerada: se anuncia en ellos la "efebocracia" o gobierno de los jóvenes, vocablo con que don Pedro González, profesor jubilado de la Universidad de California, me definió más tarde el régimen de la Cuba revolucionaria, una isla sin ancianos visibles, una isla de jóvenes, adolescentes y niños. Pero los "carros" nos conducen a La Habana por un camino bordeado de palmeras: la ciudad no está lejos, y poco después vemos erguirse sus grandes monoblocs en cuyas ventanas empiezan a brillar las luces de la noche. Llegamos por fin al Hotel Nacional, que será nuestra casa durante cuarenta días.

Es un edificio monumental concebido por la imaginación lujosa que requerían los fines a que se lo destinaba, lugar de *week end* para millonarios en exaltación, tahures internacionales, actores famosos de la cinematografía. Lo asombroso es que la revolución lo haya conservado, como los demás hoteles, restaurantes y cabarets de Cuba, en la plenitud de sus actividades, con su personal y servicios completos. Ya en nuestra habitación, abrimos las ventanas que dan al mar y vemos la bahía de La Habana, con su antiguo morro a cuyos pies festonea la espuma. En el parque del hotel, y entre palmeras, una gran piscina de natación que abandonan ya unos bañistas corridos por la noche. Pero, ¿qué formas se yerguen allá, en aquel terreno vecino al parque? Son dos pequeñas baterías antiaéreas cuyas bocas de fuego apuntan al norte.

La mucama de nuestro piso, una negra joven hermosa, entra en nuestra habitación y lo prepara todo con una meticulosidad tranquila de mansión solariega.

—Mercedes es mi nombre —le dice a Elbiamor con un despunte de risa—. ¿De dónde eres tú?

—De la Argentina —le responde ella.

—¡La patria del Che! —recuerda Mercedes y en su tono hay una emoción que nos toca.

Luego nos pide que cuidemos los materiales del hotel, ya que ahora son de un pueblo todo: ella lo sabe porque no hace mucho que fue "alfabetizada" y ya tiene una "conciencia social".

—Antes de la revolución —nos aclara— yo no podía entrar en este hotel.

—¿Por qué no? —la interrogo.

—Porque soy una mujer de color.

Vuelve a reír con su blanca dentadura de choclo; y Elbiamor, entre lágrimas, besa una mejilla de ébano, la de Mercedes redimida.

Bajamos al comedor, porque, luego de la cena, nos llevarán á Varadero, donde se realiza la última sesión del Encuentro de Poetas organizado en homenaje a Rubén Darío al cumplirse un centenario de su nacimiento. En el comedor me encuentro con Julio Cortázar (hace veinte años que no nos vemos), y abrazo su fuerte y magro esqueleto de alambre: su melena y sus patillas le dan el aspecto de un *beatle*. Hemos de actuar en el mismo jurado de novela, y antes de separarnos me anuncia, con cierto humor perverso:

—Han llegado cuarenta y dos originales de gran envergadura.

Arañas de cristal, manteles lujosos, vajillas resplandecientes, flores y músicas evocan en el gran comedor los esplendores del antiguo régimen. Son los mismos camareros de ayer, con los mismos smokings y la misma eficiencia, los que sirven cócteles de frutas tropicales, langostas y otros manjares a una concurrencia visiblemente internacional de la que formamos parte. Son los mismos; pero ahora trabajan en una revolución, y no tardaremos en tutearnos con ellos y llamarnos "compañero", diferentes en la función social que cumplimos, pero iguales en cierta dignidad niveladora. En los días que seguirán repetiremos esa experiencia extraña con todos los hombres de la isla; y sabremos entonces que la palabra "humanidad" puede recobrar aún su antiguo sabor solidario.

Esa misma noche, como en una suite fantástica, llegamos a las playas de Varadero, a ciento cincuenta kilómetros de la capital. ¿A quién se le ocurrió la idea de reunir allí a una pléyade de poetas iberoamericanos con el solo fin de celebrar a Rubén Darío? ¿Se perseguía un objetivo puramente poético? ¿ Y por qué no? me dije antes de llegar: Cuba fue siempre un vivero de poetas. Y de pronto recordé aquellos versos de Darío que figuran en su poema dedicado a Roosevelt: "Eres los Estados Unidos, / eres el futuro invasor / de la América ingenua que tiene sangre indígena, / que aún reza a Jesucristo y aun habla en español". ¡Qué resonancias proféticas tenían esos versos del nicaragüense, recordados ahora junto al mar de las Antillas y en una Cuba que aun tiene la pretensión exorbitante de ser libre y edificar en libertad sus estructuras nacionales!

Y Varadero está de fiesta esa noche: está de fiesta por un poeta muerto y una nación viva. Entre las mesas ubicadas al aire libre, veo de pronto a Nicolás Guillén: también él me ha reconocido, y se produce mi segundo abrazo demorado, en aquella noche iniciatoria. Después correrá el buen ron de la isla, cantarán los improvisadores de décimas, bailarán los litúrgicos danzarines afrocubanos, y la señora del poeta Fernández Retamar ha de brindarle a Elbiamor una gigante caracola del Caribe.

A la mañana siguiente nos bañamos en aquel mar de colores cambiantes, o discurrimos con los compañeros en aquellas arenas blancas y finísimas como vidrio molido. Por la noche, dando fin al

Encuentro de Poetas, cenamos en la gran morada que fue de mister Pupont, el financista internacional que buscaba en ella los *week end* recesarios para contrarrestar el frío de sus máquinas calculadoras instaladas en Nueva York. La casa es monumental, con su embarcadero propio, su piscina y su jungla, pero adolece de un mal gusto que parecería insanable en la mentalidad de los Cresos. El hall, verbigracia, en conjunto inarmónico, reúne un piano de cola, un órgano Hammond, muebles en anarquía, cuadros y tapices anónimos que parecen salidos de una casa de remate. Afortunadamente, aquella noche una revolución socialista consigue hacer el milagro de dignificar la casa y sus tristes objetos: poetas y escritores de Iberoamérica están sentados esta noche a la mesa de los periclitados banqueros, nalgas líricas o filosóficas sustituyen en los sillones dorados a las nalgas macizas del capitalismo. ¡Hurra! Se come, se bebe, se recita, se canta. ¡Hurra! Por un instante me asalta la idea curiosa de que me estoy bebiendo los estacionados vinos del opulento y alegre pirata. Mister Dupont, disculpe: la Historia no se detiene, Han entrado los danzarines negros y los cantores que eternizan su África. Discutimos o bailamos, ¿qué importa la distinción en esta primera noche del mundo? Desde su mesa, un grupo de cubanos entonan en mi honor "los muchachos peronistas".

Claro está que lo peor es el regreso, cuando, entre un poeta de guayabera blanca y un sociólogo de guayabera gris, camino junto al mar feérico bajo el plenilunio. Y la inquietud toma en mí la forma de un remordimiento: ¿seremos nosotros, una minoría, los únicos usufructuantes de una herencia reciente? Y el poeta en guayabera blanca me responde:

—Tranquilízate, alma buena. En Cuba no hay ahora ningún hambriento; no hay desnudos ni descalzos; no hay desocupación ni despidos ni embargos; no hay mendigos ni analfabetos.

En cuarenta días de viajes, estudios e inquisiciones pude comprobar más tarde cuánta verdad había en las aseveraciones del poeta, y qué fácil es resolver un problema de justicia social, cuando un pueblo se decide a tomar al toro por las astas. Pero en aquella noche de Varadero las preguntas afluyen a labios de recién venido:

—¿Es verdad —interrogo— que se está realizado aquí un intento marxista-leninista?

El sociólogo se vuelve al poeta y le dice con ese tono imitable de la travesura cubana.

—No creo que Fidel haya leído ni ochenta páginas de *El Capital*.

—¿Es que pueden leerse más de ochenta páginas? —reflexiona el poeta.

—Sin embargo —insisto—, el propio Fidel se ha declarado marxista.

—¿Y por qué no? —argumenta el sociólogo—. A juzgar por algunas encíclicas, más de un Papa romano está en ese riesgo. ¿Y sabes por qué? Porque el marxismo se resuelve al fin en una "dialéctica" que se adapta muy bien a cualquier forma de lo contingente social. Quiero decir que sirve tanto para un barrido como para un fregado, si lo que se trata de barrer o fregar es una vieja estructura político-económica.

Yo me río en mi alma:

—El viejo Marx —arguyo— ha prolongado su gloria merced a esa flexibilidad de su dialéctica. Pero, en cambio, lanzó al mundo una "logofobia" retardante de muchos procesos revolucionarios.

—¿Qué es una "logofobia"? —inquiere el de la guayabera blanca.

—Logofobia —respondo— es el terror a ciertas palabras. Y el "marxismo" es una de las más actuales.

—Eso merece un extra seco en las rocas —exclama el sociólogo entusiasmado.

—Lo tomaremos en cuanto exponga mi enseñanza paralela sobre la "logolatría".

—¿Y qué diablo es una "logolatría"?

—Es una adoración de la palabra por la palabra misma —le contesto—. Generalmente, se toma una logolatría para defenderse de una logofobia.

—¿Ejemplos de logolatrías?

—Los términos "democracia", "liberalismo", "civilización occidental y cristiana", "defender nuestro estilo de vida", esto último, naturalmente, a costa de los estilos ajenos.

—¿No es esa una muletilla del Tío Sam?

—El Tío Sam, ¡qué tío!

Suenan tres carcajadas en la noche del trópico. Pero el sociólogo de guayabera gris tiende una mano al horizonte marítimo:

—¡Silencio! —dice—. El Tío Sam está desvelado, a noventa millas náuticas de aquí.

—¿Qué hace?

—Está revisando su caudragésimo submarino atómico.

—¿Con qué fin?

—Le quita el sueño, entre otras cosas, una islita de siete millones de habitantes que ha tenido el tupé de ensayar un régimen socialista en sus propias barbas.

De regreso en La Habana, es necesario leer los voluminosos originales del concurso: así lo hago, y así lo hacen conmigo el guatelmateco Mario Monteforte Toledo, el argentino Julio Cortázar, el joven español Juan Marsé y el veterano escritor de Cuba don José Lezama Lima. Pero hay que cumplir otras actividades paralelas: visitar institutos, conceder reportajes, dialogar con estudiantes y obreros, asistir a los teatros y cines donde se cumple una actividad febril. Cuba, en su bloqueo, necesita mostrar lo que hizo en ocho años de revolución, porque sabe que el mejor alegato en favor de la revolución cubana es Cuba misma. Esos trajines y contactos me han permitido conocer a la gente de pueblo en su intimidad.

El pueblo cubano es de la más pura fibra española (casi andaluza, yo diría) entretejida con más que abundantes hebras africanas que le añaden una soltura de ritmos y una sensibilidad en lo mágico por la cual ha de convertir en "rituales" casi todos sus gestos, desde un baile folklórico a una revolución. Libre ya de opresiones de "factoría" y de sus "mimesis" consiguientes, reintegrado a su natural esencia, el hombre cubano es un ser extravertido y alegre, con imaginación creadora y voluntad para los combates necesarios, incapaz de resentimientos, fácil a los olvidos, propenso al diálogo y a la autocrítica. Todo esto deberán tener muy en cuenta los que intenten alargar un brazo amenazador sobre la tierra de Martí; porque no es difícil advertir allá que si el cubano entona pacíficamente una copla en la Bodeguita del Medio, o baila displicentemente una rumba en El Rancho de Santiago de Cuba, tiene siempre en una mano el machete de cortar caña de azúcar y en la otra la culata invisible de una metralleta.

Cierta mañana, y a mi pedido, un arquitecto arqueólogo, joven como todo el mundo en la isla, me hace recorrer la vieja Habana: su catedral, en el más puro estilo de la colonia, es la más bella que conozco, incluyendo la de México; los palacios condales, al enmarcar la plaza de la catedral, integran un conjunto arquitectónico de sobria pureza. Mi acompañante y mentor, el joven arqueólogo, me conduce luego al Castillo de la Fuerza, reducto castrense que los españoles erigieron un día contra los invasores de la isla, reales algunos y hasta hoy siempre posibles. Cruzamos el puente levadizo, recorremos los oscuros pasillos, nos asomamos a las troneras y almenares.

—Esta fortaleza —dice mi guía— es un símbolo perfecto de Cuba.

—¿Por qué? —lo interrogo.

—Sus constructores y defensores representaron al colonialismo; sus atacantes representaron a la piratería. Y, hasta Fidel, Cuba se ha debatido entre colonialistas y piratas.

—¿Ya no? —insisto.

—El riesgo subsiste en potencia. ¿Tú eres argentino?

—Sí.

—Entonces sabrás, en carne propia, que hay nuevas formas de colonialismo y nuevas formas de piratería.

"¡Tocado!", me digo en mi alma. Y el arqueólogo concluye:

—La revolución cubana sólo, tiene su explicación entera en la Historia Nacional de Cuba.

Regreso al hotel, en cuyos ámbitos empiezo a conocer la naturaleza de sus huéspedes. Ya me topé con los tenistas polacos, tan elegantes con sus conjuntos rojos de pantalón y remera. Eludo ahora a los ciclistas hispanoamericanos que han de correr la vuelta de Cuba: llevan siempre consigo sus bicicletas, en el comedor y en los ascensores; Cortázar me comunica su sospecha de que los corredores duermen con sus máquinas y tienen con ellas relaciones extraconyugales (¡diablo de novelista!).

Luego me voy a la piscina: es un gran espejo de agua entre palmeras y bajo el sol de Cáncer que acaricia y muerde a la vez como un ungüento. ¿Quiénes han invadido la piscina, tan solitaria otras veces? Porque la gente de Cuba sólo nada en verano, y la isla está en la mitad de su invierno. Estudio a los invasores: no hay duda, son caras y pelambres del mundo eslavo. Y al fin identifico a los deportistas soviéticos, entre los cuales alza su mole ciclópea el campeón olímpico de levantamiento de pesas. Paseándose en torno de la piscina, muy a lo peripatético, Dalmiro Sáenz, *jury* en el certamen de cuento, lee originales con toda la gravedad que le consiente su pantalón de baño.

—¿Qué hacen aquí los rusos? —me pregunta, indicando a los invasores de la pileta.

—Vienen a descansar, después de su zafra —le respondo.

—¿Qué zafra?

—La del Uranio 235.

Dalmiro estudia mi respuesta. Y, sin embargo, su atención se fija más en el cíclope ruso que en las delicias atómicas.

—Un gran levantador de pesas —me dice.

—No hay duda —le contesto—: recién me crucé con él en la cafetería, y le estudié en el fondo de los ojos.

—¿Qué viste?

—Una caverna del paleolítico y un gran desfile de brontosaurios.

Y, naturalmente, hay rusos en Cuba, y checos y búlgaros, y polacos, técnicos, hombres de deportes y hasta turistas. ¿Por qué dije "naturalmente"? Se dice que cuando, triunfante su revolución, Fidel Castro se dirigía a la capital, llevaba in mente dos preocupaciones evitar que la burguesía local, dúctil actriz de la historia cubana, intentase usufructuar *pro doma sua,* como lo hizo tantas veces desde la colonia, un triunfo que había costado sangre y lágrimas; y evitar que hiciese lo propio el marxismo intelectual y minoritario que también alentaba en la isla, como sucede aquí y en todas partes. Fácil es deducir que una "tercera posición" equilibrante maduraba en la cabeza del líder. Y se produjo entonces la intervención y bloqueo de los Estados Unidos contra una pequeña y esforzada nación que sólo buscaba una reforma da sus estructuras para. lograr su propio estilo de vida.

Claro está, bloqueada y amenazada, la isla de Fidel, sin combustibles, sin industrias básicas y sin comunicaciones, habría tenido que declinar su revolución si los Estados Unidos, que no tienen experiencia ni prudencia históricas, no la hubiesen lanzado a la órbita de Rusia, que tiene todo eso y además un estilo y método revolucionarios.

Por aquellos días, los cubanos entonaban el estribillo siguiente: *"Los rusos nos dan, / los yanquis nos quitan: / por eso lo queremos a Nikita".* Cierto es que más tarde, cuando los rusos, movidos por la estrategia de la hora, retiraron los cohetes cedidos a Cuba, se cantó allá este otro estribillo: *"Nikita, Nikita, lo que se da no se quita".*

Un oyente que escuchaba esta explicación, me dijo:

—No puede ser: es demasiado ingenuo, demasiado "simplista".

—Compañero —intervine yo—, ahí está la madre del borrego, como decimos en Argentina. Desde hace muchos años observo una tendencia universal a desconfiar de las explicaciones "simplistas"; en cambio, se prefiere complicar los esquemas en lo político, en lo social, en lo económico, y hacer una metafísica inextricable de lo que es naturalmente "simple". A mi entender, toda esa complejomanía proviene de los interesados en "enturbiar las aguas".

Impuesta o no por las circunstancias, es de imaginar lo que una teoría filosófico-social, como el marxismo, logra o puede lograr en un pueblo que, como el cubano, tiene toda la soltura, toda la imaginación y además todas las alegres contradicciones del mundo latino. Está dándose aquí, evidentemente, un comunismo *sui géneris,* o más bien una empresa nacional "comunitaria" que deja perplejos a los otros estados marxistas, en razón de su originalidad fuera de serie. Un soviético, un checoslovaco, un búlgaro, de los que frecuentemente visitan a Cuba, no dejan de preguntarse, vista la espontánea y confesa "heterodoxia" de la revolución cubana:

—¿Qué desconcertante flor latina estará brotando en las viejas y teóricas barbas de Marx?

Y yo me digo ahora si las barbas de la pregunta serán las muy vienesas de don Carlos o las muy criollas de don Fidel.

De pronto nos anuncian que Fidel Castro, ha de asistir, en San Andrés, provincia de Pinar del Río, a la inauguración de una comunidad erigida en plena montaña. Nos dirigimos allá, en ómmibus (allá le dicen *guagua*) de construcción checa, y llegamos al anochecer, atravesando villas coloreadas y paisajes de sueño. Una concentración multitudinaria se ha instalado allá: son hombres y mujeres de toda: la isla, que quieren oír a Fidel. Además, está jugándose, allí mismo, un trascendente partido de *baseball,* el de los "industriales" contra los "granjeros": el *baseball* es el deporte nacional, como el fútbol entre nosotros, y suscita en las tribunas populares las mismas discusiones y trompadas que se dan en la "bombonera", por ejemplo; el mismo Fidel Castro es un "bateador" satisfactorio. El partido concluye: ganaron los "industriales". Risas y broncas. Pero la noche ha caído, se oye un helicóptero; y poco después una gran figura barbada sube a la plataforma. Déjenme ahora esbozar un retrato del líder.

Fidel Castro es un hombre joven, apenas cuarentón, fuerte y sólido en su uniforme verdeoliva: cariñosamente lo llaman "el caballo", en razón de su fortaleza militante. Bien plantado en la tribuna, deja oír su alocución directa, con una voz resonante y a la vez culta que traiciona en él al universitario metido por las circunstancias en un uniforme castrense. Al hablar acaricia los micrófonos; y en algún instante de pausa dubitativa se rasca la cabeza con un índice crítico, lo cual hace sonreír a sus oyentes. Reúne a los "compañeros" y les habla sólo por asuntos concretos: planes de trabajo a realizar, análisis y crítica de lo ya realizado, exhortaciones de conducta civil, palabras de aliento y de censura según el caso. Nunca se dirige a ellos en la primera persona del singular, "yo", sino en la primera y segunda del plural, "nosotros" y "ustedes", lo cual le confiere un tono de entrecasa, humano y familiar, que borra en él cualquier arista de demagogia, o se resuelve en una demagogia tan sutil que nadie la advierte. Dialoga con el pueblo que lo interroga y le sirve de coro, lo cual me trae algunas reminiscencias argentinas: "Oye, Fidel, ¿y esto? Oye, Fidel, ¿y aquello?". Y Fidel Castro recoge las preguntas en el aire y las contesta, rápido, certero y a menudo incisivo. Una de sus preocupaciones actuales es el "burocratismo" en que suelen aletargarse y morir las revoluciones. Anuncia en un discurso que se ha creado la Comisión Nacional contra el Burocratismo; y una quincena más tarde anuncia en otro:

—Compañeros, la Comisión Nacional contra el Burocratismo se ha burocratizado.

Conoce a fondo los problemas generales de su pueblo, y hasta los particulares de sus individuos, tanto en el bien como en el mal. Durante el huracán "Flora" que asoló a la isla, condujo un tanque anfibio de salvataje y estuvo a punto de morir ahogado. En el corte de caña de azúcar, empresa nacional que moviliza hoy a todos los habitantes, Fidel Castro interviene, como todos, y no cortando algunas cañas simbólicas, sino trabajando jornadas enteras, a razón de ocho horas cada una.

Esta noche lo escucho en San Andrés: hace frío en la montaña, vinimos desprevenidos, y nos abrigamos con mantas del ejército. Fidel no es ya el orador "larguero" y teatral, imagen con la que aun se lo ridiculiza fuera: sus apariciones en público son cada vez más escasas y sus discursos cada vez más cortos. En esta oportunidad, además de referirse al asunto concreto de la reunión, toca dos puntos que me interesan como escucha foráneo: define a la suya como a la "primera revolución socialista de América" y es verdad que lo ha dicho muchas veces. Pero, a continuación, la identifica como una "segunda independencia de Cuba", y me acuerdo entonces de lo que dijo el arqueólogo en el Castillo de la Fuerza: la revolución cubana sólo tiene su explicación entera en la Historia Nacional de Cuba.

Ya en el ómnibus o *guagua* que, a través de la noche, nos devuelve a la capital, y mientras Ricardo y Ernesto cantan aquello de *"¿Cuándo volveré al bohío?"*, sin duda para que no se duerma el compañero chofer en el volante, doy cuenta de mis observaciones al sociólogo en guayabera gris que compartió con nosotros, en Varadero, la bodega ilustre de mister Dupont.

—Evidentemente —me dice—, el movimiento revolucionario de Fidel en pro de la "segunda independencia" no es más ni menos que una continuación inevitable del movimiento de José Martí en favor de la "primera".

—Es tan verdad —asiento yo—, que la figura de Martí está hoy en Cuba tan presente y es tan actual como la del mismo Fidel, y los escritos de Martí abundan en la formulación teórica del movimiento castrista.

Los cantantes del ómnibus han pasado en este momento a la canción *No la llores,* y el de la guayabera gris insiste:

—Esa continuidad revolucionaria está favorecida por el hecho de que la pasada historia de Cuba y la presente casi se tocan. Y si no, recapitulemos: la gesta de Martí comienza en 1895; el primer presidente de Cuba, Tomás Estrada Cabrera, es reconocido por los Estados Unidos en 1902; luego dos gobernadores norteamericanos, con el pretexto de pacificar la isla se mantienen en el poder hasta 1909; después de una serie de gobiernos, electos o dictatoriales, que duran o no según el apoyo de los Estados Unidos, cuyos intereses económicos en la isla son cada vez más fuertes. La primera independencia (José Martí) y la segunda (Fidel Castro) se parecen como dos gotas de agua. Tienen los mismos opositores: un imperialismo exterior, ávido y reiterante, y una oligarquía local en colaboración con el primero. Uno y otro líder se parecen hasta en el *modus operandi* que utilizan: desembarcos furtivos en la costa cubana, internación en los montes, actividad de guerrillas. Lo único que añade Fidel a esa empresa insistente de Cuba es el acento de lo social económico, que, por otra parte, resuena hoy universalmente, desde una encíclica papal hasta una pequeña sublevación de obreros.

Las luces de La Habana se nos vienen encima. En el recibimiento del hotel (que allá se llama "carpeta") encuentro una nota de *Granma,* órgano del Partido, en la cual se me solicita un reportaje. *Granma* es el nombre del yate que, en 1956, trajo a Fidel Castro y a sus ochenta y dos compañeros desde México a la provincia de Oriente, donde la Sierra Maestra les ofrecería un campo ya histórico de operaciones. Al día siguiente respondo a las dos preguntas del reportaje:

—Usted —inquiere mi repórter— que ha sido testigo y partícipe de la historia de nuestro continente a todo lo largo de este siglo, ¿cómo definiría este momento de América latina?

—Desde hace tiempo —respondo— América latina vive en estado "agónico", vale decir de lucha, según el significado etimológico de la palabra. Y esa lucha tiende o debe tender a lo que el doctor Fidel Castro llamó anoche "segunda independencia". Yo diría que nuestro continente pugna por entrar en su verdadero "tiempo histórico", ya que lo que vivió hasta hoy es una suerte de prehistoria.

—¿Qué impresiones tiene usted de este su primer viaje a Cuba?

—A primera vista, y mirada con ojos imparciales, Cuba me parece un laboratorio donde se plasma la primera experiencia socialista de Iberoamérica. Por encima de cualquier "parnaso teórico" de ideas, entiendo que Cuba está realizando una revolución nacional y popular típicamente cubana e iberoamericana, que puede servir no de patrón, sino de ejemplo a otras que sin duda se darán en nuestro continente, cada una con su estilo propio y su propia originalidad.

Resuelto ya el certamen literario de La Casa de las Américas, hemos de viajar al interior de la isla con el propósito de visitar la base militar de Guantánamo y después Minas de Frío. Desde la ventana de mi cuarto estudio las dos pequeñas baterías antiaéreas que, según dije, apuntan al norte marinero. Porque a noventa millas de aquí está un enemigo que no se odia ni se teme, pero que se vigila en un tranquilo alerta. Esas dos baterías tienen, ante mis ojos, la puerilidad de la honda de David ante la cara inmensa de un Goliath en acecho. Regularmente, el crucero "Oxford" de los Estados Unidos entra en las aguas territoriales de Cuba, y su blanca silueta se recorta en el horizonte marítimo. Desde Miami las emisoras difunden noticias truculentas: el malecón de La Habana está lleno de fusilados que hieden al sol, faltan alimentos en la is-

la, o Fidel Castro ha desaparecido misteriosamente. Yo estoy ahora observando el malecón lleno de paseantes alegres y de tranqui-
los pescadores; todos comen bien en la isla, y hace unas horas vi a
Fidel Castro en una reunión de metalúrgicos.

Pero en otro lugar del territorio el enemigo está más cerca y
se hace visible. ¿Dónde? En Guantánamo. Yo estoy en Guantánamo, junto al mar del Caribe, donde los Estados Unidos tienen la
base conocida y los cubanos enfrentan la suya, separados unos y
otros por una cortina de alambre tejido. Ese límite somero es el lugar de las "provocaciones". Converso con la tropa del destacamento cubano, miro fotografías y documentales cinematográficos.

—A veces —me dice un oficial— los *mariners* yanquis arrojan
piedras al destacamento cubano, con las *posses* y el furor de un *pea-
cher* de *baseball;* otras veces, en son de burla, parodian ante los centinelas de Cuba los movimientos de los bailes afrocubanos, o mean
ostensiblemente cuando izamos nuestra bandera.

—¿Y ustedes qué hacen? —le pregunto.

—La consigna es de no responder a las provocaciones. Uno
de nuestros centinelas les volvió la espalda, sólo para no verlos.

—¿Y ellos qué hicieron?

—Lo mataron de un tiro, en la nuca. Vea usted las fotografías
del cadáver.

Desde Guantánamo, tras regresar a nuestra base de Santiago
de Cuba, nos dirigimos a la Sierra Maestra con el propósito de subir a Minas de Frío, cumbre donde el comandante Ernesto Che
Guevara tuvo su cuartel de operaciones. Siguiendo la norma revolucionaria de instalar escuelas donde hubo cuarteles y escenarios
de lucha, se ha fundado en Minas de Frío un centro educacional
donde se preparan los maestros del futuro. La subida es difícil, ya
que se hace por una cuesta empinada, rica en torrenteras y despe-
ñaderos, que hasta no hace mucho sólo era transitable a pie o a lo-
mo de mula. Nosotros la franqueamos en un camión de guerra soviético que en dos horas de trajín, sacudones y patinadas nos deja
en la cima, algo así como un altiplano donde conviven 7.000 alumnos, muchachas y muchachos de todas las pieles bien alojados y
guarnecidos. Nos preguntamos:

—¿Por qué instalar esa escuela en una cumbre sometida a todos los rigores climáticos?

Nos responden:

—Para fortalecer y templar a los jóvenes que han de ejercer

el magisterio en los más duros rincones de la isla. Nuestra campaña de alfabetización, iniciada en 1961, redujo el índice de analfabetos a un tres por ciento. Ahora Fidel quiere que toda Cuba sea una escuela.

Y abordamos a los alumnos, con su ropa y zapatos de montaña (¡ellas, naturalmente, con sus ruleros en la cabeza!): blancos, negros y mulatos, tienen la conversación fácil y una seguridad alegre que anula toda "ostentación o dramatismo. Quieren saber de nosotros: los fascinan nuestros diversos tonos del idioma español. Al fin nos ruegan que cantemos: yo mal entono una vidalita sureña y Juan Marsé aventura una sardana de su terruño catalán.

¡Tendría tantas cosas que referir! Sólo puedo hacerlo en síntesis rapsódicas o en pantallazos de cinematografía. Estamos ahora en un grande y viejo taller metalúrgico, donde Fidel Castro reúne a los trabajadores y los estudiantes de las escuelas tecnológicas. Tras un intento inicial de industrialización, la isla entera se vuelca hoy a los afanes de la agricultura. Pero hay que pensar en el futuro, y el conductor habla: se refiere a la explotación de los minerales que abundan en las sierras, a sus aleaciones posibles, a los futuros altos hornos y acerías, a la perfección técnica de los obreros. Un químico visitante, que tengo a mi costado, me dice al oído:

—¡Sueña! ¡Está soñando en alta voz!

—¿Qué importa? —le contesto—. ¿Qué importa, si todo este pueblo que lo escucha está soñando con él? Al fin y al cabo, ¿qué sueña? La ilusión de una felicidad en la soberanía, siempre posible y siempre demorada. ¿No están, acaso, en ese mismo sueño todas las repúblicas hermanas de Latinoamérica?

Y Fidel sigue hablando, frente a rostros encendidos en esperanza. Fidel está soñando: ¡pobre del que se ría!

Esta mañana, Elbiamor y yo estamos a solas con Haydée Santamaría, heroína de la revolución cubana en sus preparativos y combates. Su hermano y su prometido fueron torturados hasta morir, frente a ella misma, para que revelara el paradero de los jefes. Toda revolución cruenta deja, siempre como posible y hasta inevitable el juego numeral de las víctimas, de modo tal que uno y otro bando puedan sentarse a la mesa y barajar en el tapete sus propios muertos. Haydée no lo hace, aunque tal vez en sus sueños perdure una pesadilla de ojos arrancados. Perdonar y olvidar —nos ha dicho ella—, y sobre todo combatir por un orden humano y una sociedad que hagan imposibles, en adelante, los horrores de la jungla. Detrás de ese afán, ella trabaja día y noche, como si fuese la madre, la hermana y la novia del movimiento. De pronto recuerda mi cristianismo y el de Elbiamor.

—Antes de la revolución —nos dice— yo era creyente, como todos los míos. Después entendí que, sí deseaba trabajar por un orden nuevo, debía prescindir de Dios, olvidarlo.

No entendemos el porqué, de tal resolución, evidentemente romántica, y callamos ante aquella mujer que ha sufrido tanto y que ahora guarda un silencio como de perplejidad.

—El otro día —refiere de pronto— mi hijo de cuatro años me preguntó quién era Dios.

—¿Y qué le respondió usted? —inquirí.

—Le dije que Dios era todo lo hermoso, lo bueno y lo verdadero que nos gustaba en la naturaleza.

Elbiamor y yo la miramos con ternura.

—Belleza, Bondad y Verdad —le dije al fin—: son, justamente, tres nombres y tres atributos de lo Divino.

Haydée calla. Luego se dirige a su escritorio y me trae como obsequio una caja de habanos construida con maderas preciosas de Cuba.

¿Y el ambiente religioso de la isla? Sé decir que actualmente se oficia con regularidad en los templos católicos y protestantes. En las santerías se ofrece al público el acervo iconográfico tradicional, junto con la utilería de las magias africanas, que conservan en la isla una tradición semejante. Fidel Castro, en una campaña contra las malezas rurales, aconsejó respetar, no sin humorismo, las hierbas rituales de los brujos. En realidad, no se manifiesta en Cuba ni menor ni mayor religiosidad verdadera que en muchos otros países del orbe cristiano, incluido el nuestro. Sé de muy buena fuente, que en el Comité Central del Partido hay católicos viejos y católicos de reciente conversión, además de algunos marxistas puros, uno de los cuales, en su inocencia, me confesó haber bautizado a un niño con champagne y en el nombre de Marx, de Lenin y de Fidel. Y digo "en su inocencia". porque aquel hombre, fundamentalmente bueno, "no sabía lo que hacía", dicho evangélicamente.

Triunfante la gesta revolucionaria, tuvo un despunte de oposición en algunos sacerdotes de nacionalidad española y en algunos pastores protestantes de nacionalidad estadounidense que obraban, sin duda, por razones "patrióticas". Fidel Castro dijo entonces que todo cristiano debería ser, por definición, un revolucionario. Recuerdo que hace ya muchos años, en cierto debate sobre el comunismo realizado en París, alguien (creo que Jacques Maritain) definió al comunismo como una "versión materialista del Evangelio". Pensé yo en aquel entonces que era preferible tener y practicar una versión materialista del Evangelio a no tener ni practicar ninguna.

Y me di ahora, con más ciencia y experiencia, que toda realización en el orden amoroso de la caridad, sea consciente o inconsciente, entraña en sí misma una "petición" de Jesucristo. La encíclica *Populorum progressio* de Pablo VI está en la ciencia y la experiencia del Redentor, aunque el *Wall Street Journal* entienda que se trata de un "marxismo recalentado".

Y un acento final de mi rapsodia. Refiriéndome a Minas de Frío, mencioné a Ernesto Guevara: es ahora en Cuba una gran "ausencia" que la veneración popular siente y destaca todos los días. Ha dejado el recuerdo de su heroísmo en la guerra y de sus virtudes civiles en la paz, todo ello exaltado por la leyenda en que se resuelve su voluntaria desaparición. Poco antes de mi regreso, en la voz y la guitarra de un trovero popular (el famoso Puebla) oí los versos que siguen:

> *Aquí nos quedó la clara,*
> *la entrañable transparencia*
> *de tu querida presencia,*
> *comandante Che Guevara.*

Tres semanas antes, en vísperas de partir al interior de la isla, dialogando con Elbia sobre la ubicuidad legendaria del Che, le sugerí en broma: "¿No estará en la China y será el autor de su 'revolución cultural'?" Al día siguiente, encontrándonos en una calle de Pinar del Río, un chicuelo de nueve años nos abordó para enterarse de nuestra nacionalidad.

—Somos argentinos —le respondí, admirando la hermosura y vivacidad de sus ojos.

—¡Argentinos! —exclamó el chicuelo—. ¿Dónde está el Che?

—Lo ignoramos. ¿Y tú?

—A lo mejor está en China —conjeturó él.

Elbia rió de mi coincidencia con el muchacho de Pinar del Río.

Terminó para nosotros la Misión Cuba. Una tarde, respondemos a los alumnos, en la Escuela de Letras. Uno me pregunta por el *Facundo* de Sarmiento, y le aclaro algunas nociones. Otro interroga sobre *El Matadero,* de Echeverría, y César Fernández Moreno se encarga de las respuestas. Pero todos los cubanos están yéndose al corte de caña, gobernantes y gobernados, obreros y estudiantes, artistas y técnicos, porque se ha iniciado la Séptima Zafra de la Revolución, que promete ser la más cuantiosa del siglo. Los contingentes están saliendo a la tierra (o a la caña, como dicen allá): todos van alegres, porque el trabajo ya no es una "maldición antigua", sino un esfuerzo que hace doler las manos en el machete, los tres primeros días, y concluye por transmutarse en una felicidad virgiliana.

Estamos en el aeropuerto José Martí como a nuestra llegada: el cuatrimotor Britannia nos espera, trajinado y temible a los ojos de Elbiamor. Nuestros compañeros de Cuba nos despiden: hay calor en sus manos y esperanza en sus voces. El avión toma la pista: ellos quedan allá, con su sueño acunado entre peligros, y sin otro sostén que su líder y los símbolos de su enseña nacional, enumerados en la misma canción con que inicié mi reportaje: *"Un Fidel que vibra en las montañas, un rubí, cinco franjas y una estrella".*

¡Adiós, Cuba! O hasta siempre, que es lo mismo.

# JORGE PETRAGLIA*

Ante algunas de las "puestas en escena" de Jorge Petraglia he pensado que la dirección teatral es o debe ser un arte independiente en sí mismo que reclama, como las otras artes, una libertad absoluta de interpretación, sobre la base de un texto dado que no ha de tiranizar al *metteur en scéne* sino servirle de base para el juego libre de su imaginación. El arte de Jorge Petraglia se mueve con "facilidad" y con "felicidad" en esa frontera peligrosa donde la poesía y el humor se dan un abrazo si el que los maneja (y tal es el caso de Petraglia) es capaz de juntarlos en la unidad del acorde. Si el milagro se da, el texto dramático y su interpretación son dos líneas paralelas que, contra las leyes de la geometría, se encuentran y confunden en ese "lugar de lo posible" que es un escenario teatral.

* Texto incluido en el programa teatral en la presentación de *Angelito, el secuestrado*, en 1968.

# NOVELA Y MÉTODO*

Interrogado a veces por narradores jóvenes o estudiantes de letras, suelo explicarles el *modus operandi* que uso al planear y escribir una novela, sin esconderles algún secreto de taller cuya revelación equivale —me digo— a descubrir los "trucos" del mago. El plan o esbozo de la novela tiene para mí una importancia capital, ya que se trata de construir primero, y *ad intra,* lo que luego se ha de manifestar *ad extra* y según los rigores del idioma. Porque traducir *ad extra* una forma que no ha sido bien lograda *ad intra* es exponerse a los azares de la improvisación y al advenimiento de monstruos no previstos, como lo advertí ya en el "arte poética" del *Heptamerón.*

En primera instancia, el esbozo de la novela se me aparece como una pintura mural o fresco gigante: se trata de una construcción "espacial" y, por lo tanto, "estática", lo cual parecería contra natura, ya que todo relato se desarrolla según el "tiempo", en sucesión y dinamismo. La contradicción no existe si usamos la figuración espacial sólo en el esbozo de la novela o en su plan anterior a las palabras de carne y hueso. Entonces tratamos de ver toda la novela en "simultaneidad" y no en "sucesión" (como sucede con las artes plásticas); y el novelista entiende, como el pintor, que se trata de "cualificar" un espacio en potencia de ser, o enriquecerlo con antologías en acto de ser, vale decir, con figuras de seres y cosas que deben guardar entre sí una jerarquía y una subordinación. En mi caso particular (y en la tarea del esbozo), concreto las figuras de los personajes, las protagónicas y las no protagónicas, y trazo enteramente sus destinos en una síntesis de juicio final. Estudio

* En Alfredo Andrés. *Palabras con Leopoldo Marechal,* Reportaje y antología, Buenos Aires, Carlos Pérez Editor, 1968, pp. 101-104.

luego las escenografías en que actuaran los personajes, y el esbozo se completa, finalmente, con el detalle de las antologías menores que secundan a los personajes de acción y les sirven de contorno vivo. Muchas veces (y así me sucedió en *Adán Buenosayres*) llegué a dibujar con tinta las figuras de las personas, el plano de las habitaciones y el itinerario que habrían de seguir en sus andanzas por la ciudad o en sus descensos infernales. Parecerá que un trabajo *a priori* tan minucioso atentaría luego contra la espontaneidad del relato y le robaría los imprevistos de la invención. Sin embargo no es así, porque se trata de un esquema, integral, sí, pero con todos los resquicios abiertos a la inspiración del instante. De tal suerte, el esbozo de la novela y la novela en acto guardan entre sí la misma relación que el plano de una catedral, según sus arquitectos, y la catedral misma ya en la sólida realidad de su piedra.

Concluido el plan de la novela, y en tren de comenzar su realización efectiva, el narrador se enfrenta con el trabajo de hacer que una construcción según el "orden espacial" (la del esbozo) pase a la otra del "orden temporal" (la de la novela misma). La comparación con el mural o fresco ya no sirve ahora, y en mi método acudo entonces a la comparación de la novela con una sinfonía, que también se desarrolla en el "tiempo" y en sus cualificaciones posibles. De tal modo, la novela puede tener su *adagio*, su *allegro*, su *andante maestoso*, su *scherzo* y otros ritmos que el buen músico alterna sabiamente para graduar las emociones del auditorio. Luego será necesario gobernar el *cursus* de la narración, los ritmos del suceder y las "intensidades del sonido" material o espiritual que requiera la obra según sus tiempos. En mi caso personal, he utilizado esos recursos de otras artes que se aplican excelentemente al de la palabra. Muchas veces me digo que el arte de la palabra es el más completo y el que resume (o "reasume") a las otras. Y si me preguntan por qué, respondo que el arte de la palabra, como el Verbo Divino, manifiesta las cosas tan sólo con "nombrarlas". Pero hay que nombrarlas bien y en sus esencias inalienables.

Naturalmente, no es fácil graduar los ritmos y las intensidades de la "masa sonora" que se resuelve al fin de un relato. Hay en ella, inevitablemente, sustancias pesadas que necesitamos alivianar y sustancias grises que debemos realzar con prestados colores. Todo ello nos obliga frecuentemente a emplear recursos heroicos que alguna crítica censurará luego al narrador con excesos de una rebuscada originalidad, y que responden, sin embargo, a la necesidad de cualificar y vivificar todo el tiempo de la novela, de tal modo que no presente desmayos y lagunas que puedan traducirse en otras tantas "siestas" del lector.

Otra de las cargas que gravitan sobre el narrador es la de explicar las "claves" de su novela en el sentido que se da hoy a esa palabra. Merced a cierta ingenuidad que siempre tuve, y de la cual no me avergüenzo, yo entendía por claves o llaves de una novela sus simbolismos o itinerarios espirituales que un buen novelista jamás oculta, y que si parecen "oscuros" es merced a lo que ciertas materias tienen de inefable o incomunicable, y a lo que sólo tenemos acceso por "aproximación". Por desgracia, y desde mi trajinado *Adán,* supe que se llamaba "clave" a la identificación de tal o cual personaje de la ficción con tal o cual persona de la vida real. Para dar cuenta de ciertas "asimilaciones", tuve que declarar lo siguiente: un novelista de ley nunca describe "individuos", sino clases o géneros de individuos que responden a un denominador común. Si sucede que un lector se reconoce o es reconocido por otro en su género, tal circunstancia no ha de autorizarlo a darse por aludido. Recuerdo que uno de los personajes de mi novela (el "petiso tunificado") me valió el reproche de siete almas de mi amistad, y juro que al describirlo no había pensado yo en ninguna de ellas.

Sin embargo, hay una razón más profunda en los narradores que, como yo, entienden pintar a sus semejantes sin transgredir el orden puro de la caridad. Y esa razón es la que sigue: pese a la necesaria objetividad de la novela (género que, a mi juicio, debe excluir todas las irrupciones subjetivas del narrador), resulta que si el narrador no está presente como "agonista" de su obra, lo está en todos y cada uno de los personajes que describe y que se dan entonces como otros tantos desdoblamientos del propio narrador, mediante los cuales "realiza" él sus destinos "posibles" o en potencia de ser. De tal manera, si el narrador hiere, se hiere.

# EL POETA DEPUESTO*

En *La Nación* del 17 de noviembre de 1963, H. A. Murena, objetando polémicamente al crítico uruguayo Rodríguez Monegal ciertas apreciaciones de su libro *Narradores de esta América,* dice, refiriéndose a mí: "Marechal constituye un caso remoto por la doble razón de ser argentino y de que, a causa de su militancia peronista, se hallaba excluido de la comunidad intelectual argentina". Ciertamente, desde 1955 yo venía registrando en mí los efectos de tal "exclusión" operada, según la triste característica de nuestros medios intelectuales, con el recurso poco viril de los silencios y olvidos "prefabricados".

La declaración de Murena fue, pues, un acto de valentía intelectual. Y su confirmación de lo que yo había experimentado me llevó a estas dos conclusiones: 1ª, la "barbarie" real o no que Sarmiento denunciara en las clases populares de su época se había trasladado paradojalmente a la clase intelectual de hoy, ya que sólo bárbaros (¡oh, bárbaros muy bien vestidos!) podían excluir de su comunidad a un poeta que hasta entonces llamaban hermano, por el solo delito de haber andado en pos de tres banderas que creyó y cree inalienables; y 2ª, desde 1955, no sólo tuvo nuestro país al Gobernante Depuesto, sino también al Médico Depuesto, al Profesor Depuesto, al Militar Depuesto, al Cura Depuesto y (tal es mi caso) el Poeta Depuesto. Cierto es que las "deposiciones" de muchos contrarrevolucionarios de América no van más allá del significado médico fisiológico que también lleva esa palabra. De tal manera, los "muertos civiles" de una contrarrevolución gozan de buena salud (con excepciones muy lloradas, ¡oh, noble sombra de Juan José Valle!). Y lo que se logra es excluir de la vida

* En *Nuevos Aires,* Buenos Aires, a. I, junio-julio-agosto de 1970, pp. 55-60.

nacional a los hombres y a las ideas que pueden y quieren realizar los destinas posibles de la sufrida Patria; con lo cual esos destinos no abandonan su mera "posibilidad", y nos quedamos en los
"estancamientos" que los políticos sobrevivientes utilizarán luego
en sus reiteradas e inútiles elegías.

En esta singladura de mi navegación voy a decirles, pues, a
los intelectuales que obraron mi exclusión literaria cómo y por
qué fui "justicialista" (y uso esta denominación porque la otra fue
igualmente depuesta). No revelaré sus nombres ahora ni denun-
ciaré los vergonzosos recursos de que se valieron; porque sé que la
"vergüenza nacional" es la suma exacta de todas las vergüenzas individuales que se dan en un pueblo, y porque no me ha gustado
nunca ser un pintor de la ignominia. Por otra parte, al escribir estas páginas, lo hago sin resentimiento ninguno, ya que los diez
años de mi proscripción fueron los más dichosos y fértiles de mi vida. Sólo quiero dar mi testimonio de los hechos, a través de una
experiencia útil y una desapasionada meditación.

Mi linaje americano se inicia con mi abuelo Leopoldo Marechal, nacido en París y en el seno de la rica y orgullosa clase media de Francia. Siendo un adolescente aún, sus "ideas avanzadas"
lo llevaron a militar en *La Comunne,* fuerza revolucionaria que se
instaló en París no bien los prusianos levantaron el sitio de la capital y se produjo la insurrección del 18 de marzo de 1871. Naturalmente, mi abuelo se convirtió en la "oveja negra" de la familia;
y cuando a fines del mismo año el gobierno de Thiers asedió a París con sus tropas regulares, *La Comunne* llegó a su término y sus
afiliados debieron enfrentarse con la persecución y el castigo. Mi
abuelo decidió exilarse en la América del Sur, hasta que los acontecimientos franceses evolucionaren en favor de su retorno: se instaló en el Carmelo, República Oriental del Uruguay; abrió una he-
rrería y se dedicó al trabajo de los metales y a la lectura de los
volúmenes de Economía Social que había traído a su destierro y
que muchos años después recogí yo como despojos de aquel naufragio. El comunero de París aguardaba su vuelta, sin sospechar
que otras eran las figuras de su destino: en el Carmelo dio con la
mujer de su vida, se casó con ella y tuvo una prole numerosa. Murió tempranamente, sin volver a pisar las orillas del Sena. Claro está que no llegué a conocerlo; y a través de mi padre sólo recibí de
aquel rebelde los libros mencionados, algunas anécdotas y dos o
tres canciones de la *douce France*. Supe que, de sobremesa, discutía

violentamente sobre política con sus amigos exilados como él. Supe que, durante la fiebre amarilla, se dedicó a enterrar a los muertos de peste, sin otro recurso preventivo que el de trotar alrededor de la plaza, entre un entierro y otro, y el de empinar una botella de coñac Martell al fin de cada vuelta. Y supe que dio a sus hijos una educación basada en el concepto de la justicia militante, única herencia que nos dejó a sus descendientes, amén del paso corto y rápido de la infantería francesa.

Con la muerte de mi abuelo, una dispersión extraña se dio en la familia. Mi padre, Alberto Marechal, se trasladó a Buenos Aires en busca de nuevos horizontes: traía una vocación ferviente por la mecánica y las técnicas de fundición, torno, soldaduras y ajustes que requiere un oficio tan ingenioso. Además traía su guitarra y su violín, que convirtieron su alegre soltería de Buenos Aires en una fiesta de serenatas, bailes y torneos orfeánicos en los que se le llamaba "el oriental" y que concluyeron llevándolo al matrimonio según la infalible y honesta costumbre de aquel tiempo. Se casó con mi madre, Lorenza Beloqui Mendiluce, de origen vasco español y de santidad crística. Fui el primer vástago de aquel matrimonio, y de mi niñez guardo sólo recuerdos muy felices. Mi padre, como trabajador especializado, cubría holgadamente las necesidades económicas de la casa; de igual modo su pericia en objetos mecánicos le ganaba el amor de la vecindad (nos habíamos instalado en Villa Crespo), ya que, sin remuneración alguna, componía los relojes, las máquinas de coser y otros artefactos de los vecinos. Lo que le sucedía en el fondo era que toda maquinaria nueva se le presentaba como un desafío a su ingenio, y toda maquinaria enferma como una solicitud a su arte de curar los humildes robots de comienzos de siglo. Fue gracias a su habilidad que, pese a nuestra digna pobreza, tuve los juguetes más insólitos, los manomóviles más rápidos, los más certeros fusiles de aire comprimido, los patines más voladores, obra de sus manos inquietas y de su invención que no dormía. Por otra parte, su afición a las técnicas introdujo en el hogar la primera cámara fotográfica, con su laboratorio de revelación, el primer fonógrafo (a cilindros) que conoció el barrio y las primeras instalaciones eléctricas que sucedieron al gas o a la luz de carburo. Cuando el primer aviador francés que llegó al país hizo en Longchamps una exhibición de vuelo en su máquina de varillas y telas, mi padre y yo asistimos a ese milagro de volar cien metros y a cuarenta de altura; y regresamos de Longchamps con un entusiasmo que nos convirtió en aeromodelistas. Construimos entonces una miniatura de avión, y mi padre se desveló en el problema de darle motores. Le falló un mecanismo de reloj (era excesivamente pesado), e inventó al fin un sistema de gomas de honda retorcida que al desenrrollarse nos ofreció un despegue insuficiente pero consolador.

Tal vez habría sido yo un buen técnico industrial, si mi madre, que había observado en mí ciertas comezones intelectuales y una muy temprana cuanto furtiva inclinación a las Musas, no me hubiera inscripto en la Escuela Normal de Profesores "Mariano Acosta" y en su Departamento de Aplicación. Al aprobar mi sexto grado, y listo para seguir el Curso Normal, di en el inconveniente de que me faltaba un año para tener la edad reglamentaria del ingreso. Pedí entonces una "habilitación de edad" cuyo trámite debí mover personalmente; y me inicié así en el caos de la burocracia, mendigando una licencia para estudiar, con mi sonrisa de niño y mis ojos elocuentes, ante señores Vocales del Consejo que fumaban cigarros enormes y me oían como quien oye llover. Naturalmente, la habilitación me fue denegada. Más tarde conocí el origen político-social de aquellos figurones de la oligarquía; y supe que su atención, en el Consejo, estaba eminentemente puesta en los cigarros oficiales o en alguna maestrita heroica que solicitaba su designación. "¡Qué Dios les dé por lo que dieron!", como suele decir Elbiamor en cita de San Pablo.

Frente a un año vacante, me debí enfrentar con el dilema "estudiar o trabajar" que se imponía en la tabla de valores de la época. El estudio me había sido vedado por ahora; luego, yo debía trabajar. Mis padres, enteramente ajenos a mi dilema, ni sospechaban el estado de angustia moral que cubría mis noches de insomnio. Cierta mañana, salí furtivamente a buscar trabajo, y lo hallé muy pronto en una fábrica de cortinas de la calle Lavalleja; mi habilidad manual, adquirida junto a mi padre, me valió como jornalero el importante salario de ochenta centavos por día. Regresé a la casa y le transmití a mi padre la buena nueva. Ni aprobó ni desaprobó, se mantuvo en silencio; no obstante, pude ver que una sonrisa, mezcla de orgullo, ternura y humorismo, se dibujaba entre las dos guías de su bigote galo.

Comencé a trabajar en la fábrica de cortinas, entre muchachones villacrespenses que no llegaban a los dieciocho años. Mis primeras emociones y fatigas me identificaron con el pequeño *Jack* de Alfonso Daudet que yo había leído en la Biblioteca Popular Alberdi sita en Villa Crespo. Mas, ¡ay!, también había leído *Los Miserables* de Victor Hugo, a cuya sombra la degradación económico-social de los muchachones que integraban el personal de la fábrica empezó a resultarme insufrible. Y entonces, como era fatal, organicé una huelga en demanda urgente de reivindicaciones. Para mi desgracia, el Director Gerente del establecimiento me sorprendió una tarde cuando arengaba yo a mis compañeros de sudor en una calle vecina. El Director Gerente decretó *in situ* mi exoneración: yo tenía catorce años. De regreso en mi casa, confesé mi derrota cívico-militar; y en los ojos de mi padre creí ver un fogonazo de barricada parisiense. De cualquier modo, la consigna de trabajar o estudiar volvió a torturarme (siempre tuve una obstinación en la cual reconozco mi ascendencia vasca). Y muy luego me di a cultivar el terreno adjunto a nuestra casa, en una obra de agricultura que me llevó a los éxtasis de la égloga. Tuve mi éxtasis último cuando, llegada la hora de cosechar, mi hermana y yo trenzamos en una riestra las doradas cebollas, fruto de mi sudor virgiliano.

Al año siguiente, y con mis quince años de reglamento, ingresé al Curso Normal: me vi allá en una mazorca de muchachos entusiastas (¡Estrella Gutiérrez, Fesquet, Veronelli, Giacobucci!), casi todos los cuales llegaron a ser "alguien" en sus disciplinas. Recuerdo sobre todo a Hugo Calzetti (el mayor de todos nosotros pues ingresó a los veinte años), que luego se hizo marxista militante, se convirtió después al cristianismo, escribió un *Antimarx* valeroso y murió en el verdor de su edad y sus batallas. Me gustaría hoy depositar en su tumba este ramito de recuerdos. Evocaré también la figuro de Gaspar Mortillaro, que había nacido, no con un pan, sino con una revolución debajo del brazo: fue guerrillero vocacional y visceral, y murió en Cuba con la bomba puesta; yo visité su tumba en La Habana.

Una desgracia irreparable vino a cortar el hilo de mi felicidad o facilidad juvenil. Estábamos en 1918, y mi padre contrajo la bronconeumonía que tuvo ese año en el país una carácter endémico. Merced a su robusta naturaleza, logró vencer los primeros rigores del mal; y habría sobrevivido, si una convalescencia prudente hubiera respaldado su curación. Pero en aquellos años no había leyes sociales que asegurasen licencias a los trabajadores enfermos; por lo cual, y ante las instancias del establecimiento donde trabajaba, mi padre volvió a su quehacer, tuvo una recaída y murió vein-

te horas después en mis brazos y en medio de una fiebre que lo hacía delirar con maquinarias y agitar sus dedos como si apretase
tuercas y manejara tornos. Lo lloré largamente, sobre todo por
aquellas demiúrgicas manos que habían construido nuestro alegre
universo familiar. Y me pregunto ahora, si este Alberto Marechal,
el trabajador uruguayo, y aquel Leopoldo Marechal, el comunero
de París, bendecirían hoy a este otro Leopoldo, el poeta, que se vio
excluido de la intelectualidad argentina por seguir un color a su
entender indeclinable.

Naturalmente, a los dieciocho años, el deber cívico en la instancia de votar me llevó a elegir honradamente al entonces juvenil
Partido Socialista que gobernaban Juan B. Justo, Nicolás Repetto
y Alfredo L. Palacios: era, por otra parte, el movimiento donde militaban mis tíos ferroviarios José y Gregorio Beloqui de cuya lealtad en vida y muerte se nutrió el entusiasmo de mi juventud. Nadie podrá negar ahora ni en el futuro que aquel Partido Socialista,
en su brega parlamentaria, logró victorias que merecen el recuerdo y la gratitud de los que conocemos, en tiempo y lugar, el desamparo de los humildes. ¿Recordaré al Foguista Ciego (amigo de mi
padre) a quien el calor de las hornallas había producido senucitis
crónica y un flujo nasal continuo que le valió el apodo de "aceite-
ra automática"; y que fue despedido sin gratificación alguna cuando la vejez y el fuego lo hicieron inútil? ¿Recordaré al Aserrador
Manco (amigo de mi adolescencia) que perdió un brazo en el ase-
rradero y al cual toda indemnización le fue negada? ¿Y es pura casualidad que al año siguiente (1919), durante la Semana Trágica,
cuando iba marchando yo con los trabajadores por la calle Corrientes, vi al Aserrador Manco a mi derecha y al hijo del Foguista
Ciego a mi izquierda?

Pese a los afanes de la literatura en que se vio envuelta mi vida, seguí votando reiteradamente por el P. S. que sin duda estaba
envejeciendo. Por aquel entonces el radicalismo, a la sombra de
don Hipólito Yrigoyen, se constituía en otro polo atrayente de las
masas. Es evidente que Yrigoyen era un conductor nato de los que
suscitan casi mágicamente la fe y la esperanza de la multitud. Los
pueblos, en su concreta "sustancialidad", han encarnado siempre
y encarnarán en un hombre al Poder (en "abstracto") que ha de
redimirlos, ya sea monarca, presidente o líder. Si bien se mira, todas las gestas de la Historia se han resuelto por un caudillo "esencial" que obra con un pueblo "sustancial", así como la *forma* (en el

sentido aristotélico) actúa sobre una *materia*. De tal modo, la democracia se hace visible y audible en un multitudinario "asentimiento" rico en energías creadoras; y tal "asentimiento" es la *vox populi* y la *vox Dei*, origen del Poder que la democracia reconoce en el pueblo "soberano". Cuando le falta ese asentimiento popular, el gobernante se ahoga en un "vacío" del Poder que no supo ganar o no pudo. Retornando a Yrigoyen, obtuvo sin duda el asentimiento de una gran mayoría; pero fue un asentimiento de cuño sentimental, y como "en potencia" de los actos que debía cumplir el líder y que no se dieron jamás. Desde Francia seguí yo en 1930 el epílogo de aquella historia: el derrumbe de un conductor fantasmal, inmóvil e invisible como un ídolo en su isla de la calle Brasil; y el derrumbe de un régimen que vegetaba merced a un asentimiento popular ya estéril al no recibir ninguna respuesta.

En aquellos días una gran crisis espiritual me llevó al reencuentro del cristianismo. Dije "reencuentro" en atención a la fe cristiana de mi linaje que yo había olvidado más que perdido. En realidad, se dio en mí una "toma de conciencia" del Evangelio, vívida y fecunda por encima de tantas piedades maquinales. Y naturalmente, en su aplicación al orden económico-social (el único que atañe aquí al Poeta Depuesto), se me impuso la doble y complementaria lección crística del amor fraternal, y la condenación del "rico" en tanto que su pasión acumulativa trastorna el orden y la justicia en la "distribución", asignado tan admirablemente a la Providencia Divina en el *Sermón de la montaña*. Por aquellos años, en los Cursos de Cultura Católica y en las reuniones del Convivio que gobernaba con alegres teologías el inolvidable César Pico, fui conociendo a los jóvenes nacionalistas que orientaban a lo político sus vocaciones. Luego advertí que sus luchas internas (y su consecuente división en grupos antagónicos) no les permitiría llegar a la acción: su intelectualismo cerrado los llevó a concretar sólo un parnaso teórico de ideas y soluciones, un acervo de *slogans* cuya rigidez no era de buen pronóstico. Se repite aún hoy día esta definición vaga y general: "La política es el arte de lo posible", sin tener en cuenta que todo, en el universo, es un arte de lo posible. Más exacto es decir que la política es el arte "contingente" de lo posible, y que su mayor virtud consistiría en hacer que una posibilidad abandone su "potencia de ser" y se concrete en un "acto de ser", lo cual no se logra con rigideces de doctrina insuperables (y esto es válido para todas las teorizaciones políticas). El nacionalismo no salió de su órbita especulativa; y además (yo añadiría "sobre todo") le faltó el conocimiento de *lo popular.* "El conocimiento precede al amor", dice una vieja fórmula. Nadie ama lo que no conoce, y el amor al pueblo se logra cuando se lo conoce. Un pueblo, al saberse conocido y amado, se rinde a las empresas que lo solicitan. Por el contrario, la ignorancia engendra el temor; y el que no conoce al pueblo lo teme como a una entidad peligrosa en su misterio sustancial.

Llegamos así al Justicialismo, esbozado como doctrina revolucionaria desde 1943 a 1945 por un líder cuyo nombre también fue silenciado por decreto: la revolución justicialista se nos presenta como una síntesis "en acto" de las viejas aspiraciones nacionales y populares tantas veces frustradas, y lo hacía enarbolando tres banderas igualmente caras a los argentinos: la soberanía de nuestra nación, su independencia económica y su justicia social. No es extraño, pues, que el 17 de octubre de 1945 se diera la única revolución verdaderamente "popular" que registra nuestra historia (incluyendo la del 25 de Mayo), y que se diera en una expresión de masas reunidas, no por el sentimiento ni por el resentimiento, sino por una conciencia doctrinaria que les dio unidad y fuerza creativa. Yo estuve con ellos, y marché con ellos en aquella madrugada increíble, y doy fe de que supieron lo que hacían y lo que querían. Y sostengo ahora que la gran virtud del justicialismo fue la de convertir una "masa numeral" en un "pueblo esencial", hecho asombroso que muchos no entienden aún, y cuya intelección será indispensable a los que deseen explicar el justicialismo en sus ulterioridades inmediatas y mediatas, o a los que se pregunten por qué, desde 1955, nuestro país es ingobernable.

# SOBRE AUTORRETRATOS*

El autorretrato es una especie artística que se da con frecuencia en los pintores; y con la mejor fe del mundo yo diría que no la buscan ellos en un acto de autocomplacencia sino de economía por el cual usufructúan de un modelo gratis y sin otra complicidad que la de un espejo físico. El autorretrato de los escritores también existe, aunque menos directo y a veces terriblemente disfrazado: ¿quién negaría, por ejemplo, que un narrador puede retratarse a sí mismo en todos y cada uno de sus personajes ya sean angélicos o demoníacos? Frente al espejo engañador de su conciencia (porque la conciencia también se disfraza *pro domo sua* y muy hábilmente), el novelista podrá caer en la instancia de adorarse a sí mismo en los personajes angélicos y de aborrecerse a sí mismo en los personajes demoníacos a los que vería él como rostros negativos y "en potencia" de su misma individualidad. De cualquier modo, trazar un autorretrato es dedicarse a un ejercicio mortal: si el artífice, asomado como Narciso al espejo de sus aguas interiores, cayera en su autoadoración, morirá, también como Narciso, por autocomplacencia en su individualidad limitante; y si frente al espejo entrara en abominación de él mismo, caerá entonces en la peligrosa tentación del suicidio. ¿No habrá para el escritor un término medio entre una y otra instancia? En mi caso particular, y enfrentado con la tarea de entender a los hombres antes de pintarlos en sus esencias, me pareció dar con una clave no bien se me hizo inteligible la primera ley de la caridad según cuyo dictado "hay que entender al *otro* en tanto que *otro* y no en tanto que *uno mismo*. De tal manera, renuncia *uno* a sí mismo para entrar en el universo del *otro* y entender al *otro* en su inalienable realidad. Y si verdaderamente se logra, ocu-

* Texto inédito recuperado gracias a la señora Sara Facio, quien lo recibió en 1970 de manos de Marechal para un libro de fotografías de autores.

rre algo que se parece bastante a una transmutación alquímica: por el poder asimilador del conocimiento, *uno* "se asimila" realmente al *otro* y convierte al *otro* en cierta intimidad de *uno* mismo, con lo cual el *otro* deja de ser inalienable y se borra la frontera ilusoria que separa lo objetivo de lo subjetivo. Esa transmutación del *otro* por un conocimiento que obra según la naturaleza "unitiva" del amor, es, a mi juicio, lo que confiere tanta vitalidad a las grandes obras de la literatura, tanto en sus héroes cuanto en sus episodios que se dicen de "ficción" y que lo serán tan sólo para los que no han derrotado la "ilusión separativa" que nos rodea.

# TEORÍA DEL ARTE Y DEL ARTISTA*

1. En el *Descenso y Ascenso*, que ya cumplimos juntos, y en la *Didáctica* fácil que te propuse luego, sólo hablamos de las criaturas divinas y de la belleza que les ha participado su Creador. Hablemos ahora de las criaturas inventadas por el arte del hombre, ya que tú eres poeta y sabes crear lo hermoso, fiel a la vocación que recibiste y en cuyo ejercicio parecerías una imagen o simulacro del Hacedor Divino. ¿Qué cosa es el poeta? ¿Cuál es y a qué tiende su *modus operandi*? ¿Qué valor tiene su oficio y qué realidad ostentan sus criaturas?

Voy a exponerte ahora una teoría del Arte y del Artífice que ya di a conocer, bien que a saltos, en aquel *Adán Buenosayres* de mi pena y de tu regocijo.

2. Al hablar del Creador hemos hablado siempre del Verbo Divino, ya que por su Verbo, y sólo por su Verbo, manifiesta el Señor las cosas de Él manifestables. El Verbo es, pues, el Creador por excelencia; y los artífices que recibieron el don gracioso de crear verdaderamente son *imitadores del Verbo Divino*. Ahora bien, de todos los artífices imitadores, el poeta es quien se parece más al Verbo, porque, a imitación del Verbo, *crea nombrando*. El Verbo dijo: "Hágase la paloma"; y la palabra se construyó por la virtud esencial de su nombre así proferido. En *cierto modo*, Elbiamor, también el poeta debe crear a la paloma sólo con nombrarla. ¿En *cierto modo*? ¿Cuál? Óyeme: la voz "árbol", por ejemplo, es dicha frecuentemente por el vulgo: en boca de un herrero, de un leñador, de un guardabosque, de un industrial o de un comerciante dicha voz no hace más que sugerir la idea o el espectro del árbol,

---

* El presente texto es inédito.

fría y escuetamente, sin esplendor ontológico ni temperatura emocional ningunos. Pero cuando el poeta dice "árbol" en su canción, ese árbol que nombra es el *árbol total*, con el esplendor entero de su forma, con la verdad segura de su esencia, con el bien que nos propone la meditación de su número, tal como lo vimos en el *Descenso y Ascenso del Alma por la Belleza*. Me atrevería yo a decirte que el árbol del poeta es, en cierto modo, el árbol del Creador; y te diría que, al nombrar el árbol, el poeta, imitador del Verbo, si no lo crea, lo *recrea*. Y me objetarás ahora: "Si el árbol del Verbo y el del poeta son, en sustancia, el mismo árbol, ¿con qué fin lo vuelve a crear el poeta?". Elbiamante, si bien lo miras, el árbol del poeta, según lo ves en su oda, no es el árbol del Verbo, según lo ves en tu jardín: el árbol del poeta no es *un árbol*, sino *todos los árboles*, es decir el árbol proferido en la unidad no individualizada de su número creador, libre de la multiplicidad, exento de la materia crasa, no circunscripto en las limitaciones del espacio y del tiempo. El del poeta es un árbol sin otoños que lo desnuden: un árbol que nació en su primavera y en ella se quedará; un árbol en abstracción que, por lo mismo, se presta más que los otros a un ascenso del alma por la belleza. Quiero decir, Elbiamante, que si el poeta es un imitador del Verbo Divino en la manera de crear, no lo es en la factura de su creación, puesto que nos da él un árbol diferente. Rechaza, pues, a los que intentan hacer del arte una simple *imitación de la naturaleza*, basados en una definición de los maestros antiguos, desfigurada hoy, según la cual todo arte humano es una imitación de la natura; porque la *natura*, para los maestros antiguos, no es la *naturaleza creada*, sino la *esencia* de las criaturas, o su forma inteligible, o su número creador, independiente de las *existencias* distintas que le sea dado lograr. La natura o esencia del árbol, por ejemplo, tiene *una existencia* en el árbol material de tu jardín, y *otra existencia* en tu entendimiento que medita el árbol, y *otra existencia* en el árbol que nos da el arte: son tres existencias diferentes logradas por la esencia única del árbol. Con lo cual, y restituyéndole a la palabra *natura* su verdadera significación, podemos afirmar que todo arte humano es imitación de la natura (no de la naturaleza creada), y que el poeta vuelve a ser un imitador del Verbo al nombrar las cosas en su esencia y al darles en el canto una existencia diferente pero tan real y efectiva como las otras.

3. Elbiamor, ¿de dónde saca el poeta, monstruo indefinible, la virtud necesariamente graciosa de crear o recrear los mundos con la lira? (Me refiero a la lira simbólica: ya no usamos la de tocar.) Para que vislumbres al menos esa virtud del poeta, monstruo laudable, te hablaré ahora de la *inspiración poética;* y como la inspiración del poeta va seguida, fatalmente, de una *expiración,* te hablaré de uno y otro movimientos; porque la inspiración y la expiración constituyen la virtud *graciosa* del poeta (graciosa, ya que la recibió él como una gracia *gratis data*) y perfilan su naturaleza de monstruo indefinible, de muy trabajosa ubicación en este mundo (que lo diga Platón, si miento). Te explicaré más tarde *para qué* recibió el poeta su virtud (que también es una vocación o *llamado*), y cómo deberá ejercerla en su bien propio y en el bien de los demás.

4. Cuando yo, el monstruo que te dije, logré aclarar mi propia naturaleza y definirme como un *imitador del Verbo,* no tardé mucho en concebir una idea tan monstruosa como yo. Elbiamante, me di a pensar que si yo era un imitador del Verbo, el *modus operandi* que yo usaba en mis creaciones tenía que ser análogo al *modus operandi* que había seguido el Verbo de Dios al crear los mundos, y que si yo lograba dar con mi *modus operandi,* también daría con el *modus operandi* del Creador, es decir con la más exacta de las cosmogonías. Entonces comencé a estudiarme a mí mismo, en una serie de introspecciones muy severas. Y lo primero que advertí en mi alma fue un *estado* especialísimo, anterior a mi *voluntad creadora* y anterior a cualquier deseo de la música, un estado que se daba en mí de pronto, sin que yo lo promoviera, y que intentaré describirte ahora, Elbiamor, a pesar de su natura literalmente *inefable:* me refiero al estado de *inspiración poética.* Imagínate que yo estoy, como suelo, en el retiro de mi estudio, gozando allí de mi pacífica unidad, inmóvil por afuera y por adentro, no singularizado en aquel instante por ninguna de mis *acciones posibles,* y sin embargo *comprehendiéndolas* a todas en mi *unidad no diferenciada.* Elbiamor, el que te describo es un estado de tranquila *beatitud,* sin deseo ni otra pasión alguna, en el que me parece gustar la plenitud de mis posibilidades (tanto las del hombre cuanto las del poeta) sin condescender a ninguna, pero gozándolas a todas como en una síntesis donde caben todas ellas a la vez y no se distinguen o singularizan ni se excluyen la una de la otra. E imagínate luego que, de pronto, esa beatitud es turbada, y rota esa paz, y estremecido el

*caos* dichoso de mis posibilidades no diferenciadas aún. Siento que algo *quiere diferenciarse* ahora en mi caos anterior, y se diferencia y aparta según un movimiento exaltado que se parece al torbellino de la música. ¿Sabes lo que ha pasado, Elbiamor? Ha sucedido que, dentro de la síntesis en que se integraban todas mis posibilidades (las del hombre y las del poeta), se ha efectuado una *distinción* y una *separación*. Y las que se distinguen y separan ahora son mis *posibilidades de música*, las que me definen, justamente, como poeta; y es necesario que se distingan y separen de las otras, porque yo, en tanto que poeta, *debo* manifestar o realizar esas posibilidades de la música. Elbiamor, dichas posibilidades abandonan su caos original para concentrarse todas y según un movimiento análogo a la inspiración del aire que se concentra en los pulmones: es la *inspiración poética;* y he observado que siempre coincide (al menos en mí) con una inspiración orgánica muy honda y sostenida.

5. Intentaré describirte ya el estado sabroso de la inspiración poética: es verdad que, durante su transcurso (¡ay, demasiado breve!), todas las posibilidades de la música están concentradas en mí; pero, al separarse de su caos original en una *primera diferenciación,* ellas han constituido un nuevo caos: el de la música. Y ese *caos musical,* vibrante y pleno en el alma del poeta, merece ahora una consideración atentísima; porque allí, Elbiamante, se da la *música total,* vale decir, todas las posibilidades de la música no diferenciadas aún entre sí; todos los cantos ya, y ninguno todavía; pues, en el oído del alma, resuenan todos a la vez y no se individualiza ninguno, todos identificados aún en la unidad sonora de su principio. Elbiamor, concentrar y gustar en sí aquella deleitable unidad de la música es, a mi juicio, el don más gracioso que recibe el poeta; y constituye, a la vez, el más rico salario de su vocación. El poeta querría detenerse allí, ¡oh, sin duda, y eternizarse, claro está!, en la ilimitada gustación de aquella unidad sonora; pero no le es dado conseguirlo, pues la unidad sonora que concentra él y gusta en sí mismo constituye, según te dije, un salario que le paga con generosidad *antes* de que cumpla él su labor específica, y con el objeto de que la cumpla; y la labor del poeta consiste, justamente, no en concentrar y gozar en sí mismo ese caos de la música o esa unidad sonora que, "ad intra", le ha dado la inspiración, sino en *manifestar* "ad extra" las posibilidades de canto ya implícitas y no diferenciadas aún en aquella unidad. Elbiamor, la *primera caída* del poeta sucede cuando, urgido

por su vocación creadora (en verdad apremiante), se hurta él a la íntima contemplación de su caos de música para manifestar ese caos "ad extra" y con la palabra. En aquel instante yo te diría que el poeta, unificado hasta entonces en la contemplación de la unidad sonora que concentró en sí, distingue y polariza, mediante una *segunda determinación*,[1] operada en sí mismo, por un lado su *virtud creadora* (ya despierta y urgente y *activa*) y por el otro el caos *pasivo* en que se integran sus posibilidades no diferenciadas aún. Los que se distinguen y polarizan en él son dos principios creadores, *macho* el primero y *hembra* el segundo: el primero (la virtud creadora, necesariamente *activa*) es quien determinará y ordenará en el segundo (el caos de lo posible musical, necesariamente *pasivo*) un *pasaje de lo no manifestado a la manifestación.*

6. Si le fuera dable al poeta manifestar *en un solo canto* la plenitud sonora de aquella unidad, lograría también la súbita plenitud de su arte y el reposo definitivo que le traería lógicamente la consumación de aquella obra única y total. Pero no le es dado hacerlo, ya que las posibilidades implícitas en su caos de música, por no estar aún diferenciadas entre sí, no tienen *forma* ninguna que se pueda manifestar con la palabra (la palabra sólo expresa *formas individuales*), y sin embargo comprehenden ellas todas las formas posibles de la música, en *principio,* en *potencia* y en *simultaneidad.* Elbiamor, ese caos dichoso *no es manifestable en sí mismo;* pero lo es en cada una de sus posibilidades, no bien el poeta, sacándolas de su original indiferenciación, las *individualiza* en otras tantas formas que le sean ya *proferibles.* La virtud del poeta, en tanto que poeta, finca, pues, en conseguir que lo *informal* de su caos poético se determine y se traduzca en *formas* capaces de ser manifestadas, y que sus posibilidades de música, dadas en potencia y simultaneidad, pasen al *acto,* desde la *potencia,* y al suceder y al tiempo, desde la *simultaneidad* en que las veía y gozaba él al contemplar su caos interior. Elbiamante, al hacerlo, el poeta da en su *caída segunda:* frente a las posibilidades que, por haberse individualizado ya en una forma son para él manifestables o *proferibles,* deberá elegir *una,* excluyendo a las otras, puesto que no le es dado a él manifes-

---

1 La *primera determinación* ha ocurrido al separarse del caos original todas las posibilidades de música.

tarlas en simultaneidad, sino una por una y en el orden *sucesivo* que le impone ya el tiempo, condición tan limitante como la de la forma; por eso incurre, según te lo anunciaba, en una segunda caída, ya que toda *limitación* es una imperfección que excluye de sí todo lo que no entra en sus límites.

7. El poeta, Elbiamor, ha elegido ya, entre muchas, *una forma* del canto (sea, por ejemplo, un "Canto a la Rosa"): pese a las limitaciones y exclusiones que te señalé anteriormente, dicha forma de canto (ya elegida y manifestada en la *intimidad* del poeta laborante y proferida ya íntimamente por su *verbo interior*) aun conserva no sé yo qué *modalidad sutil*, en la cual se detendría el poeta, gustosamente, llevado por la gracia de aquella modalidad, si no lo urgiese la obligación de dar el último paso que lo hará incurrir en su *tercera y última caída*. Ese paso consistirá, Elbiamor, en hacer que aquella forma sutil del canto abandone la interioridad del poeta y se haga *exterior* a él mismo: para ello deberá lograr él que dicha forma sutil, ya circunscrita en el íntimo y afanoso taller de su alma, *pase a una materia* en cuya exterioridad se asegure la manifestación "ad extra" de la forma, con la cual termina la virtud y el oficio del poeta. Es el último paso de su creación, y al mismo tiempo su caída final; porque la materia que usa el poeta (vale decir la palabra exterior) no ha de rendirse a la forma sutil de que te hablé sin imponerle otras condiciones limitativas que son inherentes a la materia. En esta última operación la forma y la materia combaten, se imponen y se aceptan sus condiciones respectivas; y la lucha concluye no bien se logra el canto proferido "ad extra", según el *verbo exterior*, y en el cual resplandece la forma sobre la materia integrando un *compositum* en el que la forma pasó del estado sutil al estado *grosero* que le impuso la materia en su apretada exterioridad.

8. ¿Ha terminado aquí la función del poeta? ¿Logra él su paz con la hechura de aquel solo canto? No, Elbiamante; pues lo que termina él de manifestar "ad extra" es *una sola* de las posibilidades latentes en su caos de música; y las otras posibilidades, las que fueron excluidas, le piden ahora su manifestación, lo urgen a ello, lo torturan. El poeta deberá reincidir en otra inspiración, y con ella en otra visión integral de su caos poético, y en la elección de otra posibilidad de la música, y en la manifestación de aquella otra posibilidad, primero "ad intra" y en *modo sutil*, y luego "ad extra" y en

modo *grosero*. Y como las posibilidades que integran su caos no se agotan jamás y le reclaman día y noche su manifestación, el poeta vive y trabaja en un constante desvelo musical, en un desvelo que sólo tiene fin con la muerte del poeta.

9. Elbiamante, así obra el poeta como buen imitador del Verbo Divino: yo te diría que no es poeta verdadero quien no trabaja mediante una inspiración y una expiración de la música. Ese *modus operandi* en el cual es dado vislumbrar una teogonía le confieren al poeta una misteriosa dignidad que todos los pueblos han reconocido; y no escasean los filósofos que alguna vez pretendieron cotejar al poeta con el santo. Elbiamor, no te aconsejaría yo esa locura: el Verbo Divino se nos ha manifestado primero en la *Creación* y después en la *Redención;* ahora bien, si el poeta imita (como dijimos) la *función creadora* del Verbo y sigue su *modus operandi,* el santo imita la *función redentora* del Verbo y sigue también el *modus operandi* de la Redención, es decir, el de Cristo, a cuya imitación perfecta se deben los que toman el espinoso camino de la santidad.

10. Y ya en el fin de mi tratado, preguntarás ahora: "¿Con qué objeto recibe su vocación el poeta, y la obedece con tan obstinada fidelidad, y se aplica él desveladamente a los trabajos que su vocación le impone?". Elbiamante, al imitar al Verbo Creador, el poeta da origen y nacimiento a una serie de *criaturas nuevas* (todos y cada uno de sus cantos lo son), las cuales, llamadas a *ser* y a *existir* por la vocación demiúrgica del poeta, son y existen con la misma realidad y el mismo fuero de las demás criaturas. El poeta (y los artífices en general) no es un imitador de las *formas creadas* por el Verbo, sino un inventor de *nuevas formas* que va él *añadiendo* a la Creación divina. "¿Con qué fin?", me dirás. Y te respondo: las criaturas del arte ofrecen a los hombres un paso a lo inteligible y un trampolín de ascenso por la belleza más fáciles y seguros que los que les brindan las demás criaturas. El poeta ofrece a sus hermanos los hombres esa facilidad sabrosa en la *intelección*. Y se la ofrece, además, en la *expresión* (lo cual es importantísimo), ya que sólo el poeta (y no el resto de los mortales) ha recibido el don gracioso del canto, por el cual su virtud y su oficio consisten en *expresar a los mudos*, en cantar por los que no saben hacerlo. Y al fin resulta que la mayoría insonora de los hombres adquiere sonido y canta por la voz de sus poetas. Elbiamor, en tal hecho advertirás

nuevamente ahora de qué modo se cumplen las leyes de la economía divina, en virtud de las cuales el que tiene da y el que no tiene recibe, de modo tal que los desequilibrios o injusticias aparentes que observamos en este mundo del hombre se resuelvan en un equilibrio perfecto registrado en la gran balanza de Arriba.

# MEGAFÓN O LA GUERRA
## (SÍNTESIS DE MI PRÓXIMA NOVELA)

Megafón es el apodo y no el nombre del protagonista. Se lo llama el "Autodidacto de Villa Crespo", en razón de su origen y experiencias; y también el "Oscuro de Flores", porque en ese barrio instaló el cuartel general de sus operativos bélicos. Casi desde su infancia, Megafón ha padecido y estudiado en carne propia los desequilibrios que padece nuestra ciudad y la nación entera; y habiendo identificado a los "responsables" planifica una guerra contra ellos que se dará en una serie de escaramuzas u "operaciones de comandos". No se trata de operativos "cruentos"(la guerra no tiene que ser necesariamente cruenta), sino de asaltos estratégicos a las conciencias de los "responsables", que son sorprendidos en sus reductos, asediados y sometidos a "biopsias" mediante las cuales se los presenta en sus "conos de luz" y, sobre todo, en sus "conos de sombra". Los recursos logísticos de las operaciones van desde la crueldad necesaria del bisturí hasta el humorismo tremendista y los bálsamos de lo poético. Mi novela no es un trabajo planfletario ni una obra de "tesis" (he sentido siempre algún horror por esas aplicaciones del arte a lo contingente político e ideológico): cuando necesito lanzar un panfleto, escribo un panfleto; cuando necesito exponer una tesis, escribo un ensayo; la "confusión de los géneros" parecería darse como una característica no recomendable de las literaturas contemporáneas. En esta, mi tercera novela, como en las otras, he querido plasmar "una obra de arte", vale decir, poner en función de arte las materias que necesito tratar.

Naturalmente, dada la naturaleza de sus personajes y de los gestos que han de cumplir, en el *Megafón*... he utilizado el "simbolismo de la guerra", así como en *Adán Buenosayres* utilicé el "simbolismo del viaje", los dos con afectuosos recuerdos a Homero. Porque en *Megafón*... se dan, no una, sino dos batallas paralelas: una física o terrestre, contra los responsables de los desequilibrios o injusticias a que ya me referí; y otra, metafísica o celeste, que Megafón y sus pintorescos guerreros cumplen al llevar a cabo la encuesta o búsqueda de Lucía Febrero, la Novia Olvidada o la Mujer sin Cabeza. En mi sainete *La batalla de José Luna,* estrenado ya en Buenos Aires, adelanté algo de este mito porteño, que inventé yo mismo en la necesidad amorosa de regalarle una leyenda a mi ciudad. Lucía Febrero, en su esencia, no es otra que la "mujer simbólica" tratada y amada por los poetas metafísicos: es la Beatriz de Dante, la Laura de Petrarca, la Sulamita de Salomón o la Venus Celeste de los griegos, que también yo introduje en *Adán Buenosayres* y en la figura de Solveig Amundsen. Esa enigmática mujer es, en el fondo, la Amorosa Madonna Intelligenza o el "intelecto de amor", y es evidente que si la humanidad la recobrara solucionaría "por el amor" todos sus problemas contemporáneos. Eso explica el hecho que Megafón, en su guerra, dé tanta importancia a la búsqueda real de Lucía Febrero, a la que por fin encuentra en la cámara central del Caracol de Venus, un lenocinio universal de lujo que cierto griego, llamado Tifoneades, levantó en la confluencia de los ríos Luján y Sarmiento. Megafón alcanza esa victoria final, pero es asesinado por los gorilas de Tifoneades en la misma cámara céntrica del Caracol de Venus.

# MEGAFÓN O LA GUERRA*

En el Introito a Megafón con que se inicia la novela y es un prefacio narrativo, se adelantan las características del héroe y las circunstancias que lo llevaron a la guerra. En realidad, Megafón es el apodo que recibió él en su juventud cuando anunciaba los combates del Boxing Club de Villa Crespo con su megáfono gigante. Se lo conoce también como el Autodidacto de Villa Crespo, en razón de su origen, su vocación y sus aprendizajes que lo llevaron a planificar las Dos Batallas. El propio Megafón las designa con los nombres de Batalla Terrestre y Batalla Celeste, que se darán en un paralelismo necesario: la segunda (y la más importante), merced a su complejidad, le ha valido a Megafón su tercer apelativo, el Oscuro de Flores, "oscuro" por su hermenéutica y "de Flores" porque en ese barrio, donde vive con su mujer Patricia Bell, ha instalado Megafón el cuartel general de sus operaciones bélicas. Antes de iniciar la lucha, el Autodidacto demuestra que su guerra es justa porque es "necesaria", y es necesaria en razón de los desequilibrios humanos que afligen a la ciudad, al país y al mundo, y que hay que volver a equilibrar por el combate hasta restablecer una paz o armonía que se dará como una fruta de la guerra.

Megafón ha identificado a los "responsables" de tal desequilibrio, y luchará contra ellos en operaciones de comandos o escaramuzas que se resolverán en "asaltos a sus conciencias" y en las cuales el Autodidacto ha de usar todos los recursos del drama, el humorismo y la poesía que va dictándole su imaginación. Claro está que los "responsables", analizados en sus conos de luz y en sus conos de sombra, desnudan ante los combatientes palabras y actitudes que dan a menudo la sensación de estados infernales. Con todo, *Megafón, o la guerra* nada tiene de panfletario ni tampoco es

* En "Cultura y Nación", *Clarín*, Buenos Aires, 29 de marzo de 1973.

una obra de tesis, ya que sus materias vivas, de fácil identificación, han sido trasmitidas en "materias del arte" y se ofrecen al trabajo del arte con el fin de lograr "una obra de arte", que tal debe ser la novela, la poesía o el drama. Es así como sus personajes asaltados, el Gran Oligarca, el general González Cabezón o el financista Salsamendi Leuman, entre otros, figuran con el patetismo entero de sus gracias y de sus desgracias. Así es en lo que atañe a la Batalla Terrestre.

La Batalla Celeste de Megafón, que va tejiéndose con la otra, gira en torno de Lucía Febrero, la Novia Olvidada o la Mujer sin Cabeza, un personaje de arrabal cuyo primer atisbo adelanté ya en mi sainete *La Batalla de José Luna*. Vuelvo a retomar con ella la noción y el deseo de la mujer simbólica en la que muchas tradiciones personifican a la *Amorosa Madonna Intelligenza* o al Intelecto del Amor, y que yo mismo di a entender en la Solveig de *Adán Buenosayres*. Lucía Febrero, a quien hago morir en mi sainete, ha resucitado (¿no es acaso eterna?) y sus misteriosas reapariciones en Buenos Aires y en el Gran Buenos Aires son comunicadas al cuartel general por los agentes de Megafón, y dan lugar a su búsqueda en operativos que fracasan, algunos tan ridículos como el que se desarrolla en Lomas de Zamora y en la torre del Falso Alquimista.

Pero el último informe de los agentes ubicó a la Novia Olvidada en el Caracol de Venus, lenocinio gigante que un promotor griego llamado Tifoneades instaló en la desembocadura de los ríos Luján y Sarmiento. Se realiza el asalto al Caracol; los diez integrantes del "comando" recorren los cinco "ambientes tenebrosos" del Caracol o la Espiral de Tifoneades; y en su cámara central Megafón se encuentra por fin con la verdadera Lucía Febrero. En castigo de su audacia Megafón es asesinado allí mismo por los gorilas de Tifoneades; el carnicero Trimarco descuartiza el cadáver y dispersa sus fragmentos en distintos lugares de la ciudad. En la última rapsodia (el libro tiene diez), Patricia Bell organiza la búsqueda de los fragmentos de su marido y los restituye a su perdida unidad

Las dos últimas sagas de la novela describen la "muerte por amor" de Patricia Bell y la muerte autorganizada de Samuel Tesler, el filósofo villacrespino, que actúa en *Adán Buenosayres* y que Megafón ha rescatado del instituto de la calle Vieytes para incorporarlo a sus Dos Batallas. Faltaría decir que los escenarios de la guerra megafoniana y sus combatientes son argentinos y casi todos populares.

# LOS PUNTOS FUNDAMENTALES
## DE MI VIDA*

1. Nací en la Capital Federal y en su barrio de Almagro, el 11 de junio de 1900. El hecho de que algunos me crean natural de la provincia de Buenos Aires responde a la circunstancia de que, durante mi niñez y mi adolescencia, pasé largas temporadas en la llanura de Maipú, con parientes ganaderos. Allí me inicié en el conocimiento de las ontologías del sur (hombres y cosas) que con tanta frecuencia aparecen en mi obra literaria.

2. Aprendí a leer y a escribir en un colegio francés particular. Todos mis estudios regulares los hice luego en la Escuela Normal de Profesores de la Capital, donde obtuve los títulos que me habilitaron para la docencia.

3. Mi personalidad intelectual, alentada por una vocación muy temprana, se formó en la lectura y en los ejercicios de taller literario. En tal sentido, me considero un "autodidacto", vale decir, un hombre que busca en los libros, en las cosas y en la meditación una respuesta vital a sus problemas interiores, y que además busca y perfecciona los "medios expresivos" que han de servirle para traducir "ad extra" ese trabajo interior.

4. En realidad, fui un francotirador literario de Villa Crespo, hasta que me llamaron a colaborar en la revista *Proa*, dirigida por Güiraldes, Borges y creo que Rojas Paz. Casi enseguida me enrolé en el grupo que decidió imprimir a la revista *Martín Fierro* un ritmo verdaderamente revolucionario, que no tuvo en su primera época. Cierta noche, y como por arte de magia, nos reunimos con tal objeto, en la casa de Evar Méndez, Güiraldes, Macedonio Fernández, el pintor uruguayo Pedro Figari, Girondo, Bernárdez, Borges, Xul Solar, entre muchos otros que no recuerdo ahora. De aquella velada nació *Martín Fierro* propiamente revolucionario,

* En "Cultura y Nación", *Clarín*, Buenos Aires, 29 de marzo de 1973.

que se proponía, en general, "entrar por la ventana", en una literatura que nos cerraba la puerta, en particular, defender a Pettoruti y a Xul, que acababan de exponer sus cuadros ante la rechifla del pasatismo local.

5. Creo que un poeta lo es verdaderamente cuando se hace la "voz de su pueblo", es decir, cuando lo expresa en su esencialidad, cuando dice por los que no saben decir y canta por los que no saben cantar. Todo ello lo hace el poeta en una función "unitiva que yo concreté así en mi "Arte Poética": "El Poeta, el Oyente y la Canción forman una unidad por el sonido".

6. Al escribir mi *Adán Buenosayres* no entendí salirme de la poesía. Desde muy temprano, y basándome en la *Poética* de Aristóteles, me pareció que todos los géneros literarios eran y deben ser géneros de la poesía, tanto en lo épico, lo dramático y lo lírico. Para mí, la clasificación aristotélica seguía vigente, y si el curso de los siglos había dado fin a ciertas especies literarias, no lo había hecho sin crear "sucedáneos" de las mismas. Entonces fue cuando me pareció que la novela, género relativamente moderno, no podía ser otra cosa que el "sucedáneo legítimo" de la antigua epopeya. Con tal intención escribí *Adán Buenosayres* y lo ajusté a las normas que Aristóteles ha dado al género épico.

7. *Adán Buenosayres* quiere ser una epopeya de la vida contemporánea, que ya no se puede escribir en hexámetros griegos.

8. Suele llamarse "novela clave" a la que pinta en sus héroes a ciertos personajes de la vida real cuya identificación sería la clave buscada. Me parece un concepto pueril. Las verdaderas claves de una obra son las que arrojan luz sobre su estructura física y metafísica. En tal sentido, y siempre fiel a la epopeya clásica, mi novela es la expresión figurada o simbólica de una "realización espiritual", efectuada por su protagonista según el "simbolismo del viaje" como sucede en la *Odisea* y en la *Eneida*. Lo que *Adán Buenosayres* efectúa es una "realización crística" en dos movimientos: uno de expansión o centrífugo, y otro de concentración o centrípeto. La Itaca material del Héroe no es otra que su cuarto de la calle Monte Egmont; su Ítaca espiritual es el Cristo de la Mano Rota que lo pescó y lo retiene desde el pórtico de San Bernardo, en Villa Crespo. Además, la novela desarrolla un Arte Poética (en el banquete de la glorieta Ciro), una Filosofía de Amor (en el Cuaderno de Tapas Azules) y una Política (en la subversión en cadena de las cuatro clases sociales que describo al finalizar el Infierno de la Vio-

lencia). Todo esto es más importante que decir si tal personaje es Fulano y tal otro Mengano.

9. Desde hace años, me dedico, más que a leer, a releer, sobre todo las Sagradas Escrituras y los clásicos. Por eso, mi información acerca de la literatura europea "se plantó" en los existencialistas franceses e italianos. Lo mismo digo en lo que atañe a la literatura nacional.

10. El hombre de letras es un manifestador de su pueblo y de las virtualidades de su raza.

11. Creo que actualmente hay dos Argentinas: una en defunción, cuyo cadáver usufructúan los cuervos de toda índole que lo rodean, cuervos nacionales e internacionales; y una Argentina como en navidad y crecimiento, que lucha por su destino, y que padecemos orgullosamente los que la amamos como a una hija. El porvenir de esa criatura depende de nosotros, y muy particularmente de las nuevas generaciones.

12. Desde hace algunos años oigo hablar de los escritores "comprometidos" y "no comprometidos". A mi entender, es una clasificación falsa. Todo escritor, por el hecho de serlo, ya está comprometido: o comprometido en una religión, o comprometido en una ideología político-social, o comprometido en una traición a su pueblo, o comprometido en una indiferencia o sonambulismo individual, culpable o no culpable. Yo confieso que sólo estoy comprometido en el Evangelio de Jesucristo, cuya aplicación resolvería por otra parte, todos los problemas económicos y sociales, físicos y metafísicos que hoy padecen los hombres.

# AUTORRETRATO NO FIGURATIVO*

Mi alma, Psiquis, igual a sí misma desde mi niñez hasta hoy: con sus mismas tendencias; con sus raptos de altura; con sus mismos vértigos y disfraces; con sus mismos temores. Psiquis, la misma: pero a través de los años amontonó conocimientos y experiencias; y sus temores fueron disminuyendo en la medida en que descubrió el "qué" y el "cómo" y el "por qué" y el "para qué" de su existencia. El temor y la angustia nacen de la ignorancia frente a lo desconocido. Mi alma, Psiquis, y sus colores heredados: tendencias al laconismo y a la melancolía que recibí de mi rama vascoespañola; tendencias al análisis y a la síntesis, comezón irresistible del humorismo, que recibí de mi rama francesa.

—¿Qué soy? —le pregunté a Psiquis en su hora.

—Un hombre —me respondió ella.

—¿Qué cosa es un hombre?

—Un conjunto de "posibilidades" físicas y metafísicas que debes realizar por el solo hecho de que son "posibles".

Y las realicé, y no me resistí a ningún compromiso con el mundo aunque vinieran degollando.

—Pero sos también una criatura "expresiva" —me reveló Psiquis.

—¿Un poeta? —inquirí temblando.

—Eso. Y deberás cantar.

—¿Para quiénes?

—Para los que no traen en sí la "posibilidad" del canto.

Y dije todo lo mío "proferible", y en secreto guardé todo lo mío "improferible". Y entre lo mío proferible sólo comuniqué a los

* En "Cultura y Nación", *Clarín*, Buenos Aires, 26 de junio de 1975.

otros lo que debe ser proferido, y callé todo lo que no es conveniente decir.

Mi alma, Psiquis: vieja de cargados accesorios y niña sin edad
en sus frescuras interiores. Alguna vez me pareció una prueba in-
tuitiva de la inmortalidad del alma.

# AUTORRETRATO FIGURATIVO*

Comienza en un niño enjuto, silencioso y de ojos hambrientos que buscan el enigma de las cosas y leen papeles a favor de cualquier lámpara o rayo de luz. "El hombre nace para el conocimiento." Un niño que cuenta sílabas musicales en su insomnio nocturno, que dibuja con lo que tiene a mano y da formas a cualquier plastilina. "El hombre nace para la expresión." Y dicen las vecinas a mi madre perpleja:

—Ese chico no le vivirá.

Pero en horas equilibrantes corro como un galgo en el "desafío", y me desmayan a patadas en el fútbol de potrero cuando me toca defender un arco establecido con dos gualdapolvos escolares.

—Madre, este chico te vivirá.

Servicio militar, y el examen que hace de mí el galeno castrense: no tengo la indispensable "capacidad torácica", y el médico deja caer sobre mí una mirada condenatoria. Luego, volviéndose al gigante desnudo que me sigue en la fila, estudia el formidable aparato de su musculatura:

—¡Señores —dice— por aquí está la esperanza de la Patria!

Y vuelve a mirarme como a un gusano de la tierra. ¿No será un desafío? Nunca rechacé un desafío, y me hago socio del club náutico "Buchardo": uso los grandes y pesados botes del club, remo como un galeote hasta conseguir el perímetro torácico de reglamento. El honor está salvado. En realidad, y desde aquel entonces, mi forma corpórea sólo ha sufrido las mortificaciones que impone el tiempo a lo que madura. Mi cabellera figuró entre las tres más famosas de la época martinfierrista, con la de Blakaman, el mago hindú, y la de Hortensia Arnauld, la vedette del

* En "Cultura y Nación", *Clarín*, Buenos Aires, 26 de junio de 1975.

Maipú Pigalle (y la revista *El Hogar* lo destacó en una de sus notas, o *tempora!*).

Pero mi exuberancia capilar ha menguado en un cuarenta por ciento, yo diría; y es una lástima, diría también, ahora que se usa de nuevo. En la misma proporción ha disminuido mi vista de águila (sólo uso lentes para leer y escribir), pero mi nariz mantiene su respingo socrático que me sirve, según creo, para respirar mejor el pneuma de arriba. Se me han acentuado, en cambio, las dos líneas que, partiendo de las comisuras de mi boca, se dirigen al sur no sé con qué propósito de la fisiognomía; lo cual hace que mi mentón se asemeje al articulado que usan los muñecos de los ventrílocuos. Mi cuello corto sirve de pedúnculo a una cabeza que, si no es hermosa, es interesante según dicen los críticos. En la longitud de mis brazos es fácil advertir la influencia de Géminis, mi signo, que también gobierna mis espaldas, hombros y pulmones:

—¡Cuida tus pulmones! —me advierte a menudo la Astrología.

—Los cuido, hermosa Urania —le respondo—. Me lo están recordando siempre a mi derecha Elbiamor, Elbiamante o Elbiamada, y a mi izquierda el doctor José Goldstein, médico nato de nosotros los poetas aborígenes.

Gracias a Dios conservo la salud insolente que mis abuelos vascos atesoraron para mí en sus montañas natales: conservo también la vertical andante y el paso corto y rápido con que mis abuelos franceses dieron agilidad a la infantería gala.

Ciertas inclinaciones a la gastronomía, que recibí de ambas ramas ancestrales, han redondeado un tanto la figura escueta del niño con que se inició esta pintura. Incruentos ayunos a base de mate amargo controlan los excesos de tal inclinación, amén de los churrascos magros que uso para detener los avances de colesterol, ese feo y triste demonio que se nos ha introducido en la fisiología.

[RESEÑAS BIBLIOGRÁFICAS]

## LUNA DE ENFRENTE
## DE JORGE LUIS BORGES*

No soy un crítico: la actitud del hombre que, lupa en mano, analiza una obra de arte me parece ridícula e innecesaria. Una obra de arte debe juzgarse por su capacidad de sugestión; su valor finca en la mayor o menor intensidad de esa virtud evocadora.

Un libro me entusiasma o me produce indiferencia: y en los dos casos no busco el porqué ni el cómo. *Luna de enfrente* ha sido el último libro de mi entusiasmo: quiero decir su elogio, forma de gratitud hacia Borges por el magnífico regalo de belleza que nos hace.

Creo que la lectura de este volumen es el mejor argumento contra las viejas teorías de Lugones. He ahí que, entre la actual garrulería musicante, sobre la oquedad de nuestros poetitas afeminados, late su pulso de hombre, alza su fuerte voz de hombre que sabe el pasado y el porvenir, y para quien la vida es un fruto que se desgaja, en la tristeza o en el júbilo, pero siempre con manos de varón.

Borges define así su conducta en "Casi juicio final": "He dicho asombro del vivir, donde otros dicen solamente costumbre.

"Frente a la canción de los tibios, encendí en ponientes mi voz, en todo amor y en el pavor de la muerte. He trabado en fuertes palabras ese mi pensativo sentir, que pudo haberse disipado en sola ternura."

O si no en "Mi vida entera":

"He persistido en la aproximación de la dicha y en la privanza del pesar.

"Soy esa torpe intensidad que es un alma."

Definición de hombre-poeta que se sabe eco agrandado del

* En *Martín Fierro,* Buenos Aires, a. II, nº 26, 29 de diciembre de 1925.

mundo; porque el verdadero poeta es la rama única donde fructifica el árbol del mundo.

En esa profunda estima del vivir ha hecho su libro: en la doliente singladura del tiempo; en el espacio que se encorva como un león; en la distancia tendida como un arco a la soledad y en el amor que debería persistir contra la distancia, el espacio y el tiempo.

Borges ha sentido la angustia del tiempo; y es una nota que se repite en él hasta el dolor.

En "Dualidá de una despedida", dice:

"El tiempo inevitable se divulgaba sobre el inútil tajamar del abrazo."

En "Jactancia de quietud":

"El tiempo está viviéndome."

En el poema "A Cansinos Assens":

"Es trágica la entraña del adiós como de todo acontecer en que es notorio el Tiempo."

Luego en "Patricias":

"Quiero el tiempo allanado;
El tiempo con baldíos de ansias y no hacer nada.
Quiero el tiempo hecho plaza,
No el día picaneado por los relojes yanquis;
Sino el día que miden despacito los mates."

Y por último la exaltación de cosas amigas de "Eternidad":

"Impenetrable como de piedra labrada, persiste el mar ante los ágiles días."

"He visto un arrabal infinito donde se cumple una insaciable inmortalidad de ponientes." (Singladura, Mi vida entera).

La noción Distancia, con su dolor de ausencia, resalta en el poema a Cansinos Assens, realizado en noble madera de amistad y uno de los más emotivos de la obra:

"Noche postrer de nuestro platicar, antes que se levanten entre nosotros las leguas.

"Aún el alba es un pájaro perdido en la vileza más lejana del mundo.

"Última noche resguardada del gran viento de ausencia.

"Es duro realizar que ni tendremos en común las estrellas."

Como dije en párrafos anteriores, el amor, en Borges, aparece vinculado al tiempo y al espacio. Sabe que no persiste y que es necesario saquearlo, para que sus frutas de recuerdo sean sostén de los días futuros.

"Prodigábamos pasión juntamente, no a nosotros tal vez sino a la venidera soledad.

"Yo iba saqueando el porvenir de tus labios aún no amados de amor."

Así dice en "Dualidá de una despedida".

Ahora consideraré el otro aspecto de Borges, quizás el más interesante y promisor; es un criollismo nuevo y personal, un modo de sentir que ya estaba en nosotros y que nadie había tratado.

Borges ha visto Buenos Aires, con sus calles que dan a la pampa, sus patios de sol, sus casas y sus almacenes. Ha fabricado un pequeño universo con todas estas cosas, asociándolas a su vida sentimental y haciéndolas carne de su poema.

Ya lo dice en el primero del libro:

"No he mirado los ríos ni la mar ni la sierra
pero intimó conmigo la luz de Buenos Aires.
Y yo amaso los versos de mi vida y mi muerte
con esa luz de calle.
Calle grande y sufrida,
Sos el único verso de que sabe mi vida."

Las cosas adquieren un valor humano en contacto del hombre; las cosas tienen el alma que les hemos regalado y que nos devuelven cuando queremos. Un portón humilde es arco de triunfo si por él asomaban dos ojos de novia; y un "tango antiguallo" nos rinde todas las monedas que le prestó nuestro vivir.

Así, en la vagancia y el recuerdo, Borges mentó sus calles: a su paso las cosas se animan y hablan; en cada umbral hay una sombra, y toda calle es una aorta por donde se desangró el ayer.

Luego la llanura, honrada en su pobreza; el dolor de los mayores, donde la vida fue un largo amanecer; el pasado de Buenos Aires; el General Quiroga que va en coche al muere y entra al infierno, escoltado de almas rotas. Todo en un lenguaje que nos es querido porque es el que hablamos de verdad, sin enaguas de retórica.

La criolledad de Borges no es un chauvinismo detonante ni una actitud decorativa: es el sabor hallado en cuatro buenas cosas del terruño:

"Pampa:
Yo te oigo en las mañeras guitarras sentenciosas
y en altos benteveos y en el ruido cansado
de los carros de pasto que vienen del verano."

Quise dar una idea de *Luna de enfrente*. No lo he conseguido.
Hay que entrar en el libro, suerte de floresta, rica en árboles, pájaros y frutos; hay que entrar, pero con el corazón mañanero y los
ojos limpios de lagaña. El que así lo hiciese encontrará un mundo
de cosas grandes o chicas, pero siempre cordiales y de hombre.

## A RIENDA SUELTA
## DE LAST REASON*

La literatura popular ha merecido siempre el ancho desprecio de los graves hombres de letras. Los eruditos que se calan antiparras de seriedad frente a un libro y que suelen desmayarse ante la incorrecta posición de una coma, tratan con desvío toda manifestación de arte popular; les indigna su estilo desvergonzado y su gesto de pillete, y hasta escupirían por el colmillo si no fuera por temor de ensuciarse el pedagógico jaquet.

Con todo, es asombrosa la vitalidad de dichas obras: ellas persisten como todo eco sincero del mundo; y en el calor que les prestó la vida se desbarata el Tiempo, enemigo de toda gesta humana.

Algo así decía Cancela en su ensayo sobre *Las mil y una noches.* Si tuviera que poner ejemplos nuestros, citaría el *Martín Fierro* de Hernández o el *Fausto* de Estanislao del Campo, obras menospreciadas de críticos y apostrofadas de gramáticos y que, malgrado ellos, existen y perdurarán sobre la literatura de plagiarios e imitadores que nos agobia desde hace medio siglo.

El libro de Last Reason que motiva este comentario presenta ese aire desenvuelto y fácil de la obra popular, por el que se le juzgaría transitorio, a no existir en sus páginas ciertos valores de esencia y un soplo inconfundible de verdad que le ponen a salvo del tiempo.

Es muy difícil sorprender un solo aspecto en ciudades tan complejas como Buenos Aires. Novelistas "serios" han fracasado en este propósito creyendo que, para conseguirlo, bastaba tomar un té con leche en la calle Pedro de Mendoza. Y he ahí que sus héroes podrían existir cómodamente en Bombay o en Londres.

Last Reason conoce el medio que describe y ha hecho más,

* En *Valoraciones*, La Plata, nº 9, marzo de 1926, p. 287.

entregando su piadosa simpatía a esa clase de gente que adora a un dios con patas de caballo. La pasión turfística de sus héroes es tan trascendental como cualquiera otra, puesto que encuentran en ella el punto necesario sobre el que deben girar los problemas de sus vidas: el amor, la muerte y esa urgencia de llenar el tiempo existente entre los dos silencios que limitan al hombre.

Ahondando un poco esas figuras que accionan entre las manos del autor, se encuentra la pasta viviente, con todos sus matices de emoción y sus invariables anhelos.

Last Reason es un psicólogo: no analiza fríamente un personaje, sacándolo del medio con pinzas de laboratorio; prefiere sorprenderle en su escenario único, dentro de su marco sentimental y caliente de vida.

Por eso nos resultan tan reales esos hombres, que en la exaltación del juego hallan su estética, su simpatía, su odio y las razones del propio existir. El autor ha robado no sólo la emoción y la verdad de sus gestos, sino el humorismo que se desprende de sus actos y la hondura de sus pueriles tragedias.

Los trabajos de Last Reason logran vencer la efimeridad periodística y están seguros en su marco libresco, pues tienen la vitalidad de toda obra inspirada en la verdad del mundo y en el calor de los hombres.

## LOS DÍAS Y LAS NOCHES
## DE NORAH LANGE*

Una larga adolescencia sutiliza los versos de Norah Lange. *Los días y las noches* no son sino prolongamiento de aquel amanecer entusiasta despertado en su primer libro.

Abierta sobre el mundo permanece su ventana de asombro: la vida no le ha revelado aún el norte de sus años y en sabrosa vigilia goza y canta el espectáculo de su inquietud, interroga el sentido de cada sueño y en su exaltada expectativa todo incidente cobra un valor trascendental. Cada día es un juguete nuevo que es necesario romper y que se rompe entre las manos de su juventud curiosa.

Su mundo es una calle íntima, un universo pequeño donde todas las cosas desnudan un gesto familiar y poseen una fisonomía casi humana.

Norah Lange las asocia a su vida sentimental. Su espíritu animista da a los objetos un atributo de conciencia; y entonces el paisaje desmaterializado pierde su dura objetividad y se convierte en un estado de alma. La realidad asciende a un plano subjetivo y adquiere un precio de flamante creación.

Norah Lange es la primera mujer que en nuestra literatura ha comprendido la eficacia de esta traslación: tal circunstancia la vincula estrechamente a la novísima estética.

Se desviste de normas largamente acatadas; su instinto moderno la hace repudiar los recursos cansinos y las fáciles recetas: lava sus cinco sentidos en un agua purificante y el mundo, en ellos recreado, muestra una insólita frescura de renacimiento. Audacia nada común en su sexo y que le conquista el primer lugar entre nuestras mujeres líricas.

* En *Martín Fierro*, Buenos Aires, a. III, nº 36, 12 de diciembre de 1926.

Sin la basta sensualidad que han erigido en affiche algunas poetisas actuales y que se concreta siempre a una mera exposición de hechos, sin el falso misticismo de otras, esta muchacha nos trae su canto extrañamente juvenil.

El amor en ella se asemeja mucho a un presentimiento; intuye el sentido religioso de la vida y, despojada de tonos enfermizos o de mímicas violentas, exalta sus motivos con sano fervor. Sobre todo, impone a los versos la señoría de su feminidad delicada, femineidad que ilustra su libro como un perfume.

El lector encontrará tal vez una repetición de asuntos: ya he dicho que el mundo poético de Norah Lange se compone de limitadas cosas; sin embargo, cada repetición trae consigo un ahondamiento del tema porque, semejante al pájaro dueño de cuatro notas, se realiza no en variedad sino en intensidad.

# EL ALMA DE LAS COSAS INANIMADAS
## DE ENRIQUE GONZÁLEZ TUÑÓN*

Si la realidad no estuviera íntimamente asociada a la vida interior del artista; si no cambiase de sabor, color y forma en cada estado de su espíritu, la obra de arte sería una realización glacial, como la de cualquier cámara fotográfica.

Pero, he ahí que el hombre sensible mira lo exterior desde un punto de vista particular e interesado; transforma y humaniza la realidad vinculándola a sus sentimientos íntimos. Entonces las cosas adoptan el alma que les prestó el artista: la realidad no será sino un estado de su espíritu.

Dije en otra oportunidad que el mundo se re-crea en los ojos nuevos de cada hombre nuevo. Añadiré ahora que la realidad se convierte en un lugar común cuando invade la conciencia de una medianía humana.

Enrique González Tuñón, en este, su último libro, nos da una prueba feliz de aquella labor animizante que el verdadero artista realiza sobre una base de mundo exterior.

He ahí una realidad, vista a través de su temperamento, en el que la nota humorística no es más que un sabor de su amargura. Su piedad irónica se extiende sobre las cosas a quienes contagiamos nuestros problemas y que viven una vida prestada, con un alma prestada.

Algunos trabajos de este volumen aparecieron en la revista *Proa* de feliz recuerdo. Enrique vivía entonces la vida de sus personajes y era una especie de duende burlón, que nos inquietaba con su figura apocalíptica y con su temperamento lleno de extrañas luces.

Antes que en el libro, conocí a los héroes de esta obra en su

---

* En *Martín Fierro*, Buenos Aires, nº 44-45, 15 de noviembre de 1927.

conversación chispeante, que ya tenía la fuerte originalidad de su prosa actual.

Reunidos en el pequeño mundo del volumen, conservan la frescura de entonces: hablan y se mueven en ese aire de tragicomedia que González Tuñón ha creado para sus personajes y que, en el fondo, no es más que su atmósfera espiritual y el latido de su corazón.

Libro sincero, espontáneo y fuerte, *El alma de las cosas inanimadas* es un testamento de la época, en Buenos Aires y a esta altura del siglo.

No quiero cerrar este comentario sin elogiar la portada de Bonomi, dibujante de primera línea entre los elementos de la nueva generación.

# INTERLUNIO
## DE OLIVERIO GIRONDO*

Los lectores que con agudeza de juicio hayan considerado la obra poética de Oliverio Girondo se habrán dicho, más de una vez, que los *Veinte poemas* y las *Calcomanías* estaban anunciando a un narrador. El color y la forma, expresados mediante la palabra, son sus elementos de trabajo, su materia prima: en lo que atañe al color y la forma yo diría que Girondo hace literatura con ojo de pintor. ¿Habrá que pensar en un objetivismo absoluto? ¡Cuidado! Ese objetivismo, tan suyo, acaba por convertirse, a nuestros ojos, en un subjetivismo "sui géneris", como veremos más adelante. Pero ese aspecto "elemental" de su obra poética no bastaría, ciertamente, para revelar en Girondo a un narrador en potencia, si no existiese lo extraordinario, si al fin de cuentas no descubriéramos que cada uno de sus poemas es un relato.

Podría suceder que alguien me preguntara, sin ocultar su sorpresa: ¿cuáles son los personajes que animan el poema-relato de Girondo? Responderé: sus personajes son las mismas cosas que describe. ¡Diablo de hombre! Sabe animar las cosas de tal modo, sabe comunicarles aspectos tan inusitados, perfiles tan alarmantes y gestos tan fuera de su ley natural, que los objetos acaban por cobrar estatura de personajes y sus relaciones íntimas por adquirir movimientos de drama. Así, por ejemplo, en "Tánger" ve:

*Calles que suben,*
*titubean,*
*se adelgazan*
*para poder pasar,*
*se agachan bajo las casas,*

* En *Sur*, Buenos Aires, a. VIII, n° 48, septiembre de 1938, pp. 51-53.

*se detienen a tomar el sol,*
*se dan de narices*
*contra los clavos de las puertas*
*que les cierran el paso.*

O en su poema "Toledo":

*¡Noches en que los pasos suenan*
*como malas palabras!*
*¡Noches, con gélido aliento de fantasma,*
*en que las piedras que circundan la población*
*celebran aquelarres goyescos!*

Decía que la obra de Girondo anunciaba claramente a un narrador: su relato *Interlunio*[1] viene a confirmarlo, y las observaciones que acabo de formular acerca de su técnica poética son aplicables a su técnica narrativa, ya que en *Interlunio* aparecen los mismos elementos y se cumplen las mismas leyes literarias. Vemos así que la figura de pensamiento más utilizada por Girondo sigue siendo la prosopopeya, mediante la cual el autor somete las cosas naturales a una suerte de magia o alquimia, las arranca de su quicio normal, las libera del gesto único que tienen en el mundo visible y las hace participar de otros destinos, por la virtud del arte. Las cosas se "animan" bajo la pluma de Girondo; por eso dije antes que su objetivismo acababa siempre en un subjetivismo de nuevo cuño, ya que la vida que adquieren las cosas es la que el autor quiere comunicarles, la suya propia, en última instancia. Recuerdo que Maritain, en un libro admirable, *Art et Scolastique*, define al artista como a un continuador de la natura creada; y me pregunto ahora si esa continuación de la natura por el arte no consiste a veces en romper el límite natural de las cosas, para que desborden y adquieran la riqueza de otras posibilidades.

A decir verdad *Interlunio* es un retrato de personaje: si Girondo introduce al fin un episodio contado por el mismo héroe, es para subrayar con un ejemplo la índole de la figura moral que nos describe. Es un retrato, pero hay retratos que valen un drama, y el que nos ocupa es uno de ellos: Girondo pinta a su héroe como si

---

1 Ediciones Sur, Buenos Aires, 1937.

se tratara de un cataclismo. Veamos un ejemplo: "¿Bastaría con admitir que sus músculos prefirieron relajarse a soportar la cercanía de un esqueleto capaz de envejecer los trajes recién estrenados?…". Y más adelante: "Las pestañas arrasadas por el clima malsano de sus pupilas, acudía al café donde nos reuníamos, y acodado en un extremo de la mesa, nos miraba como a través de una nube de insectos".

En la serie de ambientes y paisajes que Girondo pinta como escenario y atmósfera de su figura volvemos a enconrar el "animismo" del autor de *Calcomanías:* "Parados sobre una pata los árboles se sacudían el sueño y los gorriones…"; "Con un bostezo metalizado, los negocios reabrían sus puertas y sus escaparates"; "Las sillas ya se habían trepado a las mesas para desentumecerse las patas…". Y de pronto el trazo finamente poético: "De vez en cuando, un carro soñoliento transportaba un pedazo de campo a la ciudad". O esta observación sutilísima: "Ya había pasado la hora más resbaladiza del amanecer, ese instante en que las cosas cambian de consistencia y de tamaño, para fondear, definitivamente, en la realidad".

Este modo de abarcar un personaje, a la tremenda, describiéndolo como si fuera un panorama geográfico, me hace recordar, en ciertos momentos, el "gigantismo" de Rabelais, y en otros, algunos retratos de la novela picaresca española. Desde luego, el efecto humorístico se produce necesariamente, gracias a la desmesura de los medios descriptivos empleados, en relación con el objeto que se describe. Pero en el relato de Girondo el humorismo está lejos de dar una tónica general, como en los ejemplos citados: antes bien, aparece, a ratos, no en función del personaje descrito, sino en función de la técnica misma. Es que el autor participa demasiado en la congoja de su héroe, para conseguir un retrato puramente objetivo, tal como algunos de Quevedo y de Hurtado de Mendoza. Girondo introduce un elemento subjetivo: no se propone asombrar, se asombra; padece a su héroe, y lo manifiesta; con lo cual el autor se hace también, en cierto modo, protagonista de su obra.

*Interlunio,* más que un relato cabal, parecería el fragmento de una novela en construcción, o uno de los cartones preliminares que adelanta el pintor antes de realizar el fresco. Los que conocemos a Girondo y le hemos oído referir tantas aventuras, describir tantos personajes y exteriorizar tantas emociones de viajero, esperamos su gran libro, el que puede y debe darnos. Yo lo concibo

—y se lo dije alguna vez— con la forma del libro de viajes o de Memorias: Oliverio Girondo puede ser un Gulliver o un Marco Polo de nuevo cuño, si se lo propone.

No creo justo cerrar esta nota sin referirme a los grabados de Spilimbergo que ilustran el libro de Girondo. Me ha parecido siempre que la ilustración de un texto literario carecía de sentido, si el ilustrador no realizaba con ella una obra de creación, paralela, no esclava, del texto ilustrado. Spilimbergo lo consigue, con su habitual inspiración y maestría.

## CLARO DESVELO
## DE CONRADO NALÉ ROXLO*

Desde 1925 (año en que dio a la estampa su primer libro de versos, *El grillo,* obra que mereció las albricias de Lugones y anunció el advenimiento de un lírico personal y refinado), Nalé Roxlo prometía su segundo volumen de poemas, el que acaba de ofrecernos ahora. Ese largo mutismo editorial no significaba el silencio de su musa: por el contrario, las nuevas composiciones de Nalé Roxlo nos llegaban en revistas y periódicos, con la armoniosa regularidad de las cosechas, revelándonos una labor constante y una madurez lograda en la intimidad del estudio, en la contemplación de sí mismo y en el amor de las criaturas. El mismo Nalé Roxlo, contestando a los que tal vez le reprochaban, no su silencio, sino su demora, transcribe en el pórtico de su *Claro desvelo*[1] la estrofa de Rubén Darío:

> *Yo sé que ha quienes dicen: ¿Por qué no canta ahora*
> *con aquella locura armoniosa de antaño?*
> *Esos no ven la obra profunda de la hora,*
> *la labor del minuto y el prodigio del año.*

Y es, justamente, esa obra la que nos da en su libro Nalé Roxlo: nos da lo que, tras la sanción del tiempo, ha merecido el honor del canto y el dolor del canto; porque la poesía no es un mero hábito de expresión, sino una necesidad de expresión, y porque sólo el poeta sabe distinguir el cómo y el cuándo de todas y cada una de sus primaveras. Recuerdo ahora el título que William Blake dio a uno de sus volúmenes: *Cantos de inocencia y de experiencia.* Y asociándolo a la obra de Nalé yo diría que *El grillo*

\* En *Sur*, a. VIII, nº 48, septiembre de 1938, pp. 54-56.
1 Ediciones Sur, Buenos Aires, 1937.

responde a la canción de inocencia, y que *Claro desvelo* responde a la canción de experiencia: son dos tiempos de la expresión o, si se quiere, dos estaciones de la poesía. He aquí el tono del primer tiempo:

> *Mi corazón eglógico y sencillo*
> *se ha despertado grillo esta mañana.*

Y he aquí el segundo tono, el de *Claro desvelo*:

> *Este libro es la sombra de mi vida,*
> *fantasma de mi alma y de mi hora,*
> *luz de jazmín en la pared derruida,*
> *lágrima pura que la tarde dora.*

Sin embargo, en el nuevo libro de Nalé Roxlo mucho queda todavía de aquel espíritu de travesura lírica y de retozo poético que gustamos en *El grillo*. Dígalo, si no, el "Vals a la Luna":

> *Suave luna lejana y marchita,*
> *yo fui siempre su pálido amigo.*
> *Danzarás esta noche conmigo*
> *junto al río dorado y azul.*

Queda también el gusto por el romance y la leyenda, el gusto por lo infantil y maravilloso en simples y diáfanas composiciones, tales como la "Balada del Jinete Muerto", que nos evoca el tono de Heine en trabajos de la misma índole, o como el muy castizo "Romance de la Virgen". La canción de tono popular y la gracia breve de la copla también perduran en su arte:

> *Año nuevo, vida nueva,*
> *suena alegre en la guitarra,*
> *y al guitarrero, de vieja,*
> *se le está cayendo el alma.*

Pero la tónica general del libro es más grave, y se acerca más al ritmo de la reflexión que al de la "armoniosa locura" de que habla Darío en los versos ya citados: el poeta no ha vivido inútilmente. A la locura armoniosa de antaño sucede ahora el movimiento de la meditación, a veces amarga, como vemos en su composición "El Árbol de la Ciencia", donde Nalé aborda el tema teológico:

> *Las ramas sin aromas*
> *del árbol de la ciencia*
> *hoy en mi frente triste*
> *ponen su sombra negra.*
>
> *Y fatigo mis manos*
> *partiendo nueces huecas.*

El gesto melancólico de volverse y considerar el camino andado se traduce en algunos de sus poemas, en "Vita Nova", por ejemplo; pero al instante, en el soneto "Mis hijas", el poeta logra una de sus más bellas realizaciones. Luego, enajenado de sí mismo, contempla el mundo, y sensible a las angustias de su hora presente nos da el soneto final, uno de los mejores que he leído en los últimos tiempos:

> *Cerradas puertas, negras torres mudas.*
> *Cadáveres de niños y campanas.*
> *Gesticular de euménides y dudas.*
>
> *Muertas bajo un laurel las nueve hermanas.*
> *Y mis manos ardientes y desnudas*
> *escribiendo al azar palabras vanas.*

## POESÍA RELIGIOSA ESPAÑOLA
## DE ROQUE ESTEBAN SCARPA*

Roque Esteban Scarpa nos envía desde Chile un trabajo antológico suyo, *Poesía religiosa española*,[1] trabajo que despierta en alto grado el interés del cronista, no sólo por el valor intrínseco de la sección, sino también por el significado que hoy tiene una obra de esa índole, sobre todo en América. Dice Scarpa, en la nota liminar de su libro: "Entre los pueblos que van, como los hombres, cogiendo y desarrollando su lección de vida, ha sido España la que con un gesto audaz ha mostrado el revés de la moneda de la vida: su cruz, convirtiendo, en esencia, su lección de vivir en lección de morir".

A través de su crestomatía bien nos muestra Scarpa que aquel motivo (¡tan español!) de la vida y la muerte, de la vanidad del mundo frente a lo eterno, de la caída siempre visible y de la redención siempre alcanzable, no ha dejado nunca de fecundar la poesía castellana, desde las voces muy católicas de Gonzalo de Berceo, Alfonso el Sabio y Juan Ruiz hasta las muy modernas, y no siempre ortodoxas, de Federico García Lorca y de Rafael Alberti, cuya inclusión en una antología religiosa constituye un acierto del autor y revela en él un modo de mirar verdaderamente católico, es decir, "universal", en lo que a la materia de su trabajo se refiere.

En efecto, podríamos afirmar, con los maestros antiguos, que toda obra de arte es "religiosa". Es obra de arte aquella que consigue hacer resplandecer una forma en una materia dada, vale decir, aquella que tiene su razón fundamental en ese *splendor formae* con que los escolásticos definían la belleza. Por otra parte, la belleza es uno de los atributos divinos, es uno de los Nombres de Dios; y la tradicional metafísica de lo bello ha reconocido siempre

* En *Sur*, Buenos Aires, a. VIII, n° 49, octubre de 1938, pp. 63-65.
1 Ediciones Ercilla, Santiago de Chile.

que las criaturas hermosas (tanto las que han sido creadas por el arte divino como las que son creaciones del arte humano) si son bellas es porque participan de la hermosura divina, en la que deben reconocer su verdadera fuente y principio.

Quiere decir que toda una vía de conocimiento se abre delante de la belleza. Afirmaba San Isidoro de Sevilla que por la belleza de las criaturas puede ascender el hombre a la belleza del Creador; y Platón, en su famoso *Banquete,* parte del amor que nos inspiran las cosas bellas, para remontarse al fin hasta el amor del Hermoso Primero. San Juan de la Cruz, en su "Cántico Espiritual", reproducido íntegramente en la antología, pone en boca del alma esta estrofa que dirige a las criaturas, preguntándoles por el Amado:

> *¡Oh bosques y espesuras,*
> *plantadas por la mano del Amado,*
> *oh prado de verduras,*
> *de flores esmaltado,*
> *decid si por vosotros ha pasado!*

Y las criaturas responden al alma:

> *Mil gracias derramando,*
> *pasó por estos sotos con premura,*
> *y, yéndolos mirando,*
> *con sola su figura*
> *vestidos los dejó de su hermosura.*

Es que la belleza, como la verdad, es algo que trasciende, que nos lleva de la multiplicidad a la unidad, del efecto a la causa, de la donación al Donante. Por eso es que toda obra signada por la belleza es algo "religioso", algo que tiene la virtud de "re-ligar", aunque no trate asuntos específicos de religión.

Pero no es este sentido general de lo religioso en el arte lo que ha movido a Scarpa, cuando concibió y realizó el florilegio de la *Poesía religiosa española,* sino el sentido particular y directo que tiene para todos el vocablo: su libro podría titularse, sin mayores riesgos, "La poesía católica en España". Entre los autores de la Edad Media española (siglos XIII al XIV) ha incluido, con excelente juicio, a no pocos nombres que las antologías modernas olvidaban casi siempre, y que se mantienen con mucha gallardía junto a los de Berceo, Santillana y Manrique. Algo semejante ocurre con los poetas de los siglos XVI y XVII: no sin gozo profundo vemos aparecer a san Juan de la Cruz con lo mejor de su obra poética, "El Cántico Espiritual", "En una noche Oscura" y "Llama de Amor Viva", los tres poemas famosos que, con sus exégesis en prosa, valieron a San Juan el título de Doctor Místico; igual satisfacción recibimos al ver figurar a Valdivielso con tantas de sus mejores creaciones; y un asombro todavía, el de encontrarnos con el capitán Francisco de Aldana, tan injustamente olvidado por los modernos. No podía faltar en este libro la voz anónima del Romancero, y Scarpa reproduce tres de los mejores romances religiosos españoles. Además una joya casi desconocida: el "Aucto de las donas que envió Adán a Nuestra Señora con Sant Lázaro", obra que, como se recordará, figura en el repertorio de Margarita Xirgu.

El siglo XVIII inicia el atardecer de aquel gran mediodía que se llama el Siglo de Oro; y el siglo XIX parece ya noche oscura de la poesía. Sin embargo, es muy grato advertir que ni aun en tiempos de decadencia sabe callar en España esa voz del espíritu, ni desaparecer ese gesto reverencial del hombre ante las cosas de Dios, gesto que parecería ser, en definitiva, el más natural de la raza. Finaliza el siglo XIX, y algo auténtico vuelve a resonar, bien que mezclado con el tono de la época, en las voces graves de un Miguel de Unamuno y de un Manuel Machado. Después la floración contemporánea, lo tradicional y lo nuevo: lo nuevo que tiende a lo tradicional y lo tradicional que busca nuevas formas en que volcar las sempiternas aguas del espíritu. Hay confusión en las voces, pero en todas ellas es dado advertir algo así como una consigna secreta, que las mueve hacia los viejos y adorables caminos.

Dije ya que una selección como la de Roque Esteban Scarpa tenía una promisoria significación en América. Si es verdad que al pasar a nuestro continente el lenguaje poético español extravió mucho de su contenido espiritual, enriqueciéndose, en cambio, con todo el colorido y la sensualidad de América, no es menos verdadero que nuevas corrientes poéticas americanas tratan de restituirle hoy su antigua mesura y dignidad. Si América lograse recuperar el genio del idioma heredado y le diese, además, el esplendor inédito de sus cosas, habría encontrado, sin duda, su tono verdadero: un idioma poético que tendría la raíz en el común tesoro tradicional, y la flor y el fruto en América, que aún no ha dado su canto verdadero, el que todos esperan. Obras como la de Scarpa, no sólo confirman esa intención, ya visible en el continente, sino que la estimulan y favorecen con la proposición de los grandes modelos.

# CONOCIMIENTO DE LA NOCHE
## DE CARLOS MASTRONARDI*

Nacido a la vida de las letras durante la revolución literaria de *Martín Fierro* y *Proa*, Carlos Mastronardi formó parte de aquel grupo animoso de jóvenes que, sin profesar una común estética, y hasta combatiéndose a menudo entre sí, se reconocían y se hermanaban, sin embargo, en un descontento del presente y en un anhelo de remozar el arte argentino, ya desechando temas y modelos caducos, ya dándoles una nueva juventud.

Mastronardi asistió a todas aquellas experiencias ruidosas mediante las cuales parecía quererse llegar al fondo de la posibilidad literaria; pero su actitud era cautelosa, como si en el estudio de aquellas manifestaciones audaces buscara él su acento propio y tanteara su propio camino. Fue entonces que publicó su primer libro de versos, *Tierra amanecida*, en el cual fue dado señalar dos virtudes de su arte que luego le permanecerían fieles: una gran mesura y recato en el idioma poético, y un gusto entrañable por las cosas de su tierra.

Después de su primer libro Mastronardi guardó un silencio lleno de promesas: aun en pleno movimiento "martinfierrista" nos anunciaba un segundo título, *Tratado de la pena,* y nos hacía llegar a veces el rumor de uno que otro verso cuyo castizo rigor nos gustaba, como aquel que recuerdo ahora y que dice:

*El hombre a maravillas convidado...*

Pero Mastronardi no dio su *Tratado de la pena,* y en el largo silencio que sucedió a su primer libro (un silencio de casi diez años)

* En *Sur*, Buenos Aires, a. VIII, nº 50, noviembre de 1938, pp. 58-60.

alguien pudo creer que su voz no se alzaría ya entre las voces hermanas de su grupo. Lo cierto era que Mastronardi había regresado a su Entre Ríos natal, donde, bajo esa "luz de provincia" que le es tan cara, y fiel al ritmo de aquella vida que tanto responde al de su alma, encontraría el verdadero cauce de su inspiración y la materia propia de su canto. Su segundo libro, su libro de regreso, se titula *Conocimiento de la noche*.

Consta el libro de seis poemas, entre los cuales el primero, "Luz de provincia", da el tono más alto del volumen y es, a mi juicio, el que mejor define la lírica de Mastronardi. Por su extensión (tiene cincuenta y siete cuartetas alejandrinas), por la delicadeza de su factura, por su tono elevado y simple a la vez, por el trabajo serio y constante que su desarrollo revela, este poema figura entre los mejores que se han escrito en los últimos diez años. Su personaje es la provincia de Entre Ríos:

> *Un fresco abrazo de agua la nombra para siempre,*
> *sus costas están solas y engendran el verano.*
> *Quien mira es influido por un destino suave*
> *cuando el aire anda en flores y el cielo es delicado.*

Toda la composición es un elogio inmenso; y su técnica, la de la alabanza, se cifra en un desfile de hombres y de cosas laudables, en un telúrico despliegue de lejanías, en una "ilíada" de los elementos que guerrean y se reconcilian en la ronda del año. A veces despunta la égloga:

> *La vida, campo afuera, se contempla en jazmines,*
> *o va en alegres carros cuando perfuma el trigo*
> *cortado...*

Otras veces canta la zozobra, y , bajo el ademán cambiante de la tierra y del ciclo, la exaltación de la vida heroica, pero sin fanfarrias de heroísmo:

> *El inconstante cielo, las plagas vencedoras,*
> *los nacientes sembrados que empiezan la alegría,*
> *los anhelos atados a un destello del campo,*
> *el riesgo, siempre hermoso, y el valor que no brilla.*

La provincia entera (campos y pueblos, hombres y bestias, días y trabajos, estaciones en círculo, penas y gozos) desfila en las cuartetas de Mastronardi y en ellas se reconoce: si buscáramos una comparación en la música diríamos que todo el poema es un "andante", pero un andante sin forzada solemnidad. El poeta es un contemplador de su mundo, y lo describe, no como a un objeto extraño a su ser, tal como lo haría el viajero, sino como haciéndolo carne suya: de ahí el lirismo de Mastronardi, nacido en la intimidad de su amor por las cosas que alaba. Pero su tono lírico es recatado, como si el poeta se sobrecogiese ante la vastedad de aquel mundo, o como si temiera levantar demasiado la voz por encima del tono natural con que las cosas hablan en su poema:

*Hablo de mi provincia. Vuelvo a querer sus noches,*
*sus duras claridades y sus albas de hielo.*
*Mirando estoy la anchura de sus almas iguales,*
*su resplandor de espigas y su vivir sereno.*

Los poemas restantes, "Tema de la noche y el hombre", "Romance con lejanías", "Últimas tardes", "Los sabidos lugares" y "La rosa infinita" son anteriores, sin duda: trabajos de búsqueda o de preparación, preludios de canto, forman ese necesario conocimiento de la noche que precede al alba. Y el alba poética del libro es "Luz de provincia".

Con frecuencia los escritores del interior se duelen de la frialdad con que Buenos Aires acoge sus obras, las cuales, en su inmensa mayoría, no son sino reflejos artificiosos de lo que aquí se hace y de lo que aquí se piensa. A esos escritores hermanos querría decirles ahora con qué ansiedad esperamos aquí el testimonio de sus provincias, la revelación poética de sus terruños, todo ese caudal de vida que no podemos conocer en su intimidad y cuya traducción al idioma del arte nos deben los escritores del interior. Dos hombres jóvenes han cumplido recientemente ese deber armonioso: Bernardo Canal Feijoo, de Santiago del Estero, y Carlos Mastronardi, de Entre Ríos. Con el oído atento aguardamos otras voces parecidas.

# [UNA CRONOLOGÍA]*

* Los datos biográficos de Leopoldo Marechal fueron elaborados en la Fundación que lleva su nombre.

| | | |
|---|---|---|
| **1900** | • El 11 de junio nace en Buenos Aires, en la calle Humahuaca 464, Leopoldo Marechal. Son sus padres Lorenza Beloqui, argentina, de ascendencia vasca, y Alberto Marechal, uruguayo, de ascendencia francesa. Sus abuelos maternos son Juan Bautista Beloqui, nacido en Pamplona, y Ángela Mendiluce, oriunda de Olazagutía (Navarra); y sus abuelos paternos, Leopoldo Marechal (francés) y Mariana Garans, de ascendencia francesa. | • Nace el 26 de abril el escritor Roberto Arlt.<br>• Aparece *El Brasil intelectual*, de Martín García Mérou.<br>• En Montevideo se publica *Ariel*, del pensador uruguayo José Enrique Rodó. |
| **1901** | • Hijo de una familia cristiana, es bautizado el 23 de febrero en la Parroquia de Nuestra Señora de Balvanera. Son sus padrinos Bernardo Iturralde y Martina Beloqui de Mujica. La familia se muda a Bulnes 986. | • Nace en Buenos Aires, el 7 de marzo, el humorista y periodista Enrique González Tuñón.<br>• Nace el 27 de marzo el poeta Enrique Santos Discépolo.<br>• Se inaugura el edificio de la Biblioteca Nacional en la calle México, cedido por el Gobierno gracias a gestiones de Paul Groussac.<br>• Aparece *Notas e impresiones*, de Miguel Cané. |

| 1902 | ▪ El 27 de enero nace su hermana Hortensia Berta. | ▪ Se publica *Canción trágica*, de Roberto J. Payró. |
|------|---|---|
| 1903 | | ▪ Nace en Buenos Aires, el 28 de julio, la escritora Silvina Ocampo.<br>▪ En agosto nace en Bahía Blanca Eduardo Mallea.<br>▪ Muere en agosto en Buenos Aires, Fray Mocho (José Álvarez), escritor y periodista, fundador y director de la revista *Caras y Caretas*.<br>▪ Se publican *Prosa ligera*, de Miguel Cané; *La reforma educacional*, de Leopoldo Lugones, y *M'hijo el dotor*, de Florencio Sánchez. |
| 1904 | ▪ La familia vive en Salguero 523 | ▪ El 30 de mayo Jerónimo Podestá estrena con gran suceso la comedia *Jettatore*, primera obra de Gregorio de Laferrère.<br>▪ Nace en agosto Florencio Escardó, que se popularizó con el seudónimo de Piolín de Macramé y presidió la Secretaría Argentina de Escritores.<br>▪ Se publican *El Imperio Jesuítico*, de Leopoldo Lugones; *Mis memorias*, de Lucio V. Mansilla, y *La simulación en la lucha por la vida*, de José Ingenieros. |
| 1905 | ▪ El 1º de enero nace su hermano Alberto. | ▪ Nace el poeta Raúl González Tuñón.<br>▪ Aparecen *Los crepúsculos del* |

*jardín* y *La guerra gaucha,* de Leopoldo Lugones.
- Se publica *Alegre,* de Hugo Wast.
- Muere Miguel Cané.
- Joaquín V. González funda la Universidad de La Plata, que presidirá durante cuatro períodos consecutivos.

**1906**

- El 19 de enero muere Bartolomé Mitre.
- Aparecen *El casamiento de Laucha,* de Roberto J. Payró, y *Las fuerzas extrañas,* de Leopoldo Lugones.
- Rafael Obligado publica *Poesías.*

**1907**

- Comienza su educación en una escuela particular de franceses. Es un niño silencioso, delgado, que aprende a contar sílabas, la pasión lo lleva a hacerlo de día y de noche; dibuja y crea figuras con cualquier elemento a su alcance. Toca el piano de oído. Su padre, Alberto Marechal, mecánico vocacional y autodidacta, fabrica los juguetes para sus hijos; además interpreta piezas populares con pericia en la guitarra y el violín, sin haber estudiado. En el hogar se habla nuestra lengua y el idioma francés.

- Se publican *Redención,* de Ángel de Estrada; *Santiago de Liniers,* de Paul Groussac, y *Las barcas,* de Enrique Banchs.
- Aparece en Buenos Aires el primer número de *Nosotros,* revista literaria fundada por Roberto Giusti y Alberto Bianchi, que se editó hasta diciembre de 1934.

**1908**

- Se publican *Misas herejes,* de Evaristo Carriego; *Las de Ba-*

*rranco*, de Gregorio de Laferrère; *El libro de los elogios*, de Enrique Banchs; *La gloria de don Ramiro*, de Enrique Larreta, y *Historia de un amor turbio*, de Horacio Quiroga.

**1909**

- Aparecen *Lunario sentimental*, de Leopoldo Lugones, y *El cascabel del halcón*, de Enrique Banchs.

**1910**

- La familia se muda a Monte Egmont 280, hoy Tres Arroyos, en el barrio de Villa Crespo. Todos los veranos, viaja a Maipú a la casa de sus tíos Martina y Francisco Mujica, quienes eran puesteros en el campo. Diversas anécdotas señalan su paso y el recuerdo de su niñez. Leopoldo le contaba a sus amigos de Maipú que su maestro le decía que escribía muy bien y que iba a ser poeta. Los niños del lugar contaban esto a sus padres y los papás les comentaban a sus hijos: "¡Habla así porque es de Buenos Aires!". Niños y padres lo apodaron "Buenos Aires". Años después, descendientes maipuenses de aquellos niños contaron esta historia y reconocieron, en diálogo conmigo, que tenía razón.

- Nace en Buenos Aires el escritor Manuel Mujica Láinez.
- Se promulga en septiembre la Ley de Propiedad Literaria para proteger los derechos del escritor
- Muere en noviembre en Milán Florencio Sánchez.
- Se publican *Divertidas aventuras del nieto de Juan Moreira*, de Roberto J. Payró; *Los gauchos judíos*, de Alberto Gerchunoff; *Prometeo*, de Leopoldo Lugones, y *La ilusión*, de Ángel de Estrada.

**1911**

- El 24 de junio nace Ernesto Sábato.

- Aparece *La urna*, de Enrique Banchs.
- Se publican *Historia de Sarmiento* y *Didáctica*, de Leopoldo Lugones.

**1912**
- El 2 de agosto fallece en Maipú su abuelo Juan Bautista Beloqui, llamado "Abuelo Sebastián" en *Adán Buenosayres* y al que le dedica su poema "Abuelo cántabro".

- En Buenos Aires sale *Fray Mocho*, revista ilustrada dirigida por Carlos Correa Luna.
- Se publican *La gloria de don Ramiro*, de Enrique Larreta y *Melpómene*, de Arturo Capdevilla.
- Aparece *El libro fiel*, de Leopoldo Lugones.
- El poeta nicaragüense Rubén Darío arriba a Buenos Aires en una nueva visita a la Argentina.
- A los 29 años muere Evaristo Carriego.

**1913**
- Finaliza la escuela primaria y solicita autorización para iniciar los estudios secundarios. Mientras tanto, busca un trabajo. Ingresa como obrero en una fábrica de la que es rápidamente despedido por haber incitado al personal a pedir mejoras salariales. El permiso para estudiar le es negado y, junto a su hermana Hortensia, se dedica a cultivar lechugas francesas y cebollas en el huerto familiar. Lee intensamente a Salgari, entre otros autores.

- El 5 de agosto muere en Bruselas Eduardo Wilde.
- Aparece en septiembre el diario *Crítica*, dirigido y fundado por Natalio Botana.
- Muere el 30 de noviembre en Buenos Aires Gregorio de Laferrère.
- Ricardo Rojas inaugura la primera Cátedra de Literatura Argentina en la Facultad de Filosofía y Letras de la Universidad de Buenos Aires.

| 1914 | | ▪ El 26 de agosto nace en Bruselas Julio Cortázar.<br>▪ Se publica *La maestra normal*, de Manuel Gálvez.<br>▪ Aparece *Aguas abajo*, de Eduardo Wilde.<br>▪ En el Teatro Colón se estrena el primer largometraje filmado en el país: *Amalia*, una adaptación de la novela de José Mármol. |
| 1915 | | ▪ Ricardo Güiraldes publica *El cencerro de cristal* y *Cuentos de muerte y de sangre*.<br>▪ Se publican *Las iniciales del misal*, de Baldomero Fernández Moreno. |
| 1916 | ▪ Inicia los estudios secundarios en la Escuela Nacional Normal Superior Nº 2 Mariano Acosta. Ahorrando los centavos para el tranvía (va a pie de ida y vuelta), compra sus primeros libros, usados. | ▪ Aparece *El mal metafísico*, de Manuel Gálvez.<br>▪ En el Teatro Ópera se rinde un homenaje al poeta nicaragüense Rubén Darío, fallecido en febrero de este año.<br>▪ Se publican *El payador*, de Leopoldo Lugones, y *Los caranchos de la Florida*, de Benito Lynch. |
| 1917 | | ▪ Se publica el primer tomo de *Historia de la Literatura Argentina*, de Ricardo Rojas.<br>▪ Aparecen *El libro de los paisajes*, de Leopoldo Lugones; *La sombra del convento*, de Manuel Gálvez; *Crítica y polémica*, de Roberto Giusti; *La simulación en la lucha por la* |

*vida*, de José Ingenieros y *Raucho*, de Ricardo Güiraldes.

**1918**

- Se publican *Allá lejos y hace tiempo*, de Guillermo E. Hudson; *Raquela*, de Benito Lynch; *El dulce daño*, de Alfonsina Storni; *Evolución de las ideas argentinas*, de José Ingenieros; *Oro y piedra*, de Ezequiel Martínez Estrada, y *Cuentos de la selva*, de Horacio Quiroga.

**1919**

- El 4 de enero fallece su tío Francisco Mujica y su esposa, Martina Beloqui de Mujica, debe dejar Maipú y va a vivir a Monte Egmont 280. Queda sin patrimonio alguno, ni trabajo. Alberto Marechal enferma de gripe (una peste asolaba Buenos Aires) y, pese a no estar curado, debe concurrir a su trabajo. El 7 de julio, víctima de una recaída (bronconeumonía), fallece. La familia vive con suma sencillez. El hogar es modesto. Las ausencias de su tío y su padre generan una situación difícil para los Marechal.

  La decisión familiar, tomada entre todos, es que Leopoldo siga estudiando. Su hermano menor, Alberto, reemplaza al padre en la fábrica donde trabajaba. A mediados de agosto Leopoldo

- Aparece la revista literaria *Martín Fierro*, dirigida por Evar Méndez (Evaristo González).
- Se publican *Nacha Regules*, de Manuel Gálvez; *Irremediablemente*, de Alfonsina Storni, y *Campo argentino*, de Baldomero Fernández Moreno.

es contratado como bibliotecario rentado en la Biblioteca Popular Alberdi. Se recibe de maestro en el mes de
noviembre.

Es eximido del servicio militar por no tener suficiente
capacidad torácica y decide
hacerse socio del Club Náutico Buchardo, adonde re-
ma hasta mejorar su perímetro torácico.

**1920**

- La revista porteña *Tribuna Libre* publica "Las Ciencias Ocultas en la Ciudad de Buenos Aires", de Roberto Arlt.
- Muere en Mendoza el 8 de marzo el poeta Rafael Obligado.

**1921**

- Comienza a trabajar como maestro en la escuela de la calle Trelles 948, el 29 de abril, en el turno mañana y mantiene el puesto de bibliotecario.

- Se publican *El tamaño del espacio*, de Leopoldo Lugones y el segundo tomo de *Historia de la Literatura Argentina*, de Ricardo Rojas.
- Aparece el primer número de la revista literaria *Prisma*, dirigida por Eduardo González Lanuza.

**1922**

- Publica su primer libro de poemas, *Los Aguiluchos*, al que en su madurez considera un producto de su prehistoria literaria. Lo edita Manuel Gleizer. Traba amistad con Horacio Schiavo, José Bonomi, José Fioravanti y otros.

- Ricardo Rojas concluye con *Los Modernos* su valiosa *Historia de la Literatura Argentina*.
- Se publican *Bazar*, de Francisco Luis Bernárdez; *Veinte poemas para ser leídos en el tranvía*, de Oliverio Girondo; *Xamaica*, de Ricardo Güiraldes; *Tres relatos porteños*, de Arturo

Cancela; *Historia de arrabal*, de Manuel Gálvez, y *Las hojas doradas*, de Leopoldo Lugones.

**1923**  ▪ Se conecta a la revista *Proa* y participa activamente en el movimiento vanguardista argentino, formando parte del grupo martinfierrista. El 29 de agosto renuncia a su cargo de bibliotecario.

▪ Aparecen *Fervor de Buenos Aires*, de Jorge Luis Borges; *Tinieblas*, de Elías Castelnuovo, y *El hogar en el campo*, de Baldomero Fernández Moreno.

▪ Visita Buenos Aires José Ortega y Gasset.

**1924**

▪ El 1º de febrero reaparece la revista literaria porteña *Martín Fierro*, en la que escribieron Borges, Marechal, Girondo y González Tuñón, entre otros. En su cuarto número se publica el manifiesto que definió la estética vanguardista de la publicación.

▪ Se publican *Cuentos fatales* y *Romancero*, de Leopoldo Lugones; *Testimonios*, de Victoria Ocampo; *El inglés de los güesos*, de Benito Lynch, y *Prismas*, de Eduardo González Lanuza.

**1925**  ▪ Publica en *Martín Fierro* poemas, crónicas, reseñas, críticas y ensayos. Anhela viajar a Europa; su madre y hermanos le ayudan a ahorrar para cumplir su cometido.

▪ Se publican *Inquisiciones* y *Luna de enfrente*, de Jorge Luis Borges; *Palo verde*, de Benito Lynch; *Cuentos de la oficina*, de Roberto Mariani, y los libros de poesía *Calcomanías*, de Oliverio Girondo, y *Ocre*, de Alfonsina Storni.

- Horacio Quiroga anticipa parte de sus ideas estéticas en "El Manual del Perfecto Cuentista", artículo que publica en la revista *El Hogar.*
- El 25 de mayo nace Haroldo Conti.

**1926**
- Publica *Días como flechas* y, hacia fines de año, concreta su primer viaje a Europa, desembarcando en Vigo. Curiosamente, en esa ciudad había nacido María Zoraida, la mujer que sería su esposa, en 1934. Al llegar a Madrid visita a Ramón Gómez de la Serna; traba relación personal con los compañeros de la *Gaceta Literaria,* con quienes se cartea y cumple con sus amigos martinfierristas visitando a Ortega y Gasset. Se traslada a París, donde busca a Francisco Luis Bernárdez y comienza una vida de fiestas cotidianas, hasta que, cerca de quedarse sin reservas económicas, debe mudarse junto con Bernardez a Montparnasse. José Fioravanti lo exhorta a valorar su tiempo. Traba relación con Picasso, Unamuno, los escultores españoles Mateo y Gargallo; conoce a los argentinos del grupo de París: Horacio Butler, Héctor Basaldúa, Antonio Berni, entre otros.

- Aparece *Don Segundo Sombra,* de Ricardo Güiraldes.
- Se publican *Cuentos para una inglesa desesperada,* de Eduardo Mallea; *El amor agresivo,* de Roberto Mariani; *Molino rojo,* de Jacobo Fijman; *El violín del diablo,* de Raúl González Tuñón; *El tamaño de mi esperanza,* de Jorge Luis Borges, y *El juguete rabioso,* de Roberto Arlt.

**1927**

- Se reincorpora a la escuela el 2 de julio, como maestro de grado de 6º A. Acepta la invitación que le hace Alberto Gerchunoff para integrar la redacción del nuevo diario *El Mundo*. Algunos de sus compañeros de esa primera redacción son Antonio Ardissono (el compañero del Mariano Acosta y su cuñado), Roberto Ledesma, Amado Villar y otros. Posteriormente se incorporan Roberto Arlt, Conrado Nalé Roxlo y Horacio Rega Molina.

- Se publican *El ingeniero*, de Ricardo E. Molinari, y *Argentina*, de Ezequiel Martínez Estrada.
- Nace el 9 de enero en Río Negro el escritor y periodista Rodolfo Walsh.
- Se funda *El Mundo*, matutino donde Roberto Arlt publicó sus célebres *Aguafuertes porteñas*.
- En Buenos Aires nace el 2 de julio Jaime Rest, escritor, crítico y profesor universitario.
- Muere en París Ricardo Güiraldes.
- Aparece el 15 de noviembre el último número de la revista *Martín Fierro*.

**1928**

- Muere el 5 de abril Roberto J. Payró.
- Se publican *No todo es vigilia la de los ojos abiertos*, de Macedonio Fernández; *Miércoles de Ceniza*, de Raúl González Tuñón; *El idioma de los argentinos*, de Jorge Luis Borges, y *Stéfano*, de Armando Discépolo.
- La revista *Criterio* anuncia la aparición de la revista literaria *Proa*, que será dirigida por Jorge Luis Borges.
- Se funda el 8 de noviembre la Sociedad Argentina de Escritores (SADE) y se nombra presidente a Leopoldo Lugones.

**1929**
- Junto a su gran amigo, el poeta Bernárdez, funda la revista *Libra*, de la que aparece sólo un número. Publica *Odas para el hombre y la mujer*. Finaliza normalmente el período escolar y viaja a Europa, después de ser despedido con una gran fiesta en un "colmado". Desembarca en Boulogne Sur Mer y se traslada a París. Instalado en Montparnasse se encuentra con los artistas plásticos Aquiles Badi, Alfredo Bigatti, Horacio Butler, Juan del Prete, José Fioravanti, Raquel Forner y familia, Alberto Morera, Ricardo Musso, Víctor Pizarro.

- Muere el 27 de junio en Buenos Aires Paul Groussac, director de la Biblioteca Nacional.
- Aparecen *Cuaderno San Martín*, de Jorge Luis Borges; *Humoresca*, de Ezequiel Martínez Estrada; *Papeles de reciénvenido*, de Macedonio Fernández y *Los siete locos*, de Roberto Arlt.

**1930**
- Comienza a escribir su novela *Adán Buenosayres*. Su familia y amigos le anuncian la obtención del Primer Premio Municipal de Poesía, que festeja alegremente en París. Al llegar el verano europeo, viaja a Sanary sur mer, compartiendo alegrías con amigos. Viaja a Italia y, durante un mes, en Florencia, busca las huellas de Dante Alighieri.

- Se realiza el banquete lanzamiento de la revista literaria *Sur*, dirigida por Victoria Ocampo.
- Se publican *Evaristo Carriego*, de Jorge Luis Borges, y *La calle del agujero en la media*, de Raúl González Tuñón.

**1931**
- Regresa a Buenos Aires, retoma la docencia y conoce a María Zoraida Barreiro, joven profesora de Letras, que lo entrevista por una tarea li-

- Se crea la Academia Argentina de Letras.
- Se funda el grupo *Insurrexit*, de orientación marxista-leninista, formado por jóvenes

teraria que debe realizar y lo acepta como novio. Juntos concurren a misa todos los domingos.

Se incorpora al grupo de intelectuales que forma parte de los Cursos de Cultura Católica. Participa activamente del grupo Convivio.

universitarios entre los que se encuentran Ernesto Sábato y Héctor P. Agosti.

- Benito Lynch rechaza su designación como miembro de la Academia Argentina de Letras, creada por el gobierno de Uriburu.

- Se publican *De los campos porteños*, de Benito Lynch; *El hombre que está solo y espera*, de Raúl Scalabrini Ortiz; *Larvas*, de Elías Castelnuovo, y *Los lanzallamas*, de Roberto Arlt.

- Se edita el primer número de *Sur*, revista literaria dirigida por Victoria Ocampo.

**1932**

- Se publican *La grande Argentina*, de Leopoldo Lugones; *Estafen*, de Juan Filloy; *Romances y jitanjáforas*, de Ignacio Anzoátegui; *Discusión*, de Jorge Luis Borges; *Espantapájaros*, de Oliverio Girondo, y *El amor brujo*, de Roberto Arlt.

- En el Teatro del Pueblo se estrena *Trescientos millones*, primera obra teatral escrita por Roberto Arlt.

**1933**

- El poeta y escritor Leopoldo Lugones funda *Guardia Argentina* con el propósito de agrupar a distintas fuerzas nacionalistas.

- Se publican *El jorobadito*, de Roberto Arlt; *Radiografía de la pampa*, de Ezequiel Martínez Estrada; *El romance de un gaucho*, de Benito Lynch, y *El santo de la espada*, de Ricardo Rojas.

- Arriba a Buenos Aires en septiembre el poeta español Federico García Lorca.

**1934**
- El 8 de enero, en Nuestra Señora de los Buenos Aires, se casa con María Zoraida Barreiro. Celebran familiarmente el casamiento y el cumpleaños de su esposa.

    Ambos conforman una pareja alegre, viven en México 3306. Realizan frecuentes reuniones, a las que concurren los familiares de ambos, pintores, poetas y demás intelectuales amigos del matrimonio Marechal. Años más tarde, nacen sus hijas María de los Ángeles y María Magdalena.

- Aparecen *Nocturno europeo*, de Eduardo Mallea, y *Poemas de Juancito Caminador*, de Raúl González Tuñón.

**1935**
- En la escuela de la calle Trelles 948, junto con los maestros Pasman, Godoy y Livré, juega a la pelota vasca. Termina el juego por un accidente de Leopoldo al girar bruscamente y producirle un agudo dolor de espalda. A partir de esa circunstancia, el director prohíbe ese deporte dentro del ámbito escolar.

- Se publican *Historia universal de la infamia*, de Jorge Luis Borges, y *Conocimiento y expresión de la Argentina*, de Eduardo Mallea.
- Enrique Santos Discépolo escribe la letra del tango *Cambalache*.

**1936**
- *Sur* edita *Laberinto de amor*, que dedica a María Zoraida, su esposa.

- Nace en Avellaneda, el 29 de abril, Alejandra Pizarnik.
- Se publican *Historia de la eternidad*, de Jorge Luis Borges; *La ciudad junto al río inmóvil*, de Eduardo Mallea; *La rosa blindada*, de Raúl González Tuñón, y *Gente*, de Max Dickman.

**1937**
- *Convivio* edita *Cinco poemas australes*. Con este y *Laberinto de amor* gana el Tercer Premio Nacional de Poesía. Publica *Historia de la calle Corrientes*.

- El 19 de febrero se suicida en el Hospital de Clínicas el escritor Horacio Quiroga.
- Se publican *Historia de una pasión argentina*, de Eduardo Mallea; *Luis Greve, muerto*, de Adolfo Bioy Casares, y *Claro desvelo*, de Conrado Nalé Roxlo.

**1938**
- El matrimonio se muda a un departamento en Rivadavia al 2300.

- En un recreo del Tigre se suicida Leopoldo Lugones.
- Aparece *Hombres en soledad*, de Manuel Gálvez y *La ciudad sin Laura*, de Francisco Luis Bernárdez.
- Se suicida en Mar del Plata Alfonsina Storni.

**1939**
- Se edita *Descenso y ascenso del alma por la belleza* y *El niño Dios*.

- Deja de aparecer en el mes de septiembre la revista *Caras y Caretas*.

**1940**
- Publica *El centauro* y *Sonetos a Sophia*, con los que gana el Primer Premio Nacional de Poesía.

- Se publican *Aquerenciada soledad*, de Luis Gudiño Krámer; *Horizontes de cemento*, de Bernardo Kordon; *La cabeza de Goliat*, de Ezequiel Martínez Estrada; *La invención de*

*Morel*, de Adolfo Bioy Casares; *La bahía del silencio*, de Eduardo Mallea; *El hombre que olvidó las estrellas*, de Ángel M. Vargas; *Un guapo del 900*, de Samuel Eichelbaum, y *La rama hacia el Este*, de Juan L. Ortiz.

**1941**

- Con el importe del premio nacional, compra una casaquinta en Adrogué, provincia de Buenos Aires, a la que se mudan en forma permanente.

- A raíz de un accidente automovilístico, muere el periodista Natalio Botana, fundador del diario *Crítica*.
- Se publican *El jardín de los senderos que se bifurcan*, de Jorge Luis Borges; *Todo verdor perecerá*, de Eduardo Mallea; *Una novela que comienza*, de Macedonio Fernández; *Las cosas y el delirio*, de Enrique Molina; *Cortando campo*, de Justo P. Sáenz; *El pensamiento vivo de Sarmiento*, de Ricardo Rojas, y *Sombras suele vestir*, de José Bianco.

**1942**

- Se publican *Extremos del mundo*, de Ignacio Anzoátegui; *Persuasión de los días*, de Oliverio Girondo, y *Enumeración de la Patria*, de Silvina Ocampo.
- Mientras dormía, fallece en Buenos Aires el 26 de julio, Roberto Arlt.

**1943**

- Buscando ampliar sus horizontes laborales, acepta el cargo que le ofrece Gustavo Martínez Zuviría. Viaja a

- Nace el 6 de enero en Mar del Plata el escritor y periodista Osvaldo Soriano.
- Muere el 9 de mayo en Cór-

Santa Fe para dedicarse al Consejo General de Educación, que preside. Se edita *Vida de Santa Rosa de Lima.* El 24 de septiembre, en la Biblioteca del Consejo Nacional de Mujeres, da una conferencia titulada "Recuerdo y meditación de Berceo".

doba Enrique González Tuñón.

- Se publican *Canto a Buenos Aires,* de Manuel Mujica Láinez; *Mundos de la madrugada,* de Ricardo Molinari, y *La ciudad de un hombre,* de Eduardo Mallea.

**1944**
- Ignacio Braulio Anzoátegui lo invita a colaborar a su lado en la recién creada Secretaría Nacional de Cultura, siendo designado Director General de Cultura. Comienzan a circular sus poemas en antologías y volúmenes colectores: *La rosa en la balanza, El viaje de primavera* (1945).

- Se publica *Ficciones,* de Jorge Luis Borges.

**1945**

- Aparece en agosto el diario *Clarín,* fundado y dirigido por Roberto J. Noble.
- Se publican *El ruiseñor,* de Francisco Luis Bernárdez; *Los caminos de la muerte,* de Manuel Gálvez; *El muro de mármol,* de Estela Canto; *El profeta de la Pampa: vida de Sarmiento,* de Ricardo Rojas; *Plan de evasión,* de Adolfo Bioy Casares, y *Viaje de primavera,* de Leopoldo Lugones.

**1946**
- El 27 de julio iba a ser testigo de casamiento de Horacio Ángel Fahey (uno de los hijos de José Fahey, "José del sur", a quien le dedica su

- Se publican *Hombres en soledad,* de Manuel Gálvez; *Cuentos y relatos del noroeste argentino,* de Juan Carlos Dávalos; *Desde lejos,* de Olga

poema "Envío"). No concurre porque su esposa había sido operada poco antes. Pese a la enfermedad, María Zoraida trabaja en la docencia hasta pocos meses antes de su fallecimiento.

Orozco; *Los que aman, odian*, de Adolfo Bioy Casares y Silvina Ocampo; *Sarmiento*, de Ezequiel Martínez Estrada y *Campo nuestro*, de Oliverio Girondo.
▪ Muere Roberto Mariani.

**1947**

▪ En plena juventud, el 8 de junio, fallece su esposa dejando dos hijas pequeñas. Su madre y hermanos le ofrecen cuidarlas, dada su corta edad, hasta que él organizara su vida. Leopoldo invita a su hermano menor, Alberto, a compartir su departamento, situación que permite que las nenas tengan un dormitorio en la casa de su madre Lorenza.

Sufre una fuerte conmoción. Va todos los domingos a almorzar con la familia y saca a pasear a sus hijas. Sin interés para salidas u otros paseos, se enfrasca aún más en su trabajo, reelabora su tan postergado *Adán Buenosayres* y le da fin.

▪ Se edita *Las ideas políticas argentinas*, del historiador José Luis Romero.
▪ Se publican *Don Francisco de Miranda* de Manuel Gálvez, y *Coronación de la espera*, de Alberto Girri.

**1948**

▪ El 30 de agosto, en honor a santa Rosa de Lima, ve la luz su novela fundacional, *Adán Buenosayres*, en la que había cifrado grandes esperanzas. Viaja a Europa cumpliendo tareas oficiales junto a Jorge Arizaga, secretario de Educación. Es invitado a dictar

▪ Se publican *Manifiesto a las juventudes de la Falange*, de Ignacio Anzoátegui; *El túnel*, de Ernesto Sábato, y *Muerte y transfiguración de Martín Fierro*, ensayo de interpretación de la vida argentina de Ezequiel Martínez Estrada.

conferencias en Madrid y Roma.

El 8 de diciembre, un gran accidente automovilístico en las cercanías de Torquemada lo obliga a permanecer internado durante quince días en el hospital de Palencia.

Tiempo antes de su viaje a Europa había conocido, en el ámbito del Ministerio de Educación, a Juana Elvia Rosbaco de Paoloni, profesora de Letras, interesada en vincularse con el mundo intelectual. Comienza a aconsejarla y paulatinamente inicia con ella una relación afectiva. La bautiza "Elbia" considerando que la "v" corta endurecía la pronunciación. Posteriormente, recrea este nombre en algunos de sus poemas.

| 1949 | ▪ Antes de dejar España recibe la condecoración de Alfonso el Sabio. Al regresar a Buenos Aires, se asombra y decepciona por el gran silencio creado en torno de su amada novela, que había elaborado desde 1930. Sólo una voz se alza para alabar la novela y es la del juvenil Julio Cortázar, en un artículo de la revista *Realidad*. | ▪ Se publican *El Aleph*, de Jorge Luis Borges; *El huésped y la melancolía*, de Enrique Molinari; *La muerte en las calles*, de Manuel Gálvez; *Esta rosa oscura de aire*, de Ricardo Molinari; *Mitología y vísperas de Georgina*, de Ignacio Anzoátegui; *Poemas de amor desesperado*, de Silvina Ocampo, y *Trece poemas*, de Alberto Girri. |
| 1950 | ▪ Decide cohabitar con Elvia Rosbaco en el mismo departamento de la calle Rivada- | ▪ Muere el 2 de marzo el escritor y periodista Alberto Gerchunoff. |

via al 2300 donde fuera su hogar familiar. Su madre y hermanos le sugieren que lleve a sus hijas nuevamente consigo, ya que tiene una compañera y ellas lo extrañan profundamente. Pese a ello, Juana Elvia Rosbaco, con su consentimiento, hace los trámites para enviar a las niñas al interior de la provincia de Buenos Aires, pupilas en un colegio religioso, e instruye a la Madre Superiora para que no permita que reciban regalos ni correspondencia de sus tíos, primos ni abuela paterna. Esta situación provoca un distanciamiento con su madre y hermanos.

Inicia sus creaciones teatrales con una adaptación de *Electra*, de Sófocles, que se estrena el 17 de octubre en la Facultad de Derecho. El 30 de diciembre se estrena en el Cerro de la Gloria el *Canto de San Martín*, que musicaliza el brillante compositor Julio Perceval.

Cuando la Dirección General de Cultura se transforma en Secretaría, lo desjerarquizan y queda a cargo de la Dirección de Enseñanza Artística.

■ Se estrena *Surcos de sangre*, recreación fílmica de la novela de Alfredo Varela, *El Río Oscuro*.

■ Fallece en Buenos Aires el 7 de julio Baldomero Fernández Moreno.

■ Se publican *Misteriosa Buenos Aires*, de Manuel Mujica Láinez; *Historias de perros*, de Leónidas Barletta, y *Testimonios (III)*, de Victoria Ocampo.

**1951**  ■ José María Fernández Unsain le solicita *Antígona Vélez*

■ Muere en Buenos Aires el 3 de mayo el escritor y políti-

para estrenarla en el Teatro Cervantes, que dirige. El papel protagónico le es otorgado a la actriz Fanny Navarro, quien pierde el único original mecanografiado en un viaje a Mar del Plata. Eva Perón, enterada de lo ocurrido, le pide telefónicamente a Marechal que haga el esfuerzo de recomponer los manuscritos. Seducido por su simpatía, cumple con su requerimiento. La obra se estrena el 25 de mayo y, pese a las precarias condiciones de ensayos y tiempo, es un éxito.

co Homero Manzi, autor de numerosos tangos y guionista de varios clásicos del cine argentino.
- Mueren Enrique Santos Discépolo y Benito Lynch.
- Se publican *La vida nueva*, de Héctor A. Murena; *El tiempo que destruye*, de Alberto Girri, y *Bestiario*, de Julio Cortázar.

**1952**
- El Teatro Universitario de la Facultad de Derecho y Ciencias Sociales que dirige Antonio Cunill Cabanellas estrena el 8 de septiembre su segunda pieza teatral, *Las tres caras de Venus*. Susana Mara, Duilio Marzio y Pepe Soriano, alumnos de esa facultad, se destacan en sus papeles de Isabel, Lucio y Silvano, respectivamente.

- Muere el 10 de febrero el escritor Macedonio Fernández.
- Se publican *Bodas de cristal*, de Silvina Bullrich, y *Otras inquisiciones* y *Antiguas literaturas germánicas*, de Jorge Luis Borges.

**1953**
- Su única sobrina, Elsa Ardissono, va a visitarlo y a pedirle que vuelva a visitar a su madre, Lorenza Beloqui, a la que se le ha diagnosticado una enfermedad terminal. El 24 de marzo fallece, siendo María de los Ángeles testigo de las últimas palabras

- Aparece la revista *Contorno*, dirigida por los hermanos David e Ismael Viñas.
- Se publican *Veinte años después*, de César Fernández Moreno; *El arca*, de Francisco Luis Bernárdez, y *Chaves* y *La sal de espera*, de Eduardo Mallea.

de su abuela, que dedicó a su hijo Leopoldo, en ese momento fuera de Buenos Aires.

**1954**

- Hacia fines de año, la pareja intensifica su vida de aislamiento.

- Se publican *El pecado original*, de Héctor A. Murena; *Sonata de soledad*, de Amelia Biagioni; *La casa*, de Manuel Mujica Láinez, y *El sueño de los héroes*, de Adolfo Bioy Casares.

**1955**

- Con el efectivo del Primer Premio Nacional de Teatro, que obtiene por su obra *Antígona Vélez*, adquiere el departamento de la calle Rivadavia y, a instancias de su pareja, lo pone a nombre de ella. Su familia y amigos de siempre, José Fioravanti, Ignacio Anzoátegui, Ilka Krupkin, Horacio Schiavo, Osvaldo Dondo y otros lo llaman para visitarlo, pero les niega el acceso a su casa, de la que casi no sale. Inicia sus trámites jubilatorios, tras la caída del gobierno del general Perón.

- Se publican *Cayó sobre su rostro*, de David Viñas; *La ribera*, de Enrique Wernicke; *El uno y la multitud*, de Manuel Gálvez; *Rosaura a las diez*, de Marco Denevi; *La línea de la vida*, de Alberto Girri; *La fatalidad de los cuerpos*, de Héctor A. Murena, y *Los casos de Don Frutos Gómez*, de Velmiro Ayala Gauna.

**1956**

- Se publican *Los Desterrados*, de Horacio Quiroga; *Los dos retratos*, de Norah Lange; *Judith y las rosas*, de Conrado Nalé Roxlo; *Sábado de gloria*, de Ezequiel Martínez Estrada; *Sociología del público argentino*, de Adolfo Prieto; *La última inocencia*, de Alejandra Pizarnik; *Final de juego*, de Julio Cortázar, y *Zama*, de Antonio Di Benedetto.

- Se funda el Fondo Nacional de las Artes, que preside Victoria Ocampo.

**1957**

- Manuel Mujica Láinez concluye *Invitados en el paraíso*, última novela de saga porteña que incluye *Los ídolos*, *La casa* y *Los viajeros*.
- Aparece *Los profetas del odio*, de Arturo Jauretche, como respuesta al libro de Ezequiel Martínez Estrada titulado *¿Qué es esto?*
- Se estrena en el mes de julio *La casa del ángel*, versión cinematográfica de la novela de Beatriz Guido.
- El 29 de julio muere Ricardo Rojas.
- Se publican *Unida noche*, de Ricardo E. Molinari; *Un dios cotidiano*, de David Viñas; *Operación masacre*, de Rodolfo Walsh, y *Lejano ayer*, de Rafael A. Arrieta.

**1958**

- Radio Moscú anuncia que se ha otorgado el Premio Lenin a la escritora Argentina María Rosa Oliver.
- Se estrena *Rosaura a las Diez*, versión para cine de la obra de Marco Denevi, realizada por Mario Soffici.
- El 24 de junio se crea EUDE-

BA, la editorial de la Universidad de Buenos Aires.

- Se publican *Los dueños de la tierra*, de David Viñas; *Enero*, de Sara Gallardo; *Las leyes de la noche*, de Héctor A. Murena; *Setenta veces siete*, de Dalmiro Sáenz; *La pampa y su pasión*, de Manuel Gálvez, y *El caso Satanovsky*, de Rodolfo Walsh.

**1959**
- En cuadernillos independientes, pagados por nuevos amigos, publica "La poética". Se autodefine "el poeta depuesto".

- Muere el 30 de mayo Raúl Scalabrini Ortiz.
- Se publican *La furia*, de Silvina Ocampo; *Breves*, de Francisco Urondo; *Horacio Quiroga, una obra de experiencia*, de Noé Jitrik, y *El otro Judas*, de Abelardo Castillo.

**1960**
- Se edita el canto "La Patria", parte integrante, junto a "La poética" del *Heptamerón*.

- Se publican *El hacedor*, de Jorge Luis Borges; *Leopoldo Lugones, mito nacional*, de Noé Jitrik; *La condición necesaria*, de Albero Girri; *Los Linares*, de Andrés Lizarraga; *La vida blanca*, de Eduardo Mallea; *Las leyes del juego*, de Manuel Peyrou; *Umbral del horizonte*, de Antonio Requeni; *No*, de Dalmiro Sáenz; *En la zona*, de Juan José Saer, y *Los premios*, de Julio Cortázar.

**1961**
- Se publican *Sobre héroes y tumbas*, de Ernesto Sábato; *Formas de la realidad nacional*, de Carlos Mastronardi; *Uno*, de Elvira Orphée; *Homo ato-*

*micus*, de Héctor A. Murena; *Las invitadas*, de Silvina Ocampo; *Lugares*, de Francisco Urondo, y *Qwertyuiop*, de Dalmiro Sáenz.

**1962** ▪ Aparece "La alegropeya", otro de los cantos del *Heptamerón*. En París, bajo la Dirección General de Juan Oscar Ponferrada, se estrena *Antígona Vélez*. Susana Mara, hermosa mujer y talentosa actriz, se destaca en el rol de Antígona.

Comienza a recibir a jóvenes interesados en su obra poética y en *Adán Buenosayres*, que se estudia en la Universidad.

▪ Se publican *Semejanzas y diferencias entre los países de América Latina*, de Ezequiel Martínez Estrada; *Bomarzo*, de Manuel Mujica Láinez; *Lo amargo por lo dulce*, de Silvina Ocampo; *Sol de sábado*, de Andrés Rivera; *Cabecita negra*, de Germán Rozenmacher; *Árbol de Diana*, de Alejandra Pizarnik; *Sudeste*, de Haroldo Conti, y *Historias de cronopios y de famas*, de Julio Cortázar.

**1963**

▪ Se publican *Rayuela*, de Julio Cortázar; *Pantalones azules*, de Sara Gallardo; *La guerra interior*, de Eduardo Mallea; *El cielo de las alondras y las gaviotas*, de Ricardo E. Molinari; *Acto y ceniza*, de Manuel Peyrou; *Trienta-Treinta*, de Dalmiro Sáenz; *Nombres*, de Francisco Urondo; *Moral burguesa y revolución*, de León Rozitchner, y *Las otras puertas*, de Abelardo Castillo.

**1964**

▪ Se publican *Los burgueses*, de Silvina Bullrich; *Las hamacas voladoras*, de Miguel Briante; *Literatura argentina y realidad*

| | |
|---|---|
| | *política*, de David Viñas; *El destino*, de Griselda Gambaro, y *El reino del revés*, de María Elena Walsh. |
| | ▪ Muere en noviembre Ezequiel Martínez Estrada. |
| **1965** ▪ Es editada su segunda novela, *El banquete de Severo Arcángelo*, por la que recibe el Premio Forti Glori. | ▪ Se publican *Los salvadores de la patria*, de Silvina Bullrich; *Los que comimos a Solís*, de María Esther de Miguel; *Para las seis cuerdas*, de Jorge Luis Borges; *Poderío de la novela*, de Eduardo Mallea; *El unicornio*, de Manuel Mujica Láinez; *Los herederos de la promesa*, de Héctor A. Murena, y *La granada* y *La batalla*, de Rodolfo Walsh. |
| **1966** ▪ Se conocen el *Heptamerón*, *Antígona Vélez*, *Las tres caras de Venus*, *Cuaderno de Navegación*, *Autopsia de Creso*, *El poema de Robot* y una nueva antología de sus poemas editada por Eudeba bajo el título *Poemas de Marechal*, *Autopsia de Creso* y *El poema de Robot*. | ▪ Se publican *El resentimiento*, de Eduardo Mallea; *Una sombra antigua canta*, de Ricardo E. Molinari; *Una luz muy lejana*, de Daniel Moyano; *La literatura autobiográfica*, de Adolfo Prieto; *Todo eso*, de Francisco Urondo; *Los que vieron la zarza*, de Liliana Heker; *Los oficios terrestres*, de Rodolfo Walsh; *Israfel*, de Abelardo Castillo; *Alrededor de la jaula*, de Haroldo Conti; *Cuentos crueles*, de Abelardo Castillo, y *Todos los fuegos, el fuego*, de Julio Cortázar. |
| **1967** ▪ Viaja a Cuba invitado por la Casa de las Américas para | ▪ Muere el 2 de enero Oliverio Girondo. |

formar parte del jurado del certamen anual de literatura. Junto a Julio Cortázar, José Lezama Lima, Juan Marsé y Mario Monteforte Toledo eligen en forma unánime la novela *Los hombres de a caballo*, de David Viñas.

En noviembre se estrena, en el Teatro Presidente Alvear, *La batalla de José Luna*, bajo la inteligente dirección de Jorge Petraglia quien, entre otras obras que le facilitara Marechal, elige la mencionada.

**1968**

- Muere el 4 de mayo Samuel Eichelbaum.
- En el Lisner Auditorium de Washington se estrena *Bomarzo*, ópera de Alberto Ginastera sobre el libro de Manuel Mujica Láinez.
- En agosto Jorge Luis Borges se casa con Elisa Blasi Brambilla.
- Se publican *El libro de los seres imaginarios*, de Jorge Luis Borges; *Invasión*, de Ricardo Piglia; *La barca de hielo*, de Eduardo Mallea; *Crónicas reales*, de Manuel Mujica Láinez; *Siberia blues*, de Néstor Sánchez; *Del otro lado*, de Francisco Urondo; *Aeropuertos*, de César Fernández Moreno; *Un kilo de oro*, de Rodolfo Walsh; *Unidad de lugar*, de Juan José Saer, y *La vuelta al día en ochenta mundos*, de Julio Cortázar.

- La Academia de Artes y Ciencias de Estados Unidos incorpora a Jorge Luis Borges como miembro honorario extranjero.
- Se publican *Los galgos*, de Sara Gallardo; *La señora Ordóñez*, de Marta Lynch; *La red*, de Eduardo Mallea; *Diccionario básico de la literatura argentina*, de Adolfo Prieto; *La traición de Rita Hayworth*, de Manuel Puig; *Las pelucas*, de Angélica Gorodischer; *Ado-*

*lecer*, de Francisco Urondo, y *62-Modelo para armar*, de Julio Cortázar.

**1969**  ▪ Viaja a Necochea al encuentro de escritores.

▪ Se publican *Elogio de la sombra*, de Jorge Luis Borges; *La penúltima puerta*, de Eduardo Mallea; *Epitalámica*, de Héctor A. Murena; *El último de los onas*, de Juan Martini; *Último round*, de Julio Cortázar; *El amhor, los orsinis y la muerte*, de Néstor Sánchez, y *¿Quién mató a Rosendo?*, de Rodolfo Walsh.

▪ El mismo día y por la misma editorial se publican *Boquitas pintadas*, de Manuel Puig, y *Cicatrices*, de Juan José Saer.

**1970**  ▪ El 26 de junio, víctima de un síncope, muere en el mismo departamento de Rivadavia al 2300 donde años antes falleciera su esposa María Zoraida. Estaba en imprenta su tercera novela, *Megafón o la guerra*, que ve la luz un mes después. Deja una decena de obras de teatro inéditas: *El arquitecto del honor, El superhombre, Alijerandro, Mayo el seducido, Muerte y epitafio de Belona, Don Alas o la virtud, Un destino para Salomé, La parca, Estudio en Cíclope, El Mesías*. Se sabe que estaba trabajando en una cuarta novela, *El empresario del caos*. Hay estudios en el extran-

▪ El escritor Marcos Aguinis recibe el Premio Planeta por su novela *La cruz invertida*.

▪ Se publican *Parque de diversiones*, de Marco Denevi; *El informe de Brodie*, de Jorge Luis Borges; *Los días de la noche*, de Silvina Ocampo, y *Los poemas de Sidney West*, de Juan Gelman.

▪ Muere Jacobo Fijman.

jero que señalan que una de estas piezas teatrales inéditas estaría publicada, con posterioridad al fallecimiento de Leopoldo Marechal, bajo otro nombre.

En 1975, gracias al director y profesor de teatro Enrique Ryma, se recupera el texto de la obra de teatro *Don Juan*. Su estreno estaba anunciado para la temporada teatral de 1976. La dictadura militar prohíbe la puesta en escena.

A más de veintiocho años de su muerte, sus hijas María de los Ángeles y Malena, únicas custodias de su obra (ya que, al morir, Marechal era viudo), siguen intentando recobrar las cartas, premios, fotos y los manuscritos —éditos o inéditos— para publicarlos, permitir el acceso a los estudiosos de su obra e incorporarlos a la *Fundación Leopoldo Marechal* que crearon en 1991. Dicho material es parte relevante del patrimonio de la cultura argentina.

# ÍNDICE